El inquisidor

El inquisidor

Catherine Jinks

Traducción de Camila Batlles

Rocaeditorial

Título original inglés: *The Inquisitor*
© Catherine Jinks, 2004.

Primera edición: abril de 2004
Segunda edición: mayo de 2004
Tercera edición: marzo de 2005

© de la traducción: Camila Batlles
© de esta edición: Roca Editorial de Libros, S.L.
Marquès de l'Argentera, 17. Pral. 1.ª
08003 Barcelona
correo@rocaeditorial.com
www.rocaeditorial.com

Impreso por Industria Gráfica Domingo, S.A.
Industria, 1
Sant Joan Despí (Barcelona)

ISBN: 84-96284-07-7
Depósito legal: B. 7.821-2005

Para John O. Ward (de nuevo)

Salutatio

$\mathcal{A}$l ilustrísimo padre Bernard de Landorra, superior general de la Orden de Predicadores.

Bernard Peyre de Prouille, fraile de la misma orden en la ciudad de Lazet, un siervo de escasa utilidad e indigno, os envía saludos con ánimo de súplica.

Cuando el Señor se apareció ante el rey Salomón y le dijo: «Pide lo que deseas que te conceda», el rey Salomón respondió: «Concede a tu siervo un corazón comprensivo para juzgar a tu pueblo, a fin de que pueda discernir entre el bien y el mal». Ése fue el ruego de Salomón, y ése fue también mi ruego durante muchos años, mientras investigaba a todos los herejes y a sus creyentes, fautores, recibidores y defensores en esta provincia de Narbona. No pretendo poseer la sabiduría de Salomón, reverendo padre, pero de una cosa estoy seguro: la búsqueda de la verdad es larga y ardua, como la búsqueda de un hombre en un país extranjero. Es preciso explorar el país, recorrer numerosos caminos y formular numerosas preguntas, antes de hallar al hombre. Así, cabe decir que la búsqueda de la comprensión se asemeja a esa figura retórica que denominamos silogismo, pues al igual que un silogismo pasa de generalidades a particularidades, presentando una verdad inmutable en tanto en cuanto se compone de unas proposiciones auténticas, la comprensión profunda de un acto fatídico deriva del conocimiento de todas las personas, lugares y acontecimientos que lo rodearon o precedieron.

Reverendo padre, necesito vuestra comprensión. Necesito

vuestra protección y vuestra estima. Extended vuestra mano contra la ira de mis enemigos, pues han afilado sus lenguas como una serpiente; bajo sus labios guardan el veneno de una víbora. Quizá conozcáis la delicada situación en que me encuentro y rechacéis mi súplica, pero os juro que me han acusado falsamente. Muchas personas han mirado sin ver, prefiriendo dormir satisfechas en la oscuridad de su ignorancia en lugar de contemplar la luz de la verdad. Reverendo padre, os imploro que consideréis esta misiva una luz. Leedla y veréis a lo lejos, y comprenderéis muchas cosas, y perdonaréis muchas cosas. «Bienaventurado aquél a quien le ha sido perdonado su pecado», pero mis pecados son pocos e insignificantes. Es por medio de la culpabilidad y la malicia como he sido cruelmente castigado.

Así pues, a fin de iluminar vuestro camino, en nombre de Dios Todopoderoso y la Santísima Virgen María, madre de Jesús, del bienaventurado Domingo, nuestro padre, y toda la corte celestial, paso a relataros los hechos que tuvieron lugar en la ciudad de Lazet y sus inmediaciones, en la provincia de Narbona, relativos al asesinato de nuestro venerable y respetado hermano Augustin Duese en la festividad de la Natividad de la Santísima Virgen, en el año de la Palabra Encarnada, 1318.

Narratio

La sombra de la muerte

El día que conocí al padre Augustin Duese, pensé: «Ese hombre vive a la sombra de la muerte». Lo pensé, en primer lugar, debido a su aspecto, pálido y desmejorado, como uno de los huesos resecos en la visión de Ezequiel. Era un hombre alto y muy delgado, con la espalda encorvada, la piel cenicienta, las mejillas hundidas, los ojos casi perdidos en unas cuencas profundas y sombrías, el pelo ralo, los dientes cariados, el paso vacilante. Parecía un cadáver andante, y no sólo debido a su avanzada edad. Llegué a la conclusión de que la muerte rondaba cerca de él y le atacaba incesantemente con las armas de la enfermedad: inflamación de las articulaciones, sobre todo en manos y rodillas, mala digestión, vista cansada, estreñimiento, problemas a la hora de orinar. Sólo sus orejas estaban sanas, pues tenía un oído muy fino. (Tengo entendido que su pericia como inquisidor se debía a su capacidad de detectar el tono de falsedad en la voz de una persona.) Asimismo, estoy convencido de que la cualidad penitencial de sus comidas pudo haber contribuido al deterioro de su estómago, obligado a digerir unos alimentos que el mismo Domingo habría rechazado, una comida que me resisto a llamar comida, y que el padre Augustin ingería en porciones muy escasas. Hasta me atrevería a decir que si efectivamente el padre Augustin hubiera estado muerto, quizás habría comido un poco más, aunque imagino que comer abundantes raciones de las vituallas que él prefería, consistentes en pan duro, mondaduras de verduras hervidas y corteza de queso, habría sido más difícil que tragarse un espino. Sin duda, el padre Augustin ofrecía sus sufrimientos como sacrificio al Señor.

A mi entender, una dieta así debe seguirse con menos celo. El Doctor Angélico* nos dijo que la austeridad que conlleva la vida religiosa es necesaria para mortificar la carne, pero si la practicamos sin criterio, nos arriesgamos a enfermar. No pretendo decir con esto que el padre Augustin hiciera gala de sus mortificaciones: su abstinencia no era un gesto vano y falso, como aquéllas contra las que nos previene Cristo al condenar a los hipócritas que ayunan con semblante triste y desfiguran sus rostros para dar la impresión de que ayunan. El padre Augustin no era así. Si se mortificaba, era porque se sentía indigno. Pero no se granjeó la amistad de los porqueros del priorato con sus peticiones de nabos enmohecidos y fruta dañada. Las sobras de ese tipo siempre han sido consideradas propiedad de ellos, en la medida en que un lego dominico puede incluso ser dueño de una col. En cierta ocasión comenté al padre Augustin que, mientras él se mataba de hambre, de paso mataba de hambre a nuestros puercos, y unos puercos en ayunas no nos servían de nada.

Él, como es lógico, no respondió. La mayoría de inquisidores que conozco sabe utilizar el silencio con la más experta precisión.

Sea como fuere, el padre Augustin no sólo parecía, y estoy seguro de que se sentía, un hombre moribundo, sino que se comportaba como tal. Me refiero a que parecía tener mucha prisa, como si contara sus días. Y para ofreceros un ejemplo de esta extraña premura, describiré lo que ocurrió poco después de su llegada a Lazet, tres meses antes de su muerte, en respuesta a mi petición de ayuda en la noble tarea de «capturar a los zorros que pretenden destruir las vides del Señor», es decir, arrestar a los enemigos que rodean la Iglesia, la cual se alza como un lirio entre espinas. Sin duda conocéis a esos enemigos. Quizás incluso os hayáis topado con esos divulgadores de doctrina herética, sembradores de discordia, fabricantes de cismas, divisores de la unidad, quienes ponen en tela de juicio la sagrada verdad proclamada por la Santa Sede y mancillan la pureza de la fe con sus enseñanzas erróneas.

16

* Se refiere a santo Tomás de Aquino. (*N. de la T.*)

Hasta los primeros padres sufrieron la plaga de esos emisarios de Satanás. (¿Acaso no nos aseguró el mismo san Pablo: «Los herejes deben existir para que los elegidos puedan manifestarse entre vosotros»?) Aquí, en el sur, peleamos contra numerosos y perversos dogmas, numerosas sectas pestíferas cuyos nombres y actividades difieren pero cuyo veneno corrompe con los mismos efectos perniciosos. Aquí en el sur, las viejas semillas de la herejía maniquea denunciada por san Agustín han arraigado profundamente, y siguen prosperando, pese a los píos esfuerzos de la santa orden benedictina.

Aquí, numerosos frailes dedican su vida a defender la cruz de Cristo. Cuando me nombraron vicario de Jacques Vaquier, inquisidor de la depravación herética de Lazet (¡parece que hace un siglo!), mi intención no fue pasarme el día persiguiendo a esos defensores de la iniquidad, sino aliviar la ardua tarea del padre Jacques cuando éste se sintiera abrumado por ella. Se da la circunstancia de que el padre Jacques se sentía abrumado con frecuencia, por lo que yo pasaba más tiempo ocupado con los asuntos del Santo Oficio de lo que me había propuesto en un principio. No obstante, Jacques Vaquier investigó muchas almas que, cual ovejas, por desgracia se habían descarriado, y cuando murió el invierno pasado, el trabajo que dejó inconcluso era demasiado oneroso para una persona. Por eso solicité a París que enviaran a un nuevo superior. Y por eso llegó el padre Augustin al priorato una tarde de verano, seis días antes de la festividad de la Anunciación (fecha en que estaba prevista su llegada), sin avisar, inesperadamente, con la única compañía de su joven escriba y ayudante, Sicard, que era los ojos de su amo.

Ambos estaban demasiado cansados para cenar, o para asistir a completas. Que yo sepa, se acostaron nada más llegar. Pero al día siguiente, a la hora de maitines, vi al padre Augustin sentado en el coro frente a mí, y después de tercia, me reuní con él en su celda. (Para lo cual, como es lógico, nos concedieron un permiso especial.) Debo aclarar que en el priorato de Lazet, a los hermanos nombrados para servir en el Santo Oficio se les concede el mismo privilegio del que goza nuestro lector y bibliotecario, es decir, ocupar una celda individual, y per-

17

miso para cerrar la puerta de su celda. No obstante, el padre Augustin no cerraba su puerta.

—Prefiero no hablar de temas heréticos en un lugar consagrado a Dios —me explicó—. Por tanto, y a ser posible, hablaremos sobre los vástagos del Anticristo sólo cuando los ataquemos, en lugar de emponzoñar el aire del priorato con obras y pensamientos perversos. Por consiguiente, no veo la necesidad de sigilo ni de puertas cerradas en este lugar.

Yo me mostré de acuerdo con él. Luego el padre Augustin me pidió, con tono solemne, que rezara con él para pedir a Dios que bendijera nuestros esfuerzos por eliminar del país esta morbilidad herética. Observé enseguida que él y Jacques Vaquier eran muy distintos. El padre Augustin tenía la costumbre de emplear ciertas frases hechas al referirse a los herejes: «los zorros en las vides», «la cizaña en la cosecha», «los descarriados» y demás. Asimismo, era muy preciso en la utilización de los términos definidos por el Concilio de Tarragona, el siglo pasado, relativos a los distintos grados de culpabilidad en materia de asociación herética; por ejemplo, jamás calificaba de «encubridor» de herejes a quien en rigor era un «ocultador» (la diferencia, como sabéis, es muy sutil), ni de «defensor» a quien era un «recibidor». Siempre denominaba la casa o la hostería donde se congregaban los herejes «receptáculo», tal como decreta el Consejo.

El padre Jacques calificaba a los herejes de «algas de pantano» y sus viviendas de «focos de infección». No era, como habría dicho san Agustín, uno de esos hombres que unen su corazón a los ángeles.

—Sé que el inquisidor general os ha remitido un informe completo sobre mi historial y formación —prosiguió el padre Augustin. Tenía una voz sorprendentemente firme y resonante—. ¿Deseáis hacerme algunas preguntas referentes a mi experiencia como inquisidor... mi vida en la orden...?

El informe del inquisidor general era en efecto exhaustivo, consignaba datos y fechas precisos sobre todos los cargos docentes que había desempeñado el padre Augustin, priorazgos y comisiones papales, desde Cahors hasta Bolonia. Pero un hombre es más que sus cargos. Pude haber formulado al padre

Augustin muchas preguntas sobre su salud, sus padres o sus autores favoritos; pude haberle preguntado su opinión sobre el papel de inquisidor, o la pobreza de Cristo.

En lugar de ello, le formulé la pregunta que sin duda os intriga a vos mismo, y que él debió de responder mil veces.

—Padre, ¿estáis emparentado con el Santo Padre, el papa Juan?

El padre Augustin esbozó una sonrisa cansina.

—El Santo Padre no me reconocería —respondió enigmáticamente, y no dijo otra palabra sobre el tema, ni entonces ni en ninguna otra ocasión.

Jamás averigüé la verdad. Creo que, siendo como era un Duese de Cahors, seguramente estaba emparentado con el Papa, pero las dos ramas de la familia se habían enemistado y en consecuencia el padre Augustin no gozaba de la conocida generosidad del papa Juan respecto a los hombres de su familia. De lo contrario, habría llegado a cardenal, o cuando menos obispo.

Tras rehuir mi pregunta, el padre Augustin me hizo unas preguntas a mí. Tenía entendido que yo era un Peyre de Prouille; ¿me había criado cerca de la primera fundación de santo Domingo? ¿Me había inspirado su proximidad para ingresar en la orden de los dominicos? Se expresaba con tono reverente, y lamenté informarle de que los Peyre de Prouille se habían arruinado mucho antes de que santo Domingo llegara aquí. Ya en tiempos de santo Domingo, el fuerte había sido demolido y los derechos feudales de los Peyre habían pasado a una familia de ricos campesinos. Lo sé porque había leído una crónica sobre los primeros tiempos del monasterio, la cual, curiosamente, me tranquilizó con respecto a una cuestión que siempre me había preocupado, las exactas circunstancias del declive de mi familia. En esta región, la ruina suele ser consecuencia de unas creencias heréticas. Me tranquilizó averiguar que la casa solariega de mi familia no había sido confiscada por el Santo Oficio, ni por los ejércitos de Simón de Montfort, sino que mis antepasados la habían perdido por su debilidad de carácter o estupidez.

Expliqué al padre Augustin que me había criado en Carcasona, y que mi padre había sido notario público y cónsul allí. Si yo tenía parientes en Prouille, no sabía nada de ellos. Ni siquiera había visitado ese lugar.

El padre Augustin parecía decepcionado. Me preguntó, con tono más frío, sobre mi progreso en la orden, y me apresuré a describírselo: ordenado a los diecinueve años, tres años de filosofía en Carcasona, profesor de filosofía en Carcasona y Lazet, cinco años de teología en la Escuela General de Montpellier, nombrado predicador general, definidor en varios capítulos provinciales, maestro de estudiantes en Beziers, Lazet, Toulouse...

—Y luego de vuelta a Lazet —me interrumpió el padre Augustin—. ¿Cuánto tiempo lleváis aquí?

—Nueve años.

—¿Os sentís a gusto aquí?

—¿A gusto? Sí. —El padre Augustin se refería a que mis progresos parecían haberse detenido. Pero a medida que uno envejece pierde las pasiones de la juventud. Por lo demás, algunos miembros de la orden no se ríen como yo—. El vino aquí es excelente. El clima es agradable. Abundan los herejes. ¿Qué más podría pedir?

El padre Augustin me miró durante unos momentos. Luego me preguntó sobre el padre Jacques, su historial y sus costumbres, sus aficiones, sus habilidades, su vida y su muerte. Comprendí enseguida que me conducía en una determinada dirección, como los perros conducen a un ciervo hacia una partida de cazadores. Como yo conduzco a un hereje hacia la verdad.

—No es necesario que os andéis con rodeos, padre —dije, interrumpiéndole cuando me preguntó con habilidad sobre la amistad del padre Jacques con algunos de los comerciantes más importantes de la ciudad—. Deseáis saber si los rumores son fundados, si vuestro predecesor aceptó clandestinamente dinero de hombres acusados de herejes.

El padre Augustin no manifestó sorpresa ni enojo. Era un inquisidor demasiado experto para caer en esa ingenuidad. Se limitó a observarme, aguardando.

—Yo también he oído esas habladurías —proseguí—, pero no he podido confirmar su veracidad ni su falsedad. El padre Jacques aportó a la orden numerosos y magníficos libros, que afirmó haber recibido como regalo. Asimismo, tenía muchos parientes acaudalados en esta región, pero no puedo deciros si sus fortunas provenían de él o fueron a parar a él. Si aceptó unos regalos ilícitos, no creo que lo hiciera con frecuencia.

El padre Augustin guardó silencio, con la vista fija en el suelo. Con los años he comprendido que nadie, ni siquiera un experto inquisidor, es capaz de leer los corazones y las mentes de los hombres como si leyera un libro. El hombre repara en el aspecto externo, pero el Señor repara en el corazón, y el aspecto externo del padre Augustin era impenetrable como un muro de piedra. No obstante, yo estaba convencido, con una apabullante y sin duda injustificada seguridad en mí mismo, de que lograría adivinar sus pensamientos. Deduje que sospechaba que yo mismo estaba implicado en el asunto, por lo que me apresuré a tranquilizarlo.

—Por otra parte, no tengo parientes ricos. Y mis estipendios como vuestro vicario son remitidos directamente al priorato... cuando me los pagan. —Al observar la perplejidad de mi superior, le expliqué que al padre Jacques, pese a sus reiteradas peticiones al administrador real de confiscaciones, le debían, al morir, los estipendios de tres años—. Las confiscaciones no son tan provechosas como en otros tiempos —añadí—. Los herejes que vemos hoy en día son humildes campesinos de las montañas. Todos los señores heréticos fueron capturados y desollados hace tiempo.

—El rey es responsable de los gastos del Santo Oficio —dijo el padre Augustin—. Esto no es Lombardía ni Toscana. La Inquisición francesa no depende de las confiscaciones para subsistir.

—Quizá no en teoría —contesté—. Pero el rey sigue debiendo al padre Jacques cuatrocientas cincuenta *livres tournois*.

—¿Y a vos? ¿Cuánto os debe el rey?

—La mitad de esa cantidad.

El padre Augustin arrugó de nuevo el ceño. En éstas sonó la campana que llamaba a prima y ambos nos levantamos.

—Después de misa —dijo el padre Augustin—, deseo visitar la prisión y el lugar donde lleváis a cabo los interrogatorios.

—Os llevaré allí.

—También deseo conocer al administrador real de confiscaciones... y, por supuesto, al senescal real.

—Os concertaré una cita con él.

—Como es natural, indagaré en el asunto de los estipendios —prosiguió el padre Augustin dirigiéndose hacia la puerta. Al parecer nuestro diálogo había concluido. Pero al atravesar el umbral, se volvió y me miró.

—¿Habéis dicho que la mayoría de las ovejas descarriadas que tenemos en nuestra prisión son campesinos pobres?

—Sí.

—Entonces debemos preguntarnos el motivo. ¿Acaso todos los ricos son católicos fieles? ¿O disponen de los medios necesarios para comprar su libertad?

No supe qué responder. Así que después de esperar unos momentos a que yo le contestara, el padre Augustin echó a andar de nuevo hacia la iglesia, apoyado en su bastón y deteniéndose de vez en cuando para recobrar el resuello.

Al seguirle, tuve que caminar con más lentitud de la habitual. Pero tuve que reconocer que, por más que su cuerpo estuviera enfermo, la mente del padre Augustin rebosaba vigor.

Imagino que no conocéis Lazet, excepto en los términos más sencillos: quizá sepáis que es una ciudad bastante grande, aunque algo más pequeña que Carcasona; ubicada en las estribaciones de los Pirineos, sobre un valle fértil atravesado por el Agly; que su comercio principal es el vino y la lana, algunos cereales, un poco de aceite de oliva y madera de las montañas. Quizá sepáis también que desde la muerte de Alphonse de Poitiers pertenece a la Corona. Pero no conocéis su aspecto, sus rasgos esenciales, a sus ciudadanos importantes. Por tanto os ofreceré una descripción fiel de la ciudad antes de continuar relatando los hechos que ocurrieron allí, y ruego a Dios que me conceda la elocuencia de la que carezco.

Lazet se halla en la cima de un altozano, y está bien fortificada. Si entráis por la puerta norte, llamada la puerta de Saint Polycarpe, al poco rato llegaréis a la catedral de Saint Polycarpe. Es una iglesia antigua, de tamaño reducido y construcción austera; el claustro de los canónigos adjunto a ella presenta unas decoraciones más suntuosas, puesto que fue construido en fecha reciente. El palacio del obispo era antiguamente la casa de huéspedes de los canónigos, antes de que el papa Bonifacio XIII creara en 1295 los obispados de Pamiers y Lazet. Desde entonces se han llevado a cabo importantes reformas en el edificio, según me han dicho, y ostenta más habitaciones de las que pueda necesitar un arzobispo. Sin duda es el edificio más hermoso de Lazet.

Frente a la catedral hay una explanada en la que convergen cinco caminos, y allí encontraréis el mercado. Muchas personas acuden allí para comprar vino, tejidos, ovejas, madera, pescado, cacharros, mantas y otros artículos. En el centro del mercado se alza una cruz sobre un hoyo poco profundo dotado de un techado, semejante a una gruta, que pertenece a los canónigos de Saint Polycarpe. He oído decir que tiempo atrás, mucho antes de que se construyera esta ciudad, un piadoso eremita vivió durante cincuenta años en esa gruta, sin salir jamás de ella ni poder ponerse de pie en su interior, a juzgar por las dimensiones del espacio, el cual pronosticó la construcción de Lazet. El eremita se llamaba Galamus. Aunque no fue santificado, su gruta es considerada un lugar sagrado; desde tiempos inmemoriales la gente deja allí unos presentes para los canónigos: a veces dinero, con frecuencia pan o verduras, un rollo de tejido o un par de zapatos. Estas ofrendas se recogen todos los días al anochecer. El hecho de que durante los últimos años se hayan recogido muy pocas ofrendas se achaca al Santo Oficio, al que se le suele hacer responsable de la mayoría de desgracias que ocurren en esta región.

Desde el mercado, si camináis por la calle de Galamus, pasaréis frente al Castillo Condal, situado a vuestra derecha. Esta fortaleza, antaño la residencia de los condes de Lazet —un linaje que se ha extinguido debido a sus tendencias heréticas—, hoy en día es el cuartel general de Roger Descalquencs, el senescal real. Cuando el rey Felipe visitó nuestra región, hace unos catorce años, durmió en la habitación que ahora ocupa Roger, como el propio Roger se afanará en recordaros. Los juicios regionales, que él preside como magistrado, se celebran también en el castillo, y la prisión real está instalada en dos de sus torres. Buena parte de la guarnición de la ciudad ocupa el cuartel y la barbacana.

El priorato de los frailes predicadores está situado al este del castillo. Dado que es una de las fundaciones más antiguas de los dominicos, fue visitada en numerosas ocasiones por santo Domingo, quien donó a la fundación una pequeña colección de conchas y ropa que se conservan con esmero en la sala capitular. Allí viven veintiocho frailes, junto con diecisiete hermanos legos y doce estudiantes. La biblioteca alberga ciento setenta y dos libros, catorce de los cuales fueron adquiridos (por algún que otro medio) por el padre Jacques Vaquier. Según la reputada obra de Humberto de los Romanos, referente a las vidas de nuestros primeros padres, Lazet fue el lugar donde un tal hermano Benedict, salvajemente atormentado por siete diablos alados que le azotaban sin piedad, llenando su cuerpo de unas pústulas hediondas, enloqueció y tuvo que ser encadenado a un muro para proteger a sus compañeros frailes. Cuando santo Domingo exorcizó a los diablos, el amo de éstos apareció bajo el aspecto de un lagarto negro y discutieron sobre teología hasta que el santo le derrotó con un poderoso entimema colectivo.

Por fortuna, estas cosas ya no ocurren aquí.

Desde el priorato, un corto recorrido a pie os conducirá a las dependencias del Santo Oficio. No obstante, cuando llevé al padre Augustin por ese camino, me saludaron cuatro conocidos (un guantero, un sargento, un tabernero y una piadosa matrona), y reparé en la mirada perpleja de soslayo que me dirigió mi superior.

—¿No dijisteis que las gentes de este lugar sienten aversión hacia el Santo Oficio? —me preguntó.

—Me temo que sí.

—Sin embargo, parece que os consideran un amigo.

—Padre —respondí echándome a reír—, si yo estuviera en el lugar de esas gentes, también procuraría hacerme amigo del inquisidor local.

Mi respuesta pareció satisfacer al padre Augustin, aunque no era una explicación totalmente sincera. Lo cierto es que me he esforzado en mantener una buena relación con muchos de los ciudadanos de Lazet, pues para formarse una detallada imagen mental de los árboles genealógicos más ilustres, relaciones de negocios y enemistades mortales de la ciudad, es preciso compartir muchos ratos con esas gentes. Os garantizo que averiguaréis más cosas sobre los secretos amatorios de una mujer cambiando unas palabras con su doncella o su vecina, que interrogándola sobre el potro de tormento (cosa que, gracias a Dios, jamás he hecho). «Os envío como ovejas en medio de lobos; sed, pues, prudentes como serpientes y sencillos como palomas.» Son unas palabras muy a tener en cuenta, no sólo por el predicador sino también por el inquisidor.

Siempre he sostenido que un buen inquisidor no necesita formular muchas preguntas a su testigo. Un buen inquisidor ya conoce las repuestas. Y no hallará todas las respuestas en los libros, ni en la contemplación de la inefable majestad de Cristo.

—Aquí, como veis, está la prisión —dije cuando alcanzamos las murallas de la ciudad. En Lazet, al igual que en Carcasona, los prisioneros del Santo Oficio son encarcelados en una de las torres fortificadas, que adornan las murallas circundantes de la ciudad como joyas que adornan un collar—. Por suerte, nuestras dependencias fueron especialmente construidas para alojar la prisión, lo cual nos permite movernos libre y cómodamente entre ambos edificios.

—Un plan excelente —comentó el padre Augustin con tono grave.

—No veréis unas dependencias tan lujosas como las de Toulouse —añadí, pues sabía que el padre Augustin había trabajado un tiempo con Bernard Gui, quien lleva a cabo sus tareas en una casa cercana al Castillo Narbonés donado a santo Domingo por Peter Cella—. No podemos jactarnos de poseer un refectorio o un gran salón como en Carcasona. Tenemos unas caballerizas, pero no tenemos caballos. Disponemos de pocos empleados.

—Poco es mejor con el temor de Dios —murmuró el padre Augustin.

A continuación le mostré cómo estaban construidos los establos, excavados en una cuesta poco pronunciada de modo que la enorme puerta de madera, cerrada por dentro con cerrojo, daba a una calle situada a un nivel inferior que el camino en el que se hallaba la entrada principal. Aunque el edificio constaba de tres plantas (los establos ocupaban el nivel inferior), visto desde el norte parecía consistir sólo de dos plantas, adosado a la torre de la prisión como un corderito que se refugia contra el flanco de su madre.

Pero quizá sea impropio comparar las dependencias del Santo Oficio con algo tan débil y tierno como un corderito. Depositario de numerosos y graves secretos, estaba tan fortificado como la prisión situada junto a él, y rodeado por unos recios muros perforados por tres pequeñas troneras. La puerta principal apenas era lo suficientemente ancha y elevada para que pasara por ella una persona de proporciones normales y, como la puerta del establo, también podía cerrarse desde dentro. Aquella mañana nos encontramos con Raymond Donatus, que salía del edificio cuando nosotros nos disponíamos a entrar, por lo que no tuvimos que llamar a la puerta.

—¡Ah! Raymond Donatus —dije—. Permitidme que os presente al padre Augustin Duese. Padre, éste es nuestro notario, el cual dedica buena parte de su tiempo a atender nuestras peticiones especiales. Es un fiel servidor del Santo Oficio desde hace ocho años.

Raymond Donatus nos miró sorprendido. Deduje que había salido para orinar (pues se estaba ajustando la ropa) y no esperaba toparse con nuestro nuevo inquisidor en la puerta. No obstante, recobró con rapidez la compostura e hizo una reverencia.

—Su presencia nos honra, reverendo. Mi corazón se alegra de veros.

El padre Augustin pestañeó y farfulló una bendición. Parecía un tanto extrañado por la exagerada, y cabe decir histriónica, cortesía de Raymond. Pero era muy típico de él: siempre se expresaba en términos exagerados, que podían ser dulces como el pan de los ángeles o contundentes como el martillo que rompe la piedra en añicos. Era un hombre de carácter voluble, que pasaba de la tristeza a la euforia varias veces al día, de genio vivo, que no temía manifestar sus opiniones, muy divertido cuando estaba de buen humor, glotón, desmedido y lascivo como una cabra (de sangre tan caliente que los diamantes se funden en ella). Un hombre de orígenes humildes que se ufanaba de su cultura. Asimismo, se vestía con ropa elegante y no cesaba de hablar de sus viñedos.

No obstante, esos pequeños defectos carecían de importancia comparados con su maestría en el empleo de la jerga legal y la extraordinaria pericia de su mano. Jamás he conocido, en todos mis viajes, a un notario capaz de transcribir la palabra hablada con tanta rapidez. Apenas salía una frase de los labios de uno, él ya la había plasmado sobre el papel.

Para concluir con una descripción de su aspecto (lo que Cicerón llamaría una *effictio*), diré que tenía unos cuarenta años, que era de estatura mediana, corpulento pero no obeso, de rostro rubicundo y con una melena tan abundante y negra como el tercer caballo del Apocalipsis. Poseía una buena dentadura, que exhibía con orgullo, y sonrió al padre Augustin con tal vehemencia que el superior pareció un tanto desconcertado.

Para romper el incómodo silencio, expliqué al padre Augustin que Raymond Donatus era el encargado de los archivos inquisitoriales que se conservaban arriba.

27

—¡Ah! —dijo el padre Augustin, más animado, cruzando el umbral con sorprendente velocidad—. Los archivos, sí. Deseo hablaros sobre los archivos.

—Están a buen recaudo —le aseguré, siguiéndole. Cuando nuestros ojos se hubieron adaptado a la penumbra, le indiqué mi mesa, que ocupaba un extremo de la habitación en la que nos hallábamos. El resto del mobiliario consistía en tres bancos, dispuestos junto a las paredes a nuestra izquierda y derecha—. Ahí es donde llevo a cabo buena parte de mi trabajo. El padre Jacques dejaba en mis manos casi toda la correspondencia.

El padre Augustin miró a su alrededor como un ciego. Luego arrastró los pies y tocó el atril de madera, de nuevo como un ciego. Tuve que conducirlo a su despacho, mayor que la antesala, dotado de una tronera a través de la cual se filtraba un poco de luz. Después de explicar que el padre Jacques solía interrogar a los testigos en ese despacho, mostré a su sucesor la mesa del inquisidor (una pieza magnífica, exquisitamente tallada) y el arcón en el que el padre Jacques guardaba algunas obras de referencia: el *Speculum Judiciale* de Guillaume Durant, la

Summa de Rainerius Sacconi, las *Sentences* de Pierre Lombard, la glosa de Raimundo de Peñafort sobre el *Liber Extra* de Gregorio IX. Expliqué al padre Augustin que esos libros estaban ya al cuidado del bibliotecario del priorato, pero que si deseaba consultarlos no tenía más que decirlo.

—¿Y los archivos? —inquirió el padre Augustin, haciendo caso omiso de lo que yo le había dicho. Mostraba una expresión fría y resuelta que me chocó. Le conduje de nuevo a la antesala y subimos por una escalera circular de piedra construida en una angosta torreta que ocupaba un ángulo y comunicaba los tres pisos. Cuando alcanzamos el piso superior, hallamos a Raymond Donatus esperándonos junto al escribano, el hermano Lucius Pourcel.

—Aquí es donde guardamos los archivos —expliqué—. Y éste es el hermano Lucius, nuestro escriba. El hermano Lucius es un canónigo de Saint Polycarpe. Es un escriba muy rápido y preciso.

El padre Augustin y el hermano Lucius se saludaron fraternalmente. El hermano Lucius con su humildad acostumbrada, el padre Augustin como si pensara en asuntos más importantes. Comprendí que no dejaría que nada le distrajera de su propósito, que era localizar y examinar los archivos inquisitoriales. Así pues, le conduje hacia los dos enormes arcones en los que estaban guardados y le entregué las llaves de su predecesor.

—¿Quién más tiene las llaves? —preguntó el padre Augustin—. ¿Vos?

—Por supuesto.

—¿Y esos hombres?

—Sí, ellos también las tienen —respondí, y miré hacia el lugar donde se hallaban Raymond Donatus y el hermano Lucius. Formaban una extraña pareja, uno muy relleno y vestido con suntuosidad, decididamente tosco en su apariencia y apetitos; el otro pálido, flaco y reservado. Había oído con frecuencia a Raymond hablando con Lucius, pues su estentórea voz se oía con claridad desde abajo, enumerando los encantos de una amistad femenina o perorando sobre cuestiones concernientes al dogma católico. Sostenía numerosas opiniones que no se recataba en airear. No recuerdo haber oído al hermano Lucius expresar su parecer sobre tema alguno, salvo quizás el tiempo, o su debilitada vista. En cierta ocasión, compadeciéndome de él, le pregunté si prefería tener menos trato con Raymond Donatus, pero el hermano Lucius me aseguró que no le molestaba. Raymond, dijo, era un hombre instruido.

También era un hombre que quemaba incienso a la vanidad, y no se sintió halagado en absoluto por la aparente incapacidad del padre Augustin de recordar su nombre. (En todo caso, así interpreté yo su hosca expresión.) Pero al padre Augustin sólo le interesaba una cosa, y hasta que no consiguiera cumplir su propósito, todo lo demás le tenía sin cuidado.

—No puedo abrir estos arcones —declaró, alzando su mano hinchada y trémula para mostrármela—. Haced el favor de abrirlos vos.

—¿Buscáis algún libro en concreto, padre?

—Deseo examinar los archivos que contengan todos los interrogatorios llevados a cabo por el padre Jacques cuando estuvo aquí.

—En ese caso, Raymond os será más útil —respondí indicando a Raymond Donatus al tiempo que alzaba la tapa del primer arcón—. Raymond conserva los archivos en perfecto orden.

—Con gran celo y diligencia —apostilló Raymond, que no se recataba en proclamar sus virtudes. Avanzó presuroso, con el deseo de demostrar su pericia como archivero de nuestros expedientes inquisitoriales—. ¿Deseáis revisar algún caso en particular, reverendo? En la tapa de cada libro hay unas tabulaciones...

—Deseo revisar todos los casos —le interrumpió el padre Augustin. Entrecerrando los ojos para contemplar las pilas de volúmenes encuadernados en cuero, arrugó el ceño y preguntó cuántos había.

—Hay cincuenta y seis archivos —contestó Raymond con orgullo—. Aparte de varios pergaminos y cuadernos.

—Como sabéis, ésta es una de las sedes más antiguas del Santo Oficio —observé. Se me ocurrió que el padre Augustin era casi con toda seguridad incapaz de levantar un solo archivo, pues cada códice era muy voluminoso y pesado—. Y una de las más concurridas. En estos momentos, por ejemplo, hay ciento setenta y ocho prisioneros adultos.

29

—Deseo que todos los expedientes del padre Jacques se guarden en el arcón del piso inferior —me ordenó mi superior, haciendo de nuevo caso omiso de mi comentario—. Sicard me ayudará a revisarlos. ¿Podemos acceder a la prisión desde esta planta?

—No, padre. Sólo desde la planta baja.

—En tal caso volveremos sobre nuestros pasos. Gracias —dijo el padre Augustin dirigiéndose al hermano Lucius y a Raymond Donatus—. Volveremos a hablar más tarde. Podéis regresar a vuestras tareas.

—Yo no, padre —objetó Raymond—. No puedo reanudar mi tarea sin el padre Bernard. Íbamos a interrogar a un testigo.

—Eso puede esperar —contesté—. ¿Habéis redactado el protocolo para Bertrand Gasco?

—No del todo.

—Pues terminadlo. Ya os llamaré cuando os necesite.

El padre Augustin bajó a la antesala con lentitud, pues la escalera era estrecha y estaba poco iluminada. Pero guardó silencio hasta que alcanzamos mi mesa, situada junto a la puerta de la prisión.

—Deseo preguntaros algo con franqueza, hermano —dijo al cabo de unos momentos el padre Augustin—. ¿Esos hombres son de fiar?

—¿Raymond? —pregunté—. ¿De fiar?

—¿Podemos confiar en ellos? ¿Quién les nombró?

—El padre Jacques, por supuesto. —Como dice san Agustín, hay algunas cosas en las que no creemos hasta que las comprendemos, y otras que no comprendemos hasta que creemos en ellas. Pero aquí había algo que yo comprendía pero me parecía increíble—. Padre —dije—, ¿habéis venido para hacer una inquisición en la Inquisición? Si es así, debéis decírmelo.

—He venido para impedir que los lobos voraces destruyan la fe —respondió el padre Augustin—. Por consiguiente, debo guardar los archivos del Santo Oficio en lugar seguro. Los archivos son nuestro instrumento más eficaz, hermano, y los enemigos de Cristo lo saben. Están dispuestos a todo con tal de apoderarse de ellos.

—Lo sé. Avignonet. —Todos los que trabajan para el

Santo Oficio tienen grabado en su corazón los nombres de los inquisidores que fueron asesinados en Avignonet el siglo pasado. Pocos saben que sus archivos fueron robados y después vendidos por la suma de cuarenta *sous*—. Y Caunes. Y Narbona. Todos los ataques emprendidos contra nosotros terminan con la sustracción y quema de los archivos. Pero este edificio está bien protegido y hemos hecho una copia de todos los expedientes. Se encuentran en la biblioteca del obispo.

—Hermano, las mayores derrotas son urdidas por los traidores —afirmó el padre Augustin. Tras apoyar todo su peso en el bastón, añadió—: Hace treinta años, el inquisidor de Carcasona descubrió un complot para destruir ciertos archivos. Yo he visto unas copias que están en Toulouse. Dos de los hombres implicados eran empleados del Santo Oficio, uno un mensajero, el otro un escriba. Debemos permanecer siempre atentos, hermano. «Guárdese cada uno de su amigo, y nadie confíe en su hermano.»

De nuevo me sentí confundido. Sólo atiné a responder:

—¿Por qué consultasteis unos documentos de hace treinta años?

El padre Augustin sonrió.

—Los viejos archivos son tan elocuentes como los nuevos —contestó—. Por eso deseo revisar los expedientes del padre Jacques. Tras obtener el nombre de cada persona difamada por herejía en sus archivos, y cotejar luego los nombres con los de las personas que figuran como acusadas y condenadas, comprobaré quiénes lograron escapar al castigo.

—Quizá lograran escapar porque murieron —observé.

—En tal caso, según lo prescrito, exhumaremos sus restos, quemaremos sus huesos y destruiremos sus casas.

«Por el furor de Yavé Sebaot se abrasará la tierra, y el pueblo será presa del fuego.» Seré un pusilánime, pero la persecución de personas que han muerto siempre me ha parecido excesiva. ¿Acaso los muertos no se hallan en los dominios de Dios o el diablo?

—Los habitantes de esta ciudad no nos mirarán con simpatía, padre, si desenterramos a sus muertos —observé, pensando de nuevo en los episodios a los que me había referido, los ataques contra el Santo Oficio en Caunes, Narbona y Carcasona. En aquel incidente descrito en la *Crónica* del hermano Guillaume Pelhisson, en el cual el hermano Arnaud Catalan, inquisidor de Albi, fue azotado bárbaramente por un populacho hostil por haber quemado los huesos de unos herejes.

Pero el padre Augustin se limitó a responder:

—No hemos venido aquí para hacer amigos, hermano.

Y me miró con cierto aire de censura.

Entre las numerosas obras notables que se conservan en el priorato de Lazet se halla la *Historia albigensis* de Pierre de Vaux-de-Cernay. Dicha crónica contiene el relato de unos hechos que, de no ser por el don bendito de las letras, sin duda habrían caído en el olvido, pues pocos desean recordar unos tiempos tan cruentos ni las raíces de la amargura que los propició. Quizá (¿quién sabe?) sería preferible que cayeran en el olvido; desde luego, uno no querría que se difundiera la vergonzante historia de la fascinación que las doctrinas perversas han ejercido sobre esta provincia. Baste decir que si consultáis la *Historia albigensis* comprenderéis con toda claridad las oscuras infidelidades que atrajeron la ira de la cristiandad sobre nosotros, aquí en el sur. No me atrevo siquiera a resumir los hechos relatados por el susodicho Pierre, el cual, imitando a Simón de Montfort, describió numerosas batallas y asedios, mientras los ejércitos de la cruzada hacían de nuestras montañas campo de devastación, y de nuestras heredades pastizales de desierto. En cualquier caso, fue una guerra que tiene poco que ver con mi modesto relato. Si me he referido a la obra del padre Pierre es porque ofrece una fiel descripción del grado en que «esa abominable plaga de depravación herética», la secta de los herejes maniqueos o albigenses (conocidos también como cátaros), había infectado a mis congéneres antes de que se emprendiera una cruzada contra ellos. Desde el más noble al más humilde, vagaron aquí y allá por los eriales del error; según afirma Pierre, incluso los nobles de esta tierra «se convirtieron casi todos en defensores y recibidores de herejes».

Y como sin duda os habréis percatado, la plebe sigue siempre los pasos de los nobles.

¿Por qué los siguen? ¿Por qué se apartan de la luz? Algunos achacan la culpa a la misma Iglesia santa y apostólica, debido a su codicia e ignorancia, a la vanidad de sus sacerdotes y a la simonía de sus pontífices. Pero cuando miro a mi alrededor veo orgullo e ignorancia en las raíces de toda disidencia. Veo a bellacos que aspiran, no ya al sacerdocio, sino a la responsabilidad de la profecía. Veo a mujeres que pretenden enseñar, y a campesinos que se llaman a sí mismos obispos. (Hoy en día, gracias a Dios, eso ya no ocurre, pero antaño los cátaros tenían sus propios obispos y consejos.)

Ésta era la grave situación en que nos encontrábamos hace centenares de años, más o menos. Hoy, gracias a la diligencia del Santo Oficio, la herejía ha sido exterminada: la enfermedad ya no está difundida y expuesta, como las llagas de un leproso, sino que se encona en lugares recónditos, en bosques y montañas, detrás de una falsa devoción, debajo de una piel de cordero. Según pude comprobar después de consultar a Jean de Beaune en Carcasona, a Bernard Gui en Toulouse y al nuevo obispo de Pamiers, Jacques Fournier, que hace poco instigó un ataque contra las creencias heterodoxas en su diócesis, la última epidemia de esta infección fue provocada gracias a los esfuerzos de un tal Pierre Authie, otrora notario de Foix, que fue quemado por sus desmanes en 1310. Pierre y su hermano Guillaume se convirtieron en adeptos de la doctrina hereje en Lombardía, y regresaron a su tierra a fines del pasado siglo como perfectos, o sacerdotes, para convertir a otros. Bernard Gui calcula que debieron de convertir más o menos a un millar de creyentes. Sembraron una semilla que ha germinado, florecido y vuelto a retoñar, hasta el punto de que en las laderas y los pasos de los Pirineos prolifera esta mala hierba.

De ahí el número de campesinos procedentes de las montañas que están presos en nuestra cárcel, unos pobres ignorantes que de no ser por su necia obcecación inspirarían lástima. Con qué tenacidad se aferran a sus estúpidos errores, insistiendo, por ejemplo, en que si no hay pan en la barriga, no hay alma. O en que las almas de los hombres malos no irán al infierno ni al paraíso después del Juicio Final, sino que serán arrojadas a los abismos por los demonios. O incluso en que quienes agitan las manos o los brazos al andar causan graves daños, pues esos movimientos arrojan muchas almas de los muertos a la Tierra. Dudo que los perfectos maniqueos impartieran esas doctrinas tan absurdas (su código de creencias, aunque equivocado, no deja de tener cierta lógica dentro de su perversidad). No, las extrañas convicciones de esos imbéciles son de su propia cosecha. Instruidos por los perfectos para dudar y ponerlo todo en tela de juicio, crean sus propias doctrinas según les conviene. ¿Y adónde conduce todo esto? A hombres como Bertrand Gasco.

Bertrand provenía de Seyrac, una aldea situada en las montañas atestadas de herejes y pastores de ovejas. Comoquiera que los perfectos afirman que la cópula, incluso entre un hombre y su esposa, es pecado (si consultáis la primera parte de la *Historia albigensis* comprobaréis que el autor tabula este error de la siguiente forma: «Que el santo matrimonio no es sino lascivia, y quienquiera que engendre hijos o hijas en ese estado no puede salvarse»), dado que, como digo, es uno de los principios maniqueos, Bertrand Gasco lo utilizó para sus propios fines. Un tejedor cachigordo, enfermizo, de semblante adusto, con escasas pertenencias y nula educación, logró, sin embargo, seducir a numerosas mujeres (no he calculado el total); entre ellas a varias casadas, una hermana suya y otra que era su hermanastra. Para justificar un pecado tan monstruoso, explicaba a sus ignorantes víctimas que era más pecaminoso yacer con el marido que con cualquier otro hombre, inclusive un hermano. ¿Por qué? ¡Porque la esposa no creía estar pecando cuando yacía con su marido! También afirmaba que Dios jamás había ordenado a ningún hombre que no aceptara a su hermana de sangre como esposa, puesto que cuando se creó el mundo los hermanos copulaban con sus hermanas. En esta afirmación detecté al instante la influencia de alguien más instruido que Bertrand, y conseguí sonsacarle un nombre, el de un perfecto, Ademar de Roaxio. Se da la circunstancia de que ese tal Ademar había sido también arrestado y se hallaba encerrado en la cárcel junto con Bertrand.

No creí que Ademar hubiera inculcado en Bertrand ese perverso dogma para animarle a perseguir a sus parientes femeninas. Sin duda, esos errores fueron presentados simplemente para apoyar la tesis de que la cópula es un pecado, dentro y fuera del matrimonio, entre extraños o hermanos. Dado que Ademar era un hombre de temperamento ascético, no habría aprobado las actividades de Bertrand. Deduzco que el perfecto vivía tal como decía, como la doctrina herética decretaba que debía vivir: con castidad, pobreza, subsistiendo con una dieta que excluía la carne, los huevos y el queso (por ser fruto del coito), absteniéndose de juramentos, mendigando y predicando. Algunas autoridades afirman que los herejes mienten cuando aseguran ser castos, pobres o puros, y es cierto que muchos herejes son unos mentirosos, fornicadores y glotones. Pero algunos no lo son. Algunos, como Ademar, son creyentes auténticos. Lo cual los hace aún más temibles.

A través de la declaración de una testigo llamada Raymonda Vitalis, averigüé que en cierta ocasión unas personas habían pedido a Ademar que bendijera a una niña moribunda utilizando la bendición denominada *consolamentum*, que comprende numerosas oraciones y postraciones. Esto, según creen los herejes, garantiza que un moribundo alcance la vida eterna, pero sólo si éste o ésta se abstiene de ingerir comida y agua después. «No des a tu hija nada de comer ni beber, aunque te lo pida», ordenó Ademar a la madre. Cuando ésta replicó que jamás le negaría comida o agua a su hija, Ademar le advirtió que estaba poniendo en peligro el alma de la niña. Acto seguido el padre se llevó a su esposa por la fuerza de la habitación de la niña, que murió suplicando que le dieran leche y pan.

Los herejes denominan este terrible ayuno *endura*, convencidos de que constituye un medio santo de suicidarse. Sin duda, la filosofía que sustenta esa tesis deriva de la repugnancia que les inspira el mundo material, que califican como la creación y los dominios del dios maligno, Satanás, al que atribuyen un poder idéntico al del Señor. Pero me estoy alejando del tema. Mi intención aquí no es explorar los entresijos de la doctrina herética, sino narrar una historia, tan rápida y claramente como sea posible.

35

Así pues, baste decir que Ademar ayunaba cuando el padre Augustin inspeccionó por primera vez la prisión.

—Este hombre es un perfecto impenitente —informé a mi superior (y confieso que lo dije no sin cierto orgullo, pues los perfectos no abundan en estos tiempos)—. Se está muriendo.

—¿Cómo es eso?

—Se niega a comer.

Abrí la mirilla de la puerta de la celda de Ademar, pero estaba tan oscura que no se veía nada. De modo que descorrí el cerrojo de la puerta, sabiendo que, debilitado por el hambre y encadenado a la pared, Ademar no presentaba peligro alguno. Estaba solo, porque los perfectos deben permanecer solos en una celda, por atestada que esté la prisión. De lo contrario emponzoñan las mentes de otros prisioneros, convenciéndoles de que se retracten de sus confesiones y mueran por sus principios.

—Saludos, Ademar —dije con tono jovial—. Pareces muy enfermo. Deberías recapacitar.

El prisionero se movió un poco, de modo que sonaron sus cadenas. Pero no respondió.

—Veo que Pons te ha dejado un poco de pan. Cómetelo antes de que se ponga duro.

Pero Ademar siguió encerrado en su mutismo. Supuse que se sentía demasiado débil para articular palabra, quizás incluso para comerse el pan. En la penumbra de la celda parecía un moribundo, con su rostro largo y huesudo pálido como los siete ángeles.

—¿Quieres que te dé un poco de pan? —le pregunté, sinceramente preocupado. Pero cuando partí un trozo y se lo acerqué a la boca, Ademar volvió la cabeza.

Me incorporé emitiendo un suspiro de resignación, y me volví hacia mi superior.

—Ademar ha hecho una confesión completa y sincera, pero se niega a retractarse de sus errores. El padre Jacques ordenó que todos los testigos que no cooperaran y los pecadores obstinados fueran obligados a ayunar, ingiriendo sólo pan y agua, para que los rigores del cuerpo abrieran sus corazones a la luz de la verdad. —Me detuve, abrumado durante unos instantes por el aire enrarecido y fétido de la celda—. El ayuno de Ademar es más estricto de lo que yo desearía —añadí.

El padre Augustin inclinó la cabeza. Luego se acercó al prisionero, alzó la mano y dijo:

—Arrepiéntete y te salvarás.

Ademar levantó la cabeza y abrió la boca. De ella brotó una voz apenas audible, sobrenatural, como el crujido de una rama agitada por el viento.

—Arrepiéntete y te salvarás —replicó.

Yo tosí para disimular la risa. Ademar era incorregible.

—Retráctate de tus errores y acércate a Dios —le exigió el padre Augustin con tono aún sombrío. A lo que Ademar respondió:

—Retráctate de tus errores y acércate a Dios.

Al mirar a ambos hombres, me inquietó reconocer cierta similitud entre ellos. Ambos se mostraban inflexibles, implacables como las montañas de cobre de Zacarías.

—No eres dueño de tu vida para acabar con ella cuando lo desees —informó el padre Augustin al perfecto—. En caso necesario, puedo convocar un auto de fe mañana mismo. No creas que conseguirás escapar a las llamas con tu cobardía.

—No soy cobarde —protestó Ademar con un hilo de voz, agitando sus cadenas—. Si fueras un auténtico siervo de Dios, en lugar de una caja de caudales andante, sabrías que las mordeduras del hambre son más agudas que las del fuego.

Esta vez no pude reprimir la risa.

—Esa imputación podrías hacérmela a mí, Ademar, pero no al padre Augustin. La reputación del padre Augustin le precede; todo el mundo sabe que se alimenta de ortigas y cóndilos. Sabe muy bien lo que es el hambre.

—En tal caso sabrá que es lenta, muy lenta. Las llamas prenden rápido. Si yo fuera un cobarde, me arrojaría a la hoguera, pero no lo soy.

—Sí lo eres —contesté—. Eres un cobarde porque condenaste a una criatura a morir. Te fuiste dejando que sus padres soportaran solos sus gritos de súplica. Sólo un cobarde lo habría hecho.

—¡No me fui! ¡Me quedé hasta el final! ¡La vi morir!

—Y supongo que gozaste con ello. Conozco la opinión que te merecen los niños. Dijiste a una mujer encinta que portaba en su vientre el fruto maldito del diablo.

—Caminas entre tinieblas, monje ignorante. No comprendes estos misterios.

—Cierto. No alcanzo a comprender que estés dispuesto a morir por una fe errónea que está condenada a desaparecer un día, toda vez que los creyentes devotos no pueden engendrar hijos. Eres un necio. ¿Por qué coqueteas con la muerte, si, según crees, tu alma podría encarnarse en una gallina o un puerco? ¡O, Dios nos libre, en un obispo!

Ademar volvió la cara hacia la pared. Cerró los ojos y se negó a decir palabra. De modo que dirigí mi siguiente comentario al padre Augustin.

—Con vuestro permiso, padre, mandaré a Pons que le traiga al prisionero unos suculentos champiñones rellenos... un poco de vino, unas tortitas de miel... algo que le abra el apetito.

El padre Augustin arrugó el ceño y negó con la cabeza con impaciencia, como si mis palabras le hubieran disgustado. Luego se dirigió renqueando hacia la puerta.

—Si mueres en esta celda —dije antes de seguir a mi superior—, no habrás conseguido nada, Ademar. Pero si mueres delante de otros, quizá les conmueva tu valor y firmeza de carácter. A mí me tiene sin cuidado que mueras aquí. Con tu ayuno no me desafías, sino que me ayudas. Lo último que necesito es un mártir maniqueo como tú.

Cuando abandoné la celda de Ademar encontré al padre Augustin esperándome en el pasillo. Era un pasillo muy ruidoso, porque las prisiones son lugares ruidosos (pese a los montones de paja que echamos en las celdas, cada voz resuena como un cubo al caer al fondo de un pozo de piedra), y las celdas estaban atestadas de gente airada e insatisfecha. No obstante, el padre Augustin bajó la voz para decir en latín:

—Vuestros comentarios han sido imprudentes, hermano.

—¿Mis comentarios...?

—Llamar mártir a ese hijo de Satanás para prometerle influir en una multitud que simpatiza con él...

—Ése sólo necesita una excusa, padre —repliqué—. Una

excusa para comer, y lo hará. Yo le he dado esa excusa. Y teniendo en cuenta que exagerabais al decirle que podíais convocar un auto de fe mañana...

—No era cierto —reconoció el padre Augustin.

—Exacto. Si Ademar no come, quizá muera mañana. En todo caso no pasará de esta semana. Y las muertes en prisión no son... deseables.

—No —dijo el padre Augustin—. Ese brote de infidelidad merece un castigo ejemplar.

—Sí... —Confieso que estaba preocupado, no por tener que ofrecer una lección al populacho, sino por evitar que se hicieran preguntas en las altas instancias. Hacía doce años, la investigación del papa Clemente con respecto a la prisión del Santo Oficio en Carcasona había desembocado en una reprimenda oficial.

En cualquier caso, la muerte no compete a la autoridad inquisitorial. La decisión de cobrarse una vida recae en el brazo secular.

—Como comprobaréis —dije, pasando a un tema menos inquietante—, en este piso están los prisioneros condenados al régimen *murus strictus*, y los que se niegan con empecinamiento a confesar. El piso superior alberga a los prisioneros de *murus largus*, los cuales pueden hacer ejercicio y conversar en los pasillos. ¿Deseáis ver el calabozo situado en los sótanos, padre? Podemos acceder a él a través de esa trampa.

—No —respondió el padre Augustin con brusquedad. Luego preguntó—: ¿Lo utilizáis con frecuencia?

—Sólo cuando necesito espacio para interrogar a la gente.

—Un buen inquisidor no necesita emplear la tortura—. El padre Jacques lo utilizaba para otros fines, de vez en cuando, pero no últimamente. ¿Queréis que subamos? Pons vive con su esposa en el piso de arriba, de modo que podemos concluir allí nuestra visita, tal como propusisteis.

Mi superior había expresado el deseo de inspeccionar la cárcel antes de conocer al carcelero. No me explicó el motivo de ese deseo, pero deduje que si la gerencia de Pons resultaba ser deficiente, el padre Augustin sin duda tomaría nota de ello y me exigiría una explicación al término de la visita. Cuando pasa-

39

mos frente a las celdas de los prisioneros de *murus largus*, algunas ocupadas por más de dos presos debido a la escasez de espacio, el padre Augustin me hizo varias preguntas sobre las medidas tomadas para garantizar que los prisioneros recibieran los artículos que les enviaban sus familiares y amigos. ¿Pasaban esos artículos por las manos del carcelero?, me preguntó.

—Descuidad, padre —respondí—. Pons es todo lo honrado que puede ser un carcelero.

—¿Cómo lo sabéis?

—Porque conozco a muchos amigos y parientes de los prisioneros. Les pregunto qué les envían y luego pregunto a los presos qué reciben. Nunca ha habido ninguna diferencia.

El padre Augustin respondió con un gruñido. Intuí que mi respuesta no le había convencido, pero, como de costumbre, decidí que era absurdo cuestionarlo sobre una suposición no confirmada. «La quietud y la confianza serán vuestra fuerza.» El padre Augustin no dijo nada; yo tampoco. Continuamos. Cuando nos dirigimos al piso superior le presenté a algunos guardias y a nuestro familiar, Isarn, que con frecuencia se encargaba de entregar las citaciones. Isarn era un hereje reformado. Asimismo era un joven de salud delicada y concienzudo, hijo de padres herejes (que habían fallecido hacía años), el cual consideraba al carcelero y a su esposa como unos padres adoptivos, pues comía con ellos, les entregaba buena parte de su escaso sueldo y dormía sobre su mesa.

Siempre me había parecido inofensivo, apenas digno de un comentario sobre su persona, por lo que me sorprendió la reacción del padre Augustin cuando le conté su desgraciada historia.

—¿Ese joven era un adepto de la doctrina herética? —exclamó al enterarse de ello.

—En efecto. Pero ya no lo es. Se retractó de sus errores hace años, de niño.

—¿Cómo podéis estar seguro?

Lo miré asombrado. En esos momentos subíamos la escalera para dirigirnos a la vivienda de Pons, por lo que tuve que detenerme y volverme para hacerlo.

—Nunca he estado de acuerdo en emplear a esa gente —declaró el padre Augustin—. No es prudente. Ni sensato. El complot de Carcasona estuvo propiciado por un hombre de tendencias semejantes...

—Padre —le interrumpí—, ¿pretendéis decirme que no hay un hereje reformado?

—Os digo que no podemos emplear a ese joven —replicó el padre Augustin—. Echadlo.

—Pero no nos ha dado motivo...

—De inmediato, os lo ruego.

—Pero...

—Hermano Bernard —dijo el padre Augustin con tono severo—. ¿Puede el etíope cambiar de piel o el leopardo borrar sus manchas?

—Padre Augustin —contesté—, vuestro tocayo fue un hereje.

—Era un santo, y un gran hombre.

—Y en cierta ocasión escribió: «Nadie salvo grandes hombres han sido autores de herejías».

—No deseo enzarzarme en una discusión retórica con vos, hermano. Confío en que vuestras simpatías no se inclinen hacia la madera extraída de la vid.

—No —respondí, y no mentía.

Un antiguo padre de la Iglesia dejó escrito: «No existe hereje que no sea fruto de la disensión». El mismo san Pablo criticaba la disensión y la división, de las que sólo surge ruina, sufrimiento y desesperación. La concordia de la unidad constituye el fundamento del mundo cristiano. Sólo los vanagloriosos, movidos por el orgullo y la pasión, buscan destruir ese fundamento y ver caer nuestra civilización en el pozo de la eterna oscuridad.

«Por sus obras los conoceréis.» Familias desgarradas, sacerdotes asesinados, hermanas seducidas por sus hermanos, niños que morían privados de alimento. A menudo los herejes convencidos se muestran más remisos a matar a una gallina que a un monje. Y hacen esa elección. Como es sabido, *haeresis* significa «elección».

Eligen el camino equivocado, y nosotros pagamos el precio de esa elección.

41

—No, padre —dije—. Mis simpatías no se inclinan hacia ningún hereje.

—En tal caso debéis andaros con cautela. ¿Puede un hombre adivinar lo que se oculta en el corazón de otro?

—No, padre.

—No. A menos que lo ilumine el espíritu de Dios, o lo instruyan los ángeles. ¿Creéis estar bendecido con ese don?

—No, padre.

—Yo tampoco. Por consiguiente debemos permanecer atentos. No debemos permitir que el enemigo de la humanidad se convierta en amigo nuestro.

Por tercera vez aquel día, el padre Augustin me había derrotado. Sin duda poseía una voluntad enérgica. Me incliné ante él, para demostrarle mi conformidad, y luego le llevé a que presentara sus cartas de nombramientos reales al senescal, al obispo, al tesorero real y al administrador real de confiscaciones. De regreso en el priorato el padre Augustin asistió también a completas, después de conversar en privado con el abad.

Esa noche, acostado en mi catre, me dormí arrullado por el débil sonido que emitía el pobre Sicard mientras leía los archivos del padre Jacques en la celda contigua a la mía. Al alba, cuando sonó la campana para llamar a maitines, seguía leyéndolas.

¿No era lógico que yo empezara a considerar a mi nuevo superior como un hombre que vivía a la sombra de la muerte?

Un león en el escondrijo

El Santo Oficio estaría asediado por problemas de no ser por la ayuda de ciertos funcionarios modestos, como escribas, guardias, mensajeros e incluso espías, llamados por lo general «familiares», que son considerados con desprecio por muchos ciudadanos, a menudo de un modo injusto. Por más que Isarn cargara con el estigma de un pasado herético, era un sirviente bueno y humilde, carente de vanidad y malicia. El padre Augustin carecía también de vanidad y malicia; era un hombre rebosante de virtudes, enriquecidas con la gracia infinita del espíritu santo de Dios, pero al echar a Isarn cometió un error. Un error sin paliativos. En estas cuestiones no conviene precipitarse en condenar, pues la misericordia y la verdad son virtudes que suelen ir aparejadas. Benditos son los misericordiosos, con unas bendiciones que son espléndidas, como yo mismo puedo atestiguar.

Hace unos tres años contraté a un familiar cuyos servicios eran impagables, un hombre de una inteligencia tan extraordinaria y tan hábil en su profesión, que mi pluma es incapaz de describir con justicia su excelencia. No obstante era un perfecto (o eso parecía), e indigno de confianza. ¡Con qué facilidad pude haber rechazado sus extrañas propuestas! ¡Con qué tenacidad pude haberme aferrado a mis sospechas, desaprovechando la ocasión que él me ofrecía! Pero fui insensato. Le escuché, reflexioné, accedí. Y los resultados de esta decisión fueron abundantes.

Le vi por primera vez en su celda en la prisión, a la que había sido trasladado hacía poco. Sabía poco de él, salvo que había sido apresado, junto con otro perfecto, en la feria de Padern.

También conocía su nombre, que no transcribiré aquí. Su identidad es un secreto guardado con celo, por lo que me limitaré a llamarle «S». Por lo que se refiere a su aspecto (del que tampoco puedo ofreceros una detallada *efictio*), era alto y pálido, con los ojos pequeños, claros y perspicaces.

—Bien, amigo mío —le saludé—. Habéis solicitado una entrevista conmigo.

—Así es —respondió. Tenía una voz dulce y suave como la mantequilla—. Deseo confesar.

—En tal caso debéis esperar a mañana —le recomendé—. El tribunal estará reunido y habrá un notario presente para tomar nota de lo que digáis.

—No —contestó—. Deseo hablar con vos a solas.

—Si deseáis hacer una confesión, debe constar por escrito.

—Os propongo un trato. Concededme unos minutos de vuestro tiempo, señor, y no os arrepentiréis.

Me sentí intrigado. Por lo general sólo me dan el tratamiento de «señor» los campesinos atemorizados y los respetuosos sargentos; ningún perfecto se había dirigido a mí de ese modo. Así que dije al prisionero que procediera, y éste empezó diciendo:

—No soy un hombre bueno, señor.

Yo sabía que «hombre bueno» era otro apelativo de perfecto.

—Entonces esto no es una confesión —respondí—, porque tengo pruebas de que sí lo sois.

—Visto como un hombre bueno. Luzco una toga azul y unas sandalias. No como carne, cuando como con otros, y hablo sobre la gran Babilonia de la Iglesia romana. Pero en mi fuero interno no soy un hereje, ni lo he sido nunca.

Al oír esto me eché a reír, y cuando me disponía a contestar, él se me adelantó. Dijo que sus padres habían sido unos cátaros; que su padre había sido acusado de hereje reincidente y quemado en la hoguera, que su madre había sido encarcelada; que su patrimonio había sido confiscado y la casa en la que había nacido destruida. Me explicó que, a los seis años, había perdido todo cuanto le pertenecía. Durante toda su juventud había dormido en los establos de unos parientes, cuidando de sus ovejas y alimentándose de las sobras que le daban. Relató su historia con calma, con su dulce voz, como quien se refiere a un día nublado o una hogaza de pan duro.

—Los hombres buenos destruyeron mi patrimonio —dijo para finalizar—. Pero acudieron a mí, esperando que compartiera mi lecho y mi comida con ellos, que les condujera de aquí para allá, que les ocultara, ayudara y escuchara mientras ellos ponían en peligro toda la aldea. Mis parientes siempre los acogieron en sus casas, y yo permanecía despierto por las noches, temiendo que alguien informara de ello a los inquisidores.

—Debisteis informarnos vos mismo —observé.

—¿Y adónde habría ido, señor? No era más que un niño. Pero juré que un día recuperaría mi herencia destruyendo a quienes me la habían arrebatado.

Se expresaba con una apacible intensidad que me pareció totalmente convincente. Pero estaba confuso.

—Eran vuestros enemigos y, sin embargo os unisteis a ellos. ¿Cómo es posible?

—Para traicionar al enemigo, es preciso conocerlo bien —respondió «S»—. Señor, el hombre bueno, Arnaud, fue capturado junto conmigo. Yo lo conduje hasta vos. Puedo contároslo todo sobre él, y sobre otros hombres buenos, puedo revelaros sus hábitos, los lugares que frecuentan, los caminos que utilizan y las personas que los dirigen. Puedo entregaros los cinco últimos años de mi vida, y toda la comarca de Corbieres.

—¿En aras del rencor? —pregunté, pero él no lo entendió. (Enseguida comprobé que no era un hombre muy instruido, aunque sí inteligente.) Así que tuve que preguntárselo de otro modo—: ¿Debido al profundo odio que os inspiran los herejes?

—Los odio, sí. Y deseo aprovecharme de ellos. Os entrego gratis mis últimos cinco años, en señal de mi buena fe. Pero el año próximo tendréis que pagar por ello.

—¿Me proponéis espiar para mí?

—Sólo y exclusivamente para vos. —El hombre me miró con sus ojillos claros, de color miel, y comprendí que debía de ser un predicador muy convincente, pues tenía una mirada hipnótica—. Nadie más debe saberlo. Os contaré mi historia de hereje reformado. Puesto que traicionaré a muchas personas, mi castigo será leve. Me pondréis en libertad y regresaré a mi ministerio en otra comarca, la del Rosellón. Dentro de un año, me arrestaréis en Tautavel. Os revelaré todo cuanto haya averiguado y me pagaréis doscientas *livres tournois*.

—¿Doscientas? Amigo mío, ¿sabéis a cuánto ascienden mis estipendios?

—Doscientas —repitió con firmeza—. Con ese dinero compraré una casa, unas viñas, un huerto...

—¿Cómo podréis hacerlo si estáis preso? No puedo dejar en libertad a un hombre que ha vuelto a abrazar la doctrina herética. Moriréis en la hoguera.

—No si me ayudáis a escapar, señor. —El hombre se detuvo y tras unos instantes añadió—: Si os complace mi trabajo, quizá me contratéis durante un año más.

Y así fue como contraté al familiar más eficaz que jamás ha trabajado para el Santo Oficio, no durante un año, ni dos, sino durante tantos como quiso concederme. ¡Menuda mosca muerta era aquel hombre! Astuto como un *parandus*, (que cambia de color según el lugar donde se oculta) y peligroso como un león entre los animales del bosque. Pero me fié de él, y él se fió de mí. «Esfuérzate pues, y ten valor; nada te asuste, nada temas, porque Yavé, tu Dios, irá contigo adondequiera que tú vayas.»

Con todo, reconozco que no todos los familiares son dignos de confianza. Algunos venden su honradez por dinero y los pobres por un par de zapatos. Grimaud Sobacca era uno de esos individuos; su aspecto de no haber roto nunca un plato era falso, pero el padre Jacques le arrojaba de vez en cuando unas libras por unos servicios viles y deshonrosos. En ocasiones Grimaud difundía rumores falsos, provocando enemistades entre personas que luego se denunciaban mutuamente por herejes. A veces fingía ser un prisionero, y se convertía en depositario de secretos que más tarde transmitía al padre Jacques. Otras veces sobornaba a doncellas, amenazaba a niños, robaba documentos. Si el padre Jacques aceptó alguna vez dinero, estoy convencido de que se lo entregaba a Grimaud.

Entonces, al morir su benefactor, Grimaud acudió al padre Augustin en busca de ayuda. Llevó al Santo Oficio unos hediondos rumores como un gato que lleva ratones muertos a la cocina, salvo que Grimaud era más que un gato y, como la mayoría de sabandijas, siempre hallaba la forma de colarse. Una tarde, cuando regresábamos al priorato a la hora de completas, mi superior me preguntó por Grimaud. Me dijo que éste había ido a verlo aquel día para contarle una historia sobre unas mujeres herejes que vivían en Casseras. Se habían mudado al viejo castillo cátaro que había allí, y no asistían a la iglesia.

—¿Habéis oído hablar de esas mujeres? —preguntó el padre Augustin—. No sabía que hubiera un castillo en Casseras.

—Y no lo hay —respondí—. Hay una *forcia*, una granja fortificada, que fue confiscada hace tiempo, cuando condenaron a su dueño por hereje. Según tengo entendido, las tierras pertenecen ahora a la Corona. La última vez que estuve en Casseras no vivía nadie en la granja, la cual había sido en gran parte demolida.

—¿Entonces Grimaud mintió?

—Grimaud siempre miente. Recorre las calles de Babilonia y se revuelca en el lodazal como si fuera un lecho de especias y preciados ungüentos.

—Entiendo. —Era evidente que mi enérgica condena había impresionado al padre Augustin—. No obstante, escribiré al sacerdote de esa localidad. ¿Cómo se llama ese sacerdote?

—Es el padre Paul de Miramonte.

—Le escribiré para pedirle que confirme esa historia.

—¿Le disteis dinero a Grimaud?

—Le dije que si lográbamos arrestar a alguna de esas mujeres, tras las oportunas pesquisas, recibiría una pequeña suma.

—Si hubiera herejes en Casseras, el sacerdote os lo habría comunicado, padre. Es un hombre de fiar.

—¿Lo conocéis?

—Procuro conocer a la mayoría de los párrocos de esta comarca.

—Y supongo que a muchos de los parroquianos.

—Sí.

—En tal caso quisiera que me hablarais de estas gentes. —A continuación mi superior recitó una lista de seis nombres: Aimery Ribaudin, Bernard de Pibraux, Raymond Maury, Oldric Capiscol, Petrona Capdenier y Bruna d´Aguilar—. Los nom-

47

bres de esas personas constaban en algunas actas del padre Jacques, aunque nunca fueron acusadas ni condenadas.

—¡Aimery Ribaudin! —exclamé—. ¿Aimery Ribaudin?

—¿Os dice algo ese nombre? —inquirió el padre Augustin.

Me detuve, le tomé del brazo y señalé la calle frente a nosotros, a la derecha. La calle estaba llena de imponentes *hospita*, unos edificios de dos pisos que en la planta baja albergaban grandes comercios y almacenes abovedados—. ¿Veis ese *hospitum*? Pertenece a Aimery Ribaudin. Es un armero, un cónsul y un hombre muy rico.

—¿Habéis oído a alguien difamarlo alguna vez?

—Jamás. Es un benefactor de Saint Polycarpe.

—¿Y los otros? ¿Qué opinión os merece Bernard de Pibraux?

—Pibraux es una aldea situada al oeste de Lazet. La familia señorial tiene tres hijos varones, y Bernard es el menor. No lo conozco personalmente. —Nos habíamos detenido, pero al percatarme de que la gente nos observaba con curiosidad, reanudé el paso—. Raymond Maury es un panadero, vive cerca del priorato. Es un tipo quisquilloso, pero tiene nueve hijos que alimentar. Bruna d'Aguilar es una viuda de la parroquia de Saint Nicholas, rica, cabeza de familia. Sí que he oído habladurías sobre ella.

—¿Qué habladurías?

—Unas habladurías absurdas. Que escupe tres veces para bendecir su pan. Que su puerco recita el *pater noster*.

—Ya.

—Los otros dos nombres no los conozco. He oído hablar de varios Capiscol, pero no de un Oldric. Quizás haya muerto.

—Quizá. Lo vieron en una reunión que se celebró hace cuarenta y tres años.

—Entonces es muy posible que haya muerto. Quizá lo acusaron y condenaron antes de que viniera aquí el padre Jacques. Os recomiendo que examinéis los viejos expedientes.

—Lo haré —respondió el padre Augustin.

Y cumplió su palabra. Ordenó a Raymond que examinara los archivos en busca de expedientes de hacía cincuenta años y mandó a Sicard que los leyera, cada noche, desde completas a maitines, hasta que al pobre Sicard se le enrojecieron los ojos y se quedó ronco. Un buen día, en nuestra sede, mientras yo escribía una carta a Jean de Beaune, el inquisidor de Carcasona (que nos había pedido una copia de ciertos documentos que conservábamos nosotros), el padre Augustin bajó laboriosamente por la escalera circular y se detuvo frente a mi mesa.

—¿Habéis consultado hace poco los archivos, hermano Bernard? —me preguntó.

—¿Yo? No.

—¿No tenéis ningún archivo en vuestro poder?

—No. ¿Por qué? ¿Falta algún libro?

—Creo que sí. —El padre Augustin parecía un tanto distraído; mientras hablaba observó mis plumas, mi tierra de batán y mi piedra pómez—. Raymond no consigue dar con uno de los antiguos archivos.

—Puede que no lo haya buscado en el lugar correspondiente.

—Dijo que quizá se lo habíais enviado a otro inquisidor.

—Nunca envío los originales, padre, sino que mando hacer unas copias. Raymond lo sabe bien. —Confieso que empezaba a compartir la preocupación de mi superior—. ¿Cuánto hace que falta ese archivo?

—No lo sé. Raymond no puede asegurarlo, pues rara vez son consultados los antiguos archivos.

—Quizás alguien haya depositado por error ambas copias en la biblioteca del obispo.

—Es posible. En cualquier caso, he pedido a Raymond que busque la copia del obispo y la traiga.

Me esforcé en descifrar el enigma, pues no podía dejar que quedara sin resolver.

—¿Ha visto el hermano Lucius ese archivo?

—No.

—¿Y el obispo?

—Se lo preguntaré.

—Ninguna otra persona tiene acceso a nuestros archivos. A menos que... —Me detuve y, por una maravillosa coincidencia de pensamiento, el padre Augustin concluyó la frase que yo había iniciado.

—A menos que lo tomara el padre Jacques.

49

—A menos que lo colocara en un lugar erróneo.

—Ya.

El padre Augustin y yo nos miramos. ¿Había estado borrando sus huellas el padre Jacques? Pero no dije nada, porque el que refrena sus labios es sabio.

—Indagaré en el asunto —declaró por fin mi superior. Pareció dejar de lado el tema con un brusco movimiento de la mano; de repente cambió de tema y dijo—: Mañana necesitaré unos caballos —dijo—. ¿Qué hay que hacer para conseguirlos?

—¿Unos caballos?

—Deseo visitar Casseras.

—Ah. —Después de explicarle que debíamos comunicárselo al mozo de cuadra del obispo, pregunté a mi superior si había recibido más informes del padre Paul de Miramonte—. ¿Se han confirmado las sospechas de Grimaud? —inquirí—. ¿Es cierto que en la *forcia* de Casseras viven unas herejes?

El padre Augustin guardó silencio durante un buen rato.
Cuando me disponía a repetir mi pregunta (ignorando que mi superior poseía un oído extraordinariamente fino), éste me demostró de pronto que sí me había oído.

—Que yo sepa —respondió—, esas mujeres son buenas católicas. Asisten a misa, aunque no de un modo regular, debido a su precaria salud. El padre Paul dice que la *forcia* se encuentra a cierta distancia de la aldea, y que tal vez sea éste otro de los motivos que les impide asistir cuando hace mal tiempo. Viven de forma modesta y piadosa; crían pollos y truecan los huevos por queso. El padre Paul no ve nada censurable en sus costumbres.

—¿Entonces...? —pregunté confundido—. ¿Por qué deseáis ir a Casseras?

De nuevo, el padre Augustin reflexionó unos momentos antes de responder.

—Las mujeres que viven juntas de esa forma se exponen a peligros y calumnias —dijo por fin—. Si las mujeres desean vivir con castidad, sirviendo a Dios y obedeciendo sus leyes, deben buscar la protección de un sacerdote o un monje e ingresar en un convento. De lo contrario corren un grave riesgo, en primer lugar porque viven aisladas, exponiéndose a ser violadas o a que les roben sus pertenencias, y segundo porque la gente recuerda que las seguidoras femeninas del error albigense vivían antaño en unas circunstancias análogas, y fundaron numerosos «conventos» heréticos. La gente desconfía de mujeres que prefieren vivir como María antes que como Marta, pero rechazan la disciplinada guía de la autoridad ordenada.

—Es cierto —dije—. Esos casos siempre suscitan recelos. Como bien decís, ¿por qué no ingresan en un convento?

—Además... —El padre Augustin se detuvo antes de repetirse enfáticamente, con toda la parsimonia de esa figura retórica llamada *conduplicatio*—. Además, una de ellas sabe leer.

—Ah. —El don de las letras, entre personas legas, puede ser una bendición o una maldición—. Imagino que no en latín.

—No lo creo. Pero como sabéis, la gente instruida corre más peligro que la ignorante.

—Sin duda.

He presenciado la obstinada vanagloria de hombres y mujeres instruidos a medias en materia de letras, quienes después de haber aprendido de memoria algunos pasajes del Evangelio, se consideran superiores a las más eruditas autoridades. He oído a patanes recitar fragmentos de las Sagradas Escrituras errónea y corruptamente, como en la epístola de Juan que dice «los suyos se negaban a recibirlo», traduciendo «los suyos» por «los cerdos», confundiendo *sui* con *sues*. Y en el salmo que reza «espanta a las fieras del cañaveral», dicen «espanta a los animales de las golondrinas», confundiendo *harundinis* con *hirundinis*. Asumen la apariencia de erudición como un manto, que para otros analfabetos oculta su abismal ignorancia.

—Si esas mujeres corren el peligro de caer en el error, viviendo de un modo peligroso, procuraré guiarlas por el camino recto —dijo el padre Augustin—. Lo único que necesitan es una paternal amonestación. Un amable discurso.

—Como santo Domingo —apostillé. El padre Augustin pareció complacido con esa comparación.

—Sí, como santo Domingo. —Acto seguido el padre Augustin añadió a su manera seca pero contundente—: A fin de cuen-

51

tas, los *Domini Canes* no son sabuesos del Señor sólo porque atacamos a los lobos feroces. También estamos aquí para hacer que las ovejas descarriadas regresen al redil.

Tras expresar esa opinión, el padre Augustin se alejó renqueando, resoplando como un fuelle y apoyado en su bastón. Confieso que en aquel momento se me ocurrió un pensamiento despreciable, la imagen de un perro viejo, pelón, desdentado y cojo, y sonreí al tiempo que observaba la pluma que sostenía en la mano.

Pero mi sonrisa se borró cuando me preguntó: «¿Cómo se alimentan los perros desdentados si no es escarbando en busca de criaturas muertas?».

Era evidente que el padre Augustin estaba decidido a perseguir a los herejes hasta la tumba, e incluso más allá. Yo sabía que si lo hacía, nos causaría graves problemas. La gente protestaría y nos censuraría por ello. Más de uno echaría mano de sus influyentes benefactores.

Pero no había previsto lo peor. Lo cual demuestra mi falta de previsión.

Casseras está cerca de Rasiers, una población más grande. Si la memoria no me falla calculo que Rasiers cuenta con una población de unos trescientos habitantes, entre los cuales se halla el preboste real. El preboste ocupa el castillo, antaño propiedad de la familia que construyó la *forcia* en las afueras de Casseras, una familia sobre la que sé poco salvo que hace unos cien años el cabeza de familia, un tal Jordan de Rasiers, entregó su castillo a las fuerzas del norte. Después de consultar los archivos de nuestro Santo Oficio, puedo deciros también que su nieto, Raymond-Arnaud, perdió la *forcia* de Casseras, junto con una mansión en Lazet, cuando le condenaron por hereje en 1254.

Antaño tanto Rasiers como Casseras estaban infestadas de herejes. He visto centenares de documentos, de los interrogatorios de 1253 y 1254, cuando la mayoría de aldeanos fueron llamados a Lazet, en grupos reducidos, para ser interrogados. Según recuerdo, unas sesenta personas pertenecientes a cuatro familias de Casseras fueron condenadas. (He comprobado a menudo que la herejía infecta la sangre, como algunas enfermedades hereditarias.) Esas familias ya no están representadas en la aldea; sus miembros fueron encarcelados, ejecutados o enviados a cumplir largas peregrinaciones de las que jamás regresaron. Algunos, en su mayoría niños, fueron enviados a vivir con parientes lejanos. Como declaró Jerónimo en su comentario sobre los gálatas: «Extirpad la carne putrefacta, expulsad a las ovejas sarnosas del redil, si no queréis que toda la casa, toda la masa, todo el cuerpo, todo el rebaño se abrase, perezca, se pudra y muera». Una vez cauterizada la infección de la herejía, Casseras recobró la salud (aunque, como decía el padre Augustin, no conviene bajar nunca la guardia).

Para llegar a la aldea desde Lazet, debéis viajar hacia el sur durante media jornada hasta alcanzar la verde meseta de los pastizales, bosques y trigales de Rasiers, un armonioso cuadro de tesoros naturales que deleita la vista y ofrece numerosos y variados productos al diligente labrador. «¡Cuántas son tus obras, Oh Yavé, y cuán sabiamente ordenadas! Está llena la tierra de tus beneficios.» Casseras está situada más al sur, entre colinas, y la tierra allí no es tan fértil. No hay huertos ni viñas, carros ni caballos, ni un molino, ni una posada, ni un priorato, ni un herrero. Sólo dos casas poseen unos cobertizos independientes para las ovejas, las mulas y los bueyes. La iglesia constituye un modesto receptáculo de la gracia de Dios: una caja de piedra caliza oscura que contiene un altar de piedra, un crucifijo de madera y un arcón que contiene el cáliz, la patena, los lienzos y las vestiduras. También hay unos cuadros en las paredes, mal ejecutados y en pésimo estado. Por supuesto, mejor es humillar el corazón con los humildes, pero allí hay poco para glorificar la majestad de Cristo.

Un camino pedregoso discurre desde Casseras a través de los campos de la aldea y un agreste monte hasta los pastizales en bancales de la antigua *forcia* de Rasiers. Ahí veréis con frecuencia unas ovejas pastando, pertenecientes a familias del lugar que pagan al preboste unas tasas forestales y de pastoreo por el privilegio de utilizar los terrenos reales. (Esas tasas pro-

53

vocan numerosas quejas, que oigo por doquier. Los campesinos dicen que son excesivas. ¿Cómo podemos dar dinero a la Iglesia cuando el rey nos exige tanto?) En algunos puntos, el camino al que me refiero es empinado como una escalera y en otros profundo como una zanja, casi impracticable cuando llueve, peligroso cuando nieva, más apto para las cabras que las personas, inseguro incluso para los jinetes más avezados. Por ello el padre Augustin y los sargentos que lo escoltaban, después de cruzar el Agly, decidieron apremiar a sus monturas a través de escarpadas colinas bajo un sol abrasador y arriesgar sus vidas al atravesar un frondoso bosque conocido por su población de bandoleros, se enfrentaron, al término de su viaje, con una escalada más difícil que todas las anteriores.

Asimismo decidieron regresar el mismo día, y también más rápido, para llegar a Lazet antes de que cerraran las puertas al anochecer. Es decir, fue el padre Augustin quien tomó esa decisión, una imprudencia que por poco le cuesta la vida. A resultas de ella pasó casi tres días en cama, ¿y por qué? Porque no quería (o eso dijo) dejar de asistir a la celebración de completas. Entiendo que todo hermano dominico tiene el deber de asistir a completas, la oración que constituye la corona y culminación de nuestra jornada, que ninguna abstención pasa inadvertida y ninguna excusa basta para justificarla. No obstante, como señala el mismo san Agustín, Dios ha creado la mente humana racional e intelectual, y la razón nos dicta que un hombre débil, postrado debido a los dolores y la fatiga de un largo viaje, se abstendrá de asistir a completas en más ocasiones que otro que decida sabiamente interrumpir su viaje para pernoctar bajo el techo de un sacerdote local.

Así se lo manifesté a mi superior cuando lo visité en su celda el segundo día de su convalecencia, y él convino en que había calculado mal sus fuerzas.

—La próxima vez, pasaré la noche allí —dijo.

Yo estaba asustado.

—¿Es que pensáis regresar?

—Sí.

—Pero si esas mujeres son heterodoxas, debéis hacer que vengan aquí.

—No son heterodoxas —me interrumpió el padre Augustin con voz débil y ronca. No obstante, como yo había agachado la cabeza a la altura de sus labios, logré captar las palabras que farfulló a la par que el airado tono, el más leve eco de la cólera que rezumaban. Esa cólera, que brotaba de una fuente oculta, me sorprendió. No me explicaba el motivo—. Necesitan una orientación espiritual —prosiguió el padre Augustin, cerrando los ojos. Percibí su fétido aliento sobre mi mejilla y observé con nitidez el contorno de su cráneo bajo la piel.

—Pero el mismo padre Paul puede ofrecerles esa orientación —dije. Mi superior movió la cabeza con irritación, casi febrilmente.

—No.

—Pero...

—El padre Paul es un hombre sencillo con más de un centenar de almas a su cuidado. Esas mujeres son de buena familia, y muy inteligentes, en la medida en que una mujer puede ejercer esas facultades, más desarrolladas en el hombre.

El padre Augustin hizo una pausa. Aguardé unos instantes, pero no añadió nada más, por lo que me aventuré a decir:

—De modo que si esas mujeres han abrazado la fe errónea y el padre Paul las amonesta por ello, es más probable que ellas lo conviertan a él que a la inversa. ¿Es eso lo que pretendéis decir, padre?

Mi superior balanceó de nuevo la cabeza con aire enojado, como los que beben el vino de la ira del Señor y no descansan de día ni de noche. Su postrado estado empezaba a incidir en su talante, por lo general sereno y frío.

—Sois irreverente —rezongó—. Ese tono burlón... me atormenta...

Arrepintiéndome al instante, le pedí perdón.

—Lo lamento, padre. No debo expresarme de esa forma, es uno de mis defectos.

—Son asuntos muy graves.

—Lo sé.

—Pero os burláis de ellos. Siempre. Incluso ante unos presos encadenados. ¿Cómo puedo comprenderos?

Pensé: oíd y no entendáis. Era siempre así, me temo. Los

monjes, al margen de la orden a la que pertenezcan, por lo general están obligados a hablar en voz baja, sin reír, con tono humilde, solemne, y con pocas palabras.

—No conseguirán convertir al padre Paul —prosiguió mi superior con el aliento resonando en la garganta—. Pero es posible que él no logre convencerlas a ellas.

—Desde luego. Comprendo.

—Esas mujeres necesitan una guía pastoral. Como fraile dominico, tengo el deber de impedir que caigan en el error. Me he ofrecido a visitarlas de vez en cuando y velar por la salud de sus almas. Es mi deber, hermano.

—Desde luego —repetí, pero sin comprender. La guía pastoral es deber del clero seglar, no de los frailes predicadores. Existen algunas excepciones (como sabéis, Guillaume de París es desde hace años el confesor del rey), pero la regla de santo Domingo, aunque envía a nuestros hermanos a los confines más alejados de la Tierra para que difundan la palabra de Dios mediante los persuasivos poderes de la amable retórica, no propicia (por más que invita a la gente a orar con nosotros a la hora de completas), la estrecha intimidad que crean los lazos de una guía pastoral. Y menos aún un trato abierto y frecuente con mujeres.

Confieso que eso fue lo que más me extrañó y preocupó. No es necesario que exponga un argumento demostrativo sobre los peligros de la amistad entre monjes y mujeres, ya se trate de matronas, vírgenes o rameras. San Agustín declaró sin ambages que esas amistades no eran sino ocasiones para pecar. «Debido a una desmedida propensión hacia los goces carnales, olvidamos los más nobles y elevados.» San Bernardo de Clairvaux pregunta: «¿No es más difícil estar siempre con una mujer y abstenerse de yacer con ella que resucitar a los muertos?». Incluso las amistades forjadas en una inspiración divina, como la de santa Cristina de Markgate y el eremita Roger, están erizadas de peligros, pues ¿no se aprovechó el diablo, enemigo de la castidad, de la íntima amistad que ambos mantenían para quebrantar la resistencia del hombre?

Ahora bien, hay muchos hombres en las órdenes sagradas que, debido a que Eva profanó el árbol prohibido y vulneró la ley de Dios (y debido a que la mujer es más amarga que la muerte, lazo para el corazón, y sus manos, ataduras), se niegan a hablar, o siquiera mirar, a las mujeres con quienes se cruzan. En ese sentido carecen de un espíritu caritativo, y su temor al contacto carnal es exagerado. ¿Acaso no permitió Jesús que una mujer le besara los pies, los lavara con sus lágrimas y los secara con su cabellera? ¿No le dijo: «Tu fe te ha salvado; ve en paz»? Yo he hablado con muchas mujeres en la calle, fuera del priorato, en portales y detrás de muros de conventos. He predicado para mujeres en iglesias y las he escuchado en prisiones. Esa clase de trato puede resultar muy provechoso en muchos aspectos.

Pero comer con una mujer, dormir bajo su techo, reunirse a menudo con ella y abrirle el corazón representa un gran peligro. Lo sé (y aquí debo hacer una vergonzosa confesión), porque yo mismo corrí ese peligro cuando era joven, exponiéndome a pecar y perder la gracia divina. De joven, antes de ordenarme, yací con mujeres, pecaminosamente, fuera del matrimonio. ¡Con qué diligencia estudié el arte del amor! ¡Con qué afán leí las obras de los trovadores y empleé sus dulces frases como flechas dirigidas a los corazones de numerosas doncellas! Pero cuando tomé el voto de castidad, lo hice con la solemne intención de cumplirlo. Incluso cuando era un predicador ordinario y viajaba por la campiña con un predicador general, mayor y más experimentado que yo (el reverendo padre Dominic de Radel), sentía el vehemente deseo de arrojar contra Jesús, como contra una roca, los pensamientos perversos e impuros que tenía. Me afanaba en volver la cabeza para no contemplar ninguna forma femenina, esforzándome en alcanzar el amor perfecto de Dios y desechar todo temor.

Pero todos somos pecadores. Y yo caí, como Adán, cuando tuve que permanecer varias semanas en una aldea de Ariege debido a una enfermedad que contrajo mi compañero, dejándolo postrado. Mis sermones en la iglesia local hicieron que una viuda se me acercara en busca de guía espiritual. Conversamos no una, sino muchas veces, y... ¡oh, Señor, apiádate de mí, pues soy débil! Para no detenerme en un incidente profano y deshonroso, me limitaré a decir que gozamos juntos de los placeres de la carne.

Por supuesto, no creí que el padre Augustin fuera a sucumbir en ese sentido. Sospeché que el estado de su salud no se lo permitiría. Por lo demás, le consideraba un hombre que seguía a pies juntillas los estatutos del Señor (si no fuera una frivolidad, diría más bien que seguía renqueando los estatutos del Señor). El padre Augustin era puro como un olivo verde en la casa del Señor, y no imaginé que su alma se uniera al alma de otra persona, ni que la llama de la infame lascivia encendiera su pasión.

Con todo, los viajes del padre Augustin a Casseras me irritaban. No eran periódicos, ni muy frecuentes, pero lo bastante frecuentes para retrasar los asuntos del Santo Oficio. Para comprender el motivo, debéis comprender la magnitud de la *inquisitio* que habíamos emprendido.

Jean de Beaune me había escrito desde Carcasona para informarme de que estaba interrogando a unos testigos de Tarascon, o una población cercana. Uno de los testigos había implicado a un hombre de una aldea llamada Saint-Fiacre, situada en los dominios de Lazet. Cuando fue llamado e interrogado, ese hombre difamó casi a todos los habitantes de Saint-Fiacre, acusando incluso al sacerdote local de albergar y ayudar a algunos perfectos. Al enfrentarme a un testimonio de tal envergadura, me sentí perdido. ¿Por dónde debía empezar? ¿A quién debía llamar a testificar en primer lugar?

—Arrestadlos a todos —me ordenó el padre Augustin.

—¿A todos?

—No sería la primera vez. Hace diez años, el antiguo inquisidor de Carcasona arrestó a toda la población de una aldea en las montañas. No recuerdo el nombre.

—Pero padre, en Saint-Fiacre habitan más de ciento cincuenta personas. ¿Dónde vamos a meterlas?

—En la prisión.

—Pero...

—O en los calabozos reales. Hablaré con el senescal.

—¿Por qué no los convocamos en grupos reducidos? Sería más sencillo...

—¿Si el resto huyera a Cataluña? En tal caso, sin duda tendríamos menos trabajo. —Mi superior se abstuvo de añadir: «¿Alegaréis esa excusa cuando resucitéis y os presentéis ante Aquél ante cuyo rostro la Tierra y el Cielo huirán?». Pero su fría expresión era tan elocuente como cualquier lengua. Aunque dudaba que toda la población de Saint-Fiacre huyera a través de las montañas, tuve que reconocer que algunos habitantes, en especial los pastores, quizá tomaran esa ruta. Así pues me dispuse, de mala gana, a convencer a Roger Descalquencs para que me ayudara, pues sin el senescal no conseguiríamos obligar a más de ciento cincuenta personas a desplazarse hasta Lazet, y menos aún a que se entregaran en manos del Santo Oficio. (Como es lógico, Roger había pronunciado el voto de obediencia exigido a todo el que ocupa un cargo oficial, pero era un hombre muy ocupado y en ocasiones había que aplacarlo.)

Asimismo tuve que apaciguar a Pons, nuestro carcelero, enojado por la afluencia de prisioneros, y contratar los servicios de otro notario. Ni siquiera Raymond Donatus, pese a su rapidez y pericia, era capaz de asumir semejante cantidad de interrogatorios. El padre Augustin y yo tuvimos que interrogar no sólo a los habitantes de Saint-Fiacre, sino a testigos que pudieran servir para implicar a los cuatro sospechosos identificados por mi superior por haber sobornado supuestamente al padre Jacques: es decir, los sospechosos Aimery Ribaudin, Bernard de Pibraux, Raymond Maury y Bruna d'Aguilar. Dado que el padre Augustin se ocupaba única y exclusivamente de esos casos, dejó en mis manos las actas de Saint-Fiacre. Necesitábamos dos notarios, por lo que solicitamos unos fondos al administrador real de confiscaciones, quien nos proporcionó, a regañadientes, unas *livres tournois* para contratar a Durand Fogasset.

Durand había trabajado en algunas ocasiones para mí. Era un joven alto y desgarbado, de piel cetrina, con los dedos siempre manchados de tinta, la ropa raída y una tupida y negra pelambrera que le caía sobre los ojos. Su habilidad y experiencia concordaban con la modesta suma que le pagamos. Es más, fue sólo por necesidad por lo que trabajó para nosotros, pues en Lazet abundaban los notarios y en aquella época no había oportunidad de ejercer en las zonas rurales. Aunque no puede decirse que su conducta fuera impropia de su cargo, Durand no ocultó lo que opinaba sobre el Santo Oficio y sus funcionarios. Por esa razón, y porque no era tan competente como Raymond, el padre Augustin le tenía en muy baja estima. «Ese desmañado joven», era el epíteto que empleaba al referirse a Durand. Por consiguiente, el joven notario trabajó sólo conmigo.

Al revisar el párrafo anterior, me preocupa que pueda inducir a engaño. Durand no expresó ninguna opinión censurable o herética. No abrió la boca durante mis interrogaciones, ni me criticó después por algo que yo hubiera dicho. Pero a veces, con una mueca o un agrio comentario («¿deseáis que en lo sucesivo omita todas las jaculatorias a la Virgen, o que las incluya en la trascripción?»), lograba transmitir su silenciosa desaprobación.

En cierta ocasión, después de interrogar a una habitante de Saint-Fiacre de dieciséis años, pregunté a Durand con franqueza qué opinaba al respecto. La testigo había dedicado largo rato a expresar la devoción que sentía por su tía, y yo, como de costumbre, le había permitido apartarse del asunto sobre el que la estaba interrogando, sabiendo que hay que dejar que algunos temas se aireen y agoten, para aliviar un corazón abrumado, antes de pasar a otros. De este modo demuestro también mi talante comprensivo. Al término de la sesión, dije a Durand que cuando redactara la versión definitiva del protocolo, omitiera la mayoría de referencias a la tía de la testigo.

—Sus comentarios sobre el Sagrado Sacramento son pertinentes y, por supuesto, la visita del perfecto. El resto podemos descartarlo.

Durand me miró unos momentos.

—¿Lo consideráis irrelevante?

—Por lo que respecta a nuestra investigación, sí.

—Pero la tía era como una madre para esa chica. Se ocupó de ella con gran ternura y cariño. ¿Cómo pudo esa joven traicionarla? Es antinatural.

—Quizá. —Discutir sobre lo natural, y lo que esto comprende, equivale a hundirse en un pantano teológico—. Con todo, no hace al caso. Recabamos pruebas, Durand. Pruebas de una asociación herética. Nuestra misión no es buscar excusas.

Me detuve y miré a Durand, que contemplaba el suelo con el ceño fruncido y sosteniendo los folios del protocolo contra el pecho.

—¿Me consideráis injusto? —pregunté con tono afable—. ¿Creéis que he sido cruel con esa chica?

—No —negó con la cabeza, aún con el ceño fruncido—. Os habéis... sois muy amable con personas como ella. —Luego me miró de soslayo, con aire irónico—. Es vuestro estilo, por lo que he observado. La técnica que soléis emplear.

—Y da resultado.

—Sí. Pero después de ganaros la confianza de los testigos y sonsacarles esas confidencias, las descartáis. Y podrían ser importantes.

—¿En qué sentido?

—En la defensa de esa joven.

—¿Os referís a que se vio obligada a traicionar a la Iglesia sagrada y apostólica por amor?

Durand pestañeó y dudó unos instantes. Parecía confundido.

—Durand —dije—, ¿recordáis las palabras de Cristo? «El que ame a su padre o a su madre más que a mí no es digno de mí.»

—Sé que esa joven obró mal —respondió Durand—, pero sus motivos, sin duda, eran menos innobles que los de su tía, pongo por caso... o su primo.

—Es posible. Y serán tenidos en cuenta cuando se dicte sentencia.

—¿Cómo podrán tenerlos en cuenta si no constan en acta?

—Yo estaré presente cuando el tribunal dicte sentencia. Me ocuparé de que consten en acta. —Al observar el ceño fruncido de Durand, añadí—: Recordad el estado de las finanzas del Santo Oficio, amigo mío. ¿Podemos permitirnos gastar cientos de *ares* de pergamino en las reflexiones íntimas de cada testigo que interrogamos? Si lo hiciéramos, me temo que no podríamos pagaros vuestro sueldo.

Al oír esto Durand contrajo el rostro en una expresión extraordinaria, mezcla a partes iguales de disgusto, congoja y turbación. Luego se encogió de hombros y agachó la cabeza, como solía hacer, en un vago conato de inclinación de despedida.

—En eso tenéis razón —comentó—. Iré a redactar este protocolo. Gracias, padre.

Lo observé encaminarse a grandes zancadas hacia la escalera. Pero antes de que llegara a ella, decidí recalcar mi argumento con una última observación.

—¡Durand! —dije, y él se volvió—. Recordad también —agregué—, que esa joven tomó una decisión. En última instancia, todos somos libres de tomar una decisión. Esa libertad es el don que ofrece Dios a la humanidad.

Durand reflexionó unos momentos.

—Quizá pensó que no podía obrar de otra forma.

—En tal caso estaba equivocada.

—Sin duda. Bien... gracias, padre. Lo tendré presente.

Pero me he apartado del tema que nos ocupa. Este diálogo no tiene nada que ver con el asunto de mi relato, que es la cantidad de trabajo que nos supusieron las indagaciones del padre Augustin sobre la moral de su predecesor, y el arresto de toda la población adulta de Saint-Fiacre. Estábamos tan atareados, como he dicho, que necesitábamos otro notario, que finalmente fue Durand; hasta el extremo de que un día llegué tarde a completas y fui castigado por mi desobediencia durante el capítulo de faltas. No obstante, en medio de ese caos, el padre Augustin visitó Casseras en tres ocasiones. Sabiendo como sabía lo agobiados que estábamos por el enorme trabajo que teníamos, no dudó en ausentarse, y confieso, que Dios me perdone, que yo estaba muy enojado. Al igual que Job, pensé: «No reprimiré mi boca, hablaré en la angustia de mi alma, me quejaré de la amargura de mi vida».

Así pues, acudí a mi confesor.

Es difícil purgar nuestro corazón de rencor y resentimiento en un priorato. Un fraile habla en raras ocasiones, y cuando lo hace es de acuerdo con unas fórmulas; sus infrecuentes conversaciones suelen ser oídas por otros, porque casi nunca está solo. Un fraile debe secuestrar sus sentimientos y dar la impresión de sobrellevar todas sus aflicciones con serenidad de espíritu. Pero no es necesario que os lo explique; todos hemos pasado noches en vela, bebiendo el vino de la ira mientras maldecimos en silencio a nuestro hermano, que suele estar acostado, despierto y furioso, en el catre junto al nuestro.

Sólo la confesión nos ofrece alivio. Mientras describimos nuestros ruines sentimientos, enumeramos de paso las faltas e injusticias de nuestros hermanos. Y eso fue lo que hice, encerrado con el prior Hugues. Confesé mis amarguras y referí con detalle el motivo de las mismas. El prior me escuchó con los ojos cerrados; él y yo compartíamos una larga historia, pues nos habíamos conocido en la escuela del priorato en Carcasona y respetábamos mutuamente nuestros criterios.

—No sé qué hacer —le dije—. El padre Augustin es tan constante y perseverante, tan diligente y celoso en su búsqueda de la verdad, que viaja a Casseras, a mi parecer sin ningún motivo fundado; a menos que se haya apartado de algún modo de la regla.

—¿En qué sentido? —preguntó el prior abriendo mucho los ojos.

—Hay unas mujeres implicadas en el asunto, padre. Es imposible no hacer ciertas conjeturas.

—¿Sobre el padre Augustin?

—Sé que parece increíble...

—¡Desde luego!

—Pero ¿por qué, padre? ¿Por qué lo hace?

—Preguntádselo vos mismo.

—Ya lo he hecho. —Relaté con brevedad la explicación que me había dado el padre Augustin sobre su conducta—. Pero no somos curas de parroquia, sino monjes. No alcanzo a comprenderlo.

—¿Y por qué tenéis que comprenderlo? «¿Acaso soy el guardián de mi hermano?»

Estuve a punto de responder «sí», porque en un priorato, el prior es el guardián de todos sus hermanos en Cristo. Pero sabía que esa frase ingeniosa no haría sino desconcertar a mi viejo amigo. Aunque inteligente y sereno, el prior no era dado a los comentarios jocosos.

De modo que callé.

—El hermano Augustin cree con sinceridad que cumple el mandato de Dios —prosiguió el prior con su característica pla-

63

cidez, y comprendí que como pastor vigilante de nuestro rebaño, con toda seguridad ya había hablado del asunto con mi superior—. El deber de un inquisidor —señaló— es salvar almas.

—¿A expensas de su trabajo en el Santo Oficio?

—Disculpadme, hijo mío, pero hacéis mal al poner en tela
de juicio los actos de vuestro superior. —Con su benévola sonrisa, el prior logró amonestarme sin ofenderme—. Vuestro
único deber es servir y soportar vuestra cruz con valor.

Callé de nuevo, pues comprendí que el prior llevaba razón.

—Tened por seguro que velo por nuestro hermano —continuó el prior—, y no dejaré que le ocurra ninguna desgracia. Li-
mitaos a cumplir con vuestro deber y limpiad vuestro corazón
de esos airados pensamientos, que sólo sirven para amargaros la
existencia.

De modo que me esforcé en hacer que mi alma se sintiera
apaciguada como un jardín debidamente regado, mientras el
padre Augustin, al parecer en paz con su conciencia, seguía
visitando Casseras más o menos cada dos semanas, persiguiendo con obstinación un fin que a quienes lo rodeábamos
se nos escapaba. Esos viajes lo dejaban siempre gravemente
debilitado, y le advertí en varias ocasiones que acabarían ma-
tándolo.

Y no me equivoqué, pues el día de su muerte el padre
Augustin se encontraba en Casseras.

El padre Augustin murió en la festividad de la Natividad de
la Virgen. Su ausencia del priorato ese día, que a mí me pareció una imprudencia, por no decir una falta de respeto, fue
muy comentada. No obstante, el hecho de que no regresara para asistir a completas no suscitó ningún comentario; mi superior tenía la costumbre de pasar la noche con el padre Paul, en
Casseras, antes de regresar a Lazet.

Pero la tarde del día siguiente, en vista de que él y su séquito seguían ausentes, empezamos a preocuparnos.

Llegado a este punto en mi relato, intentaré ofrecer una *de-
monstratio* de unos hechos que yo no presencié. No es empresa fácil parafrasear las palabras de otros, a fin de recrear con ni-

tidez ciertos episodios cuyos aspectos siguen siendo vagos en mi mente. Pero debo hacerlo, pues esos episodios son cruciales para que comprendáis mi desgraciada situación.

El camino que discurre desde Casseras hasta la *forcia*, que he descrito con anterioridad, era, como he dicho, una vía accidentada e inhóspita, poco transitada por los aldeanos salvo los que llevaban a sus ovejas a pastar en los terrenos del rey. Su último y más empinado tramo, situado entre peñascos y un nuevo bosque, casi nunca era utilizado. Sólo las personas que habitaban en la *forcia*, y el inquisidor que hacía poco iba a visitarlas, tenían por fuerza que recorrer ese impracticable camino de cabras. Pero al día siguiente de la festividad de la Natividad, dos muchachos decidieron visitar la *forcia*, para saludar y admirar a los guardaespaldas del inquisidor y los espléndidos corceles que montaban esos magníficos hombres. Los muchachos, podéis suponer, eran hijos de Casseras.

Se llamaban Guido y Guillaume.

Guido y Guillaume jamás habían visto unos caballos antes de la llegada del padre Augustin. Ni una espada, ni una maza. Por consiguiente, acogían con euforia esas tardes que traían al inquisidor de Lazet a la casa del sacerdote local, pues el inquisidor siempre era atendido por cuatro hombres armados y sus monturas, los cuales dormían hacinados en el granero de Bruno Pelfort. A los chicos les fascinaba la noción de la guerra. En más de una ocasión habían sido sorprendidos siguiendo a nuestros familiares Bertrand, Maurand, Jordan y Giraud como sus sombras, y algunas veces habían sido recompensados por su asiduidad con restos de comida o un breve paseo a caballo.

Por tanto, cuando sus héroes pasaron por Casseras en la festividad de la Natividad y no regresaron por la noche, los jóvenes se sintieron profundamente decepcionados. Al igual que el resto de la aldea, dedujeron que el padre Augustin había decidido pernoctar en la *forcia*. («Supusimos que vuestro fraile había decidido por fin divertirse con su amiga», declaró después un habitante.) De modo que, a la mañana siguiente, salieron corriendo para ver a sus ídolos, sin querer desaprovechar esa oportunidad.

65

Cuando conversé con Guillaume, que era el mayor de los dos, describió esa mañana con todo detalle. Según dijo Guillaume, la *forcia* inspiraba cierto temor a Guido, pues creía, como todos los chicos de la aldea, que estaba habitada por unos «demonios». El significado de ese comentario siempre se me ha escapado, dado que los aldeanos adultos parecían sentir simpatía por las mujeres que eran vecinas suyas. Quizá la noción de los «demonios» derivara de las creencias heréticas de la familia de Rasiers. Es posible que se hubieran manifestado allí ciertas apariciones demoníacas. Sea como fuere, Guillaume tuvo que convencer a su amigo para que lo acompañara allí, señalando que era imposible que quedaran demonios en la *forcia*, puesto que el inquisidor de Lazet ya los habría ahuyentado.

Los chicos hablaban sobre el inquisidor, comentando la cantidad de demonios que habría encerrado en jaulas en Lazet, cuando de pronto percibieron un olor fétido. (Recordad que era el mes de septiembre y hacía mucho calor.) A medida que avanzaron, el hedor aumentó; Guillaume dedujo enseguida que habría una oveja muerta cerca de allí, víctima de una enfermedad, de unos perros o alguna de las desgracias que, según tengo entendido, suelen ocurrirles a las ovejas. Cuando Guillaume hizo un comentario al respecto, Guido se apresuró a contradecirle, alegando que nadie había informado sobre la pérdida de una oveja.

De improviso oyeron el sonido de moscas. Al principio temieron que fuera un enjambre de abejas que se aproximaba, y Guido quiso renunciar a la expedición. Pero Guillaume utilizó sus dotes de razonamiento para analizar el asunto: al relacionar el hedor con el sonido, dedujo que el cadáver de un animal había atraído a los insectos, y dado que los insectos eran muy numerosos, el animal debía de ser muy grande.

Así que avanzó no sin cierto temor, empuñando un afilado palo, y al llegar a un lugar donde el sendero desembocaba en una pequeña meseta rodeada de frondosos matorrales, halló los restos del padre Augustin y sus acompañantes.

Sin duda habréis oído decir que el padre Augustin y sus guardaespaldas fueron asesinados a hachazos. Pero quizá no comprendéis que, cuando empleo la frase «asesinados a hacha-zos», no utilizo una hipérbole, sino que es una descripción real y precisa del estado de las víctimas. Sus cuerpos habían sido des-membrados en pequeñas porciones, diseminadas cual semillas. No quedaba un solo retazo de sus vestiduras. La *translatio* que cabe aplicar al estado de los cadáveres es la de una cripta saquea-da, o la del Valle de los Huesos, salvo que esos huesos no estaban limpios y secos. Estaban empapados de sangre y carne purulen-ta y, bajo un manto de moscas, clamaban venganza al cielo.

Imaginad el espectáculo que contempló el pobre Guillau-me: la escena de una matanza atroz, el polvo empapado en san-gre, las hojas y las piedras salpicadas de sangre, fragmentos de carne putrefacta adheridos a todas las superficies, y el aire im-pregnado de un hedor tan potente que parecía poseer una pre-sencia corpórea. (Posteriormente, Guillaume me confesó que apenas podía respirar.) Al principio, los chicos, aturdidos, no lo-graron identificar lo que veían. Durante unos instantes Gui-llaume pensó que se trataba de unas ovejas que habían sido despedazadas por una manada de lobos. Pero al acercarse y to-car el manto de moscas éstas alzaron el vuelo y se dispersaron como la niebla, y al ver un pie humano en el suelo, compren-dió lo ocurrido.

—Eché a correr —me dijo Guillaume cuando lo interro-gué—. Eché a correr porque Guido echó a correr. No nos detu-vimos hasta llegar a la aldea.

—¿No fuisteis a la *forcia*? Quedaba más cerca.

—No se nos ocurrió —respondió Guillaume. Tras lo cual añadió un tanto avergonzado—: Guido le tenía miedo a la *for-cia*. Era Guido el que tenía miedo, no yo.

—¿Y luego qué pasó?

—Vi al sacerdote y se lo conté.

Como podéis suponer, el padre Paul se quedó horrorizado, sin saber qué hacer. Fue a hablar con Bruno Pelfort, que era el hombre más rico e importante de Casseras, y ambos fueron a pedir ayuda a los otros aldeanos. Decidieron enviar una parti-da de hombres a explorar el lugar de la matanza y retirar los restos de los cadáveres. Se llevaron unos aperos de labranza a modo de armas, por si sufrían una emboscada. A instancias de

67

Guillaume, llevaron también unos cubos y sacos. A continuación catorce hombres, armados con guadañas, palas y aguijones, partieron hacia la *forcia*.

Regresaron al cabo de un buen rato, perseguidos por unos enjambres de moscas.

—Fue terrible —me explicó el padre Paul—. El hedor era insoportable. Algunos de los hombres que recogieron los restos... sintieron náuseas. Vomitaron. Algunos dijeron que era obra del diablo y estaban muy asustados. Más tarde, quemaron los cubos y los sacos. Nadie quería seguir utilizándolos.

—¿Y nadie pensó en las mujeres?

—Claro que pensamos en ellas. Temíamos que hubieran corrido la misma suerte. Pero nadie quería ir a averiguarlo.

—Pero alguien fue.

—Sí. Cuando llegamos a la aldea, envié recado al preboste, en Rasiers. Mantiene un reducido destacamento apostado allí. Acudió con algunos soldados, que fueron a la *forcia*.

Entretanto la gente se puso a discutir sobre los restos. Se había confirmado que eran los restos de unos varones, y la gran mayoría de aldeanos coincidía en que pertenecían al padre Augustin y sus hombres. Pero nadie tenía la certeza, porque no habían hallado las cabezas. Faltaban también otros miembros, y algunas personas fueron acusadas de haberlos dejado olvidados en el lugar de los hechos.

Pero el padre Paul insistió en que habían recogido todas las partes visibles de los cuerpos. Afirmó haberlo comprobado personalmente.

—Si falta algo, debemos explorar otro lugar —dijo—. Quizás el bosque. Nos llevaremos a los perros.

—Ahora no —replicó Bruno—. No hasta que lleguen los soldados.

—Muy bien. Partiremos cuando lleguen los soldados —dijo el padre Paul.

De pronto alguien le preguntó qué debían hacer con los restos que estaban en su poder, lo cual suscitó otra discusión. Una persona recomendó enterrarlos de inmediato, pero los demás se opusieron vivamente. ¿Cómo iban a enterrar la mitad del cuerpo de un hombre, cuando la otra mitad seguía oculta en algún lugar del bosque? Por lo demás, esos cadáveres pertenecían al Santo Oficio. El Santo Oficio los reclamaría con toda seguridad. Hasta entonces, era preciso conservarlos.

—¿Cómo podéis decir semejante disparate? —protestó la madre de Guillaume—. Es imposible conservarlos. No son pedazos de tocino salado. Huelen que apestan.

—¡Cuida esa lengua! —le espetó el padre Paul. Estaba trastornado, pues de todos los aldeanos sólo él había tenido un trato íntimo con el padre Augustin. (Luego averigüé que, al contemplar el lugar de la matanza, había caído de rodillas y durante un rato había sido incapaz de andar)—. ¡Qué falta de respeto es ésa! ¡Estos hombres, por más que hayan sido bárbaramente tratados, no dejan de ser hombres!

Después de un largo y ponderado silencio, uno de los aldeanos observó:

—Podríamos salarlos, como hacemos con el tocino.

Los presentes se miraron con recelo. Parecía casi una propuesta blasfema, pero ¿qué podían hacer? Poco a poco, hasta el padre Paul llegó a la conclusión de que la elección residía entre salarlos y ahumarlos. De modo que, a regañadientes, dio su consentimiento para que utilizaran sal, después de lo cual estalló una airada discusión sobre quiénes dedicarían su tiempo a ese menester, y quiénes donarían sus toneles, pues nadie quería ocuparse de una tarea tan ingrata.

Una matrona incluso llegó a declarar que debía encargarse el padre Paul, puesto que, al igual que el inquisidor, era un hombre de Dios.

Pero el padre Paul negó con la cabeza.

—Debo ir a Lazet —dijo—, para comunicárselo al padre Bernard.

Todos se mostraron de acuerdo en que era preferible que fuera un sacerdote quien llevara a cabo esa misión. Recomendaron al padre Paul que esperara a que llegara Estolt de Coza, el preboste, para tomar prestado su caballo; pero el sacerdote quería partir cuanto antes.

—Si el preboste desea enviarme un caballo, éste no tardará en darme alcance —dijo—. Debo apresurarme, pues si parto de inmediato llegaré a Lazet antes del anochecer.

El padre Paul decidió llevarse a Aimery, el hijo de Bruno, y al cabo de unos minutos partió con una modesta provisión de vino, pan y queso. Apenas habían recorrido los dos hombres unos kilómetros cuando se reunió con ellos uno de los sargentos que escoltaban al preboste, montado en un caballo que cedió al padre Paul, lo cual indicaba que Estolt había llegado a Casseras poco después de que partiera el sacerdote. Montado en un caballo, el padre Paul no necesitaba que le acompañara nadie. Continuó solo y Aimery y el sargento retrocedieron.

De regreso en Casseras, el preboste se hizo cargo del asunto. Escuchó con expresión grave el relato de Bruno Pelfort sobre lo ocurrido esa mañana. Examinó los restos del padre Augustin y sus familiares. Luego, acompañado por sus sargentos, unos intrépidos voluntarios de la aldea y su lebrel, se encaminó con cautela hacia el lugar del asesinato.

—Mi lebrel es un excelente perro de caza, con un olfato muy fino —me explicó cuando fui a verle—. Aunque se asustó al ver tanta sangre, no tardó en hallar gracias a su excelente olfato una cabeza y un miembro de otro cadáver ocultos entre unos matorrales. Deduje que alguien los había dejado allí.

A diferencia del padre Paul, Estolt tuvo la presencia de ánimo de examinar el suelo en busca de huellas. Por desgracia, la tierra estaba endurecida y reseca por el sol, pero halló pruebas suficientes, como unas ramas partidas y manchas de sangre, para llegar a la conclusión de que unos caballos se habían adentrado en el bosque y posiblemente habían sido conducidos de nuevo fuera del mismo.

—No sé —dijo Estolt— si los agresores se hallaban en la *forcia* o si habían huido. —En aquellos momentos no se le ocurrió que pudieran haber regresado a la aldea.

Después de que alguien envolviera en su capa los pedazos de los cadáveres recién hallados, Estolt y sus acompañantes se dirigieron a la *forcia*. En el sendero que tomaron no había manchas de sangre, ni mostraba ningún rastro sospechoso. De las ruinas brotaba una columna de humo, pero era delgada y sutil, procedente de un fuego encendido para cocinar. Oyeron voces de mujeres, pero no eran unas voces estridentes debido al temor, sino que emitían unos apacibles murmullos, como el arrullo de las palomas; según dijo Estolt más tarde, era un sonido que le indicó, con más elocuencia que unas palabras, que no hallaría a los asesinos en aquel lugar.

Lo que halló fue a cuatro mujeres impecables: una anciana llamada Alcaya de Rasiers; una vieja desdentada y decrépita que ostentaba el paradójico nombre de Vitalia; una viuda, Johanna de Caussade, y su hija Babilonia. No estaban enteradas de la carnicería que había tenido lugar no lejos de su casa, y cuando se lo contaron se mostraron horrorizadas.

—No habían oído nada ni habían visto a nadie —me informó el preboste—. No se lo explicaban. Hablé con Alcaya, descendiente del anciano Raymond-Arnaud de Rasiers, por lo que deduzco que era dueña de una parte del lugar. Hablé sobre todo con ella, pues me dio la impresión de llevar la voz cantante. Pero fue la viuda quien regresó conmigo a Casseras.

Y allí, según averigüé, la viuda se ocupó de salar los restos de los cinco hombres asesinados. Fue casi un acto de exaltada devoción, que a los aldeanos les pareció muy sospechoso. A tenor de lo que averigüé más tarde, sus sospechas no eran infundadas. Con todo, creo que Johanna de Caussade decidió llevar a cabo aquella macabra tarea por sentido del deber moral, lo cual es digno de encomio.

Aunque yo honraba al padre Augustin, y le respetaba, jamás habría tenido el valor de hacer semejante cosa.

71

Voy a declararos un misterio

*E*n vista de que el padre Augustin no regresaba tal como esperábamos, yo, como es natural, me sentí un tanto preocupado. Después de consultar con el prior Hugues, envié a un par de familiares armados a Casseras con una carta para el padre Paul de Miramonte. Quizá los familiares se cruzaron con el padre Paul en algún lugar cercano a Crieux, pues éste llegó a Lazet poco antes de vísperas. Por consiguiente, no asistí a ese oficio; es más, también estuve ausente durante completas, ocupado en la ingrata tarea de informar tanto al obispo como al senescal de que los restos del padre Augustin se habían convertido en pasto de las aves del cielo.

«Los muertos oirán la voz del Hijo de Dios, y los que la escucharen vivirán.» En aquellos momentos creí, y sigo creyéndolo, que el padre Augustin está destinado a gozar de la vida eterna. Para él, la muerte constituye el portal del paraíso. ¡Con qué alegría debió de abandonar su alma aquel cuerpo mortal frágil y enfermo! Recuerdo las palabras de su tocayo: «Dios es alabado allí y aquí, pero aquí por quienes están llenos de angustiosas zozobras, allí por quienes carecen de zozobras; aquí por aquellos cuyo destino es morir, allí por aquellos que viven eternamente; aquí con esperanza, allí habiéndose cumplido esa esperanza; aquí de camino, allí en nuestra patria». Sé que el padre Augustin hallará la gloria eterna en esa ciudad que no ha menester de sol ni de luna que la iluminen, porque la gloria de Dios la ilumina, y su lumbrera es el Cordero. Sé que camina ataviado de blanco entre quienes no han mancillado sus vestiduras. Sé que murió como testigo de la fe y, por tanto, tiene garantizada la salvación.

Con todo, no hallé consuelo en ese pensamiento. Me atormentaba una imagen de la carnicería que no me daba tregua y me infundía un temor que yo me afanaba en ocultar. Como un león en escondrijo, este temor se me echó encima despacio, paso a paso, al tiempo que mi conmoción desaparecía debido al ajetreo causado por el anuncio del padre Paul. Fue el senescal, Roger Descalquencs, quien expresó mi temor durante nuestra conversación inicial sobre el asesinato.

—¿Decís que no se hallaron las ropas? —preguntó al sacerdote de Casseras.

—Así es —respondió el padre Paul.

—¿Ni rastro de las mismas? ¿Ni unos jirones? ¿Nada?

—Nada en absoluto.

Roger reflexionó unos momentos. Estábamos sentados en el gran salón del Castillo Condal, que siempre había sido un lugar caótico, atestado de humo, perros y sargentos descansando, pegajosos caballetes, armas diseminadas por doquier y hedor a comida pasada. De vez en cuando, uno de los hijos pequeños del senescal entraba precipitadamente, daba una vuelta por la habitación y volvía a salir.

Cada vez que eso ocurría, teníamos que alzar la voz para hacernos oír sobre los estentóreos gritos emitidos por el niño, semejantes a los chillidos de un puerco al ser degollado. De esta forma, el asesinato del padre Augustin se hizo de dominio público, pues muchos sargentos de la guarnición oyeron la noticia y se apresuraron a difundirla. Muchos incluso participaron en nuestra conversación, ofreciéndonos sus opiniones sin que nosotros se las pidiéramos.

—Sin duda fueron unos ladrones —dijo uno.

—Unos ladrones les habrían robado los caballos y la ropa —respondió Roger—, pero ¿por qué iban a perder el tiempo cortándoles las piernas y los brazos?

Ésa era, a mi entender, la pregunta clave. Meditamos unos momentos sobre ella, hasta que Roger habló de nuevo.

—Las víctimas iban montadas —dijo lentamente—. Cuatro eran mercenarios, ¿no es así, padre?

—Sí.

—Cuatro eran unos mercenarios adiestrados. Reducir a

unos soldados profesionales armados... A mi modo de ver, ninguna andrajosa banda de campesinos hambrientos habría sido capaz de conseguirlo.

—¿Ni siquiera con flechas? —inquirió uno de los sargentos.

Roger frunció el ceño y negó con la cabeza. Al revisar este texto, observo que no he ofrecido una *effictio* del senescal, ni siquiera una somera descripción de su vida, aunque es un personaje muy importante en mi relato. En aquel entonces llevaba doce años sirviendo al rey de forma vigorosa, juiciosa, acaso un tanto rapaz, pero sólo en beneficio del rey; su estilo de vida no se caracteriza por una excesiva afición a los bienes materiales. Es un hombre de mi edad, con experiencia en campañas militares y un cuerpo fornido y musculoso, que conserva bastante más pelo que yo (es uno de los hombres más hirsutos que conozco), casado en tres ocasiones, pues sus dos primeras esposas murieron de parto. No obstante, ha tenido siete hijos, la mayor de los cuales está casada con el sobrino del conde de Foix.

74 Debajo de su talante enérgico y un tanto tosco, Roger Descalquencs consigue ocultar la profundidad y sutileza de su inteligencia. Le gusta criar perros y cazar jabalíes; es analfabeto, a menudo taciturno, ignorante en numerosos puntos fundamentales de la doctrina católica, no siente el menor interés por la historia o la filosofía, ningún deseo de ampliar sus conocimientos geográficos ni una devota preocupación por la salvación de su alma. El aspecto que presenta, con su atuendo de lana y cuero lleno de manchas, es más parecido al de un mozo de cuadra que al de un funcionario del rey. He leído que Aristóteles, en una carta al rey Alejandro, aconsejó en cierta ocasión a éste que eligiera a un consejero «avezado en las siete artes liberales, instruido en los siete principios y que dominara las siete disciplinas de un caballero. Esto es lo que considero nobleza auténtica». Si lo juzgamos por ese patrón, Roger no posee ninguna nobleza.

Con todo, es un hombre de profunda perspicacia política, poseedor de una mente bien organizada, clara y lógica. Lo demostró al analizar juiciosamente las pruebas obtenidas hasta el momento.

—Para atacar a unos mercenarios montados y armados, es preciso que uno esté en parecidas condiciones —señaló—, a menos que vaya acompañado por muchos hombres, como sin duda ocurrió en este caso. La mayoría de ladrones no tienen dinero para comprar armas y caballos, a no ser que vivan de una lucrativa ruta de peregrinación. He oído decir que en el camino de Compostela abundan los bandoleros, pero en los alrededores de Casseras no hay, al menos que yo sepa.

—¿Así que dudáis que sea obra de unos ladrones corrientes y vulgares? —pregunté.

—¿Quién sabe? —respondió Roger extendiendo las manos.

—Pero ¿no creéis que unos ladrones perderían demasiado tiempo desmembrando unos cadáveres?

—En efecto. También me extraña que supieran dónde situar su emboscada. A mi modo de ver, este ataque no fue un encuentro fortuito. ¿Es lógico que unos bandoleros armados pululen por ese erial? Es el lugar idóneo para una emboscada, pero ¿a quién pretenderían robar aquí? Alguien debió de hablar a los asesinos sobre el padre Augustin.

Ya me he referido, en estas páginas, a lo imposible que es adivinar los pensamientos de otra persona. Como escribió el propio san Agustín: «Los hombres pueden hablar, pueden ser vistos por las operaciones de sus miembros, pueden ser oídos; pero ¿quién puede penetrar en los pensamientos de otro, ver en el interior de su corazón?». No obstante, creo que mis cálculos se asemejaban a los de Roger, pues cuando hablé, él asintió con la cabeza, como hacemos al ver a alguien que conocemos.

—Las visitas del padre Augustin no eran regulares, ni las anunciaba públicamente —dije—. Nadie estaba enterado de ellas a menos que esa persona viera al padre Augustin en el camino.

—O viviera en Casseras.

—O hubiera sido informado por algún empleado de las caballerizas del obispo —dije para terminar—. La noche antes de que partiera el padre Augustin siempre comunicábamos a las caballerizas del obispo su partida.

—Nadie en Casseras sería capaz de cometer semejante

atrocidad —insistió el padre Paul con vehemencia—. ¡A nadie se le habría ocurrido siquiera!

Pero lamento decir que sus comentarios no fueron tenidos en cuenta.

—Os diré lo que me choca —dijo el senescal dándose unos golpecitos en la barbilla con un dedo mientras contemplaba el infinito—. Matar a alguien a hachazos es un acto que denota una profunda rabia. Sólo lo cometería alguien que odiara a esa persona. De modo que si fue obra de unos ladrones, debieron hacerlo porque odiaban al inquisidor. Y si no fueron unos ladrones, ¿por qué les arrebataron la ropa?

—Debieron de desnudar a los cadáveres antes de despedazarlos —dije—. Más tiempo perdido.

—Exactamente.

—Un asesino a sueldo quizá se hubiera quedado con las ropas —me aventuré a decir—. Si otra persona le suministró el caballo y las armas, significa que ese sujeto es lo suficientemente pobre como para quedarse con unas ropas hechas jirones y empapadas en sangre, para lavarlas y remendarlas.

Roger gruñó. Luego extendió las piernas y se pasó las manos por el espeso cabello canoso varias veces, como si estuviera cardando lana.

—Si se tratara de ciertos hombres, sería fácil hallar a un enemigo que les odiara hasta el extremo de despedazarlos —observó—. Tratándose de un inquisidor, medio mundo estaría dispuesto a hervirlo vivo. Si yo fuera vos, padre Bernard, a partir de ahora me andaría con mucha cautela. El hecho de que despedazaran también a los guardias quizá signifique que quienquiera que lo hizo odia a toda la Inquisición, no sólo al padre Augustin.

Al oír ese tranquilizador comentario, ¿a quién puede extrañarle que esa noche yo no lograra pegar ojo? De todos modos no tenía intención de dormir, pues como es natural celebramos una vigilia por el alma del padre Augustin. Pero ya sabéis lo que ocurre con las vigilias (y los maitines): por más que te propongas cumplir con tu deber, en ocasiones te vence el sueño de madrugada. Pero esa noche lo que me mantuvo desvelado fue la contemplación de la muerte del padre Augustin, tan cruel e inesperada, y tan próxima a mi propia vida. Confieso que más que congoja sentí temor, e indignación, e incluso (que Dios perdone mi irreverencia) lástima de mí mismo, pues la muerte de mi superior había dejado en mis manos la ardua tarea de llevar a cabo varias inquisiciones. Qué vanidosos somos los hombres, aunque nuestros días no son sino unas sombras fugaces. Cómo nos aferramos a las cuestiones materiales, incluso a la sombra de ese misterio que constituye la muerte. Así, en lugar de ofrecer mis oraciones por el alma del fallecido, me puse a analizar los acontecimientos de la jornada, que había sido muy ajetreada: el senescal había ido a Casseras para recoger los cadáveres y examinar el lugar donde se habían cometidos los asesinatos. El prior Hugues había escrito al superior general, informándole del odioso crimen; el obispo había escrito al inquisidor de Francia, solicitando un sucesor del padre Augustin. ¿Y yo? Aunque tenía una montaña de trabajo, había pasado buena parte del día pensando en quién, de todas las personas a las que había perseguido mi superior, podría haber ordenado su asesinato. Pues se me ocurrió que muchas de ellas no habrían podido matarlo personalmente, puesto que seguían en la cárcel.

El padre Augustin llevaba tan sólo tres meses en Lazet: durante ese tiempo había procesado a Aimery Ribaudin, Bernard de Pibraux, Raymond Maury, Bruna d´Aguilar y toda la aldea de Saint-Fiacre. Deduje que uno de los habitantes de Lazet debía de ser el responsable de la muerte de mi superior, ya que pocos aldeanos tenían parientes fuera de la cárcel, ni dinero para pagar y equipar a asesinos a sueldo. Eso fue lo que pensé al principio. Pero luego me dije que, tal como había observado el senescal, quizá la agresión no estuviera dirigida personalmente contra el padre Augustin, sino contra todo el Santo Oficio; en tal caso, era posible que el culpable hubiera sido perseguido por orden mía, o del padre Jacques. De pronto se me ocurrió que el padre Augustin era el primer inquisidor que había salido de Lazet en muchos años. Su predecesor había permanecido dentro de los muros de la ciudad desde que yo le conocía; y yo mismo apenas me movía. Por tanto, cabía pensar que el padre Augustin había sido un blanco evidente. Era posible que un malévolo pecador hubiera pasado muchos años rumiando ese atroz crimen, que había llevado a cabo en cuanto se había presentado la oportunidad.

Entonces, presa de la desesperación, comprendí que jamás lograríamos apresar al susodicho pecador si el único medio de conseguirlo era examinando las inquisiciones de los últimos veinte años, pues eran muy numerosas y los recursos del Santo Oficio escasos. Aunque la investigación del senescal revelara nuevas pruebas, y éstas redujeran la lista de sospechosos, necesitábamos un punto de partida, que naturalmente debía provenir de los archivos del Santo Oficio.

Tales eran los pensamientos que ocupaban mi mente cuando me arrodillé en el coro durante la vigilia del padre Augustin. No recé por él, como debí hacer; no fijé mi corazón en el sufrimiento de Cristo y deposité mi vanidad en manos de Dios, humillándome hasta quedar a la altura de la broza de las eras en verano y ser digno de suplicar el perdón divino en nombre de mi superior. No reflexioné sobre sus atroces heridas, ni lloré por ellas como habría llorado por las heridas de nuestro Salvador. En lugar de ello, pensé en los asuntos de este mundo (que no nos causa sino tribulaciones), avancé a tientas por la oscuridad en lugar de alzar mis ojos hacia la luz.

Ni siquiera pensé: mi amigo ha muerto; no volveré a verlo. Al leer esto, sin duda me tacharéis de ruin y desalmado. Pero he comprobado que a medida que transcurre el tiempo echo de menos al padre Augustin con profunda intensidad, y comprendo que esto es consecuencia de la rara cualidad de nuestra amistad. La amistad auténtica, según nos dicen las autoridades, es un sendero que conduce a la virtud, y muchos recorren este sendero de la mano. Ailred de Rievaulx dice en su *Spiritualis Amicitia*: «El amigo, adherido a su amigo en el espíritu de Cristo, se convierte en un solo corazón y un alma y al elevarse a través de los estadios del amor hasta la amistad de Cristo, se convierte, con un beso, en un solo espíritu». Es un noble ideal, pero tiene poco que ver con la amistad que me unía a Augustin. El padre Augustin y yo manteníamos nuestros corazones y nuestras almas firmemente separadas, sobre todo debido, me temo, a mi despreciable orgullo. No obstante, yo sabía que el padre Augustin observaba los estatutos del Señor, y recuerdo las palabras de Cicerón en *De Amicitia*: «Amé la virtud del hombre, que no se ha extinguido». El padre Augustin y yo no compartíamos agradables chanzas ni secretos íntimos. No nos deleitábamos en nuestra mutua compañía, ni nos desahogábamos el uno con el otro cuando nos sentíamos afligidos por las tribulaciones del mundo. Pero él caminaba delante de mí por el sendero de la virtud, cual una lámpara que iluminaba mis pasos. Era un modelo y un ideal, el inquisidor perfecto, celoso pero ecuánime, de una fe inquebrantable y un valor a toda prueba. Su presencia me procuraba renovadas fuerzas, de lo cual no me percaté hasta que murió. En el padre Augustin identifiqué un sentido de la misión ausente en su predecesor, y lo seguí ciegamente, sabiendo que el padre Augustin no me llevaría por el camino errado.

Sin él, no tenía nadie a quien seguir. De nuevo, tuve que trazar mi propio rumbo, extraviándome por caminos que me conducían a pantanos y ortigas, pues siempre he dejado que mis nefastos estados de ánimo y mi curiosidad, mi pereza y mi orgullo, gobernaran a las virtudes que tienen tan escaso arraigo en mi carácter. De haber vivido el padre Augustin, quizá... Pero de haber vivido el padre Augustin, nada de esto habría ocurrido.

Sé que murió con valor. Aunque su cuerpo era débil, era fuerte de espíritu y, sin duda, se enfrentó al último momento con tanta serenidad como el que más, con sus pensamientos y emociones fijos en las recompensas eternas. Creo que estaba mejor preparado para la muerte que la mayoría de nosotros, dado que había vivido durante tanto tiempo a su sombra. Pero ahora, al recordar sus manos temblorosas, su cuerpo frágil, indefenso como el de un pajarillo, y lo lenta y esforzadamente que realizaba hasta la tarea más sencilla... cuando recuerdo esas cosas, se me encoge el corazón y los ojos se me llenan de lágrimas, pues sé que cuando recibió la herida de muerte no tuvo tiempo ni fuerzas siquiera de alzar el brazo, o agachar la cabeza, en un vano intento de protegerse. Tenía la vista tan débil que acaso no viera siquiera la hoja del hacha que se abatió sobre él.

Matarlo debió ser como matar a un cordero atado.

Es extraño que ahora pueda llorar por él y entonces no fuera capaz de hacerlo. Supongo que ahora creo conocerlo mejor, por razones que enseguida comprenderéis, y además he cambiado en muchos aspectos. Los hechos han conspirado para ampliar los límites de mis afectos.

No obstante, cuando contemplé por primera vez su cuerpo despedazado lo lógico habría sido que experimentara un profundo dolor. Pero sentí náuseas y cierto nerviosismo. Es posible que, al contemplar una prueba tan atroz del carácter efímero de la vida, uno rechace de forma instintiva la noción de que esos fragmentos de carne ensangrentados, esos huesos destrozados, puedan ser en esencia humanos. O quizá se debiera a que no guardaban ningún parecido con el padre Augustin, puesto que su cabeza, el miembro más característico, aún no había sido hallada.

Pero no debo referirme aún a los restos. Llegaron más tarde, al cabo de dos días. No debo adelantarme en mi narración, pues aún queda un terreno intermedio que es preciso recorrer.

El senescal, como ya he dicho, regresó junto con los cadáveres de las víctimas dos días después. En el ínterin, yo había estado muy atareado. Uno de los familiares asesinados (y el único, a Dios gracias) era un hombre casado, con hijos. Fui a ver a su esposa e hijos y a ofrecerles el escaso consuelo que pude y, con el consentimiento del prior y el obispo, pude prometer a la desconsolada viuda una pequeña pensión. Asimismo tuve que informar a los inquisidores de Carcasona y Toulouse de que el padre Augustin había perecido, y advertirles de que ellos también corrían peligro. No quería enviar a unos mensajeros con esa noticia, para evitar que otros servidores del Santo Oficio cayeran asesinados durante el camino. Pero el hecho de utilizar a tres hombres empleados al servicio del obispo sirvió para aplacar mis temores al respecto.

Por lo demás, todo el trabajo que había realizado el padre Augustin recayó, como es natural, en mí. ¡Con qué pesar recordé los momentos, tan recientes, en que había despotricado contra el padre Augustin por sus viajes a Casseras! ¡Qué agobiado me había sentido entonces! Al consultar su agenda de interrogatorios, comprendí que el padre Augustin había tratado de contrarrestar sus ausencias cargándose con más trabajo del que ningún hombre habría podido resolver, y menos aún un hombre de salud frágil. Me sentí al mismo tiempo avergonzado y espantado. ¿Cómo podría sustituirlo? Era imposible. Muchas personas languidecerían en prisión durante varios meses, esperando ser entrevistadas, porque el Santo Oficio no poseía los medios para revisar sus casos de inmediato.

Como es natural, pensé que el responsable de la muerte del padre Augustin pudiera encontrarse entre las personas con las que él había tratado hacía poco. Por tanto, me afané en revisar sus pertenencias y examinar los documentos referentes a sus últimas inquisiciones. No hallé nada interesante en su celda, pues en ella sólo guardaba los humildes efectos que exigían las reglas: sus tres hábitos y pelliza de invierno, sus medias, calcetines y prendas interiores y los tres libros que nos entregan a los que accedemos a niveles de aprendizaje más elevados: la *Historia Scholastica* de Pierre Comester, las *Sentences* de Pierre Lombard y las Sagradas Escrituras. Su escapulario y su hábito, su manto negro y su cinturón de cuero, su cuchillo, su talego y su pañuelo habían desaparecido. Encontré y deseché unos bálsamos y cordiales que le había preparado nuestro hermano enfermero, así como una vela perfumada que al parecer tenía efectos saludables para las jaquecas y la vista cansada. Su almohada de hierbas se la di al pobre Sicard. He omitido a Sicard en este relato, pues lo cierto es que desempeña un papel insignificante en él. Ingresó en la orden en calidad de oblato, y presentaba muchos de los rasgos que poseen las personas que acaban de abandonar el convento en el que han pasado su infancia: una voz apagada, un apetito voraz, una leve joroba y una reverencia algo codiciosa por los libros. (El hermano Lucius, nuestro escriba, también poseía esos rasgos.) Aunque Sicard nunca me había parecido un joven de gran inteligencia ni habilidad, había servido al padre Augustin leal y eficientemente como escriba, y la muerte de mi superior le afectó mucho. Por consiguiente, lo mantuve a mi servicio durante varios días después de que ésta ocurriera, como quien da cobijo a un gatito, permitiendo que se quedara con la almohada perteneciente al padre Augustin porque sabía le procuraría cierto consuelo. Lo hice con el consentimiento del prior, que al poco tiempo me desembarazó de él. Al término del mes, Sicard pasó a ayudar al hermano bibliotecario, lo cual le permitió dormir más horas de las que había dormido cuando estaba al servicio del padre Augustin.

Ese Sicard jamás llegará a predicador. No posee las facultades necesarias.

Pero os hablaba de los efectos personales del padre Augustin. Después de registrar su celda, examiné su mesa y sus documentos en la sede del Santo Oficio. Allí encontré cuatro archivos de la época del padre Jacques, señalados y glosados en los pasajes en que aparecían los nombres de Aimery Ribaudin, Bernard de Pibraux, Raymond de Maury, Oldric Capiscol, Petrona Capdenier y Bruna d'Aguilar. También hallé un antiguo expediente, señalado en varios lugares, en el que descubrí toda la penosa historia de Oldric Capiscol.

Cuarenta y tres años atrás, siendo un muchacho de trece años, Oldric había adorado a un perfecto por orden de su padre. Al cabo de tres años, alguien que había estado presente en esa adoración difamó a Oldric y éste pasó dos años encarcelado; tras ser puesto en libertad, soportó la *poena confusibilis*, el nombre que damos a un humillante castigo que obliga al penitente a lucir unas cruces amarillas en el pecho y la espalda. Oldric exhibió esas vergonzantes insignias durante un año, pero al comprobar que le impedían ganarse el sustento, se las quitó y encontró trabajo como barquero. Huelga decir que no logró escapar del castigo con tanta facilidad. «Estad ciertos de que vuestro pecado os alcanzará.» Al ser descubierto y citado para comparecer en 1283, Oldric, temeroso de presentarse, huyó de la ira del Santo Oficio, que procedió a excomulgarle. Después de permanecer un año excomulgado, fue declarado hereje en 1284. En 1288 fue por fin capturado, pero huyó de camino a la cárcel, para ser capturado de nuevo cerca de Carcasona. Fue condenado a cadena perpetua, a pan y agua.

Esto me extrañó, pues sabía que el padre Jacques, de haber

presidido el auto de fe, le habría condenado a muerte. En una glosa marginal, el padre Augustin había anotado que en la actualidad no había ningún Oldric Capiscol en la cárcel, llegando a la conclusión de que, puesto que no constaba que hubiera vuelto a fugarse, el prisionero debió de morir en cautividad entre 1289 y aquel momento.

Por tanto, Oldric no podía ser culpable del asesinato del padre Augustin, aunque me pregunté con cierto desasosiego si no tendría algún descendiente que quisiera vengarse del Santo Oficio. Ninguno de los Capiscol que yo conocía parecía poseer un temperamento colérico; eran polleros, y todos los polleros que conozco (con frecuencia ocupados con cortarles la cabeza a los pollos) muestran un talante particularmente sereno, quizá porque pueden descargar su agresividad sobre sus animales. No obstante, comprendí que podía existir una rama de la familia que yo no conociera, y mientras me hallaba sentado a la mesa de mi superior, hojeando con lentitud los polvorientos archivos de antiguos nombres y delitos, me invadió una profunda inquietud. ¿Existía alguien en Lazet cuya vida no se hubiera visto afectada de algún modo por nuestra implacable persecución de almas descarriadas? ¿Cómo era posible buscar e identificar a los asesinos, cuando tantas personas tenían motivo para odiar, o temer, al difunto? En Avignonet, Guillaume Arnaud y Stephen de Saint-Thibery habían sido asesinados por unos caballeros herejes desconocidos por sus víctimas, que se habían desplazado desde Montsegur sólo para asesinar a esos dos defensores de la fe. ¿Había corrido el padre Augustin una suerte semejante? ¿Eran sus asesinos unos herejes sin más, sin ningún vínculo directo con el hombre al que habían matado con tal brutalidad?

Pero recordé que los culpables sabían dónde y cuándo atacar. Habría sido imposible preparar una emboscada sin disponer de un cuartel general cerca de Casseras, o de un informador entre los servidores del obispo. Si la investigación del senescal era exhaustiva, sin duda aparecería un nombre o una descripción. Entretanto, yo tenía el deber de ofrecer una lista de nombres, para cotejarlos con cualquier indicio que descubriera el senescal.

Esto es lo que me propuse hacer, los dos días antes de que éste regresara. Y empecé por los sospechosos de soborno.

De todos los sospechosos sólo uno, Bernard de Pibraux, había sido arrestado y encarcelado por el padre Augustin. El otro, Raymond Maury, había sido citado para comparecer ante el tribunal dentro de cinco días. Las razones del padre Augustin, en este caso, eran meridianamente claras, pues era menos probable que desapareciera un panadero con nueve hijos que un noble vigoroso y soltero, sin (según deduje de varios documentos) ninguna perspectiva de heredar la fortuna familiar. Ninguno de los acusados parecía poseer cuantiosos bienes materiales, por lo que me pregunté, en un principio, cómo habían hallado los medios para convencer al padre Jacques de no iniciar una pesquisa contra ellos. Pero Bernard de Pibraux tenía un padre que lo adoraba, y recordé que los parientes de la esposa de Raymond constituían una familia de conocidos y prósperos peleteros. La mayoría de las familias habrían estado dispuestas a pagar una elevada suma con tal de evitar que recayera sobre ellas la infamia de estar emparentadas con un hereje. Se trata, sin la menor duda, de una mancha hereditaria.

Al examinar los archivos del padre Jacques, leí con detenimiento las acusaciones originales contra Bernard de Pibraux y Raymond Maury. Ambos nombres habían sido citados, de pasada, por testigos que habían acudido a declarar por asuntos no relacionados con aquéllos. Un testigo había oído un día a Raymond comentar en su tienda que «una mula tiene un alma semejante a la de un hombre». El otro testigo había visto a Bernard de Pibraux inclinarse ante un perfecto y darle comida. Ninguno de esos incidentes se había convertido en motivo de una investigación por parte del padre Jacques, aunque el padre Augustin había entrevistado luego a Bernard, quien había insistido en que desconocía la identidad del perfecto. Había conocido a ese divulgador de falsa doctrina en casa de un amigo, se había inclinado ante él por cortesía y le había dado un poco de pan que le sobraba. Bernard negó haberle dado dinero al padre Jacques en ninguna circunstancia.

En estos casos es muy difícil discernir la verdad. El padre Augustin había entrevistado a numerosos testigos, ninguno de los cuales había podido atribuir a Bernard ningún otro acto que pudiera calificarse de heterodoxo. El joven asistía a la iglesia, aunque no de una manera indefectible: su cura párroco le censuraba por ser «un joven atolondrado, propenso a beber en exceso, que desatiende con frecuencia el cuidado de su alma, como tantos otros en esta comarca. Pertenece a un pequeño grupo de amigos que comparten las mismas costumbres. No logro convencerles para que dejen tranquilas a las jóvenes doncellas». El padre Augustin, con su característica eficiencia, se había afanado en recabar los nombres de ese «pequeño grupo de amigos»: eran Guibert, el primo de Bernard; Etienne, el hijo de un castellano vecino; y Odo, hijo del notario local. Me pregunté si tendrían un temperamento violento, y fui a preguntar a Pons si Bernard de Pibraux había recibido la visita de unos amigos de su edad.

—No —respondió Pons—. Sólo su padre y su hermano.

—¿Respondió el padre por el hermano?

—Si lo hizo, no era necesario —contestó Pons sonriendo, cosa rara en él, os lo aseguro—. Esos tres están cortados por el mismo patrón.

—¿Qué aspecto tenían? ¿Te dieron la impresión de estar muy enojados? ¿Había algo furtivo en su talante?

—¿Furtivo?

—¿Parecían llevarse algo entre manos?

Pons arrugó el ceño y se rascó la mejilla.

—Todos los que vienen aquí parecen asustados —dijo—. Temen que no les dejemos marchar.

Me pareció una observación muy válida. A veces olvidamos el terrible efecto que causa la prisión en la mayoría de visitantes.

—¿Y Bernard? —pregunté—. ¿Cómo sobrelleva el estar encarcelado?

—A eso sí puedo contestaros. Bernard tiene un genio de los mil diablos. No calla nunca. Aunque le arroje tres cubos de agua, se queda tan fresco. Algunos prisioneros se han quejado.

—¿Es un hombre violento?

—Lo sería si yo no lo tuviera a raya. Una vez lo encadené, lo cual le calmó un poco.

—Comprendo.

Regresé a mi mesa armado con esta información y me puse a reflexionar. A mi modo de ver, jamás lograríamos establecer la culpa o inocencia de Bernard con respecto a la «veneración» del perfecto, a menos que confesara haber cometido un acto herético. Deduzco que el padre Augustin opinaba lo mismo, pues se había esmerado en preguntar a Bernard los nombres de todo enemigo que quisiera perjudicarle. Este procedimiento, destinado a arrestar a falsos testigos, es útil cuando resulta difícil establecer la culpa de una persona. Pero como Bernard no había nombrado al testigo que le había acusado, no había ningún indicio de conspiración.

Al enfrentarme a este dilema, pensé en lo que habría hecho el padre Jacques. Para él habrían habido dos opciones. O habría privado a Bernard de alimento hasta arrancarle una confesión antes de recomendar una sentencia benévola, o habría pasado por alto el episodio. En un par de ocasiones, antes, fui testigo de esta tendencia a pasar por alto ciertos actos sospechosos de los que nos habían informado «por falta de pruebas», y no creo que a mi superior le moviera el afán de lucro, sino más bien su propensión a la misericordia.

—Si un hombre se niega a matar un pollo para su suegra —me dijo una vez el padre Jacques—, no significa que sea un hereje. Quizá la mujer sea una cascarrabias y una arpía. ¿Quién querría sacrificar un suculento pollo para una mujer así? Decidle que se vaya.

No hablé nunca al padre Augustin de esos pequeños deslices, pues eran infrecuentes; las personas implicadas no tenían dinero siquiera para pagar un portazgo (y mucho menos un soborno) y solían producirse cuando el padre Jacques se sentía agobiado por el trabajo. Yo le hubiera felicitado por su clemencia, de no haber sido por los tremendos ataques de mal genio a los que también propendía. A mi entender, el hecho de que la falta de Bernard de Pibraux hubiera sido pasada por alto no indicaba nada anormal por lo que se refiere a la conducta del padre Jacques.

Pero en el caso de Raymond Maury comprendí que había algo que estaba mal. Decir que una mula posee un alma semejante a la de un hombre es sostener la creencia, propugnada

86

por los cátaros, de que el Dios de las Tinieblas ha tomado las almas de los hombres y los animales del Reino de la Luz para infundirlas en unos seres corpóreos hasta que puedan ser restituidas al cielo. Ahora bien, es posible que uno insulte a un enemigo diciéndole que tiene «el alma de una mula y la moral de una rata», o algo semejante, y que alguien oiga y malinterprete ese insulto. Pero el padre Augustin, tras entrevistar a algunos amigos y conocidos de Raymond Maury, había obtenido de ellos otras pruebas que demostraban que el panadero era un hombre de opiniones erradas. Un vecino, al informar a Raymond que se proponía realizar una peregrinación para asegurarse una indulgencia, oyó decir a éste: «¿Crees que algún hombre puede absolverte de tus pecados? Sólo Dios puede hacerlo, amigo mío». Otro amigo recordaba haber ido a la iglesia de Sainte Marie de Montgauzy para rezar con el fin de que le restituyeran unos artículos que le habían robado; de camino se tropezó con Raymond Maury, que se burló de sus intenciones. «Tus rezos no te valdrán de nada», parece ser que le dijo.

Como comprobaréis, el padre Augustin había recabado unas pruebas muy perjudiciales contra Raymond, y al hacerlo había suscitado serias dudas sobre el padre Jacques. Daba la impresión de que la honestidad del antiguo inquisidor estuviera en tela de juicio, de lo contrario ¿por qué no había arrestado a Raymond Maury? Me parecía increíble que la aparente ceguera del padre Jacques se debiera a un impulso misericordioso, por más que Raymond fuera padre de nueve hijos; en estos casos, la misericordia debe mostrarse en el momento de dictar sentencia. No, al leer las actas me convencí de que se había efectuado algún tipo de pago ilícito.

Me apenó pensar eso, pero no me sorprendió del todo. Lo que me sorprendió fue el documento que encontré oculto en uno de los archivos. Después de leerlo con detenimiento, lo identifiqué como una carta, pero no reconocí la mano que la había escrito.

Aunque no puedo reproducir con fidelidad la totalidad del texto, creo recordar que decía lo siguiente:

«Jacques Fournier, obispo, humilde siervo de la iglesia de Pamiers por la gracia de Dios, saluda a su noble hijo, el hermano

Augustin Duese, inquisidor de la depravación herética, con afecto en el Señor.

»He recibido con alegría vuestra caritativa carta. En cuanto al asunto sobre el que me pedís consejo, ojalá pudiera ofrecer a mi estimado hijo un consejo útil. Os referís a una mujer joven, de gran belleza y cualidades espirituales, que está "poseída por demonios"; solicitáis unas invocaciones para librarla de esa maldición. En efecto, tal como apuntáis, en mi biblioteca poseo varios tomos que describen esos exorcismos, pero antes de iniciar ese ritual, os recomiendo que examinéis de una manera exhaustiva la forma y los síntomas de la enfermedad de esa mujer. ¿Se trata, como decís, de una posesión, o de un caso de locura propiciada por algún enemigo experto en las artes diabólicas? El Doctor Angélico nos previene contra esas viejas capaces de infligir daño, sobre todo a niños, utilizando el mal de ojo; y existen otras, más peligrosas, capaces de invocar a los "reyes infernales", sobre los que sé muy poco. Antes de empuñar la espada contra un enemigo de semejante envergadura, debéis protegeros con la armadura de la fe y el valor.

»En cuanto a la fórmula para eliminar a los demonios, tomad nota:

»La persona poseída debe sostener una vela, sentada o arrodillada; el sacerdote comenzará con "nuestra ayuda es en nombre del Señor", y los presentes cantarán los responsos. A continuación el sacerdote rociará a la persona poseída con agua bendita, le colocará una estola alrededor del cuello y recitará el salmo setenta: "Apresúrate, Señor, en mi ayuda...", y seguirá con la letanía de los enfermos, invocando a los santos: "Orad y compadeceos de él; sálvalo, Señor".

»Luego comienza el exorcismo, que debe recitarse así:

»"Yo te exorcizo, siendo débil pero renacido en el sagrado bautismo por el Dios vivo, por el Dios auténtico, por el Dios que te ha redimido con su preciosa sangre, para que puedas ser exorcizado, para que los delirios y la perversidad del engaño del demonio te abandonen y huyan de ti con todos los espíritus impuros repudiados por Aquél que vendrá a juzgar a los vivos y a los muertos, y limpiará la Tierra con fuego. Amén..."»

Pero no recitaré toda la fórmula, puesto que no tiene nada

que ver con mi relato. La carta concluía con un respetuoso saludo (la paz de nuestro Señor Jesucristo sea contigo, etcétera) y la petición de unas copias de ciertas actas que, de nuevo, no hacen al caso. Estaba fechada tres semanas antes.

Digo que la carta me sorprendió, pero lo cierto es que me quedé tan estupefacto que por poco me caigo de la silla. ¿Quién era esa «mujer joven, de gran belleza y cualidades espirituales»? Desde luego, nadie que yo conociera. Pensé que quizá fuera una de las mujeres de Casseras, por ejemplo la hija de la viuda. Pero ¿por qué le preocupaban al padre Augustin las tribulaciones de esa joven? Los demonios, invocados o en posesión de una desdichada alma, no correspondían al ámbito del Santo Oficio. El papa Alejandro IV había advertido específicamente a los inquisidores de que no debían ocuparse de casos de adivinación (o parecidos) a menos que olieran a herejía.

En cuanto a las fórmulas reseñadas, no comprendí en qué sentido habrían beneficiado a mi superior, puesto que no era sacerdote y habría tenido que hablar con uno antes de acudir al obispo de Pamiers. Era uno de tantos misterios. Pero comprendí que el padre Agustín no pudo haber escrito él mismo al obispo, debido a su débil vista, de modo que fui a hablar con Sicard y le pregunté si había escrito él esa carta.

—Sí —respondió, pestañeando y mirándome con sus ojos grandes y azules. (Estaba inspeccionando unos volúmenes de la *Summa*, la obra del Doctor Angélico, para comprobar si estaban afectados por la polilla que roe los libros)—. Recuerdo haberla transcrito. El padre Augustin los envió a Pamiers con otros documentos. Pero tendréis que preguntarle al hermano Lucius sobre esos documentos.

—¿Qué decía la carta? ¿Lo recordáis?

—Se refería a una mujer. Que estaba poseída por el demonio.

—¿Sabéis quién es? ¿Mencionó el padre Augustin su nombre?

—No.

Yo aguardé, pero enseguida comprendí que si quería obtener más información, tendría que extraerla como una muela. Sicard siempre se comportaba así; estaba imbuido de la disciplina del claustro. O quizás el padre Augustin le había insistido en que hablara sólo cuando alguien se dirigiera a él, respondiera sólo a las preguntas que le hicieran y se abstuviera de hacer comentarios hasta haber alcanzado un alto grado de madurez y educación.

—¿Mencionó el padre Augustin dónde o con quién vive esa mujer? —pregunté—. ¿Os ofreció alguna descripción detallada? Haced memoria.

Sicard obedeció. Se chupó el labio inferior y negó con la cabeza mientras sus delicados dedos jugueteaban nerviosamente con una pluma.

—Sólo dijo que era una mujer joven. Y de grandes cualidades espirituales.

—¿Y no os ofreció ninguna explicación?

—No, padre.

—¿Y no se os ocurrió pedírsela?

—¡Desde luego que no, padre! —contestó Sicard, asombrado—. ¿Por qué iba a hacerlo?

—Por curiosidad. ¿No sentisteis curiosidad? Yo la habría sentido.

El pobre muchacho me miró como si no acabara de entender la palabra «curiosidad» y no tuviera ningún deseo de familiarizarse con ella. Entonces comprendí que el padre Augustin había elegido de una manera sabia a su escriba, al escoger a alguien carente de curiosidad, innatamente respetuoso, tristemente desprovisto de perspicacia y, por esos motivos, casi incapaz de revelar los secretos del Santo Oficio. Así pues me marché, tras despedirme de Sicard con unas palabras de ánimo, y asistí a completas sin dejar de pensar en esa extraordinaria carta, la cual decidí (de un modo juicioso, según comprobé más tarde) mantener de momento en secreto.

Me prometí visitar a las mujeres de Casseras para cerciorarme de que no había nada anómalo allí, pero no quería hacerlo hasta después de que regresara el senescal, pues deseaba oír su informe antes de tomar otras decisiones.

El senescal regresó al día siguiente, por lo que no pude presentarle una lista de posibles sospechosos. Ni siquiera me había entrevistado todavía con Bernard de Pibraux. Quizás había confiado demasiado en mis dotes, pero debo confesar que no esperaba que el senescal regresara tan pronto. De haber llevado yo mismo la investigación, creo que me habría movido más despacio y con mayor sigilo.

Supongo que todos tenemos diferentes maneras de trabajar.

Estaba escribiendo unas cartas cuando llegaron los cadáveres. Pensé que debía hablar sin falta con los tres amigos de Bernard de Pibraux, Etienne, Odo y Guibert, para averiguar, si podía, su paradero el día del asesinato del padre Augustin. Dos de esos jóvenes habían sido adiestrados en el arte de la batalla, y puesto que eran jóvenes, impetuosos y aficionados a la bebida, había sobradas razones para creer que quizás habían decidido infligir una terrible venganza sobre el responsable de la desgracia de su amigo. Esta conjetura estaba reforzada, a mi modo de ver, por la posible inocencia de Bernard de Pibraux. Una banda de jóvenes vehementes y exaltados, convencidos de que su amigo había sido encarcelado de un modo injusto, habrían actuado movidos por la ciega ira necesaria para perpetrar un acto de destrucción tan obsceno.

Hasta el momento, en todo caso, eran los principales sospechosos.

Quizás ignoréis que existe un procedimiento y una fórmula para citar a unos individuos a fin de que comparezcan ante el tribunal. Es preciso escribir al cura párroco de dichos individuos en los siguientes términos: «Nosotros, los inquisidores de la depravación herética, os enviamos saludos, rogando y ordenándoos estrictamente, en virtud de la autoridad que nos ha sido conferida, que citéis en nuestros nombres a fulano y mengano, para que comparezcan en tal fecha y tal lugar, para responder de su fe». En este caso, como es lógico, cité los tres nombres, y solicité que comparecieran ante mí en distintos momentos y fechas, pues deseaba interrogarlos por separado.

Había sellado la carta y estaba afilando mi pluma para redactar la siguiente (citando al suegro de Raymond Maury), cuando llamaron a la puerta principal. Puesto que estaba cerrada por dentro, como tenemos costumbre de hacer en nuestra

91

sede, me levanté para abrirla y me encontré a Roger Descalquencs en el umbral.

—¡Señor! —exclamé.

—Padre. —Estaba empapado en sudor y cubierto de polvo;
en la mano derecha sostenía las riendas de su palafrén—.
¿Queréis haceros cargo de esos barriles?

—¿Qué?

—Los cadáveres están en esos barriles —respondió, señalando los caballos que había detrás de él. Cada uno portaba dos
pequeños barriles de madera sujetos con cuerdas. Estaban cus-
todiados por unos seis sargentos de aspecto cansado, los cuales
mostraban unas manchas que indicaban la dureza del viaje—.
Los han salado.

—¿Que los han salado?

—Los han metido en salmuera. Para que se conserven.

Me persigné y dos de los sargentos, al observar mi gesto,
hicieron lo propio.

—Supuse que querríais que los trajera aquí —prosiguió el
senescal. Tenía la voz ronca y jadeaba—. A menos que se os
ocurra una idea mejor.

—Pues...

—Os advierto que despiden un olor bastante desagradable.

En éstas Raymond Donatus (siempre alerta) bajó del *scriptorium*; le oí a mi espalda, emitiendo unos sonidos de estupor.

—Es preciso examinarlos... —balbucí—. Pediré al hermano enfermero...

—¿Queréis conservarlos en el priorato?

—¡No! No... —La idea de que esos macabros restos conta-
minaran y perturbaran la paz del claustro me repelía. Sabía
que alterarían a muchos de mis hermanos—. No, lleváoslos...
—Recordé los establos situados en el piso inferior—. Se me
ocurre una idea. Transportadlos abajo. Acompañadles, Raymond. Yo iré en busca del hermano enfermero.

—Eso puede hacerlo Jean. Debo hablar con vos. ¡Jean! Ya
me has oído. —El senescal se dirigió hacia uno de los sargentos—. Encargaos de que vuestros hombres descarguen los
barriles, Arnaud. ¿Dónde podemos hablar, padre?

—Ahí.

Conduje al senescal a la habitación que antes había ocupado mi superior y le indiqué que se sentara. Al verle desplomarse en la silla del inquisidor, le ofrecí un refrigerio. Pero él rechazó mi ofrecimiento.

—Comeré cuando llegue a casa —dijo—. Decidme, ¿ha ocurrido algo en mi ausencia? ¿Habéis averiguado algo que nos sea útil?

—Ah. —Era evidente que esto no constituía una buena noticia—. Yo iba a haceros esa misma pregunta.

—Padre, no soy un sabueso. No poseo un buen olfato para estos asuntos. —El senescal suspiró y fijó la vista en sus espléndidas botas españolas—. Lo único que puedo decir es que si hay aldeanos implicados, todos ellos lo están. Absolutamente todos.

—Contadme lo que habéis averiguado.

El senescal accedió a mi petición. Me contó que sus sargentos habían registrado Casseras, en busca de armas, caballos o ropas ocultos. Me dijo que había interrogado a todos los aldeanos, preguntándoles qué habían hecho la tarde de la muerte del padre Augustin. Según recordaba, no hubo discrepancias en sus relatos.

—No hubo nada anormal. Ese día nadie vio a unos extraños. Nadie parece sentir odio hacia el Santo Oficio. Y nadie se ausentó esa noche, lo cual es probablemente el dato más importante que averigüé.

—¿Por qué?

—Porque se han hallado más fragmentos de los cadáveres.

Al parecer, durante la estancia del senescal en Casseras se habían producido dos asombrosos hallazgos a cierta distancia de la aldea. En un caso, un pastor había hallado un brazo amputado en lo alto de la montaña, y lo había llevado a Casseras para entregárselo al cura. Asimismo, habían hallado una cabeza cerca de una aldea situada en el camino a Rasiers, una aldea en la que el cura, que había oído hablar de la matanza de Casseras, se había apresurado a enviar la cabeza a Estolt de Coza. Estolt, a su vez, la había remitido a Roger.

—Los fragmentos estaban diseminados a lo largo de varios kilómetros —señaló el senescal—. El brazo se encontraba a

93

una jornada a pie de Casseras, de modo que si alguno de la aldea lo dejó allí, necesariamente esa noche debió ausentarse...

—¿Aunque fuera montado a caballo?

—En tal caso, habría tenido que regresar a pie, porque en Casseras no vimos ningún caballo, padre.

—Comprendo.

—¿Ah, sí? Ojalá yo pudiera decir lo mismo. Todo indica que los asesinos se separaron y emprendieron distintas direcciones.

—Diseminando de paso unos miembros sanguinolentos.

—¿Tiene esto algún sentido para vos?

—Me temo que no del todo.

—En todo caso, podemos afirmar que los asesinos eran dos, probablemente más, y que no eran de la aldea. Estoy convencido de que no eran de la aldea. La pericia con que llevaron a cabo su plan, las distancias que recorrieron... no. Opino que eran de otro lugar.

Después de manifestar esa opinión, Roger guardó silencio. Durante breves momentos permaneció contemplando sus botas con el ceño fruncido, absorto en sus pensamientos, mientras yo analizaba mentalmente sus argumentos, los cuales parecían bastante sólidos.

De pronto Roger rompió el silencio.

—¿Sabéis cuánto cuesta contratar a una partida de asesinos? —me preguntó de sopetón. Yo no pude reprimir una sonrisa.

—Por extraño que parezca, señor, no tengo la menor idea.

—Bien... depende de lo que uno quiera. Supongo que podríais contratar a un par de mendigos por una suma irrisoria. Pero hace poco juzgamos en mi tribunal a dos mercenarios que habían percibido quince libras. ¡Quince! ¡Por dos mercenarios!

—¿Y de dónde iba a sacar alguien en Casseras quince libras?

—Exactamente. ¿De dónde? Digamos que el precio fuera veinte libras, con ese dinero uno podría adquirir media casa en Casseras. Imagino que incluso Bruno Pelfort tendría que vender buena parte de su rebaño, y es el hombre más rico de la aldea. Pero el sacerdote dice que Pelfort tiene más o menos el mismo número de animales.

—Así que a menos que todos los aldeanos contribuyeran...

—O que obtuvieran el dinero de alguien como Estolt de Coza...

—Pero no lo creéis probable.

—No veo la causa. Si lo que dice el padre Paul es cierto.

—Yo creo que lo es.

—Yo también. ¿No ha habido recientemente herejes en Casseras?

Negué con la cabeza.

—No que sepamos.

—¿Y en Rasiers?

—En Rasiers tampoco.

—¿Y esas mujeres de la *forcia*? El padre Paul dice que el inquisidor fue a verlas para ofrecerles una guía espiritual. ¿Es eso cierto?

Yo dudé unos instantes, sin saber qué responder. No estaba seguro de que fuera cierto. Al observar mi vacilación, el senescal esbozó una mueca muy desagradable.

—¡Espero que no se tratara de una historia sentimental! —exclamó el senescal—. Algunos aldeanos dicen que...

—¿Os parece probable, señor?

—Quiero saber lo que opináis vos.

—Me parece improbable.

—Pero ¿no imposible?

—Me parece muy improbable.

Al hablar, comprendí que el énfasis que daba a mis palabras, y la expresión de mi rostro al pronunciarlas, debían de ser odiosamente irreverentes, pues dejaban entrever que un hombre de la edad y el aspecto del padre Augustin habría sin duda renunciado hacía tiempo a la pasión amorosa. Pero para mi sorpresa, el senescal no reaccionó como yo esperaba. En lugar de responder con un comentario sarcástico, o una sonrisa, frunció el ceño y se rascó la mandíbula.

—A mí también me parecería improbable —dijo—, de no haber conocido a esas mujeres. Tenían los ojos enrojecidos de llorar. No cesaban de hablar de la bondad, la piedad y la sabiduría del padre Augustin. Fue muy... —El senescal se detuvo y sonrió, pero como si lo hiciera a regañadientes—. Si se hubieran referido a vos, padre, lo comprendería. Sois el tipo de monje por el que una mujer lloraría.

—¡Vaya! —Como es natural, me eché a reír a carcajadas, aunque confieso, Dios me perdone, que me sentí halagado—. ¿Debo interpretarlo como un cumplido o una acusación?

—Ya sabéis a qué me refiero. Tenéis una forma de hablar... ¡Uf! —Por lo visto, incómodo con el tema, Roger lo despachó con un brusco ademán—. Ya me entendéis. Pero el padre Augustin era... un monje nato.

—¿Un monje nato?

—¡No corría sangre por sus venas! ¡Era seco como el polvo! ¡Cielo santo, padre, ya sabéis a qué me refiero!

—Sí, lo sé. —No era momento de andarse con disimulos—. ¿De modo que creéis que esas mujeres estaban sinceramente afectadas por la muerte del padre Augustin?

—¿Quién sabe? Las lágrimas de una mujer... Pero creo que si el padre Augustin estaba investigándolas, tendrían motivo para asesinarlo.

—¿Y los medios?

—Quizá. Y quizá no. Viven con modestia, pero deben de vivir de algo. De algo más que unas gallinas y un huerto.

—Desde luego —respondí, pensando en la carta de Jacques Fournier. Se hallaba en la habitación contigua, y pude habérsela mostrado al senescal en aquel momento. ¿Por qué no lo hice? ¿Porque todavía no se la había mostrado al prior? Quizá deseaba salvaguardar la reputación del padre Augustin. Si durante mi visita a Casseras, que iba a realizar próximamente, descubría que éste había mantenido una relación ilícita con esas mujeres, una relación que no tenía nada que ver con su asesinato, tenía el deber de ocultar a todo el mundo su conducta irregular—. Lamentablemente, el padre Augustin no investigaba a esas mujeres —afirmé—. Que yo sepa, quería convencerlas para que ingresaran en un convento. Por su seguridad.

—Ya.

—Y si ellas hubieran querido disuadirlo, podrían haberlo hecho sin necesidad de cortarlo en trozos.

—Sí.

En ese momento ambos guardamos silencio, como si estuviéramos agotados, absortos en nuestros respectivos pensamientos. Los míos se referían a Bernard de Pibraux, y al montón de trabajo por terminar que aguardaba sobre mi mesa. Los de Roger es evidente que se referían a las caballerizas del obispo, pues al cabo de un rato preguntó:

—¿Habéis hablado con el mozo de cuadra del obispo?

—No. ¿Y vos?

—Aún no.

—Si logramos averiguar quién estaba informado de la visita del padre Augustin fuera de Casseras...

—Sí.

—Y cotejamos esos nombres con los de las personas a las que él pudo haber ofendido...

—Por supuesto. Podríais investigar también el asesinato de vuestros familiares, si habían hablado con alguien del viaje que iban a hacer a Casseras.

—Hay mucho trabajo que hacer —dije suspirando—. Quizá nos lleve semanas. O meses. Y quizá resulte infructuoso.

El senescal rezongó.

—Si envío recado a todos los alguaciles, prebostes y castellanos que viven a tres jornadas a caballo de Casseras, quizás hallemos a un testigo que vio huir a los asesinos —dijo, aliviándose un cavernoso bostezo—. Imagino que esos hombres se detendrían para lavarse las manchas de sangre. Quizás alguien logre dar con uno de los caballos robados.

—Quizá.

—Es posible que los asesinos se jactaran de lo que habían hecho. Ocurre con frecuencia.

—Dios quiera que sea así.

De nuevo pareció asentarse sobre nosotros cierta sensación de cansancio como la niebla. Era evidente que tocaba poner fin al diálogo, levantarnos de nuestras sillas y acometer nuestros quehaceres. Pero en cambio permanecimos sentados sin más, mientras un olor a sudor de caballos invadía poco a poco la habitación. Recuerdo que me miré las manos, que estaban manchadas de tinta y cera de sellar.

—Bien —dijo por fin Roger, casi como si gimiera, como si le supusiera un esfuerzo sobrehumano—, supongo que debo ir a hablar con el mozo de cuadra del obispo. Procurad obtener esos nombres que queréis. Y una descripción de los caballos que han desaparecido.

—El obispo está muy disgustado por la desaparición de esos caballos. —Confieso que mi intención al decirlo no era caritativa, pero el senescal sólo respondió a mis palabras, no a mi tono.

—¿Han desaparecido cinco? —preguntó—. Yo también estaría muy disgustado. Costará una fortuna reemplazarlos. ¿Vais a haceros cargo de los cadáveres, padre?

—Naturalmente —le aseguré, levantándome al mismo tiempo que él.

Al otro lado de la puerta oí unos pasos, unos murmullos y unos crujidos que indicaban que los barriles que contenían los restos del padre Augustin (y de sus familiares) eran transportados a los establos. Creí percibir también el sonido hueco de agua salada contra la madera. Entonces comprendí que tendría que examinar el macabro contenido de esos receptáculos, una tarea de lo más ingrata.

—¿Señor? —pregunté, deteniendo a Roger en el umbral—. Si no tenéis inconveniente, señor, me gustaría visitar Casseras dentro de unos días. —Al formular esta petición, sabía que tenía que andarme con cuidado para no ofenderle con lo que podía interpretarse como una falta de respeto por sus métodos—. Dado que estoy más familiarizado que vos con los signos que denotan la presencia de la herejía, quizá logre descubrir unas pistas que vos pasasteis por alto, sin querer, por supuesto.

—¿Vos? —El rostro del senescal reflejaba asombro y preocupación. Me parece prodigioso que un hombre pueda hablar sin palabras, pues al igual que las oraciones de los santos constituyen unos frasquitos llenos de aromas, el movimiento de las sombras constituye la lengua del semblante de un hombre—. ¿Que queréis ir? ¡Eso sería una temeridad!

—No si me acompañan algunos de vuestros hombres.

—El padre Augustin iba acompañado y ya sabemos cómo acabó.

—Yo podría doblar la guardia.

—Citad a los aldeanos aquí. Es menos peligroso.

—Cierto. —De pronto se me ocurrió una idea—. Pero eso los asustaría. Quiero que me consideren su amigo. Quiero que confíen en mí. Por otra parte, no tenemos sitio en la prisión.

—Si yo fuera vos, padre, recapacitaría —me advirtió Roger. Cerró la puerta y apoyó una mano en mi brazo, dejando una mancha gris sobre el tejido blanco—. ¿No teméis que os asesinen?

Me reí para restar importancia a su preocupación.

—Puesto que utilizaré vuestros caballos, señor, al menos sabremos que el culpable no obtuvo esta información de las caballerizas del obispo —respondí en tono de chanza, afanándome en mostrar un talante valeroso aunque no las tenía todas conmigo. Pues aunque mi intelecto me decía que los asesinos del padre Augustin habían dejado la escena del crimen a sus espaldas y se hallaban muy lejos, en mi fuero interno experimentaba un absurdo temor que decidí sofocar a toda costa.

Por desgracia, como quizás os hayáis imaginado, el hecho de contemplar los restos del padre Augustin sólo sirvió para intensificar ese temor.

Para conocerle a Él

$\mathcal{A}$miel de Veteravinea es el enfermero del priorato. Es un hombre bajo y delgado, de temperamento enérgico, que habla de forma entrecortada y apresurada. Aunque no tiene un pelo en el cráneo, posee unas cejas tupidas y oscuras como los bosques septentrionales. Me atrevería a decir que su carácter no es tan amable como cabría esperar de un enfermero, pero es muy hábil a la hora de diagnosticar las enfermedades y preparar los remedios. Asimismo, muestra un profundo y erudito interés en el arte de embalsamar.

De esta antigua ciencia, gracias a la cual, mediante la utilización de ciertas especias y técnicas misteriosas, la carne muerta es preservada para impedir que se corrompa, confieso poseer escasos conocimientos. Nunca se me ha antojado un tema atrayente. Para el hermano Amiel, por el contrario, constituye una fuente de intensa fascinación, como la que el teólogo siente por el debate sobre la esencia de Dios. El interés del hermano Amiel no es puramente teórico, pues después de consultar varios textos raros y antiquísimos (algunos escritos por infieles), con frecuencia mancilla la impoluta integridad de sus conocimientos recién adquiridos aplicándolos a cadáveres de pequeñas aves y animales.

Por consiguiente, viéndome obligado a resolver el asunto de los lamentables restos de los cinco hombres asesinados, decidí acudir al hermano Amiel. Ninguna otra persona que conozco habría tenido las agallas de examinar cada porción de los cadáveres con la minuciosidad que exigía una correcta identificación. El hermano Amiel llegó puntual, portando varias sábanas grandes de lino, y enseguida comprendí que había acertado al hacer caso de mi intuición, pues sus ojos resplandecían de gozo y caminaba con paso ligero. Al llegar a los establos, extendió las sábanas una junto a otra en el suelo y se arremangó, como un hombre que se dispone a degustar un suculento festín y no quiere mancharse la ropa de grasa.

Llegados a este punto en mi relato, debo deciros que los establos exhalaban un hedor y ofrecían un aspecto repugnantes, pues durante los dos años anteriores habían sido utilizados para albergar los marranos de Pons. Pero los animales no habían procreado en ese lugar, y los olores resultaban nauseabundos para quienes trabajábamos en el piso sobre los establos. Así pues, después de sacrificar a sus preciados marranos (en uno de los abrevaderos destinados a nuestros inexistentes caballos), Pons había renunciado a su sueño de tocino curado en casa y apenas nadie había vuelto a poner los pies en los establos.

Por tanto, constituían el lugar idóneo para conservar en él unos restos humanos putrefactos.

—¡Ah! —exclamó el hermano Amiel al extraer del primer barril un miembro que chorreaba sangre—. Tiene todo el aspecto de ser una rodilla. Sí. Es una rodilla.

—Yo... esto... disculpadme, hermano... —Tapándome la nariz con una esquina de mi manto, me dirigí cobardemente hacia la escalera. (Había dos medios de salir de los establos: a través de una pequeña puerta situada en lo alto de la escalera, o a través de una puerta grande de doble hoja que daba a la calle. Esta puerta estaba siempre cerrada por dentro)—. Regresaré cuando hayáis completado vuestro examen.

—Ésta no es la mano del padre Augustin. Yo conocía su mano, y ésta es mucho mayor.

Cuando me disponía a marcharme, el hermano Amiel me detuvo.

—¡Esperad! —dijo—. ¿Adónde vais?

—Yo... tengo mucho trabajo, hermano...

—¿Conocíais a estos sargentos muertos? Debíais de conocerlos, puesto que trabajaban aquí.

—Los conocía, sí, pero de un modo superficial.

—¿Quién los conocía bien? Necesito ayuda, hermano Bernard, no puedo recomponer estos cadáveres yo solo.

—¿Por qué? —Lamento confesar que al principio no comprendí el significado de sus palabras—. ¿Pesan demasiado para que podáis manipularlos?

—Es preciso identificar los pedazos, hermano.

—Ah. Sí, desde luego —me apresuré a contestar, pero al contemplar el objeto hinchado, de color negro y violáceo que sostenía el hermano Amiel, de pronto recobré mi facultad de raciocinio—. Hermano, temo que el avanzado estado de putrefacción nos impida... Es decir... dudo que la mayoría de las personas sean capaces de reconocer estos restos desmembrados, por íntimamente que hayan conocido a las víctimas.

—Pamplinas.

—Os lo aseguro.

—El vello de esta mano es negro. El de la rodilla es gris. —El hermano Amiel se expresaba con un tono condescendiente no exento de aspereza, como si le hablara a un niño estúpido, pero yo sentía unas náuseas demasiado intensas para ofenderme—. Siempre hay unos rasgos que la putrefacción no consigue eliminar.

—Sí, pero debéis tener en cuenta nuestra natural repugnancia —protesté, sabiendo que el hermano Amiel no había experimentado una natural repugnancia—. El espectáculo de esos restos... afectará profundamente a la gente...

—¿De modo que nadie va a ayudarme?

—No confiéis en ello, hermano. Me limito a advertiros, nada más. —Y tras pronunciar esta advertencia, me retiré a toda prisa, en busca de la esposa del pobre Giraud Gantier y los familiares a quienes lograra convencer para que examinaran los restos de Giraud y sus camaradas.

Cuando regresé, lo hice acompañado por Pons. De los siete sargentos que quedaban a nuestro servicio, cuatro habían accedido a bajar de uno en uno, puesto que se alternaban para montar guardia, y tres se habían ido a dormir a sus casas después de haber cumplido el turno de noche. Yo había enviado al sustituto de Isarn, el nuevo mensajero, en busca de Matheva Gantier. Por más que me disgustaba pedirle que nos ayudara, no tenía otro remedio.

—¡Santo cielo! —exclamó Pons al entrar en los establos.

Durante mi ausencia el hermano Amiel había vaciado los barriles de salmuera, y había extendido su contenido sobre las sábanas de lino. Observé enseguida que algunos pedazos estaban agrupados de modo que asemejaban vagamente unas formas humanas, con la cabeza colocada en la parte superior de las sábanas y los pies en la parte inferior.

Sólo vi dos cabezas.

—Faltan muchos miembros —comentó el hermano Amiel, sin molestarse en mirarnos—. Demasiados. Esto entorpecerá la tarea.

—Santo Dios... —murmuró Pons tapándose la boca con una mano. Estaba blanco como el segundo caballo del Apocalipsis. Yo apoyé una mano sobre su brazo para tranquilizarlo.

—Ve y pide a tu mujer que traiga unas hierbas —dije—. Unas hierbas de aroma potente, para disimular el hedor.

—Sí. Sí. ¡Iré enseguida!

El carcelero huyó precipitadamente y me dejó solo en el umbral. Tardé unos momentos en hacer acopio del valor necesario para avanzar. El hermano Amiel me ignoró por completo mientras examinaba con minuciosidad cada uno de aquellos espantosos restos a la luz de su lámpara de aceite, acuclillado en el suelo, hasta que me acerqué a él.

—He encontrado las partes que faltaban del padre Augustin —dijo—. Falta la cabeza, pero conozco bien su cuerpo. Tenía las manos tan deformes que son inconfundibles. Sus pies también. Como veis, aquí sólo hay uno. Ésta es la parte superior de su espalda, estoy seguro. ¿Recordáis que la tenía encorvada? La curvatura es evidente. Tenía los brazos muy delgados y frágiles.

Yo me volví.

—El resto es más difícil. Aquí hay dos cabezas, y en cierta medida podemos distinguir entre ciertos tipos por la consistencia y el color del vello de su cuerpo. El padre Augustin tenía el vello gris, de modo que podemos colocar todo el vello gris en ese grupo. También tenemos vello negro y castaño; el negro es grueso y áspero, y el castaño parece más fino. Pero también hay un vello castaño más grueso, y tres brazos cubiertos de vello negro... Por lo tanto, debemos tener en cuenta las diferencias entre los pelos que crecen en diversas partes del cuerpo...

—Hermano... ¿creéis que hicieron esto con un hacha?

—Creo que a la fuerza tuvieron que hacerlo con un hacha. ¡Observad cómo les partieron la columna vertebral! Dudo que pudieran hacerlo con una espada.

—De modo que un hombre tendría que ser muy fuerte para hacerlo, ¿no es así?

El hermano Amiel dudó unos instantes antes de responder.

—Tendría que ser lo suficiente fuerte para partir leña —contestó por fin—. He visto a niños partir leña, y a mujeres preñadas. Pero no eran débiles.

—Por supuesto.

—«Te alabaré por el maravilloso modo en que me hiciste» —murmuró el hermano Amiel—, «y en tu libro estaban escritos todos mis miembros, que creaste a continuación...» Si dispusiéramos del libro del Señor, podríamos identificar cada miembro, hermano.

—Sin duda.

—Me temo que tendremos que sepultarlos a todos en una tumba —prosiguió el enfermero—, pero ¿qué ocurrirá el día de la Resurrección de la carne? ¿Cómo podrá el padre Augustin alzarse para enfrentarse al juicio de Dios cuando su cabeza se halla perdida en las montañas?

—Cierto —farfullé. De pronto, cuando su observación penetró en mi mente a través de las náuseas que me embargaban como el sonido claro y limpio de una campana, alcé la cabeza. ¿Era ése el motivo de haber desmembrado al padre Augustin? ¿Habían tenido sus asesinos la intención de privarle de la resurrección?

Me costaba creer que alguien sintiera tal odio hacia él como para cometer esa atrocidad.

—Habría sido preferible que los hubieran salado en seco —se quejó el hermano Amiel—. Es imposible conservar una carne putrefacta en salmuera. Pero deduzco que no andaban sobrados de sal en Casseras...

—Esto... yo puedo identificar las cabezas, hermano. —Por fin, cuando me obligué a mirarlas, comprobé que eran reconocibles... por sus barbas—. Éste es Giraud y ese Bertrand.

—¿Ah, sí? Muy bien. ¿Y quién era el más alto?

—No lo sé.

—Aquí faltan demasiados miembros. Sólo tenemos cinco pies.

El hedor hacía que me sintiera mareado, pero sabía que estaba obligado a quedarme para consolar a Matheva. Era una mujer menuda y delicada, que hacía poco se había recuperado de una enfermedad febril; tal como temí, al ver la cabeza de su esposo manifestó agudos síntomas de angustia y tuvieron que llevársela del establo. En cuanto a los sargentos, tampoco nos sirvieron de ayuda: uno vomitó en la escalera (aunque luego insistió en que se debía a haber comido un huevo podrido) y los otros por lo visto eran de una naturaleza poco observadora, pues respondieron a las preguntas del hermano Amiel con cara de perplejos y roncos ruegos de perdón.

Con todo, el enfermero tuvo cierto éxito en su tarea. A la hora de completas había clasificado los restos en cuatro grupos: uno compuesto por los miembros del padre Augustin, otro por los de Giraud Gantier, otro por «las partes con vello negro» (de las que había una desconcertante abundancia) y otro compuesto por la cabeza de Bertrand Borrel, junto con varios miembros (en su mayoría carentes de vello) que eran imposibles de clasificar. Cada uno de esos grupos fue envuelto en una sábana y trasladado al priorato, de modo que sólo quedaron los barriles de salmuera.

Ordené que dejaran los barriles donde estaban, hasta averiguar quiénes eran sus dueños y decidir si había que devolverlos o quemarlos. Supuse que nadie querría conservarlos, pero era preciso guardar las formas. Resolvería el asunto sin mayores dificultades cuando visitara Casseras, pues lo único que tendría que hacer sería recordar esa nimiedad. Dudaba que los aldeanos confiaran en volver a ver los barriles.

En cuanto a mi visita, dispuse que me escoltaran doce sargentos de la guarnición de la ciudad. El senescal me prestó incluso su caballo de batalla, un enorme corcel negro llamado Estrella, el cual me pareció un animal de temibles dimensiones, más grande que un elefante, dotado de la fuerza de un toro y la velocidad de un tigre. Pero antes de describir el curso y resultado de este viaje, deseo consignar en estas páginas dos ideas que se me ocurrieron a lo largo de los tres días que transcurrieron antes de mi partida. La primera era un apéndice a mi teoría sobre el desmembramiento del padre Augustin; la segunda, una teoría nueva que se me ocurrió una noche mientras estaba acostado y me impactó con la fuerza de una tormenta. Ambas merecen ser tenidas en cuenta, dado que modificaron mis percepciones.

Empezaré por el apéndice, que me vino a la cabeza mientras conversaba con el obispo. De nuevo he omitido una importante *effictio* al dejar de lado al obispo, cuyo elevado cargo debería haberle garantizando hace rato una aparición personal en esta narración. Pero quizá lo conozcáis. En caso contrario, permitid que os presente a Anselm de Villelongue, un ex abad cisterciense convertido en prelado, con cuarenta años de concienzudos ascensos a sus espaldas, instruido en las artes de la poesía y la caza, confidente de un sinfín de importantes caballeros y damas (sobre todo damas), un hombre cuyo corazón y alma están vinculados, no a las ruines obsesiones de los políticos locales, sino al más noble ámbito de la diplomacia entre condes y reyes. El obispo Anselm preside las cuestiones espirituales de su rebaño con educada y abstraída indiferencia, permitiendo a las autoridades competentes obrar como estimen oportuno. Pasa buena parte de su tiempo escribiendo cartas, y un día es probable que sea elegido Papa. En cuanto a su aspecto, no es muy gordo ni delgado, ni alto ni bajo; luce ropas elegantes y come delicados platos; tiene una sonrisa afable y bonachona, una dentadura espléndida y un rostro liso y redondo de un colorido uniforme.

Tiene las manos cachigordas, pero llaman la atención debido a la envidiable colección de joyas que exhiben. Os aseguro que es preciso esforzarse en hallar el anillo episcopal para besarlo. Si le felicitáis por su espléndida colección de joyas, el obispo os ofrecerá una generosa descripción de cada artículo, citando su valor, sus anteriores dueños y el medio a través del cual llegó a sus manos, por lo general como un presente. «El pobre es odiado hasta en su barrio, pero el rico tiene muchos amigos.» Los amigos del obispo Anselm son legión, y aumentan de día en día; no obstante, pocos son de la comarca. Es posible que los ciudadanos de Lazet estén cansados de tratar de atraer su atención.

Por poner un ejemplo, tuvimos que soportar una prolongada charla sobre los rasgos y puntos débiles de los caballos desaparecidos del obispo antes de que el senescal y yo consiguiéramos conducirlo hacia unos temas más provechosos. Estábamos sentados en el salón de recepción del obispo, según creo recordar, sobre cojines de damasco en unas sillas talladas, y hasta Roger Descalquencs se impacientó con la perorata sobre corvejones y esparavanes antes de que el obispo hubiera agotado su afición por los misterios de la cría caballar. (Siempre me he preguntado si el obispo sólo es insensible al aburrimiento de sus inferiores, o si a los personajes como el conde de Foix y el arzobispo de Narbona el tema de los caballos y las joyas les parecen también de una importancia vital.) En cualquier caso, recuerdo que describí al obispo Anselm el estado preciso de los hombres asesinados, mientras él me miraba con expresión de profundo desasosiego (pero más como si hubiera mordido unas uvas agrias que por el dolor que le producían los pecados del mundo), y le expliqué también que faltaban numerosas partes del cadáver del padre Augustin, aunque al parecer habían hallado otra cabeza cerca de una aldea situada en la costa, junto con uno de los caballos desaparecidos del obispo. La cabeza se hallaba de camino a Lazet y, Dios mediante, el hermano Amiel la identificaría como perteneciente al padre Augustin.

—El hermano Amiel dice que faltan demasiados miembros —expliqué—. Dice que no puede recomponer cuatro cadáveres, y menos cinco, con lo que tiene.

—Que Dios se apiade de ellos.

—Quienquiera que lo hizo debía de estar rabioso —terció el senescal—. El padre Bernard opina que quizá tenga algo que ver con la Resurrección.

—¿La Resurrección? —repitió el obispo Anselm—. Explicaos.

Tuve que explicarle mi teoría, lo cual hice no sin cierta reticencia, pues me seguía pareciendo improbable. El obispo negó con la cabeza.

—«¿Hasta cuándo los grandes habéis de ser insensatos?»

—recitó el obispo—. ¡Negarle a un alma su última salvación es un acto monstruoso! Sin duda es obra de unos herejes.

—Pues... no, señor —respondí, percatándome en ese mismo momento de las implicaciones de mi sugerencia—. En realidad, los cátaros no creen en la resurrección de la carne.

—Ah.

—Por supuesto, existen los herejes valdenses —proseguí—, pero nunca he conocido a un valdense. Tan sólo he leído sobre ellos.

El obispo agitó una mano en señal de rechazo.

—Todos son progenie del odioso poder —replicó—. ¿Habéis dicho que el hombre que halló mi caballo, o el caballo que parece ser mío, es un monje?

—Sí, señor. Un franciscano.

—¿Un hombre intachable?

—Eso parece. Afirma haberlo encontrado pastando en su prado. Como es natural, lo hemos mandado llamar.

—¿Y traerá al caballo consigo?

—Creo que vendrá montado en él.

—¿Ah, sí? —El obispo chasqueó la lengua—. Eso me preocupa. Muchos franciscanos parecen sacos de harina sobre una silla de montar. Eso se debe a que se desplazan a todas partes a pie.

El senescal, sin duda temiendo que la conversación versara de nuevo sobre temas equinos, se apresuró a intervenir.

—Señor, hemos interrogado a vuestro mozo de cuadra —dijo—. Al parecer, sólo cuatro personas estaban informadas de la visita del padre Augustin a Casseras: vuestro mozo de cuadra, dos caballerizos y vos. El mozo de cuadra no habló de ello con ninguno de los canónigos. ¿Hablasteis vos del asunto con alguien? ¿Se lo mencionasteis a alguna persona?

Pero el obispo no había escuchado, sino que parecía absorto en su preocupación por el bienestar de cualquier caballo montado por un franciscano.

—¿Mencionar qué? —preguntó.

—La visita del padre Augustin a Casseras, señor.

—No sabía que hubiera ido a Casseras.

—¿Nadie os pidió permiso? ¿Para tomar prestados los caballos?

—Ah, los caballos. Sí, desde luego.

Así pues seguimos avanzando a trancas y barrancas como si atravesáramos un lago de barro, una empresa, por lo demás, inútil. Pero esa noche, al repasar mentalmente la conversación con el obispo, mis pensamientos se centraron de pronto en cierto comentario que yo había hecho: «Dice que no puede recomponer cuatro cadáveres, y menos cinco, con lo que tiene». Fue una observación curiosamente desabrida, aunque eficaz en su descripción de los problemas del hermano Amiel. No capté su sentido literal hasta ese momento. Recuerdo que abrí los ojos de repente y los fijé en la oscuridad sintiendo que el corazón me latía con violencia.

El hermano Amiel no podía recomponer cinco cadáveres. Por tanto, cabía suponer que sólo estaban presentes cuatro cadáveres.

Mis pensamientos se aferraron a esta suposición durante largo rato; luego, con un salto o un bamboleo, echaron a correr por el sendero de la razón con la velocidad del rayo. Quizá la mejor *translatio* que pueda utilizar es comparar este fenómeno con un ratón sorprendido en un granero: primero, estupefacto, permanece inmóvil; luego, atemorizado, huye. Mis pensamientos echaron a correr de un lado para otro, huyendo como un ratón atemorizado, y me formulé una pregunta tras otra. ¿Habían asesinado sólo a cuatro hombres? ¿Habían secuestrado al otro o, lo que parecía más creíble, era éste un traidor? ¿Habían desmembrado y diseminado los cadáveres para ocultar la ausencia del quinto hombre? ¿Habían despojado a los cadáveres de sus ropas para desconcertarnos?

Comprendí que mi nueva teoría explicaba varios aspectos de la matanza que nos habían parecido un misterio. Explicaba la extraña combinación de barbarie y pericia inherente a la tarea de matar a alguien a hachazos. Explicaba la desaparición de las ropas. Y explicaba la fuente de información respecto a la visita del padre Augustin a Casseras. A fin de cuentas, ¿quién podía conocer sus movimientos mejor que uno de sus guardaespaldas?

Los familiares siempre habían sido informados de sus deberes la víspera de la partida del padre Augustin. Por consiguiente, un traidor habría tenido tiempo suficiente de alertar a sus compinches asesinos, quienes habrían emprendido viaje de inmediato (y habrían pasado la noche en el camino), o bien al alba. En este caso, es posible que hubieran seguido al padre Augustin a una distancia prudencial, sabiendo que podrían preparar la emboscada mientras él visitaba la *forcia*.

¿Y luego? Luego, de regreso a Casseras, el padre Augustin habría sido conducido a su muerte por el traidor que le acompañaba. Más tarde este pestífero hipócrita habría huido para refugiarse en una tierra lejana. Me pregunté quién pudo haberle pagado por su traición, porque no habría podido contratar a sus compinches con el sueldo de un familiar; también me pregunté dónde estaría ahora ese traidor, suponiendo que no hubiera muerto, pues tened en cuenta que esta teoría seguía siendo una mera teoría. Yo no tenía prueba alguna y no podía tener la certeza de que mis sospechas estuvieran justificadas.

Pero si estaban justificadas, no sería difícil determinar la identidad del traidor, siempre y cuando la tercera cabeza, que en esos momentos se hallaba de camino hacia Lazet, no perteneciera al padre Augustin. En caso contrario, nos enfrentábamos a la elección de dos sospechosos: Jordan Sicre y Maurand d´Alzen. Poco antes de dormirme, me prometí indagar en las historias de esos dos hombres.

También me prometí guardar para mí mis sospechas, hasta que aparecieran nuevas pruebas que las respaldaran. No quería precipitarme afirmando que uno de los asesinos del padre Augustin procedía del seno del Santo Oficio. Es difícil retractarse de este tipo de afirmaciones, en caso de que resulten ser erróneas, tal vez porque mucha gente desearía que fueran ciertas.

Se refiere un proverbio muy famoso de cierto griego, que al parecer fue hallado en el templo de Apolo: «Conócete a ti mismo y contémplate tal como eres». No existe nada más claro en la naturaleza humana, nada más valioso; nada, en última instancia, más excelente. Es a través de estas cualidades como el hombre, en virtud de una singular prerrogativa, tiene preferencia sobre todas las criaturas sensibles, y al mismo tiempo está unido, mediante un vínculo de unidad, a aquellas incapaces de sensibilidad.

Me he esforzado en contemplarme tal como soy, y al hacerlo he reconocido una vergonzosa falta de humildad en mi arrogante obstinación, en mi desobediencia de los mandamientos del Señor, en mi convicción de que podría visitar Casseras, ese lugar erizado de peligros, sin caer en el peligro. El senescal me aconsejó que desistiera; Raymond Donatus y Durand Fogasset me aconsejaron que desistiera; el prior Hugues me aconsejó que desistiera. Pero en lugar de someterme con toda obediencia a mi superior (imitando a nuestro Señor, de quien dijo el apóstol: «Obedeció incluso en el momento de la muerte»), hice caso omiso de esos consejos con despreciable insolencia, persistiendo con obstinación en mi propósito, y por ende arriesgándome a recibir el castigo que debí prever, puesto que las Sagradas Escrituras nos advierten de que no debemos seguir nuestros deseos.

Omitiré toda descripción del viaje, dado que no tiene gran importancia, salvo para decir que mi partida fue observada y muy comentada debido al gran número de escoltas que llevaba. Confieso que me sentí como un rey o un obispo con los doce guardias armados hasta los dientes que montaban a mi alrededor. En su mayoría eran hombres de origen humilde, de maneras toscas y torpes a la hora de expresarse. Intuí que algunos no se sentían complacidos por tener que participar en mi expedición, más debido a mi presencia que a los riesgos a los que se exponían; al principio sospeché que su insatisfacción obedecía a una aversión contra el Santo Oficio, pero luego comprendí que se sentían incómodos por hallarse cerca de un hombre que lucía una tonsura. Al parecer no estaban acostumbrados a la oración y a la práctica religiosa. Conocían el *pater noster*, y el Credo, y asistían a la iglesia en ciertas festividades, incluso algunos se confesaban devotos de ciertos santos (sobre todo de los santos guerreros, como Jorge y Mauricio). Pero la gran mayoría de ellos consideraban la Iglesia como una madre estricta y exigente, que les castigaba de un modo continuo por sus pecados, rica como Salomón pero tacaña; en resumidas cuentas, la opinión que suele tener la gente cuya vida deja mucho que desear en materia de práctica espiritual o conocimientos religiosos. Esas gentes no son herejes, pues creen en lo que la Iglesia les dice que deben creer; pero son candidatas a convertirse en herejes. Tal como nos recuerda Bernardo de Clairvaux, el esclavo y el mercenario tienen sus propias leyes, que no emanan del Señor.

Debo añadir que no descubrí esto interrogando a los hombres, lo cual habría confirmado los peores temores sobre el Santo Oficio, sino después de felicitarles por el estado y diseño de sus armas. Nada hay más preciado para un soldado que su espada, maza o lanza; al admirar esos siniestros objetos tranquilicé a sus dueños, y al hacer con ellos unos comentarios jocosos sobre el obispo (que Dios me perdone, pero no existe nadie más odiado en todo Lazet), logré conquistar sus simpatías. Cuando llegamos a Casseras, nuestra expedición estaba presidida por un grato ambiente de camaradería, aunque estábamos cansados y hambrientos. Uno de los guardias llegó incluso a felicitarme «por no ser como un monje», un hecho del que mis hermanos me acusan con frecuencia, aunque con un tono muy distinto.

Casseras es una aldea amurallada, pues no hay un castillo cercano en el que puedan refugiarse los aldeanos en caso de peligro. (La *forcia* no es sino una granja fortificada, de construcción bastante reciente.) Por fortuna, la disposición del terreno permite que se construyan las casas en unos círculos concéntricos alrededor de la iglesia; de haber estado ubicada la aldea en un terreno más escarpado, esto no habría sido posible. Hay dos pozos situados al abrigo de las murallas, así como varios jardines y eras, dos docenas de árboles frutales y un par de graneros. Todo el lugar exhala un potente hedor a estiércol. Como es natural, mi llegada fue acogida con asombro, y quizá cierta aprensión, hasta que informé a los habitantes de que mi gigantesca escolta no suponía ninguna amenaza para ellos, sino que me acompañaba en caso de que ellos supusieran una amenaza para mí. Muchos se rieron al oír esto, pero otros se mostraron ofendidos. Me aseguraron indignados que no habían tenido nada que ver en el asesinato del padre Augustin.

El padre Paul se mostró complacido con que yo estuviera

bien protegido. A diferencia de muchos sacerdotes de otras aldeas cercanas, que se consideran poco menos que señores más allá de toda autoridad episcopal, el padre Paul es un excelente y humilde siervo de Jesús, de aspecto un tanto deteriorado, quizá demasiado sumiso ante los deseos del acaudalado Bruno Pelfort, pero en términos generales un sacerdote serio y responsable. Me aseguró que se alegraba de ofrecerme alojamiento esa noche, disculpándose, de paso, por la naturaleza del hospedaje, que calificó de «muy humilde». Como es natural, yo le elogié por ello y charlamos un rato sobre las virtudes de la pobreza, aunque procuramos no adoptar una postura excesivamente enfática, puesto que ninguno de los dos somos monjes franciscanos.

Luego le dije que deseaba visitar la *forcia* antes del anochecer. El padre Paul propuso acompañarme, para mostrarme el lugar de la matanza, y me apresuré a aceptar su ofrecimiento. A fin de que el cura pudiera seguirnos, insistí en que uno de mis guardaespaldas le cediera su caballo y permaneciera en la aldea hasta que regresáramos: apenas terminé de decirlo, cuando el soldado situado a mi derecha saltó de la silla. (Más tarde me pregunté si su presteza no se debería a la abundancia de muchachas bonitas que había en Casseras.) A continuación se produjo un frenético movimiento que no me molestaré en describir aquí, y partimos cuando el sol lucía aún por poniente. Por algún misterioso medio, durante nuestra breve demora en Casseras, muchos de mis guardias adquirieron unos pedazos de pan y tocino ahumado, que compartieron generosamente con aquellos de nosotros que carecíamos de un atractivo tan acusado y provechoso. No pude por menos de preguntarme qué otras cosas obtuvieron durante la noche que pasaron en el granero de Bruno Pelfort.

Ya he descrito el camino que conduce a la *forcia*. Los surcos en la tierra reseca y el frondoso follaje se me antojaban siniestros, amenazadores, aunque entiendo que mis percepciones se debían, en cierta medida, al hecho de haber sido testigos mudos de los trágicos hechos acaecidos en aquel lugar. Hacía mucho calor; el cielo era pesado, pálido y despejado; la mayoría de los pájaros guardaban silencio. Se oía el zumbido de insectos, el crujir

113

del cuero. De vez en cuando, uno de los sargentos escupía o eructaba. Nadie parecía tener ganas de conversar; el trayecto era tan accidentado que requería una gran concentración.

No fue necesario que me indicaran que habíamos llegado al lugar donde había muerto el padre Augustin, pues la sangre aún era visible. Aunque buena parte de la misma quedaba oculta por el polvo o las hojas secas, observamos una gran cantidad de manchas oscuras, inconfundibles no sólo debido a su color, sino a su forma: gotas y manchas, charcos, salpicaduras, chorros. Incluso mis escoltas se mostraron impresionados por esas huellas, y por el tenue pero característico olor a putrefacción. Yo desmonté y recé unas oraciones; el padre Paul hizo lo propio. Los demás permanecieron montados, alerta por si detectaban alguna señal de peligro. Pero nuestros temores eran infundados; nadie nos atacó durante el trayecto a la *forcia*. Nadie salió de la espesura para observarnos ni saludarnos. Daba la impresión de que no había un alma por los alrededores.

Llegamos a la *forcia* de improviso, pues debido a la configuración del terreno se accede a ésta por una abrupta pendiente semejante a un altozano, salvo que la cima se corta de un modo repentino para formar una meseta triangular. Sobre esta meseta, rodeada de elevadas montañas, está construida la *forcia*, la cual se alza en medio de unos pastizales cubiertos de maleza, a cierta distancia del punto donde el sendero alcanza la meseta. Por consiguiente, el viajero no divisa su destino hasta llegar a lo alto de la pendiente.

De pronto, el viajero contempla ante sí un distante muro de piedra, claramente en ruinas, perforado por una puerta sin custodiar. La puerta da a una explanada que rodea no una torre fortificada, sino una casa de grandes dimensiones y en muy mal estado. Aunque buena parte del tejado de ripia se había desmoronado, el humo que se elevaba sobre el mismo permitía deducir que, por la época a la que me refiero, una parte de la casa estaba habitada. Las gallinas que se paseaban sobre la tierra allanada de la explanada y las ropas que colgaban de una tapia, que quizá perteneciera antaño a un granero, indicaban también que estaba habitada. Aún se observaban restos de varios cobertizos, construidos espaciadamente junto a la muralla. No cabe duda de que la granja había sido antaño una vivienda rica y próspera.

A primera vista, no pude distinguir lo que era ahora. Aunque tenía un aspecto humilde, no presentaba el deteriorado aspecto de un refugio de leprosos, ni de las cabañas de pastores que yo había visto. Enseguida observé que alguien había barrido el patio que rodeaba la casa y que cuidaba con asiduidad el jardín plantado debajo del muro del sur. Las gallinas ofrecían un aspecto saludable y rollizo. No había un montón de huesos y cáscaras de nueces desperdigados por el suelo, ni el aire hedía a excrementos. Por el contrario, el aire estaba saturado del perfume de unas hierbas dispuestas al sol para que se secaran; también exhalaba esa pureza inexplicable, casi exultante, producida por la proximidad de las montañas.

Tomé nota de todo esto en el preciso instante en que una mujer salía de la casa, atraída sin duda por el estrépito de los caballos. Como no quería alarmarla, desmonté a unos metros y me acerqué a ella a pie, seguido de cerca por el padre Paul. Comprendí de inmediato que la mujer no era la joven a la que aludía el padre Augustin en su carta. Tenía más o menos mi edad, y aunque muy atractiva (la matrona más decorativa que yo había visto desde hacía muchos años), no podía calificarse como una mujer de «gran belleza». Su cabello espeso y oscuro estaba salpicado de canas; era alta, se sostenía muy recta y tenía una gran prestancia; sus rasgos estaban distribuidos con armonía en torno a un rostro un tanto alargado, y tenía una mirada serena pero crítica («ante la que ningún hombre vivo se justifica»). Sólo su piel era hermosa de verdad, blanca como las túnicas celestiales de los mártires. Su aspecto inmaculadamente limpio, su porte firme pero airoso e incluso la forma como iba peinada, todo ello parecía transformar su entorno, hasta el extremo de que si antes me había percatado de la suciedad y la desolación, ahora reparé en el imponente panorama de las montañas, la ordenada disposición del huerto y las figuras delicadas y coloristas tejidas en la manta extendida en el suelo, sobre la que se secaban las hierbas a las que me he referido antes. Aunque la mujer no parecía encajar del todo en este lugar, su sola presencia servía para elevarlo o refinarlo, hasta el punto de que uno lo contemplaba con otros ojos, como contemplaría un trapo o un fragmento de madera que ha sido tocado por un santo. No es que la mujer tuviera el aspecto de una santa, muy al contrario. Sólo deseo describir la impresión que me causó su apariencia, que indicaba que había nacido y se había criado entre personas acostumbradas a objetos bellos y suntuosos.

No obstante, lucía unas ropas muy humildes, y tenía las manos sucias.

—¡Padre Paul! —exclamó, tras lo cual se volvió hacia mí y me hizo una reverencia. El sacerdote trazó una cruz en el aire sobre la cabeza de la mujer, bendiciéndola.

—Johanna —dijo—, éste es el padre Bernard Peyre de Prouille, de Lazet.

—Bienvenido, padre.

—Desea hablar con vos sobre el padre Augustin.

—Ya. Comprendo. —La viuda (pues era ella) se expresaba con una voz dulce y melodiosa, muy agradable, que contrastaba de un modo curioso con la franqueza de su mirada. Tenía la voz de una monja y los ojos de un juez—. Seguidme, os lo ruego.

—¿Cómo está Vitalia? —inquirió el padre Paul cuando nos dirigimos hacia la casa—. ¿Se siente mejor?

—No.

—En tal caso debemos insistir en nuestros rezos.

—Sí, padre. He rezado mucho. Pasad, por favor.

La mujer se detuvo en la puerta situada en el muro norte de la casa, alzó la cortina que la cubría y se apartó para dejarnos pasar. Confieso que dudé unos instantes, preguntándome si no habría un asesino acechándonos al otro lado de la puerta. Pero el padre Paul no demostró el menor temor, tal vez porque se hallaba en territorio conocido. Entró con paso decidido y al poco de atravesar el umbral le oí saludar a una persona que no alcancé a ver, sin que nada ni nadie le interrumpiera de forma violenta.

Yo entré también, consciente de que la viuda me seguía.

—Vitalia, he traído a un amigo del padre Augustin para visitaros —dijo el padre Paul.

Lo vi, en la penumbra, detenerse junto a un catre en el que yacía el cuerpo menudo y encogido de una anciana. En el otro extremo de la habitación, que era bastante grande, había un brasero; puesto que no había un hogar, deduje que la cocina original no era habitable y que habían construido esta estancia a modo de dormitorio o almacén.

Apenas había muebles, tan sólo la cama de la anciana, una mesa consistente en una carcomida puerta colocada sobre unas piedras talladas, y unos bancos construidos según el mismo principio. Pero observé que los utensilios de cocina eran numerosos y (según pude juzgar) de buena calidad, al igual que las ropas de la cama, los recipientes para guardar la comida y el brasero. También reparé en un libro. Estaba sobre la mesa, como una taza o un pedazo de queso, y me sentía irresistiblemente atraído por él. La mayoría de dominicos que conozco son incapaces de hacer caso omiso de un libro; ¿no estáis de acuerdo?

Lo tomé con disimulo y al examinarlo comprobé, asombrado, que era una traducción, en lengua vulgar, de *Scivias*, de Hildegard de Bingen. Mal transcrita, incompleta y sin título, la reconocí porque estoy familiarizado con las obras de la abadesa Hildegard. Las palabras que leí eran inconfundibles: «Las visiones no las tuve en sueños, ni en estado enajenado, ni con mis ojos y oídos carnales, ni en lugares ocultos; sino que las contemplé despierta, atenta, con los ojos del espíritu y los oídos interiores, abiertamente y conforme a la voluntad de Dios». (Una traducción execrable.)

—¿De quien es este libro? —pregunté.

—De Alcaya —respondió la viuda. Observé que sonreía—. Alcaya sabe leer.

—Ah. —Por algún motivo, yo había supuesto que era la viuda quien sabía leer—. ¿Y dónde está Alcaya?

—Con mi hija, cogiendo leña.

Esto me disgustó, pues deseaba conocer a la hija, la cual deduje que era la joven a la que se había referido el padre Augustin. Pero supuse que la madre podría darme alguna información.

De modo que expresé el deseo de hablar con ella en un lugar privado, donde pudiéramos comentar ciertos asuntos relacionados con el padre Augustin y su muerte.

—Podemos hablar en el dormitorio —contestó la viuda—. Seguidme.

—Yo me quedaré con Vitalia —dijo el padre Paul—. Reza-remos para invocar la misericordia de Dios. ¿Queréis que ha-gamos eso, Vitalia?

Nunca sabré si Vitalia estaba de acuerdo o no, si asintió o negó con la cabeza, porque entré en el dormitorio antes de que el sacerdote hubiera terminado de hablar. Era evidente que esta habitación había ostentado antaño una puerta montada sobre unos goznes y unos postigos, pero hacía tiempo que había de-saparecido todo rastro de ellos; las aberturas que quedaban estaban cubiertas por unos trapos, clavados a los dinteles de madera. En la habitación había tres camastros y un magnífi-co arcón para el ajuar, tallado y pintado, que examiné con cu-riosidad.

—Es mío —dijo la viuda—. Me lo traje aquí.

—Es muy hermoso.

—Está hecho en Agde. Donde yo nací.

—¿Os trasladasteis aquí desde Agde?

—Desde Montpellier.

—¡Qué casualidad! Yo estudié teología en Montpellier.

—Lo sé. —Cuando la miré sorprendido, la mujer añadió—: Me lo dijo el padre Augustin.

La observé unos momentos. Tenía las manos unidas a la al-tura de la cintura y me miraba con curiosidad, sin el menor atisbo de temor. Su talante me intrigó. Era muy distinto del que muestra la mayoría de mujeres al encontrarse cara a cara con un representante del Santo Oficio, aunque no era insolen-te ni agresivo.

—Hija mía —dije—, el padre Augustin os visitó aquí en varias ocasiones, por lo que deduzco que hablaríais de muchas cosas. Pero ¿cuál era el propósito de sus visitas? ¿Por qué nece-sitabais tan urgentemente hablar con él? Si se trataba de asun-tos espirituales, pudisteis haber acudido al padre Paul.

Tras reflexionar unos momentos, la viuda respondió:

—El padre Paul está muy ocupado.

—No más de lo que lo estaba el padre Augustin.

—Cierto —dijo la viuda—, pero el padre Paul no sabe de leyes.

—¿A qué os referís?

—Estoy metida en una disputa referente a una propiedad. El padre Augustin me aconsejó.

—¿Qué clase de disputa? —pregunté.

—No quiero haceros perder el tiempo, padre.

—Pero no tuvisteis reparos en hacérselo perder al padre Augustin.

—Es que él no tenía un talante tan agradable como vos, padre.

Al decir esto la mujer esbozó una sonrisa que me turbó, pues contradecía la expresión de sus ojos. En sus labios era un ruego; en sus ojos, un desafío.

Medité sobre esta curiosa contigüidad.

—Puedo mostrarme tan desagradable como el que más —respondí con tono amable, pero con inequívoca rotundidad. Y para demostrarle que no conseguiría distraerme con facilidad, añadí—: Explicadme lo de esa disputa por una propiedad.

—Es un asunto lamentable.

—¿En qué sentido?

—Me impide conciliar el sueño.

—¿Por qué motivo?

—Porque es tan exasperante y complicado...

—Quizá yo pueda ayudaros.

—Nadie puede ayudarme.

—¿Ni siquiera el padre Augustin?

—El padre Augustin ha muerto.

Tuve la sensación de que estaba disputando una partida de ajedrez (un pasatiempo al que era muy aficionado antes de pronunciar mis votos). Tras emitir un suspiro, reanudé mi ataque utilizando unas armas menos contundentes.

—Haced el favor de explicarme lo de esa disputa por una propiedad —dije.

—Es un tema muy aburrido, padre.

—Puede que a mí no me lo parezca.

—Es que no puedo explicároslo, padre —contestó la mujer extendiendo las manos—. No os lo puedo explicar porque no lo entiendo. Soy una mujer sencilla. Una mujer ignorante.

Y yo, señora, soy el rey de los leprosos, fue mi inmediata

119

respuesta a su comentario (manifiestamente falso). Pero me abstuve de expresar en voz alta lo que pensaba. En lugar de ello, observé que si esa mujer había pedido ayuda al padre Augustin, debió de tener algún medio de comunicarle sus problemas.

—El padre Augustin leyó los papeles —contestó la viuda—. Hay unos documentos...

—Mostrádmelos.

—No puedo. Se los di al padre Augustin.

De pronto me impacienté. Os aseguro que no me ocurre con frecuencia, pero no disponía de un tiempo ilimitado y la mujer había mostrado una sutileza casi insolente en sus respuestas. De modo que decidí demostrarle que estaba informado de ciertos datos importantes.

—El padre Augustin escribió al obispo de Pamiers sobre vuestra hija —afirmé—. Dijo que estaba poseída por un demonio. ¿Es por este motivo por lo que le pedisteis consejo, en lugar de pedírselo a un sacerdote rural con escasos conocimientos?

Utilizar información de ese modo es como utilizar un arma. Lo he hecho con frecuencia, al interrogar a un testigo, y la reacción siempre es satisfactoriamente intensa. He visto a personas mirarme atónitas, romper a llorar y palidecer; las he visto postrarse de rodillas implorándome y tratar de arañarme furiosas la cara. Pero Johanna de Caussade siguió mirándome impávida. Al cabo de unos momentos dijo:

—Augustin me habló en varias ocasiones sobre vos.

Entonces fui yo quien la miré atónito. ¿Había omitido la viuda de un modo intencionado el título del difunto?

—Dijo que erais muy inteligente y persistente —prosiguió la mujer—, que trabajabais con ahínco, pero que no teníais el espíritu de un inquisidor. Dijo que os lo tomabais como un deporte, como cazar jabalís, que no os lo tomabais como él. Le desagradaba esa superficialidad. Pero a mí no.

¿Os imagináis las sensaciones que tuve en esos momentos? ¿Imagináis lo que se siente cuando una mujer, una extraña, te dice que tu llorado y reverenciado superior consideraba que carecíais de una cualidad fundamental? ¡Qué atrevimiento el de esa mujer! Os aseguro que me quedé tan estupefacto que no pude articular palabra.

—Creo que eso demuestra que tenéis ciertas debilidades humanas y que sois comprensivo —dijo la viuda. Luego, sin pedir permiso, se sentó sobre su arcón del ajuar y suspiró—. Os lo contaré porque sé que aunque tratara de ocultároslo, lo averiguaréis de todos modos. No descansaréis hasta averiguarlo. Pero os ruego que no se lo contéis a nadie, padre; nadie más debe saberlo.

Por fin recuperé el habla y le informé, con gran satisfacción, de que no podía prometerle eso.

—¿No? —La viuda reflexionó unos instantes—. ¿Habéis contado a alguien lo de mi hija?

—Aún no.

—Lo que demuestra que sabéis guardar un secreto —dijo la viuda. ¡Menudo cumplido! Yo, el inquisidor de la depravación herética y confesor desde hacía años de innumerables hermanos... yo, Bernard de Prouille, era considerado un hombre capaz de guardar secretos.

De pronto dejé de sentirme enojado y sonreí divertido para mis adentros. El atrevimiento de esa mujer era tan extremo, que casi despertó mi admiración.

—Sí —dije, cruzando los brazos—. Sé guardar un secreto. Pero ¿por qué he de guardar el vuestro?

—Porque no me pertenece sólo a mí —contestó la viuda—. Mi hija es hija de Augustin.

Creedme cuando os digo que al principio no acabé de entender el significado de esa revelación. Luego, a medida que las palabras de la mujer penetraron en el fondo de mi alma, perdí el control sobre mi cuerpo y tuve que apoyarme en la pared para no desplomarme en el suelo.

—Mi hija nació hace veinticinco años —me informó la viuda con naturalidad, sin darme tiempo a poner en orden mis ideas—. Yo tenía diecisiete años, era hija única de un próspero importador de tejidos finos, muy devota, deseaba ser monja. Mi padre, que ansiaba un nieto, trató de convencerme para que me casara, pero yo estaba impresionada por las historias de santas vírgenes y mártires. —Al decir esto, Johanna esbozó

121

una sonrisa irónica—. Me veía como la próxima santa Ágata. Mi padre, desesperado, acudió al padre Augustin, al que conocía. En aquella época Augustin tenía cuarenta y dos años, era muy alto, de porte majestuoso, como un príncipe. Muy instruido. Muy... —La viuda se detuvo—. Tenía fuego en el vientre —añadió al cabo de unos instantes—, que brillaba en sus ojos. Sus ojos me cautivaron. Pero, como he dicho, era muy devota. Y joven. Y bonita. Y estúpida. Y cuando hablábamos sobre el amor a Dios, yo pensaba en mi amor por Augustin. En aquel entonces me parecía la misma cosa.

De improviso la mujer emitió una carcajada y meneó la cabeza en un gesto de incredulidad. Pero su incredulidad era insignificante comparada con la mía. Por más que lo intentara, no conseguía imaginar al padre Augustin como un objeto de deseo apasionado, vigoroso y cautivador.

—Augustin prometió a mi padre examinar mi corazón para cerciorarse de que era digna de ser la novia de Cristo —me explicó la viuda—. Conversamos varias veces, sentados en el jardín de mi padre, pero sólo hablábamos de Dios, Jesús y los santos. Sobre el amor por lo divino. Yo estaba dispuesta a escucharle hablar sobre lo que fuera, incluso recitar la misma palabra una y otra vez. Sobre cualquier tema.

Se produjo otra pausa, la cual se prolongó hasta que tuve que conminarla a proseguir.

—¿Y luego qué ocurrió? —pregunté.

—Augustin decidió que yo no debía ser monja. Supongo que sabía que estaba enamorada de él; quizá comprendió que yo era una chica muy emotiva, con unas ideas absurdas. Sea como fuere, dijo a mi padre que era mejor que me casara. A mí me dijo lo mismo. Tenía toda la razón. —La viuda asintió con la cabeza y se puso seria; no me miró, sino que miró la pared que había a mi espalda—. No obstante, me sentí muy desgraciada, traicionada. Un día me encontré con él en la calle y pasé de largo, negándome a mirarle y a hablar con él. Fue una chiquillada, una estupidez. Aunque os parezca increíble, padre... —La viuda se echó a reír de nuevo—. ¡Augustin se sintió muy ofendido! Creo que herí su amor propio. Vino a mi casa, yo estaba sola, y discutimos airadamente. La pelea terminó tal como podéis suponer: yo rompí a llorar y él me abrazó y... ya podéis imaginaros lo que sucedió.

Podía, pero traté de no hacerlo. Albergar unos pensamientos impuros es tan pecaminoso como cometerlos.

—Sólo ocurrió aquella vez, porque... Augustin se sentía muy avergonzado. Me consta que nunca se perdonó por haber quebrantado sus votos. Al cabo de un tiempo comprobé que estaba encinta. No se lo dije a nadie, pero un niño no se puede ocultar de un modo indefinido. Al averiguarlo mi padre me azotó hasta que confesé el nombre de Augustin. El pobre Augustin fue expulsado del priorato y enviado a otro lugar; nunca averigüé su paradero. Su prior estaba decidido a evitar que el escándalo salpicara el nombre de Augustin y del priorato, de modo que el asunto se convirtió, a Dios gracias, en un gran secreto. En cuanto a mí, mi padre consiguió persuadir a Roger de Caussade, con ayuda de una inmensa dote, para que se casara conmigo y mantuviera a la criatura. La única que he tenido. Mi hija. —La viuda me miró por fin—. La hija de Augustin.

Ésa era la historia de Johanna. No me pareció increíble; creí cada palabra que me dijo, aunque fui incapaz (gracias a Dios) de imaginar al padre Augustin abrazando con pasión a una muchacha de diecisiete años. Asimismo, me fue imposible relacionar el cándido y ardiente objeto de deseo del padre Augustin, que se apareció en mi imaginación cual una imagen fantasmal, con la mujer que estaba sentada sobre el arcón, tan serena, tan segura de sí, una matrona de mediana edad. Era como si se refiriera a otra persona.

—¿Vuestro esposo... ha muerto? —pregunté.

—Sí, y su hermano se ha apoderado de su casa, aunque la propiedad de mi padre me pertenece. La familia de Roger nunca me acogió con simpatía. Sospechan que mi hija no es de Roger.

—Pero ¿qué hacéis aquí? —Era la pregunta que más me intrigaba—. ¿Os trasladasteis debido a Augustin?

—¡No! —Por primera vez, el rostro de la viuda cobró una expresión animada; alzó las manos y apoyó el mentón en ellas—. No, no. Yo no sabía dónde se encontraba él.

123

—Entonces ¿por qué?

—Por mi hija. Tuve que buscar un lugar para mi hija.

En respuesta a mi interrogatorio, delicado pero persistente, la mujer me reveló que su hija, aunque era una joven dulce y hermosa, nunca había estado «bien del todo». Ya de niña sufría pesadillas, era propensa a súbitos ataques de cólera y pasaba épocas sumida en una profunda apatía. Los sermones severos hacían que rompiera a llorar histéricamente y se automutilara. A los doce años experimentó la «visión de unos diablos» y se ponía a gritar cada vez que su primo se acercaba a ella, afirmando que estaba rodeado por un «halo oscuro». Con el transcurso del tiempo sus problemas se agudizaron: con frecuencia se caía al suelo, escupía, chillaba y se mordía la lengua; a veces se sentaba en un rincón, se balanceaba de un lado a otro y mascullaba frases incomprensibles; otras se ponía a gritar una y otra vez, sin un motivo fundado.

—Pero es una buena chica —insistió Johanna—. Una joven dulce y piadosa. No ha hecho nada malo. Es como una niña. No me explico...

—«Ese conocimiento es demasiado prodigioso para mí; es tan elevado, que no logro comprenderlo.» Los caminos del Señor son inescrutables, Johanna.

—Sí, eso me dijeron —respondió la viuda, irritada—. Acudí a muchos sacerdotes y a muchas monjas, y me dijeron que a veces los castigos de Dios son crueles. Algunos me dijeron que mi hija estaba poseída por un demonio. La gente le arrojaba piedras en la calle porque se ponía a gritar y a escupir. Mi esposo llegó a temerla hasta el extremo de negarse a que permaneciera en casa. Ningún hombre se hubiera casado con ella. De modo que no tuve más remedio que enviarla a vivir a un convento. Entregué toda su dote a la Iglesia. Creo que de haber sido menos cuantiosa, no habrían aceptado a mi hija.

—¿Eso creéis? —Aunque existe una gran falta de caridad en el mundo, me negaba a creer que en algún lugar, entre todas las comunidades entregadas al servicio de Cristo, no hubiera alguien capaz de socorrer a un alma atormentada. Dios sabe que he conocido a numerosos monjes tarados y endemoniados a lo largo de mi vida—. Pero al fin la aceptaron. Por sus pecados. ¡La azotaban para sacarle los demonios de su cuerpo! Me dijeron que se moría, y cuando fui a verla, estaba postrada... sobre sus excrementos. —El recuerdo aún afectaba a Johanna; al evocarlo se sonrojó y la voz le temblaba—. De modo que me la llevé de allí. Mi esposo había muerto, así que me la llevé. Me mudé a Montpellier, donde nadie nos conocía tan íntimamente como para tirarle piedras a mi hija en la calle. Y conocí a Alcaya.

—Ah, sí. Alcaya. —Averigüé que Alcaya era la nieta de Raymond-Arnaud de Rasiers, que había construido la casa en la que estábamos conversando. De niña, la habían enviado a vivir con unos parientes en Montpellier, después de que sus padres murieran en prisión. Se había casado, pero había abandonado a su marido para vivir, durante un tiempo, con unas personas religiosas. (Johanna me habló vagamente de esas personas, con una evidente falta de conocimientos, por lo que no logré identificarlas.) Cuando Johanna la conoció, Alcaya llevaba una vida que cabe describir como mendicante, comiendo lo que le daban, durmiendo bajo los techos de amigos caritativos y pasando buena parte del tiempo sentada junto a pozos municipales charlando con las mujeres que iban a buscar agua. A veces les leía algún pasaje de uno de los tres libros que llevaba. Por lo que me contó Johanna, tuve la sensación de que Alcaya se consideraba una predicadora, lo cual me pareció muy inquietante.

—Un día mi hija se cayó en la calle —me contó Johanna—, y alguien le arrojó un cubo de agua. Sus gritos asustaron a todos, menos a Alcaya. Alcaya tomó a mi hija en brazos y rezó. Me dijo que Babilonia era especial, que estaba muy unida a Dios; me habló de muchas santas (no recuerdo sus nombres, padre) que, cuando veían a Dios, pasaban varios días llorando y bailando como si estuvieran ebrias, o gritando sin cesar hasta que despertaban de su trance. Dijo que mi hija estaba exaltada debido a su amor por Dios. —La viuda me miró con expresión preocupada, dubitativa—. ¿Es cierto, padre? ¿Así es como se comportan los santos?

Es indudable que muchas santas (y santos) han llegado a comportarse, en su exaltación mística, de una forma que puede parecer enajenada. Hablan sobre visiones; parecen estar muertas; se ponen a girar de un modo vertiginoso o hablan en lenguas extrañas. He leído sobre esa sagrada locura, aunque nunca la he presenciado.

—Algunos siervos bienaventurados de Dios se comportan, en su éxtasis, de forma extraña —respondí con cautela—. Pero jamás he oído decir que se mordieran la lengua. ¿Creéis que vuestra hija... penetra en la alegría del Señor cuando cae al suelo y se muerde la lengua?

—No —contestó la viuda sin rodeos—. Si Dios está con ella, ¿por qué la teme la gente? ¿Por qué la temía Augustin? Estaba convencido de que era obra de Satanás, no de Dios.

—¿Y vos?

La mujer suspiró, como si estuviera cansada de darle vueltas a un dilema viejo y rancio.

—Sólo sé —respondió con tono cansino—, que está mejor cuando come y duerme bien, cuando puede andar con libertad por donde le apetezca sin que nadie la importune. Sé que está mejor cuando se siente querida. Alcaya la quiere. Alcaya sabe tranquilizarla y hacerla feliz. Por eso vine a vivir aquí con Alcaya.

—¿Y por qué vino Alcaya? —pregunté—. ¿Para reclamar su herencia? Este lugar pertenece ahora al rey.

—Alcaya buscaba paz. Todos buscamos paz. Al igual que Vitalia. Ha tenido una vida dura.

—¿Paz? —exclamé, y la mujer captó en el acto mi intención.

—Aquí reinaba antes la paz. Antes de que viniera Augustin.

—Quería que os marcharais.

—Sí.

—Llevaba razón. No podéis vivir aquí en invierno.

—No. En invierno nos mudaremos a otro lugar.

—Debéis marcharos ahora. Aquí no estáis seguras.

—Tal vez —respondió la mujer con voz queda, fijando la vista en el suelo.

—¿Tal vez? ¡Ya visteis lo que le ocurrió al padre Augustin!

—Sí.

—¿Os creéis capaz de defenderos de semejante destino?

—Es posible.

—¿Ah, sí? ¿Y por qué?

—Porque no soy un inquisidor.

La mujer alzó los ojos y no vi en ellos rastro de lágrimas. Su rostro mostraba una expresión triste, cansada, irritada.

—¿Acogisteis al padre Augustin de nuevo en vuestra vida? ¿U os perturbó? —inquirí con sincera curiosidad.

—Tenía derecho a perturbarme. Babilonia es tan hija suya como mía.

—¿Le preocupaba Babilonia?

—Por supuesto. Yo no le interesaba. Pero cuando el padre Paul le habló de nosotras, Augustin expresó el deseo de ver a su hija. Se arriesgó mucho. Cuando llegó aquí, con sus guardias, se expuso a que yo le humillara delante de todos. Pude haberlo revelado todo, él no tenía ninguna garantía de que no lo hiciera. Pero vino. Vino para conocer a Babilonia. —La viuda negó con la cabeza como muestra de desaprobación—. Y cuando la vio, no dijo nada. No parecía conmovido. Era un hombre extraño.

—¿Y cuando os vio? ¿Cómo reaccionó?

—Se enojó conmigo por haber traído a Babilonia a este lugar. —La expresión perpleja de Johanna dio paso a una expresión sardónica—. Augustin odiaba a Alcaya.

—¿Por qué?

—Porque discutía con él.

—Comprendo. —En efecto, demasiado bien comprendía. La *notatio* de Johanna sobre su amiga no era muy atrayente. Todo indicaba que la conducta de Alcaya, por no decir sus creencias, eran peligrosamente heterodoxas—. ¿Creéis que Alcaya deseaba ver muerto al padre Augustin?

—¿Alcaya? —exclamó la viuda. Me miró asombrada y luego se echo a reír. Pero su risa se desvaneció con rapidez—. No podéis creer que Alcaya matara a Augustin —dijo—. ¿Cómo podéis pensar semejante cosa?

—Tened en cuenta, señora, que no conozco a Alcaya. ¿Cómo voy a saber de lo que es capaz esa mujer?

—¡Los asesinaron a hachazos! ¡A cinco hombres adultos!

—Pudo haber contratado a unos asesinos.

La viuda me miró con tal estupor, con una perplejidad tan manifiesta, que no pude por menos de sonreír.

—No obstante, reconozco que Alcaya no encabeza mi lista de sospechosos —añadí.

Johanna pareció creerme. Nuestra conversación giró hacia otros temas, pasando del tiempo a Montpellier y a las múltiples virtudes del padre Augustin. Quizá fuera impropio, pero hallé un gran consuelo en el hecho de hablar sobre mi superior con una persona que lo había conocido de una manera íntima, y que no era un compañero monje.

—Augustin abusaba de sus fuerzas —comentó Johanna en cierto momento—. Detestaba sus debilidades. Le dije: «Estás enfermo. Si te empeñas en venir, quédate al menos unos días». Pero él se negaba.

—Era un espíritu ardiente —dije—. Permanecía toda la noche en vela, vivía de las sobras de la cocina. Quizá pensó que le quedaba poco tiempo de vida.

—No, siempre fue así. Era su carácter. Un hombre bueno, pero casi demasiado bueno. ¿Entendéis a qué me refiero?

—Sí. Demasiado bueno para convivir con él —dijo riendo—. ¿Y vuestra hija es igual que su padre?

—En absoluto. Es buena como un corderito. Augustin era bueno como... como...

—Un águila. —Le recordé, con delicadeza, que debía referirse a él como «padre Augustin»—. Me pregunto si pensaba a menudo en su hija. Si yo tuviera un hijo, rezaría por él todos los días.

—Vos no sois como Aug... el padre Augustin.

—No es necesario que me lo recordéis, os lo aseguro. Tengo muchos defectos.

—Yo también. Él no dejaba de decírmelo.

—El castigo salvador —dije, pero la viuda no captó la alusión—. Creedme, ninguno de nosotros estábamos a su altura. ¿Reñía también el padre Augustin a su hija?

—No, jamás. Es imposible reñir a Babilonia, porque no es culpable de ninguno de sus pecados. —Por primera vez observé que la viuda tenía los ojos humedecidos—. La quería mucho. Estoy convencida. Él tenía un gran corazón, pero se avergonzaba de ello. Pobre hombre. Pobre hombre, y yo nunca revelé a Babilonia...

—¿Qué es lo que no le revelasteis nunca?

—Que él era su padre —respondió la viuda sollozando—.

Al principio Babilonia le temía, y yo aguardé. Babilonia empezaba a conocerle, y él empezaba a mirarla sonriendo... fue una crueldad. ¡Una crueldad!

—Es cierto —dije. Sus lágrimas me convencieron, como rara vez consiguen hacerlo las lágrimas de otros, de que Johanna no era en modo alguno responsable de la muerte de mi superior. Sus lágrimas no brotaron con facilidad, sino que parecían ser fruto de una profunda fuente de vergüenza.

El efecto de ablandamiento que tuvieron sobre la arcilla reseca de mis afectos casi me llevó a darle una palmadita en una mano. Pero me contuve.

—Perdonadme —dijo Johanna con voz entrecortada—. Perdonadme, padre, es que llevo varias noches sin pegar ojo.

—No tengo nada que perdonaros.

—Ojalá le hubiera amado más. Pero él me lo impedía.

—Lo sé.

—¡A veces me enojaba tanto, que sentía deseos de golpearle! Y cuando ocurrió... la tragedia... tuve la sensación de que yo la había provocado...

—¿Queréis que os escuche en confesión?

—¿Qué? —La viuda alzó la vista y pestañeó, estupefacta—. No, no —respondió, recobrando de inmediato la compostura—. No es necesario.

—¿Estáis segura?

—No oculto nada, padre —dijo en un tono seco—. ¿Es por eso por lo que habéis venido? ¿Para averiguar si yo lo asesiné?

—Para averiguar quién lo asesinó. Y para lograrlo, debo averiguar todo cuanto pueda. Debéis comprenderlo, Johanna, pues sois una mujer inteligente. ¿Qué haríais si estuvierais en mi lugar?

Johanna me miró y su rencor se desvaneció. Vi cómo desaparecía de su rostro. Luego asintió con lentitud y abrió la boca para decir algo, pero la interrumpió un airado vocerío que parecía proceder, no de la habitación contigua, sino de más lejos. Parecía tratarse de una discusión.

Johanna y yo intercambiamos miradas interrogativas. Luego salimos apresurados para averiguar el motivo de aquella algarabía.

Ya se alza tu luz

San Agustín escribió en cierta ocasión: «Todas las cosas están tan presentes para el ciego como para el que ve. Un hombre ciego y uno que ve, situados en el mismo lugar, están rodeados por las formas de los mismos objetos; pero uno está presente respecto a ellos, el otro ausente... no porque los objetos en sí mismos se aproximen a uno y retrocedan ante otro, sino debido a la diferencia de sus ojos».

He comprobado que esta observación también puede aplicarse a dos personas que ven. Una de ellas puede que mire y vea a una persona, un objeto o acontecimiento, mientras que la otra quizá no vea, al principio, a esa persona, ese objeto o ese acontecimiento, sino otro completamente distinto. Eso fue lo que ocurrió cuando la viuda y yo salimos de la casa. Yo tuve la impresión de que mis guardias (los cuales se habían reunido en la explanada) compartían alguna broma, pues mostraban un aire jovial y relajado. Habían desmontado y se pasaban un pellejo de vino.

Johanna, por el contrario, vio a una partida de soldados armados cuya presencia representaba una amenaza para su estimada amiga, Alcaya. Lo comprendí porque me tomó de un brazo y preguntó «qué hacen», con tono perentorio y angustiado.

—¿A qué os referís? —respondí.

—¡A esos hombres!

—Son mis escoltas.

—¡La están amenazando!

—¿Eso creéis? —Al volverme de nuevo vi a una anciana que trataba de desarmar a uno de los sargentos, el cual consiguió zafarse. Uno de sus camaradas sujetó a la anciana por detrás, y cuando ésta le asestó un débil golpecito en la muñeca, el guardia cayó al suelo fingiendo sentir un agudo dolor y riendo a mandíbula batiente—. A mí me parece que es ella quien les amenaza a ellos.

No obstante, me acerqué y pregunté a qué se debía aquel barullo.

—¡Esa mujer pretende que nos vayamos, padre! —Evidentemente, unos hombres entregados a su profesión de soldados consideraban esa petición una divertida chanza, indigna de tenerla en cuenta; una petición que la anciana seguramente les había hecho con el mismo talante bromista con que había sido recibida—. Le hemos dicho que sólo obedecemos órdenes del senescal.

—Es Alcaya —murmuró el padre Paul, que había salido detrás de mí de la casa—. ¿Qué os preocupa, Alcaya? Estos hombres han venido conmigo.

—Bienvenido seáis, padre. Y bienvenidos sean esos hombres. Pero han asustado a Babilonia. Se ha ocultado en la montaña. Dice que no saldrá hasta que se vayan.

—Es muy tarde —protestó Johanna—. Debe bajar.

—No bajará —contestó la anciana. Al observarla, me sorprendió su talante, ni beligerante ni altanero; mostraba una expresión serena y su voz, aunque áspera debido a su avanzada edad, sonaba como el cálido chisporroteo del fuego del hogar. Tenía los ojos relucientes y azules (un color que se ve rara vez por estos parajes), y me miró con el aire inocente de una niña—. Sois muy alto, padre —dijo—. Nunca había visto a un monje tan alto.

—Y vos sois una mujer pequeña. —Me sorprendió mi infantil respuesta—. Aunque no la más pequeña que he visto en mi vida.

—Éste es el padre Bernard Peyre de Prouille —terció el sacerdote—. Debéis mostraros respetuosa con él, Alcaya, pues es un inquisidor de la depravación herética, y un hombre importante.

—Ya lo veo, por el número de escoltas que lleva —contestó Alcaya, aunque estoy convencido de que sin intención irónica, pues su tono era dulce y grave—. Bienvenido seáis, padre. Nos sentimos honradas por vuestra visita —añadió, haciendo una profunda reverencia.

—Johanna me ha dicho que sabéis leer —respondí. Estaba muy interesado en averiguar qué leía—. He visto uno de vuestros libros, escrito por la abadesa Hildegard.

Alcaya sonrió.

—¡Ah! —exclamó—. ¡Un libro bendito!

—Cierto.

—¡Qué sabiduría! ¡Qué devoción! ¡Un modelo de virtud femenina! ¿Habéis leído ese libro, padre?

—Varias veces.

—Yo también lo he leído muchas veces. Se lo he leído a mis amigas.

—¿Qué otros libros tenéis? Me gustaría verlos. ¿Queréis mostrármelos?

—Desde luego. ¡Encantada! Venid, están en la casa.

—Esperad —dijo Johanna. Nos estaba observando con atención (al mirarla, comprendí, por la expresión de su rostro, que el padre Augustin debió de mostrar el mismo interés por las aficiones literarias de Alcaya), pero lo que le preocupaba en esos momentos era su hija—. ¿Y Babilonia? Tiene miedo de bajar de la montaña. No puede quedarse allí, padre, está a punto de anochecer.

—No temáis. Ordenaré a mis guardias que se alejen.

Pero los guardias se negaron a moverse. Tenían la orden de no apartarse de mi lado y estaban firmemente decididos a obedecerla. Nada de cuanto dije logró disuadirles.

—Si desobedecemos al senescal, nos azotará —dijeron, aunque era una afirmación errónea. (Que yo sepa, Roger Descalquencs jamás ha azotado a nadie.) Por fin accedieron a evacuar la explanada, dejando a uno de sus compañeros apostado junto a la puerta de la casa, mientras el resto defendía la puerta de la muralla, que era casi indefendible. Tuve que conformarme con esto.

—Si vuestra hija sigue teniendo miedo —dije a Johanna—, nos marcharemos todos. Pero confío en que regrese, pues estoy impaciente por conocerla.

Tras decir eso, deduje que había demostrado mis buenas intenciones. ¿Qué más podía hacer? Pero la viuda parecía esperar mucho más de mí, pues me miró con una expresión entre angustiosa e implorante que me turbó. De modo que di media vuelta y entré en la casa, donde encontré a Alcaya sacando unos libros del arcón de su amiga.

Los manipuló con cariño, con un profundo respeto, y los depositó en mis manos como una madre que deposita a su hijo recién nacido en brazos del sacerdote que va a bautizarlo.

Sonreía con amor y orgullo.

Había dos libros: el tratado de san Bernardo de Clairvaux *Del amor a Dios*, y el tratado de Pierre Jean Olieu sobre la pobreza. Ambos habían sido traducidos a la lengua vernácula, y la obra de san Bernardo era un espléndido volumen, aunque muy antiguo y frágil. Sin duda habréis leído este tratado y os habréis deleitado con el noble comienzo: «Deseáis que os explique por qué y cómo debéis amar a Dios. Mi respuesta es que Dios mismo constituye el motivo por el que debemos amarlo». ¿Existe un *exordium* más simple, profundo y exaltado? (Salvo las Sagradas Escrituras, por supuesto). Pero la obra de Olieu es de una naturaleza muy distinta. Este difunto franciscano confiesa haberse sentido obligado a escribirla «porque la diabólica astucia del viejo adversario —refiriéndose al diablo— sigue, como en el pasado, provocando conflictos contra la pobreza evangélica». Abomina de «ciertos seudo religiosos investidos de doctrina que predican autoridad», es decir, los dominicos como yo, a quienes censura por haber abandonado la estricta adherencia a la pobreza, que él considera un requisito imprescindible para la salvación. Acaso no conozcáis los libros y panfletos de ese hombre. Quizás ignoréis que han enardecido a sus compañeros franciscanos, en esta región. Creedme cuando os digo que este oscuro fraile del sur, con sus erróneos y disparatados conceptos, fue, en cierta medida, culpable de que en mayo quemaran a cuatro franciscanos en la hoguera en Avignon. ¿Recordáis el caso? Como muchos otros franciscanos, e incluso personas laicas, estaban obsesionados con la absurda tesis (por lo demás inviable) de que los siervos de Dios como ellos deberían vivir como menes-

terosos, carentes de bienes personales e incluso comunita-
rios. Propugnaban mendigar cubiertos de harapos, y proclamaban que la Iglesia «¡se ha convertido en Babilonia, esa
gran ramera, que ha arruinado y envenenado a la humanidad!». ¿Por qué sostenían esto? Porque, según ellos, nuestra
Iglesia santa y apostólica se ha entregado a la lujuria, la avaricia, el orgullo y la concupiscencia. Algunos de sus seguidores incluso llaman a nuestro pontífice el anticristo, y predican la llegada de una nueva era, en la que ellos conducirán
a la cristiandad a la gloria.

Pues bien, no es preciso que os recuerde lo que ya sabéis;
sin duda habéis leído el *Gloriosam ecclesiam* decretal, en el
que el Santo Padre enumera buena parte de los errores en los
que han caído «los hombres arrogantes». Como inquisidor de
la depravación herética, lógicamente me sentí obligado a estu-
diar este documento con profundo detenimiento cuando llegó
a manos del obispo, pues constituye una sutil distinción que
separa a quienes aman la pobreza de quienes la veneran por
encima de todo, incluso por encima de la obediencia a la autoridad apostólica. Debo añadir que hasta la fecha, no había conocido a nadie en Lazet cuyas creencias se asemejaran a las
prescritas por el Santo Padre; por lo demás, ninguno de los
hermanos franciscanos lucían unos hábitos «cortos y ceñidos»
(que censuró ese otro *Quorundum exigit* decretal, el año pasado) ni sostenían la tesis de que el evangelio de Cristo se había cumplido tan sólo en ellos. Por supuesto, nuestros hermanos franciscanos en Lazet no son como muchos otros que
habitan en esta región. No han expulsado a su prior, legítima-
mente nombrado, en favor de un candidato más tolerante con
las opiniones de Pierre Olieu y sus secuaces, siguiendo el
ejemplo de los frailes de Narbona en 1315. Aquí en Lazet, estamos un tanto aislados de las pasiones y los conceptos de
nuevo cuño que perturban la paz de otras poblaciones. En Lazet, nuestras herejías son muy antiguas, y nuestras pasiones
predecibles.

Pero me estoy apartando del tema que nos ocupa. Lo que
pretendo decir es que el tratado de Pierre Jean Olieu, aunque es
leído por muchas personas intachables (muchas de ellas con el

fin de desacreditar las tesis que propugna)... aunque es leído por mucha gente, y puede hallarse, pongo por caso, en la biblioteca de los frailes franciscanos de Lazet, parece arrastrar una mancha, o exhalar una nube oscura, sobre todo desde que el Santo Padre ordenó hace poco a ocho teólogos que investigaran la *Lectura* del autor. Sea como fuere, el tratado requiere ahora una justificación, o explicación.

De modo que se la pedí a Alcaya de Rasiers.

—El tratado sobre la pobreza —murmuré, hojeando sus manoseadas páginas—. ¿Habéis leído su comentario sobre el Apocalipsis?

—¿El Apocalipsis? —preguntó Alcaya mirándome sin comprender.

—Pierre Jean Olieu escribió otros libros sobre otros temas. ¿Los habéis leído?

—Por desgracia, no —respondió Alcaya, negando con la cabeza y sonriendo—. En cierta ocasión oí a una persona leer un pasaje de un libro escrito por él. Sobre la perfección evangélica, según creo recordar.

—*Preguntas sobre la perfección evangélica.* Sí, es una obra suya. Aunque yo no la he leído.

—El padre Augustin sí la había leído. Dijo que contenía muchas falsedades.

—¿Ah, sí? —De nuevo, tuve la sensación de seguir con torpeza los pasos del padre Augustin. Como es lógico, supuse que él había escrutado el alma de Alcaya con gran atención. Y obviamente, de haber comprobado que sus creencias eran del modo que fuera heterodoxas, habría mandado que la arrestaran. ¿O no?

Me costaba creer que el padre Augustin hubiera incumplido su deber religioso en aras de la felicidad de su hija. Por otra parte, también me costaba imaginarle concibiendo una hija.

—¿Y qué dijo el padre Augustin sobre este libro? —inquirí, indicando el tratado que sostenía—. ¿Dijo que contenía muchas falsedades?

—Sí —respondió la mujer alegremente.

—¿Y sin embargo lo apreciáis?

135

—El padre Augustin no dijo que todo fuera falso. Sólo algunas cosas. —Después de reflexionar unos instantes, la mujer agregó—: Dijo que no podía demostrarse que Cristo fuera tan pobre, desde su nacimiento a su muerte, que no dejara nada a su madre.

—Ah.

—Le pregunté si podía demostrarse que Cristo no había sido pobre, desde su nacimiento hasta su muerte. —Alcaya siguió sonriendo, como si evocara un recuerdo grato—. El padre Augustin dijo que no. Mantuvimos una conversación muy interesante. El padre Augustin era muy sabio. Un hombre muy sabio y santo.

La imagen de mi superior hablando sobre el *usus pauper* con esta dudosa anciana, sin duda obligado por el cariño que su hija sentía por ella, casi me hizo sonreír. ¡Con qué frialdad debió de comportarse! ¡Qué repulsivo debió de resultarle todo el episodio! Y con qué gozo habría condenado sin duda a Alcaya a un interrogatorio formal de haber detectado alguna razón para hacerlo. La complacencia con que la anciana se refirió a «la interesante conversación» que ambos habían mantenido, como si describiera una charla entre dos lavanderas, me dio dentera.

No obstante, era mi deber descartar cualquier duda que hubiera tenido... aunque con gran cautela.

—Decidme —dije, revisando mentalmente el texto del *Gloriosam ecclesiam* decretal (pues no podía consultar ninguna otra autoridad sobre el tema)—, ¿hablasteis sobre otras falsedades con el padre Augustin? ¿Hablasteis de la Iglesia, de que se había alejado del camino de Cristo, debido a sus innumerables riquezas?

—¡Sí! —En esta ocasión Alcaya se echó a reír a carcajadas—. El padre Augustin me preguntó: «¿Os ha dicho alguien que la Iglesia romana es una ramera y que sus sacerdotes no tienen autoridad alguna?». Y yo respondí: «Sí, padre, ¡vos mismo acabáis de hacerlo!» Seguro que no podéis creer una cosa así». El padre Augustin se puso rojo como el tocino. Pero se lo dije en broma —añadió la anciana como para tranquilizarme—. Por supuesto que él no lo creía.

—¿Y vos?

—No, no —una plácida réplica—. Soy una hija fiel de la Iglesia católica. Hago lo que los sacerdotes me ordenan que haga.

—Pero los curas no os dijeron que abandonarais a vuestro esposo, que mendigarais por las calles ni que os fuerais a vivir aquí. Os confieso, Alcaya, que la vuestra no me parece la vida de una buena mujer cristiana. La vida de una mendigante, una fugitiva, se me antoja un tanto perversa.

Por primera vez, Alcaya perdió un poco la serenidad. Suspiró y me miró con tristeza. Luego apoyó una mano en mi brazo confiada.

—Padre, he buscado la forma de servir a Dios —me reveló—. No abandoné a mi esposo, sino que él me echó de casa. Como no tenía dinero, tuve que mendigar. Yo quería ingresar en una comunidad religiosa, pero no me aceptó ninguna. Sólo los beguinos, padre, pero lo que predicaban era falso.

—¿En qué sentido?

—Son unas gentes muy buenas, muy pobres, que aman a Cristo y a san Francisco, pero dicen unas cosas espantosas sobre el Papa. Sobre el Papa y los obispos. Hicieron que me enfureciera.

—Qué pecado —respondí, sintiendo que el pulso me latía aceleradamente—. ¿Hablasteis con el padre Augustin sobre esas gentes?

—Sí, padre.

—¿Y le revelasteis sus nombres?

—Sí. —Al seguir interrogándola, Alcaya describió la comunidad con todo detalle, de forma que la identifiqué como un grupo de terciarios franciscanos (en su mayoría mujeres) bajo la protección de un fraile que, si no estaba entre los cuarenta y tres que habían sido obligados a retractarse de sus errores en Avignon el año pasado, merecía estar. Alcaya me informó también de que había advertido al cura local sobre lo que esas gentes predicaban, y se había separado de ellas durante un tiempo—. Luego me uní a unas mujeres vinculadas a vuestra orden, padre, pero no me tenían simpatía. No sabían leer, por lo que me temían y conspiraban contra mí.

A continuación Alcaya emprendió una prolija y aburrida

137

perorata sobre las conspiraciones de esa comunidad, las mu-
tuas difamaciones y malévolas represalias que suelen producirse en las familias, las cortes y las fundaciones monásti-
cas. Aunque lo relató con tono entre acongojado y perplejo
en lugar de amargo y colérico, los detalles eran poco edifi-
cantes y no los tuve en cuenta. Baste decir que al parecer
existía una profunda antipatía entre Alcaya y una mujer llamada Agnes.

—Me echaron a la calle —prosiguió Alcaya—, y entonces
conocí a Babilonia. Enseguida me di cuenta de que estaba
unida a Dios. Pensé que quizá Dios la había puesto en mi camino. Me pregunté si debía acoger a esas mujeres, como Babilonia y la pobre Vitalia, y conducirlas a un lugar donde se
sintieran felices en el amor a Dios. —Alcaya empezó a hablar
más rápida y animadamente y su rostro cobró una expresión
más alegre—. Esas estimadas vírgenes sienten un amor muy
puro por Dios, padre; se parecen a las admirables hijas de
Sión, espléndidas en su serena virginidad, maravillosamente
adornadas con oro y gemas, tal como lo presenció la abadesa
Hildegard. Hablé con ellas de sus aspiraciones y me expresaron su intenso deseo de abrazar a Cristo con un amor casto;
anhelan su presencia, reposan con placidez pensando en Él.
Os aseguro que han renunciado a las pasiones de la carne, padre. Yo les he dicho: «La carne no vale nada, es el espíritu lo
que nos infunde vida,» y ellas lo saben. Les he hablado del divino Esposo, que penetrará gozoso en la cámara de sus corazones si está adornada con las flores de la gracia y los frutos
de la Pasión, cogidos del árbol de la Cruz. Juntas lo alabamos
y hablamos de ese dulce momento en que «su mano izquierda reposa debajo de mi cabeza y me abraza con la derecha».
Babilonia ha sentido la caricia de esas manos, padre, se ha su-
mergido en el amor de Dios. Ha visto la Nube de la Luz Vi-
viente, como la abadesa Hildegard. —Alcaya se expresaba ya
con un tono extasiado y tenía los ojos llenos de lágrimas—.
Cuando le leí las visiones descritas en el libro de la abadesa,
exclamó de asombro. Ha reconocido la Luz dentro de la Luz.
Ha experimentado el momento de eterna armonía que mora-
ba dentro de ella. ¡Ha conocido la unión con Cristo! Está ce-

gada por la luz del Amor Divino, ha perdido su voluntad y su alma se ha unido a Dios. ¡Es una bendición, padre, que nos produce una inmensa alegría!

—Desde luego —balbucí, aturdido por ese torrente de palabras. Muchas de ellas las reconocí enseguida, pues eran las palabras de san Bernardo y de la abadesa Hildegard. Pero estaban imbuidas de un éxtasis, una pasión ardiente que no puede fingirse. Comprendí que Alcaya estaba embargada por un auténtico y abrumador amor a Dios, un profundo anhelo de su divina presencia, lo cual era admirable.

Pero esa pasión puede ser peligrosa. Puede llevar al exceso. Sólo las mujeres fuertes y sabias, embargadas por ese fervor, son capaces de seguir el sendero de Dios sin una guía autorizada. (Como dice Jacques de Vitry sobre la *mulier sancta*, Marie d'Oignes: «Jamás dobló hacia la derecha o la izquierda, sino que anduvo por el centro del bendito sendero con prodigiosa moderación».)

—Cuando era niña, padre —prosiguió Alcaya con más serenidad—, subí a esa montaña y oí a los ángeles. Fue la única vez en mi vida que los oí. De modo que cuando Johanna me confesó sus temores por su hija, comprendí que Babilonia sería feliz en este lugar, donde los ángeles cantan. Sabía que nadie nos escatimaría este techo, el cual me había dado cobijo de niña. Sabía que, con ayuda de Johanna, conseguiríamos vivir aquí feliz y piadosamente, en presencia de Dios. —Alcaya se inclinó hacia delante, tomó mis manos entre las suyas y me miró a la cara. Su rostro risueño reflejaba una intensa dicha—. ¿Habéis sentido el amor de Dios, padre? ¿Ha llenado la paz perfecta de su gloria vuestro corazón?

¿Qué podía yo responder? ¿Que el amor de Dios era una bendición a la que había aspirado toda mi vida pero rara vez había alcanzado de forma satisfactoria? ¿Que mi alma está abrumada por mi cuerpo corruptible, de modo que (según dice san Bernardo) la morada terrenal ensimisma a la mente, ocupada en numerosos pensamientos? ¿Que soy un hombre de una naturaleza práctica, más que espiritual, incapaz de perderme en la contemplación de lo divino?

—Cuando contemplo esa montaña —respondí con brusquedad—, mi corazón no se llena de paz, sino de las imágenes del cuerpo despedazado del padre Augustin.

Que Dios me perdone por eso. Lo dije con mala fe, consiguiendo borrar la alegría de los ojos de Alcaya.

Dios me perdone por cerrar mi corazón a su divina presencia.

No conocí a Babilonia esa tarde. La joven se negaba a regresar mientras los soldados siguieran en la casa y éstos se negaban a irse a menos que yo me fuera con ellos. Aguardé un rato, conversando con Alcaya mientras observaba a Johanna (cuyos sutiles cambios de expresión insinuaban unos pensamientos que me habría gustado compartir con ella). Pero al fin tuve que abandonar la *forcia* cuando aún lucía el sol crepuscular, pues mis guardias deseaban llegar a Casseras antes del anochecer.

Regresé con ellos decidido a volver en cuanto rompiera el día, solo y en secreto, a la *forcia*. De esa forma podría pasar un breve rato con Babilonia antes de que mis escoltas dieran con mi paradero y pusieran de nuevo en fuga a la joven. De paso, vería a las mujeres en la perfección de su maravillosa paz y juzgaría si, tal como había insistido Alcaya, era de verdad la paz de Dios. No dejaba de ser una arrogancia por mi parte suponer que era capaz de juzgar si se trataba de verdad de esa paz, que rebasa toda comprensión. Ahora sé que estaba equivocado. Pero en aquel entonces estaba impresionado por el fervor de Alcaya. Había sentido su calor y ansiaba descubrir el fuego del que brotaba. Deseaba conocer a Babilonia y comprobar si estaba en realidad «unida a Dios» o poseída por un demonio; deseaba examinar sus rasgos en busca de otros rasgos, que había conocido antaño, los cuales comenzaban a disiparse en mi memoria.

Asimismo, reconozco que sentí la necesidad de concluir mi conversación con Johanna, la cual había quedado interrumpida antes de que pudiera satisfacer mi curiosidad. Es sinceramente lo que pensaba, aunque quizá mis deseos fueran más carnales de lo que mi conciencia estaba dispuesta a confesar. ¿Quién sabe? Sólo Dios. Aquella noche, tendido en mi catre en la casa del cura, tuve que reconocer que me sentía atraído por Johanna. Pero decidí seguir los dictados de la razón, no del corazón. Borré de mi mente todo pensamiento sobre esa mujer (como había borrado en muchas ocasiones otros pensamientos impuros), pedí perdón a Dios, medité sobre su amor, que no había buscado con el afán con que debí hacerlo, ni conocía tal como deseaba conocer. Por supuesto, conocía el amor de Dios como lo conocemos todos, es decir, en los dones que Él nos prodiga («... vino que alegra el corazón del hombre, y aceite para que su rostro resplandezca, y pan para reforzar el corazón del hombre...»), pero ante todo, en el don de su único Hijo. Había leído, me habían dicho y estaba convencido de ello, que Dios ama al mundo. Pero también había leído que su amor sólo toca a los santos. Había leído que san Bernardo se había sentido «abrazado interiormente, por así decir, por los brazos de la sabiduría» y que había recibido «el dulce influjo del amor divino». Había leído que san Agustín se había deleitado «al sentir esa luz brillando en mi alma» y «con el abrazo gozoso que no separa la saciedad». Esto era el amor divino en toda su pureza, en su misma esencia; lo reconocí como uno reconoce una montaña lejana y magnífica, por siempre inalcanzable.

Pero quizá Babilonia lo había alcanzado. Alcaya estaba convencida de ello; el padre Augustin, no. Como es natural, yo me inclinaba más a confiar en el juicio del padre Augustin, que había sido un hombre sabio, erudito, experimentado y virtuoso. Pero Alcaya me había conmovido, y me pregunté: «¿Había experimentado el padre Augustin, con su sabiduría, erudición y virtudes, el influjo del amor divino? ¿Habría reconocido su manifestación en otra persona? ¿Habría reconocido, como Jacques de Vitry, la presencia de Dios en el llanto incontrolado de Marie d´Oignes, o se habría comportado como esos individuos, condenados por el susodicho Jacques, que criticaban malévolamente la vida ascética de esas mujeres y, al igual que perros rabiosos, atacaban las costumbres opuestas a las suyas?».

Pero me censuré por haber pensado eso. El padre Augustin no era un perro rabioso, y Marie d´Oignes no había sido apedreada por la calle. Comprendí que tenía la mente nublada por el cansancio, y me puse a pensar en otros asuntos. Pensé en el tratado de Pierre Jean Olieu, que alguien había dado a Alcaya durante su breve estancia con los terciarios franciscanos heterodoxos. Temí no haberla interrogado tan a fondo como debí haberlo hecho a propósito de sus opiniones sobre la pobreza de Cristo. Como es natural, Alcaya se había descrito como una «hija fiel de la Iglesia católica», que hacía lo que los sacerdotes le ordenaban hacer, y que no rechazaba su autoridad alegando que dichos sacerdotes no estaban depurados por la frugalidad o bien entregados al error absurdo. Por otra parte, yo sabía que el padre Augustin había recorrido este camino antes que yo sin haber identificado en Alcaya un exagerado amor por la sagrada pobreza que pusiera en peligro su alma.

Con todo, era preciso que aclarara mis dudas al respecto, y decidí hacerlo.

También pensé en las otras personas a las que debía interrogar: el preboste de Rasiers; los chicos, Guillaume y Guido; los pastores de la localidad que llevaban a sus ovejas a pastar cerca de la *forcia*. No sería empresa fácil, porque no se trataba de un interrogatorio oficial, regido por los procedimientos dispuestos en el *Speculum judiciale* de Guillaume Durant (¿habéis consultado quizás esa obra?), y los establecidos, a lo largo de los años, por la costumbre y el decreto papal. Los testimonios presentados ante el Santo Oficio siempre son transcritos por un notario, en presencia de dos observadores imparciales, como los dos dominicos, Simon y Berengar, que suelen estar presentes durante mis interrogatorios. Es preciso tomar juramento a los testigos y consignarlos en acta; los cargos son revelados o mantenidos en secreto, según resulte más conveniente; el permiso para un aplazamiento es concedido o denegado, también según resulte más conveniente. Existen unas reglas que es necesario observar.

Pero en este caso se trataba de una inquisición oficiosa, y no disponía de unas reglas que me guiaran. Para empezar, mi autoridad alcanza sólo la extirpación de herejes: no me correspondía perseguir a los asesinos del padre Augustin a menos que estuvieran motivados, o imbuidos, de unas creencias heréticas. Otro quizás habría arrestado a toda la población de Casseras, alegando (tal vez justamente) que cualquiera que se encontrara cerca del lugar de semejante crimen tenía por fuerza que estar impli-

142

cado en el complot. Con todo, yo no estaba convencido de que esa iniciativa fuera la más indicada. En cualquier caso, ¿dónde íbamos a encerrar a los habitantes de Casseras cuando nuestra prisión estaba atiborrada de los habitantes de Saint-Fiacre?

¡Ojalá hubiera tenido al padre Augustin a mi lado! Él habría sabido qué hacer. Sentía que me faltaba experiencia, que me hundía en un pantano de datos inconexos pero importantes: Bernard de Pibraux y sus tres jóvenes amigos, los miembros diseminados y los caballos desaparecidos, el tratado de Pierre Jean Olieu, la carta del padre Augustin al obispo de Pamiers. El padre Augustin había escrito que Babilonia estaba poseída por un demonio; me pregunté si cuando la conociera me enfrentaría al enemigo inveterado de la raza humana. Santo Domingo lo había hecho en varias ocasiones, y había triunfado, pero yo no era un santo... La mera perspectiva hizo que me echara a temblar.

Recuerdo que rezaba con devoción para que me enviaran a un nuevo superior cuando de repente me quedé dormido. Soñé, no con ángeles o demonios, sino con velas, centenares de velas, en un lugar inmenso y oscuro. Tan pronto como encendía una de esas velas otra se extinguía de forma misteriosa (no soplaba la más leve brisa), y tenía que volver a encenderla con mi cirio. Tuve la impresión de pasarme toda la noche corriendo de una vela a otra. Me desperté antes del amanecer, como de costumbre, horrorizado al comprobar que, pese a mis incesantes esfuerzos, seguía envuelto en la oscuridad.

Debo deciros que antes de retirarme hablé con el padre Paul, pero no le pregunté si deseaba acompañarme a la *forcia*. Mientras consumíamos una modesta cena compuesta de pan y queso, hablamos del padre Augustin y su muerte, pero me abstuve de decirle que me proponía visitar de nuevo a esas mujeres pues sabía que el padre Paul, velando por mi seguridad, alertaría a mis guardaespaldas. Por consiguiente tuve que salir de la casa con el máximo sigilo. El hecho de que un sargento se hubiera instalado en la cocina, con el propósito de protegerme de cualquier agresión nocturna, entorpeció mi tarea; aunque salí de mi habitación descalzo, el sargento se despertó y tuve que farfullar una mentira, indicándole que salía a orinar. El

143

sargento asintió brevemente con la cabeza y volvió a cerrar los ojos. Pero yo sabía que mi prolongada ausencia despertaría su instinto de centinela. Por tanto salí a toda prisa, y me detuve tan sólo para calzarme las botas que portaba en la mano.

No pude ensillar mi caballo porque compartía un establo con mis guardaespaldas. De modo que tuve que ir andando, como un auténtico mendigo, siguiendo un camino iluminado por el tenue resplandor del alba. Como es natural la luz se hizo más intensa a medida que yo avanzaba; al cabo de un rato salió el sol, las estrellas se desvanecieron, los pájaros se despertaron y yo debí pensar, al igual que san Francisco, en la maravillosa variedad de aves que recibían la palabra de Dios con alegría cuando él les predicaba. Pero estaba cegado por mi temor. Lo cierto es que mi valentía, al emprender este viaje, se fundaba en el temor. Cuanto más aumentaba el miedo, más me empeñaba en demostrarme a mí mismo mi valor, mi virilidad, mi firmeza de carácter. No temáis —había escrito en mi misiva al padre Paul—, he ido a dar un paseo hasta la *forcia* y regresaré dentro de poco. ¡Que Dios perdone mi vanidad! Pero os aseguro que empezaba a arrepentirme de mi decisión: todo estaba en silencio, el camino estaba desierto, la luz era aún muy débil. Un ruido en los matorrales a mi izquierda hizo que me detuviera, tras lo cual eché de nuevo a andar apretando el paso, pero volví a detenerme. Recuerdo haber pronunciado las palabras «pero ¿qué estoy haciendo?», dispuesto a retroceder sobre mis pasos de no ser porque ya había comunicado mis intenciones al padre Paul. Si regresaba, sería como reconocer que había temido seguir adelante. ¡De nuevo mi estúpida vanidad!

De modo que seguí adelante, recitando una y otra vez unos salmos y las cualidades necesarias, enumeradas por Bernard Gui, para ser un buen inquisidor (ambos habíamos mantenido, a lo largo de los años, una correspondencia a propósito de esta cuestión). Según Bernard, una voz autorizada donde las haya, el inquisidor debía ser constante, perseverar entre los peligros y las adversidades incluso hasta la muerte. Debía estar dispuesto a sufrir en aras de la justicia, no precipitándose con temeridad hacia el peligro ni retrocediendo de un modo vergonzoso debido al temor, pues esa cobardía socava la estabilidad moral. Me pregunté si no me había precipitado con temeridad hacia el peligro al partir solo de Casseras, y llegué a la conclusión de que era probable que sí. Agucé el oído, casi ansiando oír el sonido de los cascos de unos caballos siguiéndome. ¿Por qué no acudía mi escolta a rescatarme?

De pronto llegué al lugar donde había sido asesinado el padre Augustin. Vi las manchas oscuras sobre la pálida tierra; percibí el olor putrefacto; sentí el peso del frondoso y oscuro follaje. Era un lugar maldito. Estaba a punto de retroceder, cuando reparé en un objeto dorado que parecía relucir junto a una piedra cubierta de espeluznantes manchas de sangre. Al acercarme identifiqué ese objeto resplandeciente como un ramo de flores amarillas. Parecían frescas, y estaban sujetas con unas briznas de hierba trenzadas.

En su belleza sencilla y delicada reconocí una ofrenda de devoción.

Mi primer acto fue recogerlas, pero al comprender que no debía hacerlo, volví a dejarlas en el suelo. De alguna manera misteriosa, conseguían que aquel claro resultara menos siniestro. Al contemplarlas mi temor se desvaneció casi por completo y sonreí. Mi sonrisa se intensificó cuando llegó a mis oídos la melodía de una canción, pues nada es capaz de conmovernos como la música. ¿Acaso no rompen a cantar las mismas montañas y colinas? («Cantad a Yavé un cántico nuevo, cantad a Yavé la tierra toda.») Por supuesto, no se trataba de un salmo, sino de una composición popular escrita en la lengua local; con todo, poseía cierta poesía. Disculpadme si, en mi afán de reproducirla y traducirla, no consigo transmitir su delicado encanto. Creo recordar que decía así:

Canto contigo, pequeña alondra,
pues también deseo saludar al sol.
Di a mi amante, pequeña alondra,
que le amo a él.
No te demores, pequeña alondra;
ansío verte partir.
Di a mi amor que él me tendrá,
y yo le tendré a él.

No eran unos sentimientos loables, pero la melodía era dulce y alegre. La cantaba una mujer cuya voz no reconocí. No obstante, seguí ese canto de sirena, haciendo caso omiso del posible peligro que me acechaba. Avancé entre los árboles, resbalando con mis botas sobre el accidentado terreno; mi hábito se enganchaba en las ramas y los espinos. Hasta que llegué a un hermoso prado situado en la ladera de una pequeña colina, envuelto en la tibieza del sol matutino. Quisiera ser un poeta para describiros la gloria que se extendía a mis pies.

El aire de la mañana era límpido como el sonido de una campana tenor. Así pues, contemplé la escena ante mí con los ojos de un águila: vi los lejanos valles y las montañas que arrojaban unas sombras largas y brumosas; vi Rasiers, tan pequeña que podía sostenerla en mis manos; vi el resplandor de un río y el fulgor del rocío bajo el sol. Los precipicios cortados a pico, como los muros de un castillo, parecían teñidos de un delicado color rosa. Las alondras y las golondrinas se recortaban sobre el cielo despejado, tejiendo intrincados dibujos. Pensé que contemplaba el mundo tal como lo veía Dios, en todo su esplendor y su complejidad. («Aun los cabellos todos de vuestra cabeza están contados.») Tuve la sensación de hallarme en la cima de la creación, embargado por una profunda sensación de dicha, y me dije: «¡Dios mío, tú eres grande, tú estás rodeado de esplendor y majestad, revestido de luz como de un manto, como una tienda tendiste los cielos; alzas tus moradas sobre las aguas, haces de las nubes tu carro y vuelas sobre las plumas de los vientos». Y mientras el sol me acariciaba el rostro, y aspiraba el aire puro, y la dulce y tenue melodía de aquella canción vulgar pero hermosa deleitaba mis oídos, oí otra voz que se unió a la primera en una airosa armonía, y vi a las dos mujeres que cantaban salir de un bosquecillo situado en la ladera, debajo de donde me hallaba yo. Portaban unas cestas sobre la cabeza y caminaban al mismo paso, cogidas de la mano. Reconocí a la más alta, Johanna de Caussade. Creo que ella me reconoció también en aquel instante, pero no dejó de cantar ni se detuvo.

En lugar de ello me sonrió y saludó con una espontánea y despreocupada alegría, como uno saludaría a un estimado amigo, o a una persona que ha conocido en circunstancias muy felices: en un festival, o en la celebración de una victoria. Luego dijo algo a la joven que caminaba junto a ella, sin dejar de sonreír, y ambas alzaron la vista y me miraron, y de pronto sentí que mi corazón rebosaba de alegría. ¿Cómo puedo describir esta extraordinaria sensación, tan placentera que era casi dolorosa, cálida como la leche recién ordeñada, ancha como el mar, infinitamente maravillosa? Sentí deseos de llorar y reír. Mi cuerpo cansado cobró renovadas fuerzas, aunque era presa de una curiosa languidez. Tuve la sensación de que viviría eternamente, pero habría estado dispuesto a morir allí mismo, sabiendo que mi muerte carecía de importancia. Contemplé con el mismo amor la hierba amarilla, las mariposas blancas, las ortigas, los excrementos de las ovejas, las mujeres que descendían por la ladera: deseé abrazar la creación. Mi amor era infinito, hasta el extremo de que me pareció que no era mío, sino que fluía a través de mí, alrededor de mí, hacia mí, y entonces me volví hacia el sol y quedé cegado por una luz inmensa. Durante unos breves instantes, apenas un suspiro, pero que se prolongaron eternamente, me sentí como un niño suspendido en el vientre de su madre. Sentí que Cristo me abrazaba, y Él era la paz, y la alegría, y terrible como la muerte, y experimenté su amor imperecedero por mí, porque lo vi, lo abracé y lo sentí en mi corazón.

¡Dios mío! ¿Cómo puedo mostraros esas cosas utilizando tan sólo palabras? No tengo palabras. Las palabras no bastan. Hasta el Doctor Angélico, después de experimentar una revelación mística en su vejez, se quedó mudo durante un tiempo. Sin duda su revelación fue más sublime que la mía; sin duda demostraba un talento en su utilización de las palabras que yo jamás lograré alcanzar. Por tanto, si la presencia de Dios le despojaba de su extraordinaria elocuencia, ¿cómo voy a hallar yo las palabras que se le resistían?

Sé que Dios estuvo conmigo sobre esa colina. Sé que Cristo me abrazó, aunque no me explico el motivo, pues no hice nada, no dije nada ni pensé nada que mereciera un don tan precioso. Quizás Él estaba allí, sin más, en la perfección de la mañana, y se compadeció de mí cuando tropecé con su presencia. Quizá se hallaba en el corazón de Johanna, y la sonrisa de ésta fue la lla-

147

ve que abrió mi alma y permitió que el amor divino penetrara en ella. ¿Cómo voy a saberlo? No soy un santo. Soy un hombre pecador y torpe, que mediante un prodigioso acto de misericordia, llegó más allá de la nube que cubre toda la Tierra.

San Agustín decía que, cuando el alma de una persona logra traspasar la oscuridad carnal que envuelve la vida terrenal, es como si le tocara un breve fulgor, para hundirse luego en su natural flaqueza, y por más que persista el deseo de elevarse de nuevo a las sublimes alturas, su impureza le impide situarse allí. Según san Agustín, cuantas más veces consigue uno hacer esto, más grande es.

Lo cual indica que un hombre debe esforzarse para alcanzar esa bendición. Pero ¿se esforzó san Pablo en conseguir algo que no fuera perverso, antes de recibir la Luz de camino a Damasco? Fue obra de Dios, no suya, lo que le condujo a la verdad. Por tanto, fue el amor de Dios, no el mío, lo que me condujo junto a Él.

Sin duda Él sabía que, por mí mismo, jamás habría logrado alzar los ojos del suelo. Quizá no vuelva a hacerlo nunca; quizá no poseo la fuerza ni la pureza.

Pero sí soy capaz de amar a Dios. Ahora amo a Dios, no como a mi padre, que me ofrece dones e instrucciones, sino como a mi amante, como al reposo de mi corazón, como a mi fe y mi esperanza, como a la comida y el vino que alimenta mi alma. Desde luego, amar así requiere esfuerzo; por fortuna, siempre podré alcanzar esas sublimes alturas meditando sobre el inconmensurable momento en que languidecí de amor, sobre el diván de la ladera, en el abrazo gozoso y dolorido de Cristo.

También puedo alcanzarlo meditando sobre la sonrisa de Johanna de Caussade. Pues al igual que esa sonrisa abrió por primera vez mi corazón, he comprobado que sigue haciéndolo.

—¿Padre?

Fue la voz de Johanna la que abrió de nuevo mis ojos terrenales y me hizo recobrar el sentido, tirando de mí como de un pescado atrapado en el anzuelo. La eternidad de mi divina comunión había durado tan sólo unos instantes; las dos mujeres avanzaban hacia mí cuando mi alma abandonó su extasiada contemplación, y, aturdido, sentí que la marea de amor se retiraba de mi corazón. Miré durante unos momentos a mi alrededor sin ver. Luego recuperé la visión y el primer objeto que contemplé fue el rostro de la acompañante de Johanna.

Vi el rostro de una joven, perfectamente formado y bello como un lirio (aunque tenía unas leves cicatrices en el mentón y las sienes). Si yo fuera un trovador, cantaría sus alabanzas como se merecen, comparando su cutis con las rosas, su suavidad con la de un pajarillo, su pelo de color cobrizo con las manzanas y la seda. Pero no soy un poeta del corazón, de modo que me limitaré a decir que era muy bella. Jamás había visto en toda mi vida a una mujer de una belleza tan delicada. Y puesto que sus ojos reflejaban, no la inocencia de una niña, sino la inocencia de un animal recién nacido, y puesto que mi corazón seguía rebosante de amor, tanto que apenas podía contenerlo, sonreí con ternura. Habría sonreído con la misma ternura a una mosca, un árbol o un lobo que hubiera aparecido ante mí en aquellos momentos, porque amaba el mundo. Pero se dio la circunstancia de que ella fue el primer objeto que vi, por lo que recibió la sonrisa que había formado el mismo Dios.

Ella también me sonrió, una sonrisa dulce como la miel.

—Sois el padre Bernard —dijo.

—Y tú eres Babilonia.

—Sí —respondió la joven alborozada—. ¡Soy Babilonia! ¿Os sentís bien, padre? —preguntó Johanna, pues, según averigüé más tarde, yo hablaba de una forma insólitamente lenta y jadeante. Tenía el aspecto de estar borracho o enfermo.

Al percatarme, me apresuré a tranquilizarla.

—Estoy bien —dije—. Perfectamente. ¿Y vosotras? ¿Qué hacéis? ¿Habéis venido a recoger leña?

—Setas —respondió Johanna.

—Y caracoles —apostilló su hija.

—¡Setas y caracoles! —A pesar de lo que todo esto significaba para mí, podrían haber dicho «grasa de la lana y huevos de mosca». Me sentía casi aturdido debido a la euforia y tuve que reprimir el deseo de romper a reír o llorar de una manera incontrolada. Al observar la expresión de perplejidad en la cara de Johanna, me esforcé, haciendo acopio de todas las fuerzas de mi mente y mi espíritu, en hablar con calma y comportarme con decoro—. ¿Habéis tenido suerte? —pregunté.

—Un poco —contestó Johanna.

—He encontrado unos caracoles, pero no me los comeré —dijo Babilonia—. Hacen que me atragante.

—¿Ah, sí?

—¿Habéis traído a los soldados, padre? —me preguntó Johanna con naturalidad, sin el menor temor ni preocupación, pero vi que su hija pestañeó varias veces—. ¿Han venido hoy con vos?

—No. Aún no. —Una alegría interior me llevó a añadir—: Esta mañana me he ido con sigilo. He logrado escaparme. Pero no tardarán en salir en mi busca.

—¡En tal caso debemos esconderos enseguida! —La pobre Babilonia estaba muy asustada. Comprendí que era inocente en todo, quizás incluso simple, y que nadie debía reírse ni burlarse de ella, porque sólo veía lo que tenía ante sus ojos.

—Los soldados no pretenden hacerle daño —dijo Johanna—. Desean protegerle. De los hombres que mataron al padre Augustin.

—¡Ay, no! —Los ojos de Babilonia se llenaron de lágrimas—. ¡Entonces debéis regresar ahora mismo!

—Aquí no corro peligro, hija mía. Dios está con nosotros.

En mi serenidad de inspiración divina, transmitía un calor y una seguridad que tranquilizó un poco a Babilonia; incluso le toqué un brazo (un gesto que en otras circunstancias no habría hecho, os lo aseguro). Luego pregunté a las dos mujeres si habían terminado de buscar las riquezas que ofrece el Señor.

—Hemos terminado por hoy —respondió Johanna.

—¿Me permitís que os acompañe a casa? Deseo hablar con Alcaya.

—Podéis hacer lo que queráis, padre. Sois un inquisidor y un hombre importante. Tal como dijo el padre Paul.

Me pareció que Johanna se expresaba con una sutil ironía, pero no me sentí ofendido.

—No puedo hacer todo lo que quiero, señora. Existen ciertas reglas y normas que debo obedecer. —Sintiéndome insólitamente animado, proseguí en un tono que con toda seguridad era imprudente, mientras echábamos a andar cuesta arriba hacia la *forcia*—. Por ejemplo, no puedo romper mis votos de castidad y obediencia, por más que desee hacerlo.

—¿De veras? —preguntó Johanna, que caminaba a mi lado. Observé que me dirigía una mirada de soslayo (no hallo otra palabra para describirla) escrutadora, incluso seductora. Pero en lugar de inflamar mi pasión, me produjo el efecto contrario: sentí un escalofrío, como si me hubieran echado agua, y sacudí la cabeza como si esa agua me hubiera penetrado en los oídos.

—Disculpad —farfullé—. Disculpad, no estoy en mis cabales.

—Ya lo veo —replicó Johanna con un tono casi divertido—. ¿Os sentís mal?

—No... más bien como si estuviera bajo el influjo de un extraño encantamiento.

—¿Habéis venido andando desde Casseras?

—Sí.

—¿Estáis acostumbrado a recorrer a pie estas distancias cuesta arriba?

—No —contesté—, pero no soy el padre Augustin, señora. ¡No tengo una salud delicada!

—Por supuesto —dijo Johanna.

Su tono me hizo reír.

—Qué bien sabéis halagar mi frágil vanidad. ¿Ejercisteis este arte con el padre Augustin, o se trata de las dotes naturales de toda madre?

Fue Johanna quien rió entonces, pero queda, sin abrir la boca.

—Todos tenemos nuestras vanidades, padre —dijo.

—Cierto.

—Por ejemplo, yo me ufano de saber hallar a personas buenas, que me pueden ser útiles.

—¿Como Alcaya?

—Sí. Y como vos.

—¿De veras? Me temo que estáis muy equivocada.

—Es posible —reconoció Johanna—. Quizá no seáis tan bueno.

Ambos nos reímos de esta ocurrencia, y tuve la sensación de que existía una compenetración entre nosotros, casi como si adivináramos nuestros mutuos pensamientos e intenciones, como yo jamás la había tenido con otro ser humano. Permitidme aclarar esto, pues sé que diréis: «Un monje y una mujer. ¿Qué saben ellos lo que oculta el corazón y la mente del otro, salvo los aguijonazos del deseo carnal?». Y en cierta medida tenéis razón, ya que ambos estábamos expuestos a la pasión carnal, puesto que éramos pecadores a los ojos de Dios. Pero creo que, precisamente debido a que éramos pecadores —odiosamente vanidosos, desobedientes, obstinados e incluso irreverentes—, debido a que compartíamos tantos pecados, nos veíamos el uno al otro con toda claridad. Teníamos la sensación de conocernos el uno al otro porque nos conocíamos a nosotros mismos.

Baste decir que poseíamos unos temperamentos afines. Una curiosa circunstancia, toda vez que Johanna era la hija analfabeta de un comerciante. Pero Dios es la fuente de unos misterios aún más insondables.

—Encontré unas flores amarillas en el camino —observé cuando me percaté de que dábamos un rodeo para evitar el lugar donde había sido asesinado el padre Augustin—. ¿Las cogisteis vos, o Babilonia?

—Las cogí yo —respondió Johanna—. No creo que visite nunca la tumba del padre Augustin, de modo que las dejé en el lugar donde murió.

—Lo enterramos en Lazet. Podéis visitar Lazet cuando gustéis.

—No.

—¿Por qué? No podéis quedaros aquí en invierno. Podríais trasladaros a Lazet.

—O a Casseras. Queda más cerca.

—Quizá no seáis bien recibidas en Casseras.

—Quizá no nos reciban bien en Lazet. Babilonia no es bien recibida en ninguna parte.

—Me cuesta creerlo. —Al volverme para mirar a Babilonia, que subía por un empinado sendero, me impresionó de nuevo su lozana belleza—. Es muy hermosa, y dulce como una paloma.

—A vos os parece dulce como una paloma. Pero otros la ven como una loba. No la reconoceríais. —Johanna hizo ese comentario con una curiosa ausencia de emoción. Era como si esas transformaciones le parecieran del todo naturales. Pero prosiguió con tono más animado—: Cuando la habéis saludado os habéis comportado como Alcaya. ¡Ojalá todo el mundo fuera amable con ella! Augustin le sonreía como si le doliera la tripa.

—Puede que le doliera. No gozaba de buena salud.

—Babilonia le infundía temor —continuó Johanna, pasando por alto mi comentario—. La quería, pero la temía. En cierta ocasión Babilonia le atacó y yo tuve que quitársela de encima. Augustin se quedó temblando, con los ojos llenos de lágrimas. —De pronto Johanna arrugó el ceño, juntando sus negras cejas y asumiendo un aire severo—. Augustin me dijo que Babilonia estaba maldita debido a nuestro pecado. Yo respondí que era una estupidez. ¿Creéis que Augustin tenía razón, padre?

Deduje que el padre Augustin lo había dicho motivado por el sobresalto y la desesperación, pero respondí con cautela:

—Las escrituras no dicen eso. «¿Por qué andáis repitiendo este proverbio en la tierra de Israel y decís que los padres comieron los agraces y los dientes de los hijos tienen la dentera? Por mi vida, dice Yavé, que nunca más diréis este refrán en Israel.»

—O sea que Augustin se equivocó. Ya lo sabía yo.

—Johanna, no conocemos las intenciones de Dios. Sólo sabemos una cosa: que todos somos pecadores, sin exclusión. Incluso Babilonia.

—Ella no es responsable de sus pecados —replicó la viuda con obstinación.

—Pero el hombre ha nacido en pecado desde que perdió la gracia divina. El propósito de Dios, con respecto a los seres humanos, es que trascendamos este pecado alcanzando la salvación. ¿Pretendéis decirme que Babilonia posee el alma de un animal, que no es humana?

La viuda abrió la boca pero volvió a cerrarla. Parecía estar absorta en sus pensamientos. Puesto que habíamos llegado al último tramo de nuestro camino, y el más empinado, dejamos de conversar hasta alcanzar los pastos que rodean la *forcia*. Entonces, jadeando debido al esfuerzo, Johanna se volvió hacia mí y me miró con expresión grave y apenada.

—Sois un hombre muy sabio, padre —dijo—. Sabía que erais misericordioso y un grato compañero, porque me lo dijo Augustin. Sabía que me caeríais bien antes de conoceros, por la forma como él hablaba sobre vos. Pero ignoraba que poseyerais tanta sabiduría.

—Johanna...

—Es posible que lo que decís sea cierto. Creer que mi hija no es responsable de sus pecados es equipararla a un animal. Pero padre, a veces se comporta como un animal. Emite unos ruidos propios de un animal y trata de despedazarme. ¿Cómo puede aceptar una madre el hecho de que su propia hija quiera matarla? ¿Cómo puede un ser humano yacer en sus excrementos? ¿Cómo puede ser Babilonia responsable de sus pecados si ni siquiera los recuerda? ¿Cómo es posible, padre?

¿Qué podía yo responder? Estaba claro que a juicio del padre Augustin, los infames actos de Babilonia le habían sido infligidos por la presencia de unos demonios, como castigo por los pecados de sus padres. Pero me pregunté si no estaría equivocado. Si el odio que inspiraba al padre Augustin no tendría que ver con su pasada fragilidad moral y física.

—Recordad —dije no sin cierta vacilación—, que Job, pese a ser perfecto y moralmente recto, fue puesto a prueba por Dios y Satanás mediante toda suerte de calamidades. Quizá sea la virtud de Babilonia, y no su pecado, lo que atrae la ira de Dios sobre ella. Quizá la esté también poniendo a prueba.

Johanna me miró con los ojos llenos de lágrimas.

—Ay, padre —murmuró—, ¿creéis que es posible?

—Como he dicho, no conocemos las intenciones del Señor. Sólo sabemos que es bueno.

—Sois un gran consuelo para mí, padre —dijo Johanna con voz trémula, pero sonrió, tragó saliva y se enjugó los ojos con firmeza—. Sois muy amable.

—No era ésa mi intención. —Pero lo era, claro está. Mi corazón albergaba aún la caridad del amor de Cristo, y deseaba que todo el mundo se sintiera dichoso—. Los inquisidores no son amables.

—Es verdad. Pero acaso no seáis un buen inquisidor.

Ambos sonreímos y nos dirigimos hacia la *forcia*. Al llegar, Alcaya me saludó con alegría. Estaba sentada junto al lecho de Vitalia, leyendo a la anciana un pasaje del tratado de san Bernardo. Observé (con tono jovial) que me tranquilizaba verla con el libro de san Bernardo en la mano, en lugar del de Pierre Jean Olieu. Alcaya negó con la cabeza en un gesto de desaprobación y me miró afectuosamente, como una tía.

—Los dominicos detestáis a ese pobre hombre —dijo.

—No al hombre, sino a sus ideas —respondí—. Iba en pos de la pobreza con excesivo ahínco.

—Eso decía el padre Augustin.

—¿Y os mostrabais de acuerdo con él?

—Desde luego, para evitar que se enfureciera cuando le llevaba la contraria.

—¡Pero si os pasabais el día discutiendo! —protestó la viuda.

—Sí, pero él me derrotaba siempre —señaló Alcaya—. Era muy sabio.

—Alcaya —dije, decidiendo exponerle con franqueza mis preocupaciones en lugar de disimularlas bajo una charla presuntamente inocente e intrascendente, como solía hacer—. ¿Sabíais que las obras de Olieu son enjuiciadas muy desfavorablemente por el Papa y muchos hombres importantes de la Iglesia?

Alcaya me miró perpleja.

—Hasta el punto —proseguí— de que poseer un ejemplar equivale a que le tachen a uno de sostener creencias heréticas. ¿No lo sabíais?

Oí a Johanna resoplar, pero no la miré. Observé a Alcaya, que se limitó a sonreír.

—Padre —respondió—, no soy una herética.

—En tal caso, debéis leer otros libros. Y quemar el tratado de Pierre Jean Olieu.

—¡Quemar ese libro! —exclamó Alcaya, con una expresión más divertida que contrariada. A mí me chocó su reacción hasta que me explicó que el padre Augustin le había pedido en varias ocasiones, en el fragor de una discusión, que quemara el tratado—. Le dije: «Padre, este libro me pertenece. Tengo muy pocos libros y los aprecio mucho. ¿Seríais capaz de arrebatarme a mi único hijo?».

—Estáis jugando con fuego, Alcaya.

—Soy una mujer pobre, padre. Conozco los pasajes en que este libro se equivoca, por tanto ¿qué daño puede hacerme? —Tras ofrecerme el tratado de san Bernardo para que lo examinara, lo acarició con afecto, primero las tapas y luego las hojas de pergamino—. Observad lo hermosos que son estos libros, padre. Se abren como las alas de una paloma blanca. Huelen a sabiduría. ¿Cómo podría alguien quemar estos tomos tan bellos e inocentes? Son mis amigos, padre.

¡Dios misericordioso! ¿Qué podía responder yo a esto? Soy un dominico. He dormido estrechando las *Confesiones* de san Agustín contra mi pecho. He llorado al ver desintegrarse las páginas entre mis manos, bajo la cruel condena de la polilla que roe los libros. He besado las Sagradas Escrituras. Cada palabra que pronunció Alcaya hizo que brotaran dulces flores en mi corazón, abundantemente regado aquel día por el amor de Dios.

Y pensé en mis libros (míos pero que al mismo tiempo no lo eran), los que me había dado hace años la orden y algunas personas que me estimaban. Cuando hice los votos mi padre me regaló dos libros: la *Leyenda áurea* de Jacobo de Vorágine, a quien él reverenciaba, y el *Decreto* de Graciano, que consultaba con frecuencia. De uno de los lectores de Carcasona, un hermano muy anciano y sabio llamado Guilabert, recibí un ejemplar del *Ars Grammatica* de Donato (en el que Guilabert había escrito: «Soy viejo, y tú eres mi mejor alumno. Acéptalo, utilízalo con sabiduría y cuando lo hagas reza por mí». Yo apreciaba mucho este libro). Una mujer noble de una de mis parroquias, por la época en que yo era un predicador ordinario, me regaló su *Libro de las Horas*, diciendo que mi elocuencia la había conmovido hasta el extremo de haberse desprendido de muchas de sus pertenencias, y aunque su entusiasmo me turbó, fui incapaz de rechazar el volumen, que estaba decorado y adornado con oro de un modo exquisito.

Por último, el padre Jacques me legó al morir uno de sus libros: *Ad Herennium de arte rhetorica*, de Cicerón. Al pensar en esta obra, y las otras que conservo en mi celda, me sentí avergonzado (como de costumbre) por el carácter posesivo de mi amor por ellos. («Ningún hombre puede servir a dos amos...») Claro está que no eran en realidad míos, pero podría utilizarlos toda mi vida, por lo que los consideraba tan míos como mis pies y mis manos. ¿No es esto un pecado, por ser yo un monje dominico? ¿Acaso mi conducta no es tan censurable como la de Alcaya, que se refería a sus libros como si fueran hijos suyos, hermosos e inocentes?

—Alcaya —dije, y Dios sabe que estaba dispuesto a hacer un inmenso sacrificio—, si me dais vuestro tratado de Pierre Jean Olieu, os daré otro libro a cambio. Os daré la *Vida de san Francisco*, de un libro titulado *Leyenda áurea*, que es una obra infinitamente mejor. ¿Habéis leído la *Leyenda áurea*?

Alcaya negó con la cabeza.

—Pues bien —proseguí—, contiene las historias de muchos santos, entre ellos san Francisco. El cual, como sabéis, estaba casado en cuerpo y alma con Doña Pobreza. ¿Aceptáis esta bendita obra a cambio de la otra? Es de una calidad muy superior.

Hice esa generosa oferta para poner a prueba la fe de Alcaya. Si estaba contagiada de los errores de Olieu, se resistiría a renunciar a su obra por magnífica que fuera la recompensa. Pero cuando le propuse el trato observé que sus ojos reflejaban un intenso gozo, se tocó la boca y luego el pecho.

—¡San Francisco! —exclamó—.¡Ah, yo... qué bendición!

—¿Habéis traído ese libro con vos? —me preguntó Johanna.

—No. Pero ordenaré que lo envíen aquí. Lo recibiréis antes de que parta de Casseras. Vamos —añadí, apoyando las manos en el hombro de Alcaya e inclinándome para mirarla a los ojos—. Entregadme el libro de Olieu para que pueda dejar de preocuparme. ¿Queréis hacerme este favor? Os ofrezco el libro de mi padre, Alcaya.

Para mi profunda sorpresa Alcaya me acarició una mejilla, con lo que me aparté con brusquedad. Más tarde el prior Hugues me amonestó por haber permitido que ocurriera, diciendo que mi talante cordial, incluso afectuoso, había inducido a la anciana a llevar a cabo ese gesto tan íntimo.

Sea como fuere, el caso es que me acarició la mejilla y sonrió.

157

—No es necesario que me deis el libro de vuestro padre —dijo Alcaya—. Si este otro libro os inquieta, os lo regalo encantada. Sé que obráis de buena fe, pues habéis sido iluminado por los rayos de la sabiduría celestial.

Como podéis imaginar, no supe qué responder. Pero no tuve que hacerlo, porque en aquel momento Babilonia (que estaba fuera de la casa) emitió un grito espeluznante.

—¡Mamá! —gritó—. ¡Esos hombres! ¡Han venido esos hombres, mamá!

No recuerdo haberme movido. Sólo recuerdo que salí apresurado a la explanada y me dirigí hacia Babilonia, que corría de un lado para otro como un conejo enjaulado. Por fin la atrapé y la sujeté, mientras ella me recompensaba cubriéndome de mordiscos y arañazos.

—Cálmate —dije—. Cálmate, hija mía. No dejaré que esos hombres te hagan daño. Vamos, cálmate.

—Mamá está aquí, tesoro —dijo Johanna cuando se acercó a nosotros. Trató de abrazar a su hija, pero Babilonia se apartó con brusquedad. De pronto empezó a oscilar en mis brazos, moviendo la cabeza y emitiendo unos ruidos extraños, unos ruidos semejantes al lenguaje demoníaco. Su fuerza me asombró. Yo apenas tenía fuerza en mis brazos para sujetarla, aunque era menuda y delgada.

Se puso a gritar de nuevo. Gritaba como un alma condenada, y cuando la miré a la cara vi un rostro totalmente distinto, congestionado y contraído en una mueca, que mostraba una lengua azul entre los dientes, que no dejaba de entrechocar, con los ojos túmidos y las venas hinchadas. Vi el rostro de un diablo, y me asusté tanto que blasfemé (de lo cual me avergonzaré eternamente), con lo cual Babilonia empezó a repetir la blasfemia a una velocidad sobrenatural.

—¡Soltadla! —gritó Alcaya—. ¡Le tenéis miedo, padre, soltadla!

—¡Os lastimará! —protesté.

—¡Soltadla!

El caso es que no tuve otro remedio, pues en aquel preciso instante uno de mis sargentos nos separó. Aunque no había reparado en su presencia, mis guardaespaldas habían llegado a la *forcia;* habían sido recibidos por unos gritos feroces y me habían visto forcejear con una fiera, con el rostro blanco como la cera bajo los arañazos sanguinolentos.

No es de extrañar que reaccionaran con innecesaria fuerza.

—¡Soltadla! ¡Os lo ordeno! ¡Basta! ¡Soltadla! ¡Basta ya! —Estaba furioso, pues habían arrojado a Babilonia al suelo y uno de los soldados (un individuo corpulento y de maneras toscas) estaba arrodillado sobre su espalda. Después de apartar a mis escoltas, propiné a ese soldado un tremendo empujón y lo derribé al suelo. Os aseguro que de haber previsto éste mi agresión, jamás habría conseguido derribarlo.

—¡Ay, cariño! ¡Cariño mío! Cristo está aquí. Jesús está aquí. —Alcaya se arrojó junto a la joven, que seguía postrada en el suelo, y le acarició la cabeza cubierta de polvo y ensangrentada—. ¿No notas su dulce sabor? ¿No sientes su abrazo? Bebe su vino, cariño, y olvida tus cuitas.

—¿Está herida? —pregunté, inclinándome sobre esa extraña pareja, tratando de comprobar el estado de Babilonia, cuando sentí unas manos que me obligaron a retirarme. De nuevo tuve que ordenar a mis soldados, que se afanaban en protegerme, que me soltaran—. Haced el favor de soltarme. No me ocurrirá nada malo. ¡Mirad!

Señalé a la desdichada joven que yacía a mis pies, inmóvil y gimiendo con los ojos cerrados. El sargento que estaba a mi lado la contempló como si contemplara una serpiente muerta.

—¿Lo hizo ella, padre?

—¿A qué te refieres?

—¿Asesinó al padre Augustin?

—¿Que si asesinó...? —Tardé unos momentos en comprender—. ¡Imbécil! —le espeté. Luego me volví de nuevo a Alcaya y repetí—: ¿Está herida? ¿La han lastimado?

—No.

—Lo lamento mucho.

—No tenéis la culpa —dijo Johanna—. Pero creo... disculpadme, padre, pero creo que es mejor que os retiréis.

—Sí —convino mi escolta—. Venid con nosotros. Esa loca es capaz de arrancaros los ojos.

De modo que me fui sin más preámbulos. Pensé que era lo

mejor, aunque lamenté que mi partida se hubiera producido a raíz de un incidente tan lamentable. Al abandonar la explanada me volví y vi a Babilonia de nuevo en pie; no gritaba ni forcejeaba, sino que permanecía inmóvil, como una mujer en posesión de sus facultades, lo cual me tranquilizó. Vi a Johanna alzar la mano para despedirse de mí, lo cual también me tranquilizó. (El recuerdo de ese gesto, titubeante y de disculpa, quedó grabado mucho tiempo en mi memoria.) Alcaya parecía haber olvidado mi existencia, pues ni siquiera levantó la vista cuando me marché.

En otras circunstancias, habría regañado a mis guardaespaldas durante todo el camino hasta Casseras, ganándome su hosca antipatía. Pero al principio me sentí demasiado conmocionado para hablar. No dejaba de pensar en la transformación de Babilonia y en las fuerzas satánicas que sin duda la habían desencadenado. Luego, cuando pasamos frente al lugar donde Johanna había depositado las flores, la paz de Dios penetró de nuevo en mi alma. Me serenó y silenció; yo era una oveja junto a un lago de aguas plácidas. Por tanto, expulsa la tristeza de tu corazón, me dije, y extirpa el mal de tu carne. ¿Quién sabe lo que le conviene a un hombre en esta vida, el cual pasa todos los días de su vana existencia como una sombra?

—Amigos míos —dije a los hombres que me escoltaban a caballo—, deseo proponeros un trato. Si olvidáis contarle al senescal que visité la *forcia* solo, me abstendré de decirle que ninguno de vosotros hizo nada para impedírmelo. ¿Os parece justo?

Les pareció más que justo. Mi propuesta aplacó al instante sus temores y se mostraron más animados. Durante el resto del trayecto, conversamos sobre temas agradables como comida, gente loca y heridas que habíamos visto alguna vez.

Y ninguno adivinó que mi corazón añoraba a las personas que habíamos dejado atrás.

Los que estáis fatigados y cargados

$\mathcal{M}$e quedé con el padre Paul dos días.

El primer día, después de abandonar la *forcia*, fui a Rasiers y hablé con el preboste. Era un hombre arrogante con una forma de comportarse pomposa, pero me ofreció una pormenorizada descripción de su investigación de la muerte del padre Augustin, una investigación que, a fuer de ser sincero, reconozco que había llevado a cabo de forma impecable. Luego regresé a Casseras para entrevistar a los dos muchachos, Guillaume y Guido, sobre el hallazgo de los restos. Aunque intuí que sus padres se alarmaron al verme conversar con los chicos, éstos se mostraron deseosos de complacerme, porque yo había tenido la precaución de armarme de tortas y confites, preparadas a instancias mías en las cocinas del priorato. Al poco rato me abordaron todos los aldeanos más jóvenes, que me aguardaban en sus portales o me observaban a través de las ventanas. Pero yo no me opuse a esta persecución, pues los niños no son unos expertos mentirosos. Si uno es paciente y amable, y está dispuesto a confesar su asombro, consigue averiguar muchas cosas de los niños. A menudo éstos se percatan de detalles que escapan a la atención de los adultos.

Por ejemplo, después de interrogarles sobre los movimientos del padre Augustin y sus escoltas, les pregunté si habían pasado otros extraños por la aldea. ¿Habían visto a unos hombres ataviados con hábitos azules? ¿A unos hombres que quizá vivían en el bosque y habían acudido a la aldea por la noche? ¿No? ¿Y a unos hombres armados montados a caballo?

—Vino el senescal —dijo Guillaume, que resultó ser un chico muy listo—. Vino con sus hombres.

—Ah, sí.

—Nos hizo la misma pregunta. Reunió a toda la aldea y nos preguntó: «¿Habéis visto a unos hombres armados montados a caballo?».

—¿Y qué respondisteis?

—Que no.

—Nadie los había visto.

—Excepto Lili —observó uno de los niños más jóvenes, y Guillaume frunció el ceño.

—¿Qué historias son ésas, Lili? —preguntó, dirigiéndose a una niña pequeña con el pelo oscuro y rizado.

Pero Lili se limitó a mirarle sin comprender.

—Vio a un hombre con unas flechas —se apresuró a asegurarnos el amigo de Lili—. Pero no vio ningún caballo.

—¿Unas flechas? —De nuevo, Guillaume se encargó de interrogar a la testigo—. ¿Dónde ocurrió eso, Lili? ¡Debiste decírselo al senescal!

—Pero ella no vio ningún caballo. El senescal nos preguntó si habíamos visto unos caballos.

—¡No seas idiota, Prima! ¡Eso no importa! ¿Cuándo viste a ese hombre, Lili? ¿Qué aspecto tenía? ¿Portaba una espada, Lili? —En vista de que la pequeña se negaba a responder, Guillaume se enojó con ella—. ¡Esa estúpida no ha visto nada! Se lo ha inventado.

—Acércate, Lili. —Después de dejar que Guillaume la interrogara, suponiendo que la niña quizá respondiera con más franqueza a un amigo suyo, decidí que no tenía nada que perder interrogándola yo mismo—. Tengo algo para ti, Lili. ¿Ves? Un delicioso pastelito de fruta. Tiene nueces. ¿Te gusta? ¿Sí? Tengo otro... ¿Estará aquí? No, aquí no hay nada. ¿Quizás en mi manga? ¿Quieres que miremos? No. Quizá lo encontremos si vamos al lugar donde viste al hombre con las flechas. Es posible que esté allí. ¿Quieres llevarme allí? ¿Sí? Andando, pues.

Así pues, salí de la aldea llevando de la mano a una niña de tres años, seguido por multitud de niños. Me acompañaron hasta el límite de un trigal, más allá del cual se alzaba una colina pedregosa y cubierta de matojos, buena parte de la cual estaba despojada de árboles. No obstante, había suficientes árbo-

162

les para permitir a un asesino pasar cerca de Casseras sin que nadie detectara su presencia, salvo una niña demasiado pequeña para que éste la detectara a ella.

Examiné la zona que Lili identificó, fingiendo encontrar ahí una almendra garrapiñada. La niña la aceptó sin darme las gracias, pero se negó a responder cuando le pregunté la fecha y la hora en que había visto al extraño.

—Lili me lo contó hace tiempo —me informó Prima.

—¿Cuánto tiempo?

—Mucho... varios días...

—Debió de ser antes de que halláramos al padre Augustin —intervino Guillaume—, porque desde entonces nuestros padres no nos dejan salir de la aldea.

Como he dicho, Guillaume era un chico muy listo.

—¿Sentiste miedo cuando viste a ese hombre, Lili? —pregunté. La niña negó con la cabeza—. ¿Cómo es que no sentiste miedo? ¿Acaso ese hombre te sonrió? ¿Le conocías? —La niña volvió a negar con la cabeza y yo empecé a perder toda esperanza de sonsacarle una frase coherente—. Creo que a esta niña se le ha comido la lengua el gato. ¿Puedes hablar, Lili, o se te ha comido la lengua el gato?

La niña respondió enseñándome la lengua.

—¡Ya recuerdo! —exclamó Prima de repente—. ¡Lili me dijo que había visto a uno de los soldados del padre Augustin! ¡Pero yo le dije que mentía, porque ya habían partido para la *forcia*!

—¿Te refieres a que eso ocurrió el mismo día?

—Sí.

—Mírame, Lili. ¿Iba ese hombre manchado de sangre? ¿No? ¿No había manchas de sangre? ¿De qué color tenía el pelo, negro? ¿Castaño? ¿Y su túnica? Mírame, Lili.

Pero mi tono era demasiado perentorio; la niña empezó a hacer pucheros y se puso a berrear. Que Dios me perdone, pero sentí deseos de propinarle un bofetón.

—Es una estúpida —dijo Guillaume, compadeciéndose de mí—. Dadle otra almendra garrapiñada.

—¡Y a mí! ¡Y a mí!

—¡Y a mí también!

Después de dedicar mucho tiempo y esfuerzos, conseguí averiguar que el hombre armado tenía el pelo negro, lucía una túnica verde y una capa azul. Cuando pregunté si había llegado a Casseras aquel día por la mañana montado a caballo junto con el padre Augustin, Lili no supo responder. Comprendí que la niña no sabía distinguir a un hombre armado de otro.

No obstante, había logrado ampliar en gran medida la suma de datos recabados. Y me sentí satisfecho, profundamente satisfecho, de que ninguno de los guardaespaldas del padre Augustin hubiera sido visto ataviado con una túnica verde o portando un carcaj con flechas. Deduje que el hombre que había sido visto junto al trigal no era un familiar, y por tanto podía haber sido un asesino, aunque no podía estar seguro sobre ese extremo.

Ni siquiera lo estoy ahora, pues después de analizar con detenimiento el asunto, no pude hallar más datos. Aunque pedí a los padres de Lili que interrogaran ellos mismos a la niña, eran gentes sencillas, analfabetas como su hija, y comprendí que no me serían de mucha ayuda. Sus vecinos tampoco me contaron ninguna habladuría o conjetura que pudiera servirme; tal como había comprobado Roger Descalquencs, los habitantes de Casseras no habían visto nada, no habían oído nada ni sospechaban nada. Por lo demás, se consideraban unos buenos católicos, y ensalzaban al padre Augustin por haberse abstenido de meter las narices en sus asuntos. Como es natural, demostré un gran tacto y discreción en mis interrogatorios; hasta me detuve a escuchar junto a algunas contraventanas cerradas. Pero al cabo de dos días de intentar congraciarme con todos los habitantes de Casseras, con amabilidad, golosinas y alguna que otra prudente promesa, mi único triunfo seguía siendo la confusa descripción de Lili, de la que no podía fiarme. No detecté rastro alguno de herejía (si descontamos, como suelo hacer, las interminables quejas sobre los impuestos). Nadie hizo ninguna falsa acusación, lo cual me sorprendió, pues es raro investigar una aldea sin inducir cuando menos a un habitante a difamar a su enemigo o enemiga con una mentira aduciendo que se niega a comer carne o que durante la misa escupe la hostia consagrada.

Así pues, aunque mis esperanzas se vieron frustradas, no dejé que esto me desalentara. Tuve la sensación de que el inmenso resplandor del amor divino que había inflamado mi corazón en aquella ladera cubierta de rocío, había dejado unos cálidos rescoldos que iluminaban los oscuros entresijos de mi alma, impidiendo que mi ánimo se hiciera áspero y frío. Os aseguro que dediqué el doble de tiempo a meditar sobre mi comunión mística con Dios que a mi investigación de Casseras; con todo, esa bendita distracción no nubló mi mente, sino que le procuró mayor claridad, fuerza y perspicacia.

Confieso que también pensé mucho en las mujeres de la *forcia*, lo cual no fue tan encomiable. Incluso envié a uno de mis guardaespaldas a Lazet a llevar la *Leyenda áurea* (o cuando menos el códice que versaba sobre san Francisco), que no pude entregar personalmente a Alcaya, pues no quería invadir de nuevo la paz de Babilonia con mis numerosos y torpes escoltas. Así pues, dejé el libro al padre Paul, y le obligué a prometerme que lo llevaría a la *forcia* tan pronto como pudiera. Dentro del libro escribí: «Confío en que las enseñanzas de san Francisco os guíen como una estrella y os consuelen en los momentos aciagos. Espero veros en Lazet este invierno. Que Dios os bendiga y proteja. Volveréis a tener noticias mías».

Como es lógico, empleé la lengua vulgar al escribir esta nota, confiando en que Alcaya la leyera a sus amigas.

Cuando regresé a Lazet, comprobé que se habían producido numerosas novedades durante mi ausencia. La cabeza cortada había llegado, y pese a su avanzado estado de putrefacción, había sido identificada como perteneciente al padre Augustin. Por consiguiente, el prior Hugues había ordenado que se diera sepultura a los restos a la mayor brevedad, y se celebró un modesto entierro y funeral. El caballo del obispo también había llegado, para satisfacción de su dueño. Roger Descalquencs había recibido un informe, de uno de los castellanos locales, en el que le comunicaba que dos niños de Bricaux habían visto a un extraño bañándose desnudo en el río de la localidad, pero habían huido despavoridos cuando éste los había amenazado esgrimiendo una espada. Según los niños, había un caballo atado a un árbol cercano, pero no habían visto a otros hombres.

Había sido difícil establecer con certeza la fecha de ese hecho, pero el senescal estaba convencido de que había ocurrido el día de la muerte del padre Augustin. La descripción del hombre que habían visto los niños también era un tanto imprecisa. «Alto y peludo, con unos dientes enormes y los ojos rojos», según dijo Roger. No obstante, la remitió a todos los funcionarios reales de la región, junto con la descripción de Lili del hombre que había visto cerca del trigal. Yo no estaba muy convencido de la utilidad de una *effictio* tan incompleta, pero Roger se sentía muy complacido.

—Poco a poco —dijo—. Paso a paso. Sabemos que eran al menos tres hombres: uno se dirigió a través de las montañas hacia Cataluña; otro se dirigió hacia el este, hacia la costa; y el otro se dirigió hacia el norte. El que se dirigió al norte era alto y peludo. El que se dirigió al este abandonó su caballo...

—Abandonó el caballo del obispo —le corregí—. ¿Iba montado en su propio caballo? Lili no vio ningún caballo. ¿Se parecía el caballo atado junto al río al del obispo, o llegaron los asesinos a Casseras a pie y partieron montados en unos caballos robados?

Roger frunció el ceño.

—Atacar a cinco hombres montados... —murmuró—. Sería muy peligroso, a menos que el agresor no fuera también montado.

—Llevaban flechas —señalé.

—Aun así...

Entonces expuse al senescal mi teoría sobre un posible traidor entre los escoltas del padre Augustin. Convinimos en que, distraídos por un ataque procedente de fuera de sus filas, los honestos familiares quizá no se percataran de la amenaza existente dentro de las mismas, hasta que fue demasiado tarde. Pudieron haber sido apuñalados por la espalda. Y en esas circunstancias, es posible que los asesinos hubieran conseguido atacarlos sin ayuda de unos caballos.

—Tenéis la mentalidad de un bandido, padre —comentó Roger con tono de admiración—. Eso lo explicaría todo. Dadme una detallada descripción de los dos hombres de quienes sospecháis, Jordan y Maurand, según creo recordar que se llaman. Dadme una descripción pormenorizada y avisaré a todas las personas que pueda.

—Debemos investigar sus últimos movimientos, las personas con quienes hablaron por última vez, las casas que frecuentaron...

—Exactamente. —El senescal me dio unas palmadas en los hombros en un gesto de camaradería—. Interrogad a sus compañeros, y si os facilitan algunos nombres, notificádmelos.

Esto supuso para mí otra onerosa tarea, en unos momentos en que el Santo Oficio de Lazet prácticamente había dejado de funcionar. Por fortuna, recibí recado del obispo Anselm comunicándome que el inquisidor de Francia había sido informado de la muerte del padre Augustin y buscaba con diligencia un sustituto. Yo sabía que sería una labor lenta y ardua, debido a la trágica suerte que había corrido mi difunto superior; es más, tenía escasa esperanza de recibir ayuda antes de fin de año. Pero me tranquilizó saber que alguien se ocupaba del asunto y que mi situación era conocida por personas de alto rango capaces de resolverla.

Supongo que estaréis de acuerdo en que, debido a mis numerosas ocupaciones, hice bien en negar a Grimaud Sobacca la entrevista que me solicitó la mañana siguiente a mi regreso de Casseras. ¿Os acordáis de Grimaud? Era el familiar a quien el padre Jacques confiaba ciertas misiones ingratas, el hombre que había difamado erróneamente a Johanna y a sus amigas tachándolas de «herejes». Por consiguiente, me negué a recibirlo y le impedí la entrada en el Santo Oficio.

Pero Grimaud, con su habitual persistencia, me abordó por la calle cuando yo regresaba al priorato.

—¡Señor! —dijo—. ¡Debo hablar con vos!

—No me interesan vuestras mentiras, Grimaud. Apartaos de mi camino.

—No se trata de mentiras, señor. Sino de lo que he oído. Os doy mi palabra de que me daréis las gracias por esta información.

Aunque me resisto a dignificar a este repugnante individuo con una *effictio*, creo que esa descripción puede servir para ilustrar la perversidad de su alma, pues su aspecto era tan repelente como su degradación moral. Su piel grasosa y purulenta, su nariz de color violáceo y su corpulencia indicaban glotonería, intemperancia, exceso. La flaccidez de su cuerpo era fruto de la pereza; la envidia le hacía expresarse con voz plañidera. Era como el ibis, que se limpia los intestinos con el pico.

—Señor —exclamó cuando me disponía a pasar de largo—. ¡Tengo noticias sobre la muerte del padre Augustin! Debo hablar con vos en privado.

Al oír esas palabras, naturalmente tuve que acceder a sus deseos, pues no quería hablar del asunto en un lugar donde alguien pudiera oírnos. De modo que le llevé al Santo Oficio, le senté en la habitación de mi superior y permanecí de pie junto a él, en actitud amenazadora.

—Si no estuviera tan ocupado, Grimaud, os arrestaría por haber levantado falso testimonio —dije—. Esas mujeres de Casseras no son unas herejes, ni lo fueron nunca. De modo que si estuviera en vuestro lugar, me lo pensaría dos veces antes de volver a difamar a alguien, porque la próxima vez no tendré ninguna misericordia con vos. ¿Me habéis entendido?

—Sí, señor —respondió aquel desvergonzado—. Pero sólo pretendo deciros lo que he oído.

—En tal caso tenéis los oídos llenos de estiércol —le espeté. Grimaud se echó a reír a mandíbula batiente, pensando que con esa muestra de aprecio por mi ingenio iba a congraciarse conmigo—. ¡Silencio! Dejad de rebuznar y decidme lo que sabéis.

—Señor, hace dos días un amigo mío estuvo en Crieux, en la hostería de esa población, y vio al padre, al hermano y al sobrino de Bernard de Pibraux sentados a la mesa junto a la suya. Al pasar, los oyó hablar. El padre, Pierre, dijo: «Es inútil. Matas a uno y envían a otro de París». Entonces el sobrino replicó: «Pero al menos hemos vengado a mi primo». Y Pierre dijo: «Calla, imbécil, tienen espías en todas partes». Tras lo cual guardaron silencio.

Después de transmitirme esa información, Grimaud guardó también silencio, y me observó con aire expectante. Parecía un perro sentado debajo de una mesa, esperando que le eches un hueso. Yo crucé los brazos.

—¿Esperáis que os pague por eso? —pregunté. Grimaud arrugó el ceño.

—¡Pero, señor, dijeron «París envía a otro»!

—¿Quién es ese «amigo» al que os habéis referido, Grimaud?

—Un hombre llamado Barthelemy.

—¿Dónde puedo dar con él?

—En el hospital de Saint Etienne. Trabaja de cocinero allí.

Su respuesta me sorprendió, pues suponía que Grimaud me diría que el susodicho Barthelemy había emprendido una peregrinación o había muerto debido a unas fiebres. Pero entonces pensé que éste quizás había accedido a respaldar el testimonio de Grimaud a cambio de una parte de la recompensa, especialmente si ignoraba el castigo infligido por haber mentido.

Por otra parte, existía la posibilidad, aunque remota, de que la historia fuera cierta. Grimaud, aunque mentía, no era siempre un embustero. De ahí la dificultad de rechazar de plano todas sus afirmaciones (sobre todo dado que Pierre de Pibraux figuraba en mi lista de sospechosos).

169

—Hablaré con vuestro amigo y con el mesonero de Crieux —dije—. Si compruebo que lo que me habéis dicho es verdad, recibiréis una recompensa

—¡Gracias, señor!

—Volved dentro de dos semanas.

—¿Dos semanas? —preguntó Grimaud con expresión horrorizada—. Pero señor... dos semanas...

—Estoy muy ocupado.

—Pero necesito que me ayudéis ahora...

—¡Estoy ocupado, Grimaud! ¡No puedo perder el tiempo con vos! ¡No dispongo de tiempo! ¡Marchaos y regresad dentro de dos semanas!

Confieso que alcé la voz, y mis amigos os dirán que no suelo perder la ecuanimidad de esa forma. Pero estaba abrumado por el cúmulo de trabajo que me aguardaba. Para empezar, tenía que investigar a Jordan y Maurand, los dos guardaespaldas sospechosos, además de sus hábitos y amistades. Tenía que entrevistar a Bernard de Pibraux, a sus tres jóvenes amigos, a su padre y a su hermano. Raymond Maury, el panadero, había sido citado para que compareciera ante mí al día siguiente, y yo no había preparado esa entrevista, ni mi interrogatorio a su suegro. En cuanto a los otros posibles sospechosos (como Bruna d´Aguilar), no me había ocupado de ellos. Raymond Donatus y Durand Fogasset no cesaban de pedirme que les diera trabajo, mientras que el hermano Lucius permanecía de brazos cruzados. Pons, el carcelero, me había informado de que uno de los aldeanos de Saint-Fiacre había muerto, y que otros estaban enfermos; dijo que era frecuente que se produjeran muertes en una prisión tan abarrotada como la nuestra. ¿Cuándo iba a interrogar a los presos de Saint-Fiacre?

No pude responder. No lo sabía. Supuse que me vería obligado a nombrar a uno de mis hermanos vicario, aunque dado que yo mismo era vicario, no tenía autoridad para hacerlo. Si el obispo Anselm hubiera sido como el obispo Jacques de Pamiers, le habría convencido de que estableciera una inquisición episcopal, pero no tenía ninguna esperanza de obtener una ayuda eficaz del obispo Anselm. Lo cierto era que estaba desesperado, y no sólo debido al trabajo que se extendía ante mí como una selva.

Me sentía profundamente acongojado, pues el prior Hugues me había amonestado con palabras ásperas a propósito de mi estancia en Casseras.

A mi regreso de Casseras, acudí al prior y solicité una entrevista con él. Sobre todo deseaba informarle de la experiencia transformadora y sublime que me había sobrevenido en la colina. Deseaba preguntarle cómo podía purificar más mi alma, y qué pasos debía seguir para alcanzar de nuevo ese exaltado estado. Es posible que no lograra describir esa experiencia con acierto, pues el prior se mostró preocupado por el papel de Johanna en lo que denominó «un episodio lascivo».

—Decís que esa mujer os sonrió y sentisteis que vuestro corazón se llenaba de amor —dijo el prior con tono de censura—. Hijo mío, temo que fuisteis presa de las pasiones carnales.

—Pero era un amor que lo abarcaba todo. Yo amaba todo cuanto veía.

—Amabais la creación.

—Sí. Amaba la creación.

—¿Y qué dijo san Agustín sobre el amor? «Es cierto que Él lo creó todo sumamente bien, pero mi bien es Él, no la creación.»

Este comentario me hizo reflexionar, y al observar mi consternación, el prior continuó:

—Habláis de las flores que calmaron vuestros temores con su belleza y su perfume. Habláis de la música que os cautivó, y del panorama que os deleitó. Hijo mío, ésos no son sino gozos sensuales.

—¡Pero me condujeron a Dios!

—Citaré de nuevo a san Agustín: «Amad, pero tened cuidado con lo que amáis. El amor de Dios, el amor de nuestro prójimo, se llama caridad; el amor del mundo, el amor de la vida terrenal, se llama concupiscencia».

Pero yo no estaba dispuesto a aceptarlo.

—Padre —dije—, si vamos a citar a san Agustín, debemos tener en cuenta todo lo que dijo. «Dejad que el amor arraigue en vosotros, pues de esa raíz no puede brotar nada malo»; «Comoquiera que aún no habéis visto a Dios, os ganáis su visión a base de amar al prójimo».

—Hijo mío, hijo mío. —El prior alzó la mano—. Contened vuestra vehemencia.

—Perdonadme, pero...

—Sé qué autoridades apoyarían vuestro argumento. San Pablo dice: «Lo primero no es lo espiritual, sino lo animal, y luego viene lo espiritual». San Bernardo dice: «Puesto que somos carnales y nacemos de la concupiscencia, nuestra concupiscencia o amor comienza por la carne, y una vez satisfecho, nuestro amor avanza por determinadas etapas, impulsado por la gracia, hasta consumarse en el espíritu». Pero ¿qué otra cosa dice san Bernardo? Dice que, cuando buscamos al Señor en la contemplación y la oración, con agotadores esfuerzos, con torrentes de lágrimas, Él se hace finalmente presente al alma. ¿Dónde estaban vuestros esfuerzos, Bernard? ¿Dónde estaban vuestras lágrimas?

—No hubo —reconocí—. Pero creo que Dios me concedió la

171

bendición de su amor divino para propiciar en mí esos esfuerzos. Al permitir que probara su dulzura, hizo que ansiara más.

El prior rezongó.

—Padre —proseguí al observar que éste no estaba convencido—. He experimentado esa ansia. Soy mejor gracias a lo que vi y sentí. Soy más humilde. Más caritativo...

—Vamos, Bernard, ambos sabemos que eso no significa nada. Incluso Andreas Capellanus señala que el amor profano puede ennoblecernos. ¿Qué dice exactamente? ¿Que el amor hace que el hombre resplandezca con numerosas virtudes y confiere a todas las personas, por humildes que sean, numerosas cualidades de carácter?

Me divirtió comprobar que mi viejo amigo había leído en un determinado momento de su vida *El arte del amor cortesano*, y que hasta había aprendido de memoria algunos pasajes. Yo no conocía esa obra, pues no suele encontrarse entre frailes dominicos.

—No he consultado esa autoridad, padre —respondí no sin 172 cierta ironía—. Pero en cierta ocasión oí una canción, que decía así:

Todo cuando me pide Venus
lo hago con una erección,
pues alegra el corazón del hombre
y evita que sea presa de la desazón.

—¡Qué descaro, padre —me reprendió el prior Hugues—. Sois irreverente, Bernard. Hablamos del amor, no de los excesos carnales.

—Lo sé. Os pido disculpas. Pero padre, hace años amé a mujeres (lo cual lamento) y ninguna bañó mi corazón con el esplendor divino. Eso fue distinto.

—Porque la mujer era distinta.

—¿Tan poco respeto os merece mi criterio, padre?

—¿Y a vos el mío? Habéis acudido a mí, Bernard, y os he dado mi opinión: si hay una mujer implicada en este asunto, corréis peligro. Todos los maestros de la Iglesia nos advierten esto. Ahora bien, si pretendéis desobedecer vuestros votos de obediencia y contradecir mi opinión, os recomiendo que acudáis a una autoridad superior. Buscad los síntomas del amor divino y profano, aprended a distinguirlos. Consultad al Doctor Angélico. Consultad las *Etimologías*. Luego postraos ante Dios, cuyas bendiciones no sois digno de recibir debido a vuestra arrogancia de espíritu.

Después de echarme esa reprimenda, el prior me impuso varios ejercicios penitenciales y me ordenó que me retirara. Confieso que fue un momento amargo. En lugar de comer cenizas y abrazar estiércol, como debí hacer, sentía una obstinada rebeldía; las flechas de la cólera se habían clavado en mí y mi espíritu había bebido su veneno. Durante un tiempo, me sentí furioso. Mis hermanos me evitaban porque mi furia me transformaba en un basilisco; mi voz, aunque no la levantaba nunca, era capaz de abrasar y lastimar. Cumplía mis penitencias con evidente desdén. Estaba convencido de que el prior había convertido el criterio en hiel y la justicia en cicuta.

Como es natural, recé, pero mis oraciones eran senderos resbaladizos en la oscuridad. Consulté las autoridades que me recomendó el bibliotecario, pero con el fin de desacreditar al prior y demostrar la justicia de mi causa. No obstante, cuanto más leía más dudaba del auténtico carácter de aquel momento en la colina. Cuando estudiaba teología, lo hacía... ¿cómo expresarlo?... de forma objetiva y teórica. Aunque había considerado la unión del alma con Dios y otras cuestiones relacionadas con esto, saber intelectualmente que estar presente en Dios es no ser nada en uno mismo, renunciar a todo cuanto nos distingue..., saber esto intelectualmente es distinto a experimentarlo en el corazón. Dicho de otro modo, me pareció leer con otros ojos que, para morar en Dios, es preciso renunciar a uno mismo y a todas las cosas, inclusive los seres que existen en el tiempo o la eternidad; que no debemos amar este u otro bien, sino el bien del que emana todo. Utilizar esos conocimientos para interpretar un incidente que ocurre en nuestra vida constituye una experiencia increíble. (Anteriormente, yo solía utilizar mis conocimientos filosóficos y teológicos con el mero fin de debatir ciertas proposiciones con interlocutores eruditos.) Era como tomar declaración a un testigo, y compararlo con los errores anatemizados en un decreto papal. Tuve que preguntarme: ¿había renunciado verdaderamente a mí mismo y a cuanto me rodeaba? ¿Estaba mi alma disuelta por completo en Dios?

A medida que mi furia se disipó, comprendí lo que debí haber comprendido desde el principio (sé que os disgustará mi fatuidad): que hacer las afirmaciones que yo había hecho era peligroso. Cabe preguntarse cómo habría juzgado yo, en calidad de inquisidor de la depravación herética, semejante historia si me la hubieran presentado como prueba de creencias heréticas. ¿Acaso no me habría preguntado qué infame insolencia se había apoderado de un hombre que afirmaba haber experimentado la comunión con Dios, aunque nada en su vida ni su obra parecía justificar tamaña beatitud?

Sentía una gran desazón. Sumido en la incertidumbre, era como una hoja al viento, arrastrado de acá para allá. Recordaba la infinita alegría que había sentido en la colina, convencido de que mi alma había alcanzado a Dios. Luego seguía leyendo, y empezaba a dudar. Reflexioné sobre el viaje de san Pablo a Damasco: reflexioné sobre la luz que resplandecía a su alrededor, y la voz que le habló, y el hecho de que, cuando se despertó, no vio nada. Muchos maestros aseguran que en esa nada, Pablo vio a Dios, porque Dios es la nada. Dionisio escribió a propósito de Dios: «Él está por encima del ser, por encima de la vida, por encima de la luz». En las *Jerarquías celestiales*, dice: «Quien habla de Dios a través de una sonrisa habla de él de forma impura, pero quien habla de Dios utilizando el término "nada" habla de él atinadamente». Por tanto, cuando el alma se une con Dios y entra en un rechazo puro de sí misma, halla a Dios en la nada.

De modo que me pregunté: ¿fue eso lo que hallé en la colina? ¿La nada? Tenía la sensación de haber hallado el amor, y todos sabemos que Dios es amor. Pero ¿qué clase de amor? Y si en efecto había experimentado el amor de Dios, en tal caso, dado que lo había experimentado (pues creo que durante todo ese episodio fui consciente de mi ser), yo no había llegado a ser informe, formado y transformado en la divina uniformidad que nos convierte en parte de Dios. ¡Qué confundido me sentía! Rogué a Dios que me iluminara, pero mi ruego no obtuvo respuesta. Rogué experimentar la gracia de la presencia de Dios, pero no sentí el amor divino, en todo caso no ese amor que me había llenado en la colina. Pasé muchos ratos postrado de rodillas, pero quizá no los suficientes; mis deberes interferían con mi búsqueda espiritual. La paz se había desvanecido de mi alma. Abrumado por el trabajo, censurado por mi superior, espiritualmente desazonado, no conseguía descansar de día ni de noche. Al igual que Job, no cesaba de revolverme en mi cama hasta que despuntaba el día.

En cierta ocasión pasé toda la noche postrado de rodillas ante el altar, ansioso de alcanzar a Dios. No me moví, y al cabo de un rato sentí un gran dolor, que le ofrecí al Señor. Le supliqué que me convirtiera en un instrumento de su paz. ¡Con qué afán, con qué pasión trataba de renunciar a mí mismo! ¡Con qué intensidad anhelaba sentir a Dios en mi corazón! Pero cuanto más desesperadamente lo buscaba, más distante me parecía, hasta que por fin tuve la impresión de estar solo en la creación, alejado del amor que configura todo amor, y lloré desesperado. «Dios mío, Dios mío, ¿por qué me has abandonado?» Me sentía como una oveja descarriada, una oveja indigna, pues incluso en los abismos de mi desesperación puse en tela de juicio la infinita misericordia del Señor. ¿Por qué me había permitido experimentar su amor divino en la colina, cuando yo no había hecho nada para merecerlo, y entonces me lo negaba, cuando se lo suplicaba con fervor?

Creo que estaréis de acuerdo en que esa búsqueda demuestra lo lejos que me hallaba de mi meta. Yo era sin duda indigno, pues estoy muy lejos de ser un místico, y mi discernimiento es limitado. Incluso me atrevería a decir que mi deseo de alcanzar el amor de Dios estaba en cierto modo propiciado por mi deseo de demostrar que antes lo había experimentado. ¡Qué débil e hipócrita era! Sufrí lo indecible, pero merecía sufrir un tormento aún mayor, pues observad dónde busqué consuelo. Observad dónde mi atormentado espíritu halló alivio. ¿En el seno del Señor? ¡No!

En medio de mi desconcierto recurrí, no a la oración, sino a Johanna de Caussade.

La imaginaba sonriendo, y me sentía aliviado. Repasaba mentalmente nuestro diálogo, y me reía. Por las noches, en mi celda, contemplaba en mi mente su imagen, y le hacía el obsequio de relatarle, en silencio, mis tormentos, mis esfuerzos, mi confusión. ¡Una conducta admirable para un fraile dominico! «Pero soy un gusano, no un hombre; el oprobio de los hombres, y el desprecio del pueblo.» Me sentía avergonzado, pero al mismo tiempo persistía en ello. Me decía que quizá fuera Johanna el instrumento de Dios, una lámpara y una estrella. Por supuesto, Johanna no representaba para mí un ejemplo, como Marie d'Oignes, a la que Jacques de Vitry había calificado como su «madre espiritual», o santa Margarita de Escocia, que había influido en el rey Malcolm haciéndole obrar con bondad y misericordia. («Lo que ella rechazaba, él lo rechazaba también... lo que ella amaba, él, por amor a ella, lo amaba también.») Pero quizás el amor tan manifiesto entre Johanna y su hija me había mostrado el camino del amor. O quizá fuera el camino de Alcaya, y Johanna, una pecadora como yo, me había tomado de la mano y me había conducido por él.

¡Qué pensamientos tan vergonzosos! No tenéis más que fijaros en mis alambicadas e ingeniosas explicaciones, mis afanosos intentos por justificar lo que sentía. El prior Hugues me conocía bien. Sabía que Johanna me había afectado, hasta el extremo de que mis votos corrían peligro. (Un hecho frecuente entre los hermanos que abandonan los muros del convento.) Sin duda el papel del padre Augustin en la vida de la viuda me había animado a dar rienda suelta a mis emociones, pues si él, el inquisidor perfecto, había sucumbido a sus encantos, ¿quién era yo para resistirme a ellos? Con todo, mi interés en la viuda no era puro ni mayormente concupiscente. Recordad mi reacción a la seductora mirada que ésta me había dirigido, de turbación y temor; no imaginaba una unión carnal entre ambos. Tan sólo deseaba conversar con ella, reír con ella, compartir con ella mis pensamientos y mis cuitas.

Deseaba que Johanna me amara, y no precisamente como todos amamos a nuestro prójimo, sino con un amor que me distinguiera al tiempo que excluía a otros hombres. «Compadécete mí, Oh Dios, en tu bondad, y borra mi ofensa en la grandeza de tu compasión.» Recordé una tesis que me propusieron en cierta ocasión, derivada de las enseñanzas de un infiel: que el amor profano reúne las partes de las almas que se separaron durante la creación. Un error pestífero, sin duda, pero que me pareció una poética *translatio* de mi situación. Intuía que Johanna y yo éramos idénticos, como dos caras de un sello roto. En cierto aspecto tenía la sensación de que éramos hermanos.

Pero me temo que no en todos los aspectos. Un día, andando por la calle, vi a una mujer de espaldas a la que confundí con Johanna de Caussade. Me paré en seco, y sentí que el corazón me latía a una velocidad vertiginosa. Entonces vi que me había equivocado y sentí una decepción tan profunda que comprendí la magnitud de mi pecado. Horrorizado, comprendí hasta qué punto había perdido la gracia divina.

Acto seguido di media vuelta y me fui a ver al prior, quien escuchó con paciencia mi confesión.

Le dije que estaba enamorado de Johanna. Le dije que ese amor nublaba mi razón. Le rogué que me perdonara y me censuré por mi vanidad, mi estupidez, mi terquedad. ¡Qué testarudo había sido! ¡Qué arrogante! Mi cuello era un nervio de hierro, mi frente de latón.

—Debéis contener vuestro orgullo —dijo mi superior.

—Debo extirparlo.

—Convertidlo en vuestro propósito del mes. Practicad la obediencia. Mortificad vuestro cuerpo. Guardad silencio durante capítulo (sé que os supondrá un gran esfuerzo) y repetid, una y otra vez: «El hermano Aeldred está en lo cierto; yo estoy equivocado».

Me eché a reír, pues el hermano Aeldred, nuestro maestro de estudiantes, era un hombre por el que yo sentía escasa simpatía. Sosteníamos unas opiniones muy dispares; las suyas se basaban en unos conocimientos insuficientes y una escasa capacidad de razonar.

—Es una cruz muy pesada —observé con tono de chanza.

—Y por tanto eficaz.

—Preferiría lavarle los pies.

—Vuestros deseos, Bernard, son justo lo que tratamos de suprimir.

—Quizá debería comenzar por una meta más fácil de alcanzar. Quizá debería decirme: «El hermano Aeldred tiene derecho a expresar su opinión; hago mal en confiar en que me entienda».

—Hijo mío, hablo en serio —dijo el prior con tono grave—. Sois un hombre inteligente, eso nadie lo duda. Pero os ufanáis de vuestro intelecto. ¿Qué mérito tiene, si está acompañado por la pereza, la vanidad y la desobediencia? Esto no es Roma ni París, no hallaréis en Lazet a los hombres más sabios del mundo. Si lo hicierais, quizá comprobaríais que no os contáis entre ellos.

—Bien... quizá... —respondí con un falso y exagerado aire de desgana.

—¡Bernard!

—Perdonadme.

—Me pregunto si os pondréis a reír a las puertas del cielo. Si reconocierais con sinceridad el carácter pecaminoso de vuestros actos, os echaríais a llorar en lugar de reír. Habéis desobedecido. Habéis cedido a los deseos de la carne, y habéis hecho vuestra voluntad. Os habéis comportado de forma arrogante, más que arrogante irreverente, incluso obscena, al equiparar la lujuria de la concupiscencia con el éxtasis del amor divino. Que Dios os perdone, hijo mío. ¿Cómo es posible que un hombre inteligente cometa un error tan infame?

Quizá fuera el leve tono de desdén de mi superior lo que me indujo a hablar en aquellos momentos. O quizá fuera el hecho de saber que, al confesarse, uno debe revelar todos sus pensamientos y sentimientos.

—Padre, he pecado en mi amor por Johanna de Caussade —dije—. He pecado en mi ira y mi orgullo. Pero no estoy convencido de que lo que sentí en la colina tuviera un origen terrenal. No estoy convencido de que no fuera el amor de Dios.

—Estáis en un error, Bernard.

—Quizá. Y quizá no.

—¿Es esto humildad. ¿Es esto arrepentimiento?

—¿Pretendéis que niegue a Cristo?

—¿Pretendéis que acepte esa blasfemia?

—Padre, he examinado mi alma...

—... Y habéis sucumbido a la vanidad.

En esos momentos, confieso que me enfurecí, por más que había prometido contener mi ira y renunciar a mi orgullo.

—No es vanidad —protesté.

—Os vanagloriáis de vuestra inteligencia.

—¿Me consideráis incapaz de razonar? ¿Incapaz de distinguir entre una clase de amor y otra?

—Sí, porque estáis cegado por el orgullo.

—Padre —dije, tratando de conservar la calma—, ¿habéis experimentado alguna vez el amor divino?

—No tenéis derecho a hacerme esa pregunta.

—Me consta que jamás habéis conocido el amor de una mujer.

—¡Silencio! —exclamó el prior enfurecido. Yo le había visto enfurecerse muy pocas veces, y jamás desde su nombramiento. Había cultivado la serenidad a lo largo de su vida, e incluso de joven había presentado un apacible semblante ante todo el mundo. En aquellos lejanos tiempos yo había tratado a menudo, instigado por un perverso afán, de burlarme de él y atormentarlo, pero con escaso éxito. No existía nadie capaz de alterar su pacífico estado de ánimo.

Y aunque éramos viejos, él seguía siendo el oblato lento, rollizo, sin ninguna experiencia del mundo, mientras que yo seguía siendo el graduado en disipación delgado y de reflejos rápidos.

—¡Silencio! —repitió el prior—. ¡O haré que os azoten por vuestra insolencia!

—No pretendía ser insolente, padre, sino señalar que conozco el amor, tanto el profano como quizás el divino...

—¡Callaos!

—Escuchadme, Hugues. No pretendo desafiar vuestra autoridad, os lo juro. Me conocéis bien, soy un hombre de mucho mundo, pero esto es diferente, he peleado con demonios...

—Estáis guiado por demonios. Rebosáis de orgullo y hacéis caso omiso de la voluntad de Dios. —El prior hablaba de forma atropellada, entrecortada, y se puso de pie para emitir su *con-*

clusio—. No veo ningún provecho en prolongar esta conversación. Practicaréis un ayuno de pan y agua, permaneceréis en silencio en el priorato y durante un mes os postraréis de rodillas durante capítulo, a menos que queráis ser expulsado. Si acudís de nuevo a mí, lo haréis de rodillas, pues en caso contrario no os recibiré. Que Dios se apiade de vuestra alma.

Así fue como perdí la amistad del prior. Yo no había comprendido, hasta ese momento, lo profundamente que su designación había incrementado su sentido de la dignidad. No había comprendido que al desafiar su autoridad, él había interpretado que yo menospreciaba sus dotes y ponía en tela de juicio su capacidad para desempeñar tan elevado cargo.

Posiblemente de haberlo comprendido no me hallaría en esta situación.

Transcurrió septiembre; comenzó la Cuaresma; el verano llegó a su fin. En el priorato celebramos la fiesta de San Miguel y la festividad de San Francisco. En las montañas, los pastores condujeron sus rebaños hacia el sur. En las viñas, los vendimiadores pisaron las uvas. El mundo continuaba tal como Dios ha previsto («Él hizo la luna para medir los tiempos y que el sol su ocaso conociese») mientras el padre Augustin se pudría poco a poco, sin haber sido vengado. Pues confieso, avergonzado, que yo no había avanzado un solo paso en el esclarecimiento de su asesinato.

Después de esforzarme durante varios días en mis pesquisas, logré recabar numerosos datos sobre Jordan Sicre y Maurand d´Alzen. Ya sabía que Jordan había sido trasladado a Lazet desde la guarnición de Puilarens. Nacido en Limoux, tenía allí una familia de la que apenas hablaba; sus camaradas creían que había roto con todos sus parientes. Estaba mejor adiestrado que muchos de nuestros familiares y tenía una espada corta que empleaba «con gran destreza». Antes de ser designado agente del Santo Oficio, Jordan había servido en la guarnición de la ciudad, y averigüé que su traslado se había llevado a cabo a instancias suyas. (El sueldo de un familiar es superior al de un sargento de la guarnición, y sus deberes son menos onerosos, si bien su posición es inferior.) Jordan vivía con otros cuatro familiares en una habitación situada sobre un comercio, propiedad de Raymond Donatus. No estaba casado. Rara vez asistía a la iglesia.

Éstos eran los datos que yo conocía. Pero después de hablar con los hombres que compartían la habitación con Jordan, y con los sargentos que habían trabajado con él en la guarnición de la ciudad —algunos de los cuales me habían acompañado a Casseras y se mostraron dispuestos a ayudarme—, averigüé más detalles sobre Jordan Sicre. Era un individuo terco y un tanto taciturno que detestaba la incompetencia. Le gustaba jugar a los dados y lo hacía a menudo, pero no contraía deudas. Hablaba como un entendido sobre la esquila y el pastoreo. Frecuentaba a rameras. Era respetado, pero no estimado; me aseguraron que no tenía amigos íntimos. Dedicaba buena parte de su tiempo libre a jugar a los dados con algunos compañeros aficionados al juego como él, todos ellos familiares o sargentos de la guarnición. Sus pertenencias (escasas) las compartía con el resto de ocupantes de su habitación. Tenía treinta años, más o menos, cuando se había ofrecido como voluntario para acompañar al padre Augustin en aquel fatídico viaje.

Maurand d´Alzen también se había ofrecido voluntariamente como escolta del padre Augustin. Era tres o cuatro años menor que Jordan, oriundo de Lazet y su padre trabajaba de herrero en el barrio de Saint Etienne. Había vivido con su familia, pero al parecer ésta no le echaba de menos. Al oír por primera vez su nombre en relación con la matanza, recordé haberle regañado a menudo por blasfemar y comportarse con excesiva violencia; en cierta ocasión, le habían acusado de partirle las costillas a un prisionero, aunque no se habían demostrado los cargos. (Existía una evidente antipatía entre Maurand y su supuesta víctima, pero el prisionero había muerto sin recobrar el conocimiento y nadie había presenciado la agresión.) Por consiguiente, yo tenía a Maurand por un joven agresivo de escasos méritos, una impresión confirmada por mis conversaciones con su familia, sus camaradas y la mujer que él calificaba como su «amante».

Esta desdichada joven, una prima pobre de Maurand, había trabajado para éste y su padre desde muy joven. A los dieciséis años había dado a luz al hijo ilegítimo de Maurand, un niño que ahora tenía tres años. La muchacha mostraba en su rostro y sus brazos las cicatrices de las «caricias» de su amante, que solía golpearla; al parecer, la joven había empezado a mantener relaciones carnales con Maurand poco después de cumplir trece años, cuando éste la había violado y le había arrebatado su virginidad. La chica le detestaba, no tanto por lo que le había hecho a ella sino a su hijito, que también era víctima de sus malos tratos. Había echado en varias ocasiones a su amante de casa, pero la familia de éste siempre la había acogido de nuevo.

Aunque la muchacha no me lo confesó, deduje, por su talante, que la muerte de Maurand no la había entristecido en absoluto.

Por lo visto, los otros parientes de Maurand también se habían vuelto contra él, debido a la frecuencia y violencia de sus arrebatos de cólera. Lo describieron como un joven perezoso, irrespetuoso y agresivo. Siempre andaba mal de dinero. Un tío le había acusado de robarle un cinturón y una capa, pero no había podido demostrarlo; no obstante, el padre de Maurand le había restituido esos objetos. Muchas de las vecinas con las que hablé se quejaron de los comentarios lascivos y ofensivos de Maurand. Curiosamente, éste solía asistir con regularidad a la iglesia, y los canónigos de Saint Etienne le consideraban «un joven simple, tosco pero piadoso». Con todo, me pregunté qué clase de individuos empleábamos en el Santo Oficio. Y decidí revisar, a la primera oportunidad, el sistema de contratación que utilizábamos. Estaba claro que no era una tarea que pudiéramos encomendar sólo a Pons.

Los familiares compañeros de Maurand se mostraron algo más generosos en sus opiniones sobre él. Le describieron como «jovial» y ensalzaron sus divertidas anécdotas. Era un joven corpulento y fuerte, que aunque no poseía la formación de un luchador, era capaz de derribar a otro de un puñetazo (aparte de arrojarle una mesa, un palo o un casco que tuviera a mano). Reconocieron que tenía mal genio y que jamás devolvía el dinero que le prestaban. Por ese motivo, ninguno le había prestado dinero dos veces.

—Como no tenía dinero para frecuentar a prostitutas —me

contaron—, siempre andaba metido en problemas con mujeres. Era tan alto y fuerte, que algunas estaban más que dispuestas a irse con él. Pero la mayoría le tenían miedo.

—¿Dónde pasaba su tiempo libre? —inquirí—. ¿Adónde
iba cuando no estaba trabajando, o en casa?

—Al mesón del mercado. La mayoría de nosotros vamos
allí.

—Claro. —Yo había visto a grupos de sargentos sentados
junto a la puerta de ese establecimiento, escupiendo a los jóvenes y haciendo gestos obscenos a las muchachas—. ¿Tenía
amigos allí? Aparte de vosotros.

Me facilitaron una larga lista de nombres, tan larga que tuve que anotarla en un papel. Por lo visto, Maurand era conocido (y sin duda aborrecido) por la mitad de la población de Lazet. Aunque ninguno de los nombres correspondía a parientes
o conocidos de Bernard de Pibraux, reconocí el nombre de
Matthieu Martin, el yerno de Aimery Ribaudin. Y como recordaréis, Aimery Ribaudin era una de las seis personas sospe-
chosas de haber sobornado al padre Jacques.

—¿Aimery Ribaudin? —exclamó el senescal cuando le
consulté sobre el asunto—. ¡Imposible!

—El padre Augustin había interrogado a sus amigos y parientes —contesté—. Si Aimery estaba enterado de ello, tenía
motivos para asesinar al padre Augustin.

—Pero ¿cómo es posible que Aimery fuera un hereje? ¡Con
el dineral que dona a la iglesia de Saint Polycarpe!

Ciertamente, la acusación contra Aimery carecía de pruebas. Unos ocho años antes, un tejedor había sido acusado de
llevar a un perfecto junto al lecho de muerte de su esposa, para que la convirtiera en hereje con el *consolamentum*. Un testigo que había sido interrogado sobre ese episodio recordaba
haber visto a Aimery hablar con el acusado dos o tres años
después de la muerte de la esposa de éste (entretanto, el tejedor había abandonado la aldea de su familia para mudarse a
Lazet) y entregar al acusado un dinero.

No obstante, no quería facilitar al senescal esos datos, que
no eran del dominio público.

—Estamos investigando a Aimery Ribaudin —dije con fir-

183

meza, a lo que Roger negó con la cabeza y masculló que de haber sido él Aimery, se habría visto tentado de asesinar al padre Augustin él mismo. Por fortuna para Roger, decidí pasar por alto su comentario. Le informé sobre la acusación de Grimaud contra Pierre de Pibraux, y la hostería de Crieux—. No he hablado aún con el amigo de Grimaud, Barthelemy, ni con el mesonero —dije para concluir—, pero lo haré antes de que los tres amigos de Bernard de Pibraux lleguen a Lazet. Les mandé una citación hace unos días. Ya entonces tenía mis sospechas.

—¡A fe que el caso promete!

—Quizá. Como he dicho, Grimaud no es de fiar.

—Pero yo conozco al padre de Bernard de Pibraux —me reveló el senescal, y se levantó y se paseó por la habitación. (Yo había decidido entrevistarme con él en la sede del Santo Oficio, porque dudaba de la privacidad que ofrecía el Castillo Condal)—. Lo conozco bien, y tiene mal genio. Como todos los miembros de esa familia. ¡Por todos los santos, quizá sean ellos los culpables, padre!

—Quizá.

—En tal caso, serán juzgados y condenados. ¡Y el rey dejará de atosigarme con este asunto!

—Quizá. —Deduzco que me expresé con tono apático, pues en aquellos días seguían atormentándome ciertas cuestiones espirituales suscitadas por mi visita a Casseras y apenas dormía por las noches. El senescal me miró extrañado.

—Supuse que mostraríais mayor entusiasmo —observó—. ¿Os sentís indispuesto, padre?

—¿Yo? No.

—Parecéis... Tenéis mal color.

—Estoy ayunando.

—Ah.

—Y he tenido mucho trabajo.

—Escuchad. —El senescal volvió a sentarse, se inclinó hacia adelante y apoyó ambas manos sobre mis rodillas. Tenía las mejillas arreboladas y deduje que, al tener nuestra presa casi a nuestro alcance (según parecía), se habían despertado sus instintos de cazador—. Dejad que hable con ese tal Barthelemy. Si comprobamos que dice la verdad, iré a Pibraux y averiguaré qué hacían Pierre y su familia el día del asesinato del padre Augustin. De camino podría detenerme en Crieux para hablar con el mesonero. De ese modo os quitaré un peso de encima. ¿Qué os parece?

Yo guardé silencio durante un rato. Analicé su oferta, y la supuesta conversación que había mantenido Pierre en la hostería. Por fin dije:

—No hay ningún indicio de que Pierre y su sobrino mataran al padre Augustin con sus propias manos. Si habían contratado a unos mercenarios, lo más probable es que todos estuvieran seguros en Pibraux el día del crimen.

El senescal me miró desalentado.

—Pero es posible que Barthelemy no se diera cuenta de eso —proseguí pensando con concentración—. Si vais a verle y le explicáis lo que os proponéis hacer en Pibraux, y le advertís de las penalidades en las que incurren quienes levantan falso testimonio, lo asustaréis y obligaréis a confesar que ha mentido, suponiendo que os mienta. Decidle que si Pierre se hallaba en Pibraux el día del asesinato, sabréis que alguien ha estado mintiendo...

—¡Y si insiste en su historia, lo más seguro es que diga la verdad! —dijo Roger, terminando la frase. Acto seguido me dio una palmada en la rodilla, con tal vehemencia que casi me la partió—. ¡Tenéis una mente brillante, padre! ¡Sois astuto como un zorro!

—Muchas gracias.

—Iré a ver a Barthelemy de inmediato. Y si sus explicaciones me satisfacen, esta tarde partiré a caballo para Pibraux. ¡Os aseguro que si consiguiera quitarme este peso de encima, respiraría aliviado! Y vos también, padre, por supuesto —se apresuró a añadir el senescal—. Una vez que los asesinos hayan recibido su castigo, podréis descansar en paz.

Me avergonzó que todos creyeran que yo sufría a causa de la muerte del padre Augustin, cuando lo cierto era que mis noches en vela se debían a unas cuestiones que no tenían nada que ver en ello. Me avergonzó que pensaran que atesoraba el recuerdo del padre Augustin más de lo que lo atesoraba en realidad. Por tanto, cuando el senescal se marchó, reanudé mis tareas con renovado empeño. Esa tarde tenía prevista una entrevista con el suegro de Raymond Maury (el cual, como sin duda recordaréis, era un próspero peletero); con ayuda de Raymond Donatus, interrogué a ese hombre sobre las opiniones supuestamente heréticas de su yerno, y puesto que sus respuestas no me satisfacieron, volví a interrogarle. Basándome en unas declaraciones obtenidas de varios otros testigos por el padre Augustin, señalé al peletero que en algunos casos contradecían lo que él afirmaba. Los testigos habían asegurado que éste había estado presente durante un episodio del que él negó estar informado. Afirmaron que había dicho: «¡Mi yerno es un maldito hereje!». ¿Cómo podía negar su complicidad, cuando todo estaba más claro que el agua?

Os aseguro que me mostré implacable. Por fin, después de una larga y agotadora entrevista, el peletero capituló. Confesó que había tratado de proteger a Raymond Maury. Me suplicó, sollozando, que le perdonara. Le dije que le perdonaba de corazón, pero que debía ser castigado por sus pecados. La sentencia sería emitida durante el próximo auto de fe, y aunque consultaríamos con diversas autoridades en la materia, el castigo por el delito de ocultar a un hereje consistía en oración, ayuno, flagelación y peregrinación.

El peletero no cesaba de llorar.

—Claro está —le dije—, que si averiguamos, por el testimonio de otros testigos, que compartíais las creencias de Raymond...

—¡Eso no, padre!

—Un hereje arrepentido es tratado con misericordia. Un hereje impenitente, no.

—No soy un hereje, padre. ¡Os lo juro! Yo jamás, jamás... ¡Soy un buen católico! ¡Amo a la Iglesia!

Al no descubrir nada que indicara lo contrario, le creí; con el tiempo un inquisidor de la depravación herética desarrolla un olfato para detectar mentiras. Aunque la verdad esté oculta, la hueles, como un cerdo huele las trufas que están bajo tierra. Por lo demás, el peletero había jurado decir la verdad pura y simple, y los cátaros se niegan a pronunciar un juramento.

No obstante, seguí fingiendo que sospechaba de él, pues tenía la impresión de que el padre Jacques había recibido una suculenta recompensa por no encausar a Raymond Maury, y en tal caso, el pago con toda probabilidad había provenido del sue-gro de Raymond.

Sea como fuere, decidí continuar basándome en esa supo-sición.

—¿Cómo voy a creeros cuando persistís en ocultarme da-tos? —pregunté.

—¡No es cierto! ¡Jamás!

—¿Jamás? ¿Qué me decís del dinero que pagasteis para im-pedir que vuestro yerno fuera castigado?

El peletero me miró con los ojos nublados de lágrimas. Pa-lideció poco a poco. Observé cómo se movía su nuez al tragar saliva.

—Ah —respondió débilmente—. Lo había olvidado...

—¿Que lo habíais olvidado?

—¡De eso hace mucho! ¡Él me pidió el dinero!

—¿Quién? ¿El padre Jacques?

—¿El padre Jacques? —repitió el peletero atónito—. No. Mi yerno. Me lo pidió Raymond.

—¿Cuánto dinero os pidió?

—Cincuenta *livres tournois*.

—¿Y se las disteis?

—Quiero mucho a mi hija, es mi única hija, haría cualquie-ra cosa por...

—¿Incluso matar por ella? —pregunté. El peletero me mi-ró con una confusión tan patente, tan acongojado y ebrio, pero no de vino, que por poco solté una carcajada—. Algunos afir-man —dije falsamente— que cuando el padre Augustin empe-zó a perseguir a Raymond, vos contratasteis a unos asesinos para que lo mataran.

—¿Yo? —chilló el hombre, enfurecido—: ¿Quién dice eso? —preguntó—. ¡Es mentira! ¡Yo no maté al inquisidor!

—Si lo hicisteis, os aconsejo que confeséis ahora. Porque os aseguro que acabaré descubriendo la verdad.

—¡No! —gritó—. ¡Os he dicho que mentí! ¡Os he dicho que pagué un dinero! ¡Os lo he dicho todo! ¡Pero no maté al inquisidor!

Pese a mis esfuerzos, no conseguí persuadir al peletero de que se retractara de su declaración. Sólo habría conseguido obligarle a cambiar de opinión torturándole, y no deseaba emplear esos métodos. La resistencia de una persona tiene cierto límite, pasado el cual confiesa lo que sea, y yo nunca había creído que el suegro de Raymond Maury fuera el culpable del asesinato del padre Augustin. Como es natural, estaba decidido a comprobar si su declaración era cierta. Estaba decidido a citar a muchos de los testigos que había entrevistado el padre Augustin, e indagar en los hábitos, gastos y amigos recientes del peletero. Pero no esperaba descubrir que hubiera frecuentado el mesón del mercado, ni que hubiera jugado a los dados con Jordan Sicre. No esperaba descubrir que hubiera sobornado a los mozos de cuadra del obispo.

Quería sólo eliminarlo de mi lista de sospechosos.

De modo que le dije que podía retirarse, di las gracias a mis testigos «imparciales» (los susodichos hermanos Simon y Berengar), y concluí el interrogatorio. Luego hablé con Raymond Donatus en un aparte para ordenarle que redactara el protocolo del caso. Raymond se mostró deseoso de expresar sus opiniones sobre el peletero, a quien consideraba «culpable casi con toda certeza del asesinato del padre Augustin». Pero no dijo nada sobre el padre Jacques.

Me sorprendió que fuera capaz de resistir la tentación. Hasta tal punto que yo mismo planteé el tema.

—Supongo que sabéis que el padre Augustin estaba investigando la virtud de su predecesor —comenté.

—Sí, padre.

—¿Os habéis formado alguna opinión sobre la justicia de esa investigación?

—Yo... no soy quién para opinar al respecto.

Como supondréis, esa respuesta tan impropia de Donatus me divirtió.

—Pero amigo mío —observé—, nunca habéis guardado silencio anteriormente.

—Éste es un asunto muy delicado.

—Cierto.

—Y el padre Augustin me pidió que no dijera nada.

—Comprendo.

—Y si pensáis que yo estoy implicado, ¡os aseguro que no lo estoy! —exclamó el notario, sobresaltándome—. ¡El padre

Augustin estaba convencido de ello! Me interrogó en varias ocasiones...

—Hijo mío...

—... Y yo le dije que me fiaba del padre Jacques, que no me correspondía a mí mantener una lista de todas las personas citadas en los centenares de inquisiciones...

—Por favor, Raymond, no os estoy acusando.

—Si hubiera sospechado de mí, padre, me habría despedido... ¡o algo peor!

—Lo sé. Por supuesto. Calmaos. —Habría dicho más, de no haberme interrumpido en aquel momento un familiar que me entregó una carta sellada del obispo Anselm. El funcionario portaba también un mensaje verbal del senescal, que me refirió palabra por palabra. Al parecer, era cierto que Barthelemy se había encontrado con Pierre de Pibraux en Crieux, pero no había oído nada siniestro o sospechoso.

—El obispo Anselm me ha encargado que os diga, padre, que vuestro ardid ha dado resultado —declaró el familiar.

—Gracias, sargento.

—Y también me ha encargado que os diga que ha muerto otro prisionero. Un niño de corta edad. El carcelero desea hablar con vos.

—¡Que Dios se apiade de nosotros! Muy bien.

—También debo informaros de que los familiares no han cobrado sus estipendios este mes. Ya sabemos que habéis estado muy atareado...

—Bien, sargento, me ocuparé del asunto. Pedid a vuestros camaradas disculpas en mi nombre y decidles que mañana mismo iré a ver al administrador real de confiscaciones. Como decís, he estado muy atareado.

Unas noticias alentadoras, ¿verdad? No es de extrañar que no hallara consuelo alguno en la vida, agobiado como estaba por las dudas y la sensación de fracaso y frustración. Pero aún no había recibido el golpe de gracia. Pues cuando abrí la carta del obispo, hallé adjunta una misiva del inquisidor de Francia.

Ya habían designado a mi nuevo superior, el cual era nada menos que Pierre-Julien Fauré.

Viene en las nubes del cielo

Supongo que conocéis a Pierre-Julien Fauré. Supongo que lo conocisteis cuando estuvo en París, pues es un hombre que llama la atención, ¿no es cierto? Mejor dicho, obliga a uno a fijarse en él. Es, y siempre ha sido, un hombre ruidoso. Lo afirmo porque lo conozco desde hace mucho tiempo, ya que es oriundo de esta región.

Nos conocimos cuando yo era aún un predicador ordinario, antes de que mis superiores me animaran a asumir, de nuevo, el papel de estudiante con el fin de convertirme en un lector de gran fama e influencia. (¿No os parece risible?) Durante mis viajes con el padre Dominic, pasé por Toulouse y me detuve para conocer la casa provincial de estudios, donde Pierre-Julien había residido tan sólo por espacio de un año. En aquel entonces él era un joven macilento enamorado de santo Tomás de Aquino, cuya *Summa* había memorizado en su totalidad. Creo que fue esa hazaña, más que su brillante oratoria o su profunda perspicacia, lo que le recomendó a sus maestros, pues cuando asistí a una de sus disertaciones allí, me impresionó la extraordinaria necedad de sus preguntas.

En aquella época no dediqué mucho tiempo a reflexionar sobre el carácter de Pierre-Julien Fauré, quien me parecía un muchacho de escaso relieve, pálido y enfermizo a causa de su estudiosa vida (al menos eso creía, aunque ahora sé que es pálido por naturaleza), poseído por un entusiasmo que de algún modo me repelía, y una voz que se hacía estridente si no se le prestaba atención. Sólo hablamos en una ocasión: me preguntó si me costaba resistir las tentaciones del mundo, ahora que me movía con libertad entre ellas.

—No —respondí, dado que aún no había conocido a la joven viuda, a la que me he referido antes, cuyos encantos me llevaron a romper mis votos.

—¿Tenéis trato con muchas mujeres? —preguntó Pierre-Julien.

—Sí.

—Debe de ser muy duro.

—¿Eso creéis? ¿Por qué?

Claro está que yo sabía a la perfección lo que Pierre-Julien quería insinuar, pero sentí cierta satisfacción al verle sonrojarse, titubear y guardar silencio. Yo era en muchos aspectos un joven malicioso, y a menudo me comportaba de un modo cruel; pero en este caso, fui castigado por mi arrogancia. ¿Qué mayor castigo que ser el vicario de un hombre al que había menospreciado años atrás, un hombre que ha alcanzado unas metas infinitamente más elevadas de las que yo alcanzaré jamás, aunque posee una inteligencia muy inferior a la mía?

El caso es que nos separamos y no volví a verlo hasta que ambos estudiábamos en la Escuela General de Montpellier. Allí nos movíamos en distintos círculos; deduje que Pierre-Julien tenía que esforzarse (mientras que yo me encumbraba), pero que se había hecho con una fuente de chismorreos gracias a la cual era muy popular entre aquellos a quienes interesaban los debates de París o la política de la corte papal. En aquella época engordó unos kilos, aunque empezó a perder el pelo. En cierta ocasión le «destrocé» durante una disputa informal, pues la postura de Pierre-Julien era insostenible y sus dotes retóricas dejaban mucho que desear; no obstante, tuve que lamentar de nuevo la vehemencia con que desmonté sus argumentos. La maldad siempre acaba pasándote factura.

No supe nada sobre su carrera hasta que empecé a encontrarme con él en los capítulos provinciales, a partir de 1310 más o menos. En aquella época era prior; yo, predicador general y maestro de estudiantes (aunque, gracias a Dios, no en su priorato). Era evidente que discrepábamos en numerosas cuestiones, entre ellas las obras de Durand de Saint Pourcain, las cuales, como sin duda recordaréis, no estaban totalmente prohibidas en las escuelas, sino permitidas siempre y cuando contuvieran unas glosas pertinentes. Creo que Pierre-Julien habría preferido que sus estudiantes hubieran leído tan sólo a Pierre Lombard y al Doctor Angélico. Se burlaba de mí, con un tono paternalista ofensivo, por poseer «un intelecto indisciplinado».

Me temo que no sentíamos un mutuo afecto fraternal.

Han transcurrido varios años desde mi última aparición en un capítulo provincial, debido a mi trabajo en el Santo Oficio, y, para decirlo con franqueza, el provincial no siente una gran simpatía por mí. Pero debido a la correspondencia que mantengo con otros hermanos estoy informado sobre los progresos de Pierre-Julien. Averigüé que impartía clases en París, tras lo cual se trasladó a Avignon, donde era muy apreciado en la corte papal. Averigüé que le habían enviado para ayudar a Michael le Moine, el inquisidor de la depravación herética en Marsella, con la misión de persuadir a los contumaces franciscanos de Narbona para que rectificaran. Y ahora, tras haberse distinguido en la sagrada labor de extirpar la herejía, ha sido nombrado inquisidor de Lazet, «en lugar del padre Augustin Duese».

Confieso que me eché a reír cuando reparé en la forma como el obispo lo había expuesto, pues es imposible considerar a Pierre-Julien un «sustituto» del padre Augustin. Son completamente distintos. Y si no alcanzáis a advertir esas diferencias (tal vez por no haber conocido bien a ninguno de los dos hombres), permitidme que os refiera las actividades de mi nuevo superior durante los dos primeros días tras ocupar su cargo.

Llegó más o menos tres semanas después de que me notificaran su nombramiento, pero le precedieron varias misivas que me avisaron de la fecha prevista de su llegada. Tras fijar la fecha, Pierre-Julien la modificó dos veces, tras lo cual volvió a cambiarla por la fecha inicial tres días antes de llegar. (De haber residido en París, en lugar de Avignon, yo habría tenido que aguardar más tiempo.) Como es natural, esperaba ser recibido con la solemnidad acostumbrada (de la que el padre Augustin había prescindido), por lo que estuve muy atareado consultando sobre la organización de los actos al obispo, el senescal, el prior, los canónigos de Saint Polycarpe, los cónsules...

192

Como sabéis, en estos asuntos es preciso consultar a numerosas personas. El nuevo inquisidor deseaba que le recibiera un grupo de altos funcionarios a las puertas de la ciudad; luego, acompañado por un destacamento de soldados y una banda de músicos, se encaminaría hacia Saint Polycarpe, donde ofrecería a toda la población de Lazet un sermón acerca de «la extensa y fértil viña de Dios, plantada por la mano del Señor, redimida por su sangre, regada con su palabra, propagada por su gracia y fecundada por su espíritu». Después de que buena parte de la multitud se hubiera dispersado, saludaría a los cabecillas de la ciudad uno por uno, a fin de «conocerlos como todo buen pastor conoce las mejores ovejas de su rebaño».

Cabe imaginar, al leer estas instrucciones, que Pierre-Julien consideraba el nombramiento de inquisidor un cargo muy elevado en la jerarquía de los ángeles. Desde luego, cuando llegó esta impresión fue confirmada por el aire paternalista con que bendijo a todo el mundo salvo al obispo, que recibió un cálido y reverente beso. (Me consta que al senescal no le entusiasmó el talante de Pierre-Julien.) Me satisfizo observar que mi viejo amigo ya no necesitaba una navaja para arreglarse la tonsura; estaba casi calvo del todo, salvo unos pocos pelos adheridos al cuero cabelludo alrededor de las orejas. Por lo demás, apenas había cambiado: seguía siendo ruidoso, vehemente, propenso a sudar y pálido como la grasa cuajada. Al verme se limitó a saludarme con una inclinación de cabeza, pero yo no esperaba otra cosa de él. Si me hubiera besado, me habría producido náuseas.

No os aburriré con una descripción exhaustiva de su recepción, pero os diré que, tal como yo había previsto, la *translatio* de las viñas del Señor se prolongó hasta los límites de lo insoportable, pues se hizo más extensa incluso que las propias viñas. Se refirió a nosotros como «uvas», a nuestras ciudades como «racimos», a nuestras dudas como «gusanos infiltrados en las uvas». Habló de «atrapar a los zorros en la viña». Se refirió al Apocalipsis como el acto de «pisotear las uvas» y al Juicio Final como «la degustación del vino». (Una parte del vino, según dijo, podía ser ingerida por Dios, y la otra expectorada.) Confieso que al término de su sermón apenas pude contener la risa, y tuve que fingir sentirme muy conmovido, simulando que mis bufidos y lágrimas eran prueba de mi emoción en lugar de la reprimida hilaridad. Con todo, creo que no logré convencer a Pierre-Julien. Deduzco que no me consideraba una de las uvas más jugosas del mundo.

No obstante, cuando por fin hablamos (lo cual sucedió el segundo día, después de que Pierre-Julien hubiera conversado en privado con el obispo, el senescal, el prior, el tesorero real y el administrador real de confiscaciones), me saludó con un talante cordial, como uno saludaría a un hermano lego estimado, si bien un tanto rebelde y estúpido.

—Hijo mío —dijo—, ¡cuánto tiempo sin vernos! Tenéis un aspecto excelente. Está claro que la vida aquí os sienta bien.

Aunque se abstuvo de añadir «en los límites de la civilización», su intención era evidente.

—Hasta ahora sí —respondí—, aunque no puedo adivinar qué ocurrirá en el futuro.

—Por más que este lugar parece dejado de la mano de Dios —prosiguió Pierre-Julien, dejando a un lado las frases amables—. ¡Qué infamia! Rompí a llorar cuando me enteré de la horrible suerte del padre Augustin. Pensé: «Satanás también habita entre ellos». Jamás imaginé que me pedirían que me levantara y limpiara yo mismo a los leprosos.

—Aquí no somos todos leprosos —respondí indignado por dentro—. Algunos seguimos observando los estatutos del Señor.

—Por supuesto. Pero es un profundo lodazal, ¿no es cierto? Las aguas se desbordan. Me han dicho que la prisión está atestada, y que aún no habéis capturado a los agresores del padre Augustin.

—Como podéis imaginar, hermano, he tenido un trabajo ingente...

—Sí. Y yo he venido a ayudaros. Habladme de los resultados de la investigación hasta el momento. ¿Habéis hecho progresos?

Le aseguré que sí. Describí la muerte del padre Augustin, evitando extenderme en el tema de Johanna y sus amigas, a quienes me limité a calificar de «piadosas y humildes»; describí la investigación del preboste, la investigación del senescal y mi visita a Casseras (con algunas importantes omisiones); describí mi lista de sospechosos y mis intentos por determinar su grado de culpabilidad. Asimismo, expuse mi teoría sobre un familiar traidor, al que todavía no había logrado identificar.

—Tanto Jordan como Maurand podrían ser culpables —dije—. Jordan, porque era aficionado al juego, un mercenario profesional y un hombre muy eficiente; Maurand, porque era un hombre violento y depravado.

—Pero ¿por qué creéis que alguien traicionó al padre Augustin?

—Porque desmembraron sus cuerpos y diseminaron los pedazos. Todo indica que el propósito de esa extraña acción era ocultar la ausencia de un cadáver.

—Pero habéis dicho que la mayoría de los restos fueron hallados en el camino.

—Y así fue. Pero varias cabezas, que eran los miembros más distintivos, fueron transportadas...

—Describidme ese lugar. Habéis dicho que la matanza tuvo lugar en un claro, ¿no es así?

—Parecido a un claro.

—¿Y lo atraviesa el camino?

—Creo que es más apropiado utilizar el término «sendero».

—¿Otros caminos cruzan ese sendero, cuando alcanza el claro?

Extrañado por su pregunta, reflexioné unos momentos antes de responder.

—Según recuerdo, allí convergen varios caminos de cabras.

—¡Ah! —exclamó Pierre-Julien, alzando las manos—. ¡Está claro! Es una encrucijada.

—¿Una encrucijada? —repetí, perplejo.

—¿No comprendéis la importancia de una encrucijada?

—¿La importancia?

—Acercaos. —Pierre-Julien se levantó del lecho. Nos encontrábamos en su celda, que estaba atestada de sus pertenencias, en su mayoría libros. Poseía muchos libros, junto con dos o tres instrumentos astronómicos, una colección de ungüentos en unos frasquitos, un altar portátil, un relicario engastado con gemas y una caja de madera tallada llena de cartas. De entre esos bienes terrenales sacó un pequeño tomo, que sostuvo con delicadeza, como temiendo que estallara en llamas—. Observad —dijo—. Supongo que no conocéis esta obra. Se titula *El libro de los oficios de los espíritus*, y deriva de *El testamento de Salomón*, ese antiguo y místico texto. Dado que es peligroso en muchos aspectos, sólo circula entre hombres eruditos cuya fe es inalterable.

Estuve a punto de preguntar: «¿Entonces cómo es que llegó a vuestras manos?», pero me abstuve. Confieso que me sentí intrigado por ese pequeño y peligroso tomo.

—Versa sobre las huestes del infierno —prosiguió Pierre-Julien—. En él hallaréis a todos los ángeles malignos, sus nombres, sus manifestaciones y sus artes. Mirad esta página, por ejemplo: «Berith posee tres nombres. Algunos lo llaman Beal; los judíos, Berith; los nigromantes, Bolfry; aparece cual un soldado rojo, ataviado de rojo y montado en un caballo rojo. Responde a cuestiones del pasado, el presente y el futuro. También es un embustero, que transforma todos los metales en oro».

—Mostrádmelo —dije, alargando la mano. Pero Pierre-Julien no me quiso entregar el libro.

—Claro está, éstos sólo son los demonios principales —dijo—. Demonios como Purson, Leraie, Glasya, Labolas, Malfas, Shax, Focalor, Sitrael y otros. Muchos mandan sobre regimientos de demonios anónimos inferiores a ellos.

—Dejadme ver el libro, hermano, os lo ruego.

Pero Pierre-Julien se negó de nuevo a entregármelo.

—Como podéis imaginar, este tipo de conocimientos son peligrosos —afirmó Pierre-Julien—. Pero el libro contiene también unas fórmulas para conjurar e invocar a los demonios citados en él. Unos ritos para obtener poder.

—¡No! —Yo había oído hablar de esos textos, pero nunca había contemplado uno. Siempre había sospechado que existían sólo en la febril imaginación de la senilidad—. ¡De modo que es un libro mágico!

—Así es. Si consultáis las fórmulas de invocación, leeréis lo siguiente: para conjurar a los cinco demonios llamados Sitrael, Malantha, Thamaor, Falaur y Sitrami, después de que uno se haya preparado mediante un casto ayuno y oraciones, debe fumigar, asperjar y consagrar los cuchillos con el mango negro y el mango blanco...

—Hermano...

—Un momento, por favor. A continuación, después de que uno se haya preparado de varias formas, debe llevar una gallina negra y virgen a un cruce de caminos a medianoche, despedazarla y diseminar los pedazos, mientras recita: «Yo os conjuro, invoco y ordeno, Sitrael, Malantha, Thamaor, Falaur y Sitrami, demonios infernales, en el nombre del poder y la dignidad del Dios Omnipotente e Inmortal...

—¿Pretendéis decir...?

—... aunque, por supuesto, en el caso de la muerte del padre Augustin, los conjuradores, dado que herejes, habrían empleado el nombre de una de sus infames deidades...

—¿Habláis en serio, hermano? —Apenas daba crédito a mis oídos—. ¿Pretendéis decirme que el padre Augustin fue sacrificado para invocar a unos demonios?

—Es muy probable.

—¡Pero él no era una gallina virgen!

—Cierto. Pero si examináis este tipo de libros, comprobaréis que a menudo sacrifican a seres humanos. Y si habéis oído hablar del proceso contra Guichard, el obispo de Troyes —aunque quizá no sea el caso, pero os aseguro que cuando estuve en París consulté las actas de los testigos citados por el inquisidor de Francia—, pues bien, si habéis oído hablar de ese lamentable asunto, sin duda sabréis que cuando Guichard y el fraile Jean le Fay leyeron un pasaje de su libro de encantamientos, apareció una forma semejante a un monje negro dotado de cuernos, y cuando Guichard le pidió que hiciera las paces con la reina Juana, el demonio le exigió a cambio que le entregara uno de sus miembros.

Os aseguro que lo miré boquiabierto. Por supuesto que recordaba el proceso de Guichard, que tuvo lugar hace diez años. Recordaba las historias de las infamias de Guichard: que era hijo de un íncubo, que guardaba un demonio particular en un frasco, que había envenenado a la reina Juana con una mezcla de víboras, escorpiones, sapos y arañas. Y recuerdo que en aquel entonces pensé que si esas historias no estaban distorsionadas por la distancia, eran demasiado monstruosas para tomarlas a risa. Hace diez años todo el mundo hablaba sobre las iniquidades de los templarios, ¿lo recordáis? Acusaron a los templarios de adorar a Satanás con actos de blasfemia y sodomía, de asesinar a niños de corta edad e invocar a demonios. No puedo confirmar si esas acusaciones eran ciertas. En aquella época yo no era un inquisidor de la depravación herética, de lo que doy gracias al cielo, y ahora sé lo fácil que es arrancar una confesión con carbones encendidos. También sé que muchos templarios se retractaron de sus confesiones, hechas bajo tormento, y murieron en la hoguera afirmando su inocencia. Pero supongo que habréis sacado vuestras propias conclusiones sobre las actividades de la orden de los templarios en Francia, de modo que no abundaré en el tema. Baste decir que cuando oí los cargos contra el obispo Guichard, me pregunté si no habrían utilizado ciertas personas el temor a las fuerzas demoníacas, muy extendido en aquella época, para destruir su reputación. Y creo que yo tenía motivos para pensar así, ¿pues no lo pusieron en libertad hace cuatro años y lo enviaron como obispo sufragáneo a Alemania? Lo cual ocurrió, según creo recordar, a raíz de que unos testigos, antes hostiles a él, declararan en sus lechos de muerte que Guichard era inocente.

No pretendo negar la existencia de demonios, ni de los nigromantes que tratan de invocarlos de los abismos. Santo Tomás de Aquino ha señalado que cuando un mago invoca a un demonio, el demonio no está dominado por éste; aunque parezca someterse a los deseos del conjurador, lo cierto es que hace que se hunda más hondo en el pecado. Pero si Guichard era culpable de ese pecado, ¿por qué lo han nombrado obispo sufragáneo, con la bendición del Santo Padre?

Me costaba creer que Pierre-Julien utilizara el ejemplo del obispo Guichard en serio. Quizá porque yo recordaba el célebre ataque emprendido contra el papa Bonifacio VIII, instigado por las mismas fuerzas que habían perseguido al obispo Guichard y a los templarios: las fuerzas del rey Felipe. Sin duda recordáis lo violentamente enfrentados que estaban el rey y el papa Bonifacio. Quizá no sea de extrañar que después de la muerte del Santo Padre, el rey lo acusara de toda suerte de prácticas heréticas y diabólicas. De hecho recuerdo que también acusaron a Bonifacio de albergar a un demonio particular, que según dicen había conjurado matando un gallo y arrojando su sangre al fuego. Quizás había empleado, al igual que Guichard, un libro semejante al que sostenía Pierre-Julien. Pero si era culpable, ¿por qué se suspendió de improviso el proceso contra él, cuando el papa Clemente (que en paz descanse) accedió por fin a las exigencias del rey en relación con ciertas bulas aprobadas por el susodicho Bonifacio?

Sé que soy suspicaz e irreverente. El provincial solía decírmelo a menudo, cuando discutíamos sobre esta cuestión. Pero creo que otros comparten mis dudas. Sé que otros se cuestionan los motivos del rey para haber perseguido al papa Bonifacio y al obispo Guichard.

Pero estaba claro que Pierre-Julien no se contaba entre ellos.

—Pensaba que nunca se probaron los cargos contra el obispo Guichard —dije.

—¡Por supuesto que se probaron! ¡Fue encarcelado!

—Pero sus acusadores se retractaron.

Pierre-Julien hizo un gesto de desdén.

—La misericordia concedida a un pecador no lo hace menos pecador, como sabéis. En cuanto al padre Augustin, creo que ciertos brotes de depravación, en su afán de servir al diablo y negar la verdad de Dios, quizás lo han hecho sacrificando a uno de los defensores más celosos del Señor de una forma destinada a conjurar a todas las huestes del infierno.

—Hermano...

—Cuando me informaron del asesinato, pensé que quizá fuera un acto de brujería. Así se lo dije al Santo Padre, el cual se mostró muy preocupado.

—¿Ah, sí? —Me costaba creerlo. Yo me habría reído a carcajadas—. ¿Por qué?

Pierre-Julien me miró con aire condescendiente, como si se compadeciera de mí. Luego apoyó una mano en mi brazo y me obligó a sentarme en la cama, junto a él.

—Aquí en Lazet estáis muy alejado de Avignon —dijo para consolarme—. Es lógico que no estéis informado del último ataque contra la cristiandad. Me refiero a la mortífera peste de sortilegios, adivinaciones e invocación de demonios. ¿Sabéis que el Santo Padre ha nombrado una comisión para que investigue la brujería que existe en su propia corte?

Yo negué con la cabeza, estupefacto.

—Os aseguro que es cierto. El Santo Padre, temeroso de esta pestífera asociación de hombres y ángeles malignos, se ha visto obligado a emplear una piel de culebra mágica para detectar la presencia de veneno en su comida y bebida.

—Pero sin duda... —Os juro que no sabía qué decir—. Sin duda el Santo Padre no caerá en el mismo pecado...

—Hijo mío, ¿ignoráis las conspiraciones que se tramaron en el pasado contra el papa Juan? ¿No sabéis que el obispo Hugh Geraud de Cahors y sus compinches trataron de asesinar el año pasado al Santo Padre?

—Sí, desde luego, pero...

—Compraron a un judío tres figuritas de cera, a las que agregaron tres tiras de pergamino que ostentaban los nombres del Papa y dos de sus más leales seguidores. Luego ocultaron las figuritas, junto con un veneno que obtuvieron en Toulouse, en una hogaza que enviaron a Avignon.

—¿De veras? —Aunque había oído hablar del complot, no sabía nada sobre las figuritas de cera—. ¿Las habéis visto?

—¿Qué?

—Las figuritas.

—No. Pero he hablado con personas que las han visto.

—Ya.

Confundido, guardé silencio. Por lo visto existía una campaña de la que yo no sabía nada. Claro está que la nigromancia no pertenece al ámbito de un inquisidor de la depravación herética, por lo que no tenía por qué estar enterado de ella. No obstante, sentí por primera vez que había perdido contacto con el mundo. Me sentí como un campesino de las montañas que se enfrenta a un ejército invasor para el que no está preparado.

—Creo que deberíais leer esto —me recomendó Pierre-

Julien, entregándome por fin *El libro de los oficios de los espíritus*—. También poseo otro libro que debéis leer, titulado
Lemegeton. Utilizadlos como manuales para detectar a brujos
y adivinos. Armado con estos conocimientos, estaréis mejor
preparado para derrotar a las fuerzas del mal.

—Pero no me corresponde a mí investigar a magos. No estoy obligado a hacerlo.

—Quizá lo estéis dentro de poco —observó Pierre-Julien—,
si el Santo Padre se sale con la suya. Por otra parte, ¿no estáis
investigando la muerte del padre Augustin?

—Hermano —dije alzando una mano—, el padre Augustin
no murió sacrificado.

—¿Cómo lo sabéis?

—Porque no era una gallina, porque no lo mataron a medianoche y porque no diseminaron sus restos en un cruce de
caminos. Diseminaron sus restos a lo largo y ancho de esta comarca.

—Hijo mío, no sabemos cuántos libros existen semejantes
a éste, libros llenos de ritos y sortilegios desconocidos. Libros
que jamás hemos visto, que contienen unas blasfemias incon-
cebibles.

—Es posible. Pero si vos no los habéis visto nunca, hermano, juro sobre las Sagradas Escrituras que aquí tampoco los ha
visto nadie. Como decís, estamos lejos de Avignon.

Pierre-Julien negó con la cabeza.

—¡Ojalá fuera cierto! —suspiró—. «Viniendo, argüirá al
mundo de pecado.» No hay ningún rincón de la tierra libre de
la pestilencia de Satanás.

De improviso me embargó un profundo cansancio. Tuve la
sensación de que, por más que lo intentara, jamás lograría contener a Pierre-Julien. Era infatigable, imbuido de un fervor que
ningún hombre de pasiones moderadas puede igualar. Comprendí que esa energía, ese entusiasmo tenaz, constituía el medio a través del cual había progresado de un modo tan constante, venciendo toda oposición. Al cabo de un rato, uno terminaba
capitulando.

—Por ejemplo, ¿habéis registrado Casseras en busca de textos mágicos? —inquirió Pierre-Julien con incansable celo.

—Sí. No se halló nada de carácter sospechoso.

—¿Nada? ¿Ningún cuchillo, garfio, hoz o aguja oculto? ¿Ningún gallo o gato negro?

—No tengo ni las más remota idea. Fue Roger Descalquencs quien dirigió el registro.

—¿Y los aldeanos? ¿Los interrogasteis acerca de sus conocimientos de brujería?

—¿Cómo iba a hacerlo? —contesté con renovada indignación—. ¡El Santo Oficio no tiene como misión ocuparse de sortilegios y artes adivinatorias, hermano!

—Pues creo que ha llegado el momento de que lo haga —replicó Pierre-Julien. Después de reflexionar unos momentos, prosiguió—: Cuando volváis a interrogar a unos sospechosos o testigos a propósito de este asunto, preguntadles qué sustancias han comido, o les han dado para que comieran: garras, pelo, sangre o algo por el estilo. Preguntadles qué saben sobre cómo hacer que una mujer estéril se quede preñada, o disputas entre maridos y esposas, o niños que mueren o se curan milagrosamente.

—Hermano...

—Preguntadles si han visto o utilizado imágenes de cera o plomo; interrogadles también sobre diversos métodos de recolectar hierbas, y sobre robos en la aldea, de crisma o aceite consagrado o la eucaristía del cuerpo de Cristo...

—Hermano, creo que deberíais interrogar vos mismo a esas gentes. —No me creía capacitado para llevar a cabo la clase de interrogatorio que deseaba Pierre-Julien—. Es evidente que tenéis más experiencia que yo en estas lides. Es preferible que investiguéis vos la muerte del padre Augustin, mientras yo me dedico a otros menesteres.

Pierre-Julien hizo de nuevo una pausa para reflexionar, mientras yo pronunciaba en silencio un ruego al Señor. Pero el Señor me había abandonado.

—No —respondió por fin mi superior—, habéis progresado mucho en vuestras pesquisas. Habéis ido a Casseras y conocéis a esa gente. Es preferible que continuéis con vuestra investigación, mientras yo inicio unas indagaciones en la aldea cuya población habéis arrestado... ¿Cómo se llama?

—Saint-Fiacre.

—Saint-Fiacre. Exacto. Como es natural, examinaré los resultados que obtengáis y os indicaré cómo mejorarlos. Incluso,
y creo que esto os será de gran ayuda, transcribiré las preguntas que debéis formular, sobre magia e invocaciones. Puesto
que no habéis leído ningún libro al respecto, necesitaréis ayuda para perseguir a los nigromantes.

«¿Por qué, ¡Oh Yavé!, te mantienes tan alejado, y te escon-
des al tiempo de la calamidad?» Como supondréis, soporté con
mansedumbre esa prueba, me sometí con paciente humildad a
la voluntad de Dios. Al igual que Job, maldije el día. Pero lo hice en silencio, en mi fuero interno; de forma milagrosa, hallé
las fuerzas necesarias para mantener la boca cerrada. De lo
contrario me habría puesto a aullar como los dragones y a gemir como los búhos.

Sin duda, el Señor me había castigado por mis pecados. Y al
igual que el aumento de su gobierno y su paz, el castigo no tendría fin.

203

Poco después de la llegada de Pierre-Julien, se celebró un
auto de fe. Lo había dispuesto yo, pues muchos prisioneros
aguardaban ser sentenciados. Por otra parte, deseaba demostrar a mi nuevo superior que, a pesar de mis múltiples faltas y
defectos, había conseguido detener a algunos lobos feroces. Así
pues, entre mis otros deberes, había reunido a unos jueces para que dictaran sentencia, y había dispuesto que se anunciara
desde todos los púlpitos los días en que tendría lugar la cere-
monia pública. Asimismo, había ordenado que el anuncio in-
cluyera el aviso de la única ejecución que estaba prevista, pues
he comprobado que, a menos que uno prometa la muerte, no
consigue atraer a la multitud que requiere la ocasión.

Los jueces eran el obispo Anselm, el prior Hugues, el senescal, el administrador real de confiscaciones, un representante del obispo de Pamiers (experto en derecho canónico), un
notario local de impecable reputación y, por supuesto, Pierre-
Julien Fauré. Durante una jornada y media debatieron sobre
los diversos casos que les fueron presentados en las lujosas es-

tancias del palacio del obispo; luego, tras acordar los castigos oportunos, ordenaron que se tomara acta de las sentencias. Cuando se separaron lo hicieron con una profunda sensación de alivio, pues no habían congeniado. El notario me informó en privado que el obispo Anselm era «un impedimento» y el canónigo de Pamiers un hombre «de escasas luces». (Lo único que sabe es lo que ha leído en la *Summa iuris* de Penafort. El derecho canónico no se limita a lo decretado por Penafort, padre.) Roger me explicó malhumorado que el susodicho notario «había empleado unas palabras enrevesadas sin sentido alguno» y que el prior Hugues era «excesivamente tolerante». En cuanto al canónigo, éste se refirió al senescal como «ignorante y tosco».

Nadie dijo nada elogioso sobre Pierre-Julien. Incluso el obispo me preguntó, confidencialmente, si mi superior «se creía el obispo». Y el senescal se vio obligado a observar, durante las conversaciones, que «si ese gusano viscoso vuelve a mencionar su nombramiento papal, ¡haré que se lo trague!».

Este tipo de reuniones suelen revelar antagonismos latentes, según he podido comprobar.

Una vez decididas las sentencias, se erigió una gran plataforma de madera en la nave de Saint Polycarpe. Ahí, en la fecha prevista, se congregaron dieciséis penitentes, junto con los notables cuya presencia era requerida: varios cónsules, el senescal, el obispo, Pierre-Julien Fauré y yo mismo. Pierre-Julien pronunció su sermón, consistente en un lío de *translatio* casi incomprensible. (Todavía me pregunto a qué se refería con eso de «beber cizaña del cáliz de la sangre de Cristo en la medida que con otros usareis, ésa se usará con vosotros».) A continuación el senescal y otros representantes del brazo secular juraron obediencia; se emitió un decreto solemne de excomunión contra todo aquel que obstaculizara al Santo Oficio y Raymond Donatus leyó en voz alta las confesiones de cada penitente, en lengua vulgar.

Yo solía encomendar esta tarea a Raymond Donatus, debido a la vehemencia y el fervor con que la llevaba a cabo. Incluso resumidas, esas confesiones suelen ser prolijas y enrevesadas, repletas de aburridas e insignificantes ofensas, pero

Raymond Donatus era capaz de conmover al público hasta las lágrimas, o incitarlo a la furia, relatando los más modestos pecados. (Por ejemplo, bendecir el pan de forma herética.) En esta ocasión se superó a sí mismo; hasta los penitentes rompieron a llorar y apenas los oímos cuando reconocieron que sus confesiones eran ciertas. Después de abjurar, fueron absueltos de la excomunión en la que habían incurrido y se les prometió misericordia si se comportaban con obediencia, piedad y humildad bajo las sentencias que les iban a imponer.

En algunos casos las sentencias fueron más severas de lo que yo había previsto. Por lo general, aunque el senescal es implacable, el prior Hugues solicita clemencia para los acusados, y el resultado es moderado y razonable. Pero en esta ocasión Pierre-Julien apoyó el punto de vista del senescal y ninguno de los que se oponían a su severidad tuvo el valor de resistirse a ese insaciable celo que he descrito antes.

Así, por el pecado de levantar falsos testimonios, Grimaud Sobacca fue condenado a cadena perpetua, aunque yo había recomendado que cosieran unas lenguas rojas sobre su ropa, que se le azotara con una vara cada domingo en la iglesia, que ayunara desde el viernes después de la festividad de San Miguel hasta Pascua y que pagara una elevada multa. Asimismo, el suegro de Raymond Maury fue condenado a cinco años de cárcel, aunque yo le habría impuesto tan sólo unas peregrinaciones: por ejemplo a Sainte Marie de Roche-amour, a Saint Rufus de Aliscamp, a Saint Gilles de Vauverte, a San Guillermo del Desierto y a Santiago de Compostela, obligándole a realizarlas en el espacio de cinco años.

Pierre-Julien se mostró a favor de la pena de cárcel en lugar de las peregrinaciones. (Yo sabía que Pons se opondría a esto, pero supuse que él mismo se lo diría a Pierre-Julien.) Sólo uno de los penitentes, una joven cuya ofensa consistía sólo en que de niña había visto a un perfecto cátaro en la casa de su tío sin saber de quién se trataba, fue sentenciada a realizar unas peregrinaciones. Fue condenada a cumplir diecisiete pequeñas peregrinaciones y a traer de cada lugar santo, como es costumbre, unas cartas que confirmaran su visita. La sentencia especificaba que no era preciso que luciera la cruz, ni que se sometiera a unos azotes en los lugares santos, pero a mi entender merecía una condena más benévola. Yo le habría impuesto unas observancias: misa diaria, recitar el Padrenuestro diez veces al día, abstenerse de comer carne, huevos y queso y otros sacrificios.

Recordaréis al perfecto Ademar de Roaxio, al que me he referido antes en este relato. Siendo como era un hereje impenitente, sin duda habría sido ejecutado de no haber perecido en prisión; así pues, sus restos fueron condenados a la hoguera, junto con los de otro hombre que había recibido el *consolomentum* en su lecho de muerte. La esposa de ese hombre, que aunque no era una hereje había permitido la conversión de su marido a la herejía, fue sentenciada a cadena perpetua. El libidinoso Bertrand Gasco de Seyrac, al que también me he referido antes, fue sentenciado a tres años de cárcel, después de lo cual debía lucir unas cruces de por vida. Una de las mujeres seducidas por él, Raymonda Vitalis, recibió el mismo castigo. En total, sólo tres de los penitentes no fueron sentenciados a una pena de cárcel; de estos tres, una era la joven condenada a realizar diecisiete peregrinaciones, otro estaba ausente y el tercero fue condenado *debita animadversione puniendus*, esto es, fue entregado a las autoridades seculares para que éstas lo castigaran.

Este tercer penitente era un hereje apóstata, un antiguo pastor y una bestia con forma humana. Condenado hacía unos doce años por adorar a un perfecto, había abjurado y se había reconciliado con la Iglesia, había cumplido una condena de seis años de prisión y había sido puesto en libertad con la condición de que luciera las cruces, lo cual había hecho con orgullo. En varias ocasiones había sido multado y azotado por atacar a buenos católicos que se habían burlado de él por ostentar la infame marca. Incluso se había grabado con un cuchillo una cruz en el pecho y se ufanaba de conocer el infierno, que según él se hallaba en la Tierra, una creencia derivada de la doctrina cátara. Cuando le difamaron por ser un hereje reincidente, declaró que sus acusadores habían levantando falsos testimonios contra él, lo cual no impidió que al ser arrestado maldijera al Santo Oficio, a la Iglesia y al senescal; escupiera contra el padre Jacques y lo calificara de demonio; dijera que Cristo había muerto y que nosotros lo habíamos matado con nuestros peca-dos. En prisión, mientras aguardaba sentencia, había aullado como un lobo y había mordido a Pons en una pierna, se había comido sus excrementos y había profetizado que toda Lazet se-ría destruida por Dios el día de su muerte. Pero no creo que es-tuviera loco. Conversamos en tres ocasiones y se expresó con coherencia, con lógica, aunque su intención fue siempre la de ofender y enfurecer a la gente con insultos, maldiciones y su depravada conducta. Un día que fui a verlo solo (os aseguro que jamás volví a entrar en su celda sin escolta), me derribó al suelo, me sujetó con tal fuerza que me lastimó y me amena-zó con conocerme carnalmente. No dudo que habría cumplido su amenaza, aunque estaba esposado, pues poseía una fuerza asombrosa. Por fortuna, mis gritos alertaron a uno de los guar-dias, que lo azotó con una cadena hasta conseguir que me sol-tara.

Este pecador impenitente se llamaba Jacob Galaubi. Todos los que lo conocían lo temían, y yo más que nadie. Mientras me sujetaba en el suelo le había mirado a los ojos y había visto en ellos tanto odio que había tenido la impresión de contem-plar el mismo insondable infierno. Cuando compareció en Saint Polycarpe durante el auto de fe, parecía haber salido de ese mismo infierno, pues mostraba las heridas que él mismo se había infligido, andaba encorvado debido al peso de sus cade-nas, rechinaba los dientes, ponía los ojos en blanco y habría emitido toda suerte de amenazas y blasfemias si no le hubieran quemado la lengua con una brasa. (Este cruel castigo había si-do ideado por Pons, quien había afirmado estar «harto de la re-pugnante boca de ese hijo de perra».) Así pues, en lugar de blasfemar, Jacob babeaba como un lobo hambriento, haciendo que todos los que lo contemplaban se estremecieran.

Dado que no había confesado, no se le pidió que confirma-ra la veracidad de su confesión; tras recitar sus pecados, lo con-dujeron de nuevo a la cárcel. Allí se le concedió otro día para arrepentirse, para que su alma no pasara de las llamas tempo-rales a las eternas, pero a nadie sorprendió que Jacob mostrara un desprecio contumaz hacia la Iglesia santa y apostólica. Es más, cuando le interrogué sobre ese tema, se negó a reconocer

207

siquiera mi presencia. Claro es que no podía hablar, pues tenía la lengua demasiado hinchada. Pero cuando le pregunté si estaba dispuesto a confesar y retractarse solemnemente de sus pecados, no hizo ningún gesto de asentimiento. Se limitó a mirarme como si no me viera, bostezó y se volvió, abandonado por el Espíritu Santo.

Al día siguiente lo ataron a un poste en el mercado y apilaron haces de leña, paja y sarmientos hasta su barbilla. A continuación el senescal le preguntó si estaba dispuesto a renunciar a las obras del diablo. Dudo que el reo oyera esta pregunta, pues se había resistido con gran energía a que lo sacaran de la cárcel y sus guardias habían tenido que emplear la fuerza bruta. Lo cierto era que Jacob estaba semiinconsciente y confieso que me sentí aliviado. Ello no significa que hubiera pedido clemencia por él, pues merecía morir. Algunos herejes reincidentes, cuando van a morir lo hacen con la debida humildad, sollozando y dóciles, reconciliados con la Iglesia, y aunque su penitencia pueda ser fingida, soy incapaz de presenciar su última agonía sin remordimientos de conciencia. Pero Jacob era una llaga purulenta en el cuerpo de la Iglesia; su veneno era como el de una serpiente. Apurará el cáliz de la ira del Señor, y morirá atormentado por el fuego y el azufre en presencia de los ángeles benditos.

Con todo, tuve que volverme cuando encendieron la hoguera. Tuve que recitar unas oraciones en voz alta, no, confieso con vergüenza, para honrar a Cristo, sino para impedir que los últimos y atroces gritos de Jacob llegaran a mis oídos. Reconozco mi cobardía. Un hombre convencido de la justicia de una ejecución debería tener el valor de contemplar los resultados de su labor. Sé que el padre Augustin no habría cerrado los ojos ni se habría tapado los oídos.

El padre Augustin habría presenciado incluso la última indignidad, cuando retiran el cuerpo medio abrasado de la hoguera, lo parten y lo colocan sobre otra hoguera de troncos hasta que queda reducido a cenizas. Muchos ciudadanos se quedan para contemplar este trámite, que siempre me produce náuseas. De nuevo, no tengo disculpa. Las manos me tiemblan y las rodillas apenas me sostienen.

Quizás os preguntéis, al leer mi descripción de este auto de fe, por qué he omitido relatar la suerte que corrieron algunas personas como Raymond Maury y Bertrand de Pibraux. Quizás os preguntéis si no estuvieron presentes. En resumidas cuentas, no lo estuvieron, por motivos que paso a explicaros.

Al ser interrogado, Raymond Maury había confesado sin reparo sus pecados. Estaba muy aterrorizado y ansiaba reconciliarse con la Iglesia. Incluso confesó haber ofrecido al padre Jacques lo que él calificó de «dinero misericordioso»: cincuenta *livres tournois*. Me dijo que, en vista de que tenía una familia numerosa que dependía de él, el padre Jacques había decidido mostrarse benevolente con él.

Ahora bien, esta confesión me había presentado un serio problema. Aunque habría sido relativamente fácil sentenciar a Raymond Maury por sus otros delitos, no me había topado jamás con el pecado de sobornar a un inquisidor de la depravación herética. Por consiguiente, no sabía qué hacer. ¿Debía ser juzgado Raymond por este error? ¿Debía ser también juzgado el padre Jacques? No podía consultar a nadie, pues el padre Augustin había muerto y Pierre-Julien no había llegado aún de Avignon. Por tanto, decidí escribir al inquisidor de Francia pidiéndole consejo, sospechando que no querría que un secreto tan vergonzoso fuera de dominio público, y mantener a Raymond en la cárcel, en espera de sentencia, hasta recibir respuesta a mi carta.

Cuando informé a Pierre-Julien de esta decisión, se mostró de acuerdo en que aguardáramos instrucciones de París antes de proceder contra Raymond Maury.

El caso de Bernard de Pibraux era distinto, pues no había confesado nada. Cuando por fin hallé tiempo para interrogarlo, me impresionó su gran belleza, un tanto ajada después de haber pasado varios meses en prisión, y su carácter afable. El sufrimiento había eliminado sus tendencias alocadas e irresponsables, su lascivia y su genio pendenciero de borracho, hasta dejar visible lo que ocultaba debajo: un temperamento pacífico pero enérgico; un alma joven, pura y confundida. Ese muchacho era un cachorro de león, con una columna vertebral rígida como la de una hiena. Mi corazón se ablandó en cuanto

le vi; comprendí de inmediato, completamente y sin desaprobación, por qué el padre Jacques no le había citado nunca para
que compareciera ante el Santo Oficio.

Esto no significa que el padre Augustin errara al indagar en
el asunto. ¿Acaso los fariseos no habían sido comparados con
moscas muertas? Un rostro bello puede ocultar un alma dege-
nerada, pues, como señala san Bernardo, muchos herejes son
extraordinariamente astutos, maestros del disimulo. ¿Quién
sabe si yo no me equivocaba al juzgar a Bernard de Pibraux? A
fin de cuentas, el padre Augustin era más virtuoso que yo.

Pero de nuevo, mi debilidad me traicionó. Miré a Bernard de
Pibraux, escuché su declaración sincera, entrecortada y decidi-
da, y confieso que anhelé hallarme en otro lugar, otra época,
otra vocación. Me levanté y empecé a pasearme por la habitación mientras Raymond Donatus me contemplaba asombrado
y Bernard titubeaba.

—Permitidme que os hable con franqueza, amigo mío —dije al prisionero—. Os han visto inclinaros ante un hereje y ofrecerle comida. Éstas son las pruebas recabadas hasta la fecha.
Ahora bien, entiendo que la sospecha contra vos no es vehemente. Por tanto, he decidido pedir a vuestro padre que reúna a
veinte compurgadores en vuestro juramento de refutación de
los cargos. Esto no se hace con frecuencia, pero creo que vuestro
caso lo merece. Si vuestro padre es capaz de hallar a veinte personas de vuestra condición, personas de una reputación intachable, que conozcáis personalmente y que estén dispuestas a jurar
vuestra ortodoxia, podré presentar a mi nuevo superior, cuando
llegue, un argumento razonable para dejaros en libertad.

—¡Padre...!

—Esperad. Prestad atención. No seréis proclamado inocente, Bernard. Los jueces simplemente declararán los cargos «no
probados». Deberéis abjurar de la herejía de la que se os acusa.
Y si encuentro otras pruebas que os incriminen, no tendré clemencia. ¿Está claro?

—No soy un hereje, padre. Os lo juro. Fue un error.

—Bien, quizá sea cierto. Pero no puedo pronunciarme en
nombre de mi superior. Quizá no logremos convencerle.

Y así fue. Pierre-Julien rechazó mi petición de reunir a

unos compurgadores, al menos hasta que Bernard hubiera so-
portado una prolongada dieta de pan y agua. Si el ayuno no le
inducía a confesar, existían otros métodos más enérgicos para
arrancarle la verdad. Sólo si esos métodos fallaban, podríamos
empezar a considerar la posibilidad de su inocencia.

—Hay que emplear el látigo con quien se niega a entrar en
razón —observó mi superior.

Me sentí decepcionado, pero no sorprendido. A mi entender, la tortura siempre revela cierta incompetencia. Después de
comunicar a Bernard de Pibraux la decisión de mi superior, le
dije que si confesaba obtendría una sentencia lenitiva, mientras que su obstinación sólo le conduciría a la ruina, la desgracia y la desesperación. Le supliqué, le dije que era un joven noble y amable, el orgullo de su padre y la alegría de su madre.
¿Acaso no era preferible una peregrinación, o pasar un año
cautivo, al potro?

—Sería una mentira, no una confesión —respondió, pálido
como la luna.

—No atendéis a lo que os digo, Bernard.

—¡Soy inocente!

—Escuchad —dije, haciéndole una última propuesta—. Puede que seáis inocente, pero vuestra familia no. Si vuestro padre
está implicado en la muerte del padre Augustin, debéis decír-
noslo. Porque si lo hacéis, os aseguro que vuestra sentencia será ligera como una pluma.

Pese a impresionarme la dignidad de su talante, casi esperaba que me escupiera en la cara. Pero el joven había aprendido a
contenerse en la cárcel: su única reacción fue una expresión de
disgusto y unas palabras de reproche.

—Creí que erais un buen hombre —dijo—. Pero sois como
los demás.

Tras emitir un suspiro, le pedí que recapacitara. También le
dije que podía apelar al Papa, pero que la apelación debía presentarse antes de que los jueces dictaran sentencia. (No le dije
que era improbable que el Santo Padre le concediera la libertad.) Luego abandoné su celda, y me consolé pensando que
quizás unas semanas a pan y agua le indujeran a cambiar de
parecer, pues no quería verlo sobre el potro.

211

Ése fue el motivo de que Bernard no compareciera con motivo del auto de fe, pues seguía preso, ayunando. Bruna d´Aguilar y Petrona Capdenier no fueron obligadas a abjurar de sus errores en público, pues yo no había tenido tiempo de investigarlas. En cuanto a Aimery Ribaudin, lo había citado para que compareciera ante el tribunal, y apareció llevando consigo, sin que nadie se lo pidiera, unas declaraciones de su ortodoxia de cincuenta compurgadores, inclusive el obispo Anselm, junto con dos notarios y doce testigos dispuestos a respaldar su versión de los hechos. Según Aimery, el dinero que había entregado al tejedor hereje había sido en pago por unas telas, eso era todo. Ignoraba el pasado delictivo del tejedor. El padre Jacques, declaró Aimery con franqueza, había aceptado su palabra al respecto. Y él había donado al priorato dominico, en señal de gratitud, un viñedo, cuatro tiendas y un hermoso relicario que contenía un fragmento del hueso de un dedo de san Sebastián.

En vista de las circunstancias, me apresuré a declarar que los cargos contra él no habían sido probados. No obstante, sabía que la decisión última dependía de Pierre-Julien. De modo que concerté una cita entre ambos hombres, y más tarde no pude por menos que sonreír con ironía cuando mi superior se deshizo en alabanzas al armero. Era un buen católico, dijo, un ciudadano modélico. Modesto, recto y pío. Pero hasta los hombres buenos pueden tener enemigos con una lengua viperina.

—¿Así que lo consideráis un caso de falso testimonio? —pregunté.

—Sin duda. Quienquiera que haya difamado a un ciudadano tan intachable debería recibir su justo castigo.

—Ya lo ha recibido. Murió hace dos años en prisión.

—Ah.

—Hermano, si creéis que Aimery Ribaudin ha sido acusado falsamente, deberíais analizar de nuevo la acusación contra Bernard de Pibraux, que es idéntica...

—En absoluto.

—Él también asegura que ignoraba la identidad del hereje...

—No tiene un carácter fiable.

Al decir «carácter», Pierre-Julien se refería a riqueza e influencia. Siempre ha sido así en este mundo. Pero no me sentí ofendido, pues es indudable que los ricos y poderosos se forjan enemigos, y Aimery gozaba de una fama intachable. Por lo demás, yo había averiguado ciertos datos que alejaban de Maurand d'Alzen, y por tanto del yerno de Aimery, toda sospecha de complicidad en la muerte del padre Augustin. En resumidas cuentas, había averiguado que Jordan Sicre seguía vivo.

Recibí esta información en el priorato menos de una semana antes del auto de fe. Una tarde, después de que se impartiera disciplina, en el breve espacio de tiempo antes de que los hermanos se retiraran, se me acercó un hermano lego que supervisaba al personal de la cocina. Me pidió permiso para hablar, que yo le concedí, aunque estaba recitando en silencio los siete salmos penitenciales. (No olvidemos que yo seguía inmerso en un dilema espiritual, sobre el que volveré a referirme en esta narración.)

El hermano lego, que se llamaba Arnaud, se disculpó por importunarme. Había hablado con el subprior, quien le había aconsejado que hablara conmigo. Aclaró que no hablaba en nombre propio, sino de uno de los pinches de cocina, y que no se habría atrevido a molestarme de tratarse de un asunto baladí...

—No os andéis con rodeos, hermano —dije.

Pero al observar que Arnaud vacilaba, me arrepentí enseguida de mi impaciencia y le conduje a mi celda, dirigiéndome a él con amabilidad. Me contó una historia curiosa. Todos los días, después de nuestra comida principal, los restos eran distribuidos a los pobres, junto con unas hogazas horneadas específicamente con tal fin. Un pinche de cocina, un tal Thomas, llevaba la comida a la puerta del priorato, asegurándose de que todas las personas hambrientas que aguardaban recibieran cuando menos una pequeña porción de las viandas de la jornada. La mayoría de esos mendigos acudían todos los días, y Thomas los conocía de nombre. Pero unos días antes había aparecido un hombre al que no conocía, el cual había rechazado un pedazo de pan porque estaba «manchado de salsa» y por tanto «de carne, que es pecado».

Suponiendo que se refería al ayuno de Cuaresma, Thomas no había hecho caso. Pero dos días más tarde, ese mendigo ha-

213

bía censurado a otro por «tomar unos alimentos obtenidos a través del coito». Como Thomas no conocía el significado de la palabra «coito», había pedido a Arnaud que se lo aclarara.

—Recuerdo que en cierta ocasión nos hablasteis de los pecados de los herejes —dijo Arnaud no sin ciertos titubeos—. Nos explicasteis que no comen carne, porque se niegan a matar un ave o un animal.

—Así es.

—También nos dijisteis que visten ropa de color azul, y ese hombre no llevaba ninguna prenda azul. No obstante, pensé que debía preveniros.

—Hicisteis bien en acudir a mí, hermano —respondí, tomando su mano—. Os habéis comportado como un perro guardián a las puertas de la viña. Gracias.

El hermano se sonrojó y me miró satisfecho. Le pedí que me informara la próxima vez que dieran comida a los pobres, para poder interrogar al mendigo. Por más que me costara creer que un ferviente hereje buscara ayuda a las puertas de un priorato dominico, me sentía obligado a investigar el asunto. Si no lo hacía, me exponía a ser difamado como fautor y ocultador de la herejía.

Al día siguiente, antes de novenas, Arnaud acudió de nuevo a mí y me llevó a ver a los susodichos mendigos. Eran una veintena y estaban arracimados frente a la entrada del priorato; algunos eran meros niños, otros eran viejos y enfermos. Pero uno de ellos estaba en la plenitud de su vida: era un hombre delgado con la tez aceitunada, los ojos de color miel y unas manos delicadas.

Lo reconocí al instante.

Sin duda recordaréis al incomparable familiar que he descrito al principio de este relato, refiriéndome a él como «S». Por aquella época, «S» llevaba unos cinco meses ausente de Lazet, condenado por ser un hereje contumaz. Tras facilitarle una llave, y llamar yo a un centinela en el momento previsto en que «S» utilizara esa llave, conseguí que «se fugara» de la prisión. Habíamos acordado que «S» partiría hacia el sur para infiltrarse en una banda de herejes que vivían en las montañas de Cataluña. Una vez allí, convencería a algunos de ellos para que regresaran a través de las montañas; habíamos fijado una fecha en que éstos serían hallados, y arrestados, en una aldea cercana a Rasiers.

¿Qué diantres hacía «S» en Lazet?, me pregunté.

—Amigo mío —le dije, dirigiéndome a él como si fuera un extraño al tiempo que trataba de poner en orden mis pensamientos—, ¿es cierto que os negáis a comer carne?

—Es cierto —contestó con su melodiosa voz.

—¿Por qué?

—Porque ayunar es bueno para el alma.

—Pero si acudís aquí deduzco que es porque os sentís demasiado hambriento para ayunar. —Al hablar, me pregunté: ¿adónde podemos ir? No podía llevarlo a la sede del Santo Oficio, donde sin duda lo reconocerían. Por otra parte, su presencia en el priorato suscitaría numerosas preguntas.

—Mi alma está más hambrienta que mi cuerpo —replicó «S», y se dispuso a marcharse.

Me apresuré a llevar a Arnaud aparte y susurrarle al oído que iba a seguir a ese infiel, con el fin de descubrir su guarida. Quizá proviniera de un auténtico nido de herejes, añadí. Y me alejé de inmediato, antes de que Arnaud me hiciera alguna pregunta.

Guardando una distancia prudencial, seguí a mi presa hacia el Castillo Condal y el otro extremo del mercado. «S» caminaba a paso ligero, sin mirar hacia atrás. Con todo, intuí que había detectado mi presencia. Por fin me condujo, no hasta la esquina de un corral o un portal en sombras, sino a un *hospitum*. Aunque la planta superior estaba habitada, la planta baja, ocupada por un almacén, estaba cerrada a cal y canto como una prisión. Pero al pasar de largo observé que el familiar sacaba una llave de entre sus ropas y penetraba en el edificio por una puerta lateral.

Tras dar una vuelta por el barrio, regresé a la puerta del *hospitum*, que «S» abrió para franquearme la entrada.

—Bienvenido —dijo el familiar suavemente. Luego cerró la puerta con la misma suavidad, de forma que la única luz que iluminaba el espacio en el que nos hallábamos penetraba a través de dos pequeñas y elevadas ventanas. Al mirar a mi alrede-

215

dor, vi que el almacén estaba lleno de balas de lana y pilas de leña. Pero al mismo tiempo distinguí un montón de paja no lejos de donde me encontraba, y junto a él unos objetos (un pellejo de vino, un mendrugo de pan, un cuchillo y una manta), por lo que deduje que allí vivía alguien.

—¿Vivís aquí? —pregunté.

—De momento.

—¿Lo sabe alguien?

—No lo creo.

—¿Entonces cómo conseguisteis la llave? —inquirí. El familiar sonrió.

—Soy el dueño de este edificio, padre —respondió—. Gracias a vuestra generosidad.

—Ah. —Yo sabía que «S» había adquirido una viña, bajo un nombre falso, pero no que poseía un *hospitum* en el centro de Lazet—. ¿También sois el dueño de lo que contiene?

—No. Los objetos que veis pertenecen a mis inquilinos —dijo «S» señalando el techo. Lo observé con curiosidad, pues parecía sentirse menos cómodo en su propio almacén que en la celda de una prisión. Parecía cansado pero al mismo tiempo alerta. Sus ademanes eran insólitamente bruscos.

—¿Por qué habéis venido aquí? —inquirí—. ¿Para cobrar el alquiler? Corréis un grave riesgo, hijo mío.

—Ya lo sé —contestó—. He venido aquí para ayudaros.

—¿Para ayudarme?

—Me contaron que habían asesinado al inquisidor de Lazet. —Tras sentarse sobre una bala de lana, «S» me invitó a hacer lo propio—. Supuse que erais vos, pero me dijeron que se trataba de otra persona. Del sustituto del padre Jacques.

—Augustin Duese.

—Sí. Mis nuevos amigos estaban ansiosos de conocer más detalles. Averiguaron que también habían muerto asesinados cuatro guardias. Cuatro familiares. ¿Es cierto?

—Quizás. —Al mirarle a los ojos, tuve que ofrecerle una explicación más detallada—. Los cadáveres fueron desmembrados y diseminados por el lugar de los hechos. Es difícil asegurar si todos los guardias fueron asesinados o no.

—¿Tenéis alguna duda?

—Sí, tengo mis dudas.

—¿Acerca de Jordan Sicre?

Lo miré asombrado.

—¿Lo habéis visto? —pregunté, pero «S» se llevó un dedo a los labios.

—¡Chitón! —murmuró—. Mis inquilinos os oirán.

—¿Lo habéis visto? —insistí, en voz baja—. ¿Dónde? ¿Cuándo?

—No lejos de donde vivo. Ha adquirido una pequeña granja y se ha cambiado el nombre. Pero lo reconocí por haber compartido con él una grata temporada en vuestra prisión, padre. Jordan solía pisotear mi comida. —De nuevo, el familiar sonrió. Era una sonrisa turbadora—. Por supuesto, él también me reconoció a mí. Me advirtió que puesto que soy un perfecto que se ha fugado, sería una imprudencia que informara a la Inquisición, o a cualquiera, sobre su identidad. Y llevaba razón. Siendo como soy un perfecto que se ha fugado, sería una imprudencia.

—¿Aunque supusiera una sentencia más benévola?

—Jordan no estaba seguro de eso.

—Cierto. Pero quizá se pregunte dónde os encontráis en estos momentos.

—A menudo me desplazo a otros lugares para predicar, padre. Suelo ausentarme durante varios días.

—¿De modo que es posible que Jordan siga allí?

—Sí.

—¿Y si lo arrestan? ¿Y si os menciona?

—Vamos, padre —respondió «S» suavemente—, si lo arrestan no podré regresar allí. Por supuesto que me mencionará. Por tanto debéis decidir qué es más importante: ¿Jordan Sicre o mis nuevos amigos?

—Jordan —contesté sin titubear—. Debemos dar con Jordan. Pero imagino que al cabo de tanto tiempo podréis facilitarme algunos nombres, algunos datos.

—Sí. Unos cuantos.

—Con eso me basta. Tendré que memorizarlos, porque no disponemos de una pluma...

—Aquí tenéis —dijo el familiar, que se levantó y extrajo de

detrás de una bala de lana un tintero, una pluma y un pergamino. Su eficacia me impresionó.

—Anotadlos vos mismo —dije, pero»S» alzó la mano como para rechazar mi propuesta.

—No, padre —replicó—. Si lo hiciera, podrían demostrar que yo era el informador.

¡Qué astucia la de ese hombre! Era realmente inimitable. Incomparable. Cuando se lo dije, «S» respondió que, como la mayoría de la gente, trabajaba por dinero.

Me apresuré a asegurarle que percibiría la suma prometida a cambio de los herejes catalanes, aunque el número de herejes fuera menor del previsto. Pero el dinero sería pagado en la fecha acordada, al destinatario acordado.

—¿Al margen de lo que yo haga entretanto? —preguntó «S».

—Sí.

—En tal caso venid a reuniros conmigo dentro de dieciocho meses, en Alet-les-Bains. Iré a ver a unos amigos que viven allí.

«S» se negó a darme más detalles del asunto. Por consiguiente, después de anotar la información que éste almacenaba en su cabeza (debo decir que poseía una memoria asombrosa), me despedí de él.

—Si tardo en regresar, me harán preguntas —dije.

—Por supuesto.

—¿Partiréis de inmediato?

—Sí.

—Andaos con cuidado.

—Siempre lo hago.

—Me reuniré con vos en Alet-les-Bains. —Acto seguido, me dispuse a marcharme. Pero antes de que yo abriera la puerta, el familiar me tiró de la manga de mi hábito. Me volví sorprendido, pues jamás me había tocado.

—Vos también debéis andaros con cuidado, padre —dijo.

—¿Yo?

—Vigilad a vuestra espalda. Es posible que alguien pagara a Jordan para asesinar a vuestro amigo. Quienquiera que lo hiciera, seguramente aún posee dinero para otro encargo.

—Lo sé. —Por extraño que parezca, casi me sentí honrado de que «S» se preocupara por mi bienestar. Siempre me había parecido un hombre de pasiones mezquinas y amargas, indiferente a los nobles sentimientos del amor, la amistad y la gratitud. Debajo de su plácido exterior, uno intuía que tenía el corazón duro y frío—. Creedme —dije—, he previsto todas las posibilidades.

«S» asintió con la cabeza, como diciendo: es lógico, puesto que sois un inquisidor. Luego abrió la puerta y la cerró a mi espalda.

No he vuelto a verlo.

Y cuando Él tomó el libro

«*D*ad gracias a Yavé, porque es bueno, porque es eterna su misericordia.» Por fin Dios acudió en mi ayuda; retiró la tela de saco que me cubría y me infundió alegría. Pues comprendí que si lográbamos capturar a Jordan resolveríamos el gran misterio. Averiguaríamos la identidad de los asesinos del padre Augustin, los atraparíamos y castigaríamos. Se haría justicia. Y yo ya no temería abandonar la ciudad.

Os aseguro que no dudaba de que Jordan nos facilitaría los nombres de los asesinos. En caso necesario, emplearíamos el potro. De no haber estado prohibido, yo mismo habría girado los tornos. Habría sentido los mismos remordimientos que había demostrado Jordan al participar en el asesinato de un anciano indefenso.

Como podéis imaginar, estaba ansioso por interrogarle personalmente. Pero temía que Pierre-Julien considerara que debía hacerlo él mismo. Lo temía porque había comprobado que sus interrogatorios eran torpes, desorganizados e inadecuados, repletos de extrañas referencias a sangre de gallo, vello de nalgas y calaveras de ladrones. En medio de un interrogatorio de rigor («¿Habéis visto a alguien recibir el *consolamentum*? ¿Cuándo y dónde? ¿Quién estaba presente? ¿Habéis adorado a herejes? ¿Los habéis conducido u ordenado a otra persona que los escoltara de un lugar a otro?»), Pierre-Julien introducía unas preguntas confusas que no hacían al caso sobre apariciones demoníacas, sacrificios y brujería. Preguntaba al testigo: «¿Habéis desmembrado a un hombre y diseminado sus miembros en una encrucijada? ¿Habéis realizado alguna vez un sacrificio, para invocar a un demonio? ¿Habéis utilizado alguna

vez una pócima que contuviera repugnantes ingredientes como uñas de cadáveres o pelos de un gato negro, para hacer encantamientos contra católicos devotos?».

Sé que Pierre-Julien formulaba con frecuencia esas preguntas, porque me exigió que yo también las formulara. Incluso llegó a revisar las transcripciones de Durand Fogasset
de mi entrevista con Bruna d'Aguilar, de quien, como recordaréis, sospechábamos que había sobornado al padre Jacques.
Y al comprobar que no me había referido en ningún momento a la brujería o a los sortilegios, me reprendió indignado delante de Durand, del hermano Lucius y de Raymond
Donatus.

—¡Debéis interrogarla de nuevo! —me ordenó—. Preguntadle si ha realizado sacrificios a demonios...

—No es necesario preguntárselo. En cuanto aparezca Jordan, sabremos de inmediato quién es el culpable.

—¿Pretendéis decirme que habéis recibido respuesta de
Cataluña?

—Claro que no. No hace ni una semana que escribí.

—Entonces haced el favor de proseguir con la investigación. Si logramos capturar a Jordan, mejor que mejor. En caso
contrario, debemos hallar de todos modos a los asesinos. Y sólo lo conseguiremos persiguiendo a los hechiceros y hechiceras
que pululan por este lugar.

«Soy el escarnio de los pueblos todos, su cantinela de todo
el día.» Al mirar a mi alrededor en el *scriptorium*, observando el
ávido rostro de Raymond, los ojos del hermano Lucius fijos en
el suelo, la expresión entre irónica y compasiva de Durand,
contuve mi ira y hablé con calma. Serena y educadamente.

—Hermano —dije, dirigiéndome a Pierre-Julien—, ¿puedo
hablar con vos abajo, en privado?

—¿Ahora?

—Os lo ruego.

—Muy bien.

Pierre-Julien y yo descendimos a su habitación, que se había convertido en un receptáculo de numerosos libros, entre
ellos seis que versaban sobre la brujería y las invocaciones. Tras
cerrar la puerta, me volví hacia él y di gracias a Dios en mi fue-

ro interno por haberme concedido una estatura elevada. Yo era mucho más alto que Pierre-Julien, quien, aunque no puede decirse que fuera un enano, era muy bajo. Por consiguiente, mi porte era tanto más amenazador.

—En primer lugar, hermano —dije—, os agradecería que cuando estiméis oportuno regañarme por alguna falta, no lo hagáis delante de los sirvientes.

—Vos...

—En segundo lugar, Bruna d´Aguilar no es una hechicera. Os explicaré quién es Bruna. Tiene sesenta y tres años cumplidos, cinco hijos vivos y se ha casado en dos ocasiones. Posee una casa y una viña, un burro y unos puercos, asiste de forma periódica a la iglesia, da limosnas a los pobres, es devota de la Virgen Santísima y está algo sorda de un oído. No come nabos, pues asegura que le sientan mal.

—¿Qué...?

—Asimismo, Bruna es una vieja irascible, irracional y repelente. Hace tiempo que mantiene una disputa con la familia de una de sus nueras, a quien acusa de no haber entregado la dote acordada. Está peleada con todos sus vecinos, su hijo menor, sus dos hermanos y las familias de sus dos ex maridos. Si disponéis de media jornada, os hablaré sobre esas peleas. La han acusado de matar las gallinas de sus vecinos, que desaparecieron de un modo misterioso hace poco, de arrojar excrementos a la puerta de la casa de su hermano, de provocar una hemorragia a su nuera dándole unos higos secos envenenados. Lo que es más grave, la han acusado de haber administrado el santo sacramento a uno de sus puercos, para curarlo de un trastorno digestivo. Bruna está muy encariñada con sus puercos.

—Esto no...

—He hablado con cada miembro de su familia, sus vecinos, sus hijos, sus hermanos y sus escasos amigos. Sé lo que come cada día, la hora en que defeca, cuándo dejó de menstruar, lo que guarda en el arcón de su ajuar, la causa de la muerte de sus maridos... Casi puedo deciros cuándo se rasca la nariz. Por tanto estoy convencido de que si Bruna d´Aguilar se dedicara a asesinar a inquisidores, yo lo sabría. Sus enemigos se habrían apresurado a acusarla de ese crimen.

—No creeréis que lo haría abiertamente. Delante de testigos...

—Permitid que os diga algo, hermano. —Más que atónito me sentía fatigado por la ciega obstinación de Pierre-Julien—. Llevo ocho años trabajando en el Santo Oficio. Ni yo, ni mis antiguos superiores, nos hemos topado jamás con demonios, sortilegios ni hechicería, salvo en el caso de dos mujeres acusadas de poseer el mal de ojo. Pero, como ya os he dicho, estas prácticas perversas no incumben al Santo Oficio. Nosotros nos ocupamos de la herejía.

—¿No consideráis una herejía tener tratos con el diablo? ¿Emplear el sagrado sacramento en esas circunstancias?

—Bruna será castigada por haber administrado el santo sacramento a su puerco. Ha reconocido haberlo hecho por consejo de una amiga que también será castigada. Pero es un pecado de ignorancia, no un acto de brujería. Bruna es una vieja estúpida.

—Dijisteis que había puesto nombre a todos sus puercos —dijo Pierre-Julien—. ¿Son de color negro? ¿Sabéis si han cambiado de forma?

—¡Hermano! —Pierre-Julien ni siquiera me escuchaba—. ¡Os aseguro que en Lazet no hay hechiceros ni hechiceras!

—¿Cómo lo sabéis, puesto que no formuláis las preguntas adecuadas?

—Porque conozco esta ciudad. Porque conozco a la gente. ¡Y porque vos habéis formulado esas preguntas y no habéis descubierto ningún hechicero ni ninguna hechicera!

—Os equivocáis —respondió Pierre-Julien sonriendo con satisfacción.

Lo miré estupefacto.

—Uno de los hombres de Saint-Fiacre confesó haber invocado a un demonio —prosiguió mi superior—. Dijo que trató de poseer a una mujer casada ofreciendo al diablo una muñeca hecha de cera, saliva y la sangre de un sapo. Colocó la muñeca en el umbral de la casa de la mujer, a fin de que si ésta no cedía a sus deseos, fuera atormentada por un demonio. La mujer cedió, y después el individuo sacrificó una mariposa al susodicho demonio, que se manifestó en una ráfaga de aire.

Como podéis imaginar, lo miré estupefacto, aunque no por los motivos que debió de suponer Pierre-Julien.

—¿El hombre... confesó haber hecho eso? —inquirí.

—En estos momentos están copiando el acta.

—Deduzco que lo trasladasteis al calabozo inferior —dije, comprendiéndolo todo—. Empleasteis el potro.

—No.

—El *strappado*.

—En absoluto. No fue torturado. —Al ver que me había quedado mudo, Pierre-Julien aprovechó esa momentánea ventaja—. Creo que estaréis de acuerdo conmigo en que, ante una prueba tan incontrovertible, tenemos el deber de perseguir y eliminar la pestífera y herética infección de la nigromancia entre nuestros fieles. «Tan pecado es la rebelión como la superstición, y la resistencia como la idolatría.» Sois testarudo, hijo mío, debéis rendiros ante mi mayor conocimiento de estos temas, y formular las preguntas que os exijo que formuléis.

Tras este insulto, Pierre-Julien me pidió que me retirara, pues tenía que preparar otro interrogatorio. Perplejo, obedecí. No me mostré indignado. Ni siquiera cerré de un portazo, pues estaba demasiado preocupado por el sorprendente hecho que me había revelado. ¿Cómo era posible que hubiera ocurrido?, me pregunté. ¿Qué pudo haber inducido una confesión tan insólita? ¿Era cierto? ¿O mentía Pierre-Julien?

Fui en busca de Raymond Donatus, que seguía trabajando en el *scriptorium*. Al entrar enseguida deduje, por la turbación de Durand, la postura confidencial de Raymond y la forma como el hermano Lucius se apresuró a tomar su pluma, que habían estado hablando de mí. Pero no perdí la calma. Era previsible.

—Raymond —dije sin más preámbulo—, ¿transcribisteis una confesión sobre muñecas de cera para el padre Pierre-Julien?

—Sí, padre. Esta mañana.

—¿Se empleó la tortura durante ese interrogatorio?

—No, padre.

—¿En ningún momento?

—No, padre. Pero el padre Pierre-Julien amenazó con utilizar el potro.

—Ah.

—Explicó su mecanismo, dijo que separaba las articulaciones...

—Entiendo. Gracias, Raymond.

—Incluso bajamos a verlo.

—Ya. Gracias. Comprendo. —Lo comprendía a la perfección. Mientras meditaba, noté que Durand me miraba con curiosidad y percibí el sonido de la pluma del canónigo mientras probablemente copiaba el importante documento. Estaba tan encorvado sobre su mesa que casi la rozaba con la nariz.

—Padre. —Raymond carraspeó para aclararse la garganta al tiempo que sostenía en alto el protocolo de la confesión de Bruna—. Disculpadme, padre, pero ¿queréis que entregue esto al hermano Lucius para que lo copie? ¿O preferís que espere hasta que hayáis interrogado de nuevo a esa mujer?

—No volveré a interrogarla.

Ambos notarios se miraron.

—No hay razón para que vuelva a interrogarla. Tengo mucho que hacer. Raymond, ¿recordáis si cuando el padre Augustin examinó los archivos antiguos comprobó que faltaba alguno?

Raymond se mostró un tanto sorprendido por este cambio en nuestra conversación. Tal como supuse, lo distrajo de la cuestión de si yo debía interrogar de nuevo a Bruna d´Aguilar. Pestañeó, me miró perplejo y emitió unos sonidos ininteligibles.

—¿Lo recordáis? —reiteré—. Os pidió que comprobarais si las dos copias se hallaban en la biblioteca del obispo. ¿Hicisteis lo que os pidió?

—Sí, padre.

—¿Y encontrasteis ambas copias allí?

—No, padre.

—¿Sólo una?

—No, padre.

—¿No? —Miré a Raymond, el cual se rebulló en su asiento con inquietud—. ¿Cómo que no?

—No encontré ninguna copia allí.

—¿Ninguna? ¿O sea que faltaban ambas copias?

—Sí, padre.

¿Cómo describiros mi asombro, mi incredulidad? Me sentía como el pueblo de Isaías, que oía pero no alcanzaba a comprender.

—Esto es increíble —protesté—. ¿Estáis seguro? ¿Habéis mirado en la biblioteca del obispo?

—Sí, padre, miré allí y...

—¿Mirasteis bien? Pues hacedlo de nuevo. Volved a registrar la biblioteca del obispo en busca de esas copias.

—Sí, padre.

—Si no dais con ellas, yo mismo las buscaré. Pediré al obispo una explicación. Esto es muy importante, Raymond, es preciso que hallemos esos archivos.

—Sí, padre.

—¿Se lo comunicasteis al padre Augustin? ¿No? ¿No le dijisteis nada? Pero ¿por qué?

—¡Porque murió, padre! —Nervioso, Raymond asumió un tono defensivo—. ¡Y vos os fuisteis a Casseras! ¡Olvidé decíroslo! ¡No me lo preguntasteis!

—¿Cómo iba a preguntároslo si...? ¡Da lo mismo! —exclamé moviendo una mano—. Id en busca de esas copias. Ahora mismo. ¡Apresuraos!

—No puedo, padre. Esto... yo...

—El padre Pierre-Julien necesita que esté presente en otro interrogatorio —terció Durand.

—¿Cuándo?

—Dentro de unos minutos.

—Pues le sustituiréis vos —informé a Durand—. En cuanto a vos, Raymond, id ahora mismo a la biblioteca del obispo. Quiero que examinéis todos los archivos que se encuentran allí. ¿Entendido?

Raymond asintió con la cabeza. Luego se marchó, aún en apariencia aturdido, y me quedé para enfrentarme a las protestas de Durand. No solía manifestarlas a voz en cuello ni con tono lastimero, como habría hecho Raymond en parecidas circunstancias. (Es más, me sorprendió que Raymond obedeciera con tal docilidad una orden que, por su misma naturaleza, sin duda le fastidiaba.) Por lo general, Durand expresaba su enojo a través de sus silencios, que solían ser muy enfáticos.

Pero en esta ocasión expresó su disgusto sin ambages.

—¿Insinuáis que el padre Pierre-Julien ha amenazado con emplear el potro para obligar a los prisioneros a confesar?

Más que una pregunta, era una protesta. Comprendí a qué se refería Durand.

—Sólo podemos esperar que la amenaza baste —respondí.

—Disculpadme, padre, pero quizá recordéis que cuando accedí a trabajar para el Santo Oficio...

—Expusisteis a las claras lo que pensabais sobre ciertos temas. Sí, Durand, lo recuerdo bien. Y habréis observado que, durante el tiempo que habéis trabajado para mí, jamás he ofendido vuestros sentimientos al respecto. Por desgracia, ahora estáis obligado a trabajar para el padre Pierre-Julien. Y si no estáis de acuerdo con sus métodos, os recomiendo que lo habléis con él... como he hecho yo.

Quizá fui demasiado brusco, demasiado duro. Confieso que lo hice para desahogarme, para aliviar mi acongojado corazón. Acto seguido di media vuelta y bajé para dirigirme a mi mesa, donde empecé a rebuscar entre los papeles del padre Augustin. Pero quizá no comprendáis el motivo de esa actividad. Quizás hayáis olvidado que Bruna d´Aguilar no era el último nombre en la lista de sospechosos de haber sobornado al padre Augustin. ¿Lleváis la cuenta de los sospechosos?

Oldric Capiscol había muerto. Raymond Maury había sido sentenciado. Bernard de Pibraux ayunaba en la prisión. Aimery Ribaudin había conseguido evitar ser juzgado. Bruna d´Aguilar había sido investigada a fondo. La única persona sospechosa que quedaba era Petrona Capdenier.

Según la declaración de un perfecto interrogado por el padre Jacques, años atrás Petrona Capdenier había albergado y dado de comer al susodicho perfecto. Al igual que Oldric, ésta había cometido su pecado mucho antes de que el padre Jacques asumiera su cargo en el priorato. No obstante, aunque el archivo que contenía el acta de Oldric (marcada y profusamente glosada) se encontraba entre los papeles del padre Augustin, yo no había hallado ningún archivo en el que constara la declaración ni la sentencia de Petrona. Al parecer no había sido arrestada por el padre Jacques, y si el motivo residía en el hecho de que ya había sido condenada, no parecía existir prueba alguna de esa condena.

Al recordar que el padre Augustin había buscado un archivo que faltaba, me pregunté si dicho archivo contenía el caso de Petrona Capdenier. Esta deducción fue propiciada por una nota marginal, escrita junto a la declaración del perfecto que he citado antes, de puño y letra del padre Augustin, que hacía referencia a una determinada época y a un antiguo inquisidor de Lazet, el cual había muerto hacía muchos años. Era evidente que el padre Augustin había deducido de esa información que debía examinar los archivos referentes a los juicios celebrados en esa época. Era evidente que había buscado los susodichos archivos. Y era evidente que el hecho de que ninguno de ellos se hallara entre sus papeles indicaba que o bien la búsqueda del nombre de Petrona entre esos archivos había sido infructuosa, o que el archivo en el que constaba había desaparecido.

Rebusqué de nuevo entre las notas del padre Augustin, pero no encontré ninguna referencia a los archivos que faltaban. Sabiendo que el padre Augustin habría seguido insistiendo con diligencia en el asunto, llegué a la conclusión de que había muerto antes de poder hacerlo. La cuestión era si el archivo que faltaba y la correspondiente copia se habían extraviado, o si alguien los había robado.

En el supuesto de que se hubiera cometido un robo, podía haber ocurrido en cualquier momento durante los cuarenta últimos años. Pero sólo podía haber sido llevado a cabo por un determinado número de personas, dado que el acceso a los archivos inquisitoriales siempre había estado restringido. Como es natural, todos los inquisidores pueden consultarlos cuando lo deseen. Al igual que varios notarios empleados por el Santo Oficio. Hacía poco se había entregado al obispo unas copias de los archivos y, antes de que se creara la diócesis de Lazet, esas copias se habían guardado en el priorato. Que yo recordara, sólo el prior y el bibliotecario poseían llaves del arcón en el que se guardaban dichos documentos.

Después de identificar a los posibles culpables, reflexioné

sobre los posibles motivos de haber robado los archivos. Pudo haberlo hecho el padre Jacques, para ocultar el delito de una mujer que le había pagado por ese servicio. (¿O le habían pagado los descendientes de ésta?) Por otra parte, si el padre Jacques había destruido el archivo, ¿por qué no había tachado también el nombre de Petrona de la confesión del perfecto? Es más, ¿por qué había dejado que el nombre de Raymond Maury apareciera en los archivos?

A mi entender, existían dos motivos más probables para robar un archivo. En primer lugar, si alguien cuya condena constaba en el mismo había reincidido de nuevo en la herejía, años más tarde, ese hereje habría sido ejecutado con toda seguridad a menos que no hubieran hallado el expediente de su anterior delito. Recordé un caso en Toulouse, en que una tal Sibylla Borrell, tras haber confesado y abjurado de la doctrina herética diez años antes, había sido arrestada cinco años más tarde por unas prácticas similares. Sin duda habría sido condenada a la hoguera, de no haberse extraviado su primera abjuración. Pero como había desaparecido, sólo pudieron condenarla por una primera falta y sentenciarla a cadena perpetua.

Asimismo, conviene recordar que los antepasados heréticos constituyen un obstáculo para que uno prospere. Uno no puede ejercer de notario ni funcionario público si posee esa mancha hereditaria. ¿Era posible, me pregunté, que uno de los notarios inquisitoriales hubiera descubierto el nombre de su abuelo en el archivo que faltaba? ¿Era posible que lo hubiera descubierto Raymond? Esa idea me espantó, pues era terrible. ¡Un traidor entre nosotros! ¡Otro traidor! Pensé horrorizado en la posibilidad de que Raymond hubiera ordenado que asesinaran al padre Augustin por el simple hecho de que éste buscaba el archivo que él había robado.

Pero negué con la cabeza enérgicamente. Sabía que esas ideas eran infundadas y extremas, toda vez que las pruebas eran escasas y los posibles culpables muy numerosos. Quizás el archivo, debido a un error, no había sido copiado. Quizá se había perdido al igual que el documento en Toulouse. Existían varias explicaciones razonables.

Con todo, si Raymond Donatus no conseguía hallar el ar-

229

chivo, era preciso interrogarle cuanto antes. Me propuse también buscar el archivo de marras yo mismo. Tan pronto como tomé esa decisión regresé al *scriptorium* y me puse a rebuscar en los dos grandes arcones que contenían los archivos. Nadie me preguntó qué hacía. Durand había ido a reunirse con mi superior en el calabozo subterráneo, y el hermano Lucius no dijo una palabra. Siguió escribiendo, sorbiéndose de vez en cuando los mocos o restregándose los ojos, mientras yo examinaba casi cien años de depravación.

Fue una tarea laboriosa, pues los archivos no estaban ordenados, aunque buena parte de los superiores correspondían a épocas recientes. Por lo demás, el acta que contenía cada archivo estaba clasificada, como de costumbre, de acuerdo al lugar de residencia del acusado en lugar de las fechas en que habían sido transcritas las deposiciones. Mientras me afanaba en examinar ese desordenado amasijo de declaraciones, mi furia contra Raymond Donatus iba en aumento. Estaba convencido de que no había cumplido con su deber, lo cual me parecía un pecado casi tan grave como asesinar al padre Augustin. Todo indicaba que el archivo que faltaba se había extraviado. Pensé que era un verdadero milagro que no hubieran desaparecido más archivos debido a la incompetencia del notario.

—Lucius —dije, y éste me miró por encima de la punta de su pluma—, ¿sois capaces de examinar estos archivos?

—No, padre, no estoy autorizado a consultarlos.

—Pues para que lo sepáis, son un desastre. ¿Qué hace Raymond durante todo el santo día? Supongo que hablar. Hablar y hablar sin parar.

El escriba no dijo nada.

—Hay multitud de folios sueltos. ¡Y carcoma! ¡Es abominable! ¡Imperdonable! —Decidí ordenar los documentos yo mismo, una tarea en la que seguía ocupado cuando, poco antes de completas, se presentó de pronto Pierre-Julien en el *scriptorium*. Jadeaba y sudaba copiosamente, como si hubiera subido aprisa por la escalera. Tenía el rostro insólitamente arrebolado.

—¡Ah, hijo mío! —exclamó jadeando—. Por fin doy con vos.

—Aquí me tenéis.

—Sí. Bien. Acompañadme, os lo ruego, deseo hablar con vos.

Intrigado, le seguí escaleras abajo. Pierre-Julien estaba muy nervioso. Cuando llegamos a mi mesa, se volvió hacia mí y cruzó los brazos. La voz le temblaba con emoción contenida.

—Me han informado —dijo— de que os negáis a seguir mi consejo en lo referente a interrogar a los prisioneros sobre el tema de la brujería. ¿Es cierto?

Sorprendido, durante unos instantes no supe qué responder. Pero Pierre-Julien no esperó a que le ofreciera una respuesta.

—En vista de las circunstancias —prosiguió—, he decidido asumir el control de la investigación del asesinato del padre Augustin.

—Pero...

—Haced el favor de entregarme todos los documentos relativos al caso.

—Como gustéis —respondí. Antes que emplear su ridículo sistema de interrogación, prefería renunciar a la tarea—. Pero debo informaros de que he descubierto...

—También he considerado vuestro futuro en el Santo Oficio. A mi modo de ver no abordáis esta labor con el debido talante.

—¿Cómo?

—He decidido hablar del asunto con el obispo y el prior Hugues. Entretanto, podéis encargaros de la correspondencia y otros modestos menesteres...

—Un momento. Aguardad —dije alzando una mano—. ¿Pretendéis destituirme de mi cargo?

—Estoy facultado para hacerlo.

—¿Acaso creéis que podéis trabajar aquí sin mi ayuda?

—Sois un hombre vanidoso e insolente.

—Y vos un necio. Un pellejo de vino vacío. —De pronto perdí los estribos—. ¿Cómo os atrevéis a suponer que podéis darme órdenes? ¡Vos, que ni siquiera sois capaz de llevar a cabo un sencillo interrogatorio sin recurrir a las torpes armas que exige vuestra absoluta incompetencia!

—«Que callen para siempre los labios mentirosos, que, soberbios y despectivos, lanzan insolencias contra el justo.»

—Yo iba a decir eso mismo.

—Retiraos —dijo Pierre-Julien con labios temblorosos—. No deseo seguir viéndoos aquí.

—Muy bien. Porque veros me produce náuseas.

Acto seguido me fui, para que Pierre-Julien no presenciara la intensidad de mi ira. No quería demostrarle lo amargo que había sido el golpe que me había propinado, lo profundamente que me había herido en mi amor propio. Mientras me encaminaba de nuevo al priorato, le cubrí de maldiciones: «¡Que el polvo de tu tierra se convierta en piojos! ¡Que tú mismo te conviertas en excremento sobre la faz de la tierra! ¡Que tu sangre brote por la fuerza de la espada! ¡Malditos sean tu trigo y tu centeno..!», al tiempo que trataba de convencerme de que por fin me había librado del yugo que me había colocado en torno al cuello, de su tiranía. ¡Era una bendición! ¡Debía darle gracias al Señor! Sin mi ayuda, Pierre-Julien se hundiría en un lodazal de confusión y frustración. Tendría que arrastrarse hasta mí para pedirme que le auxiliara.

Me decía todo esto, pero no logré apaciguar mi turbado espíritu. ¡Ya veis hasta qué punto me había apartado de la humildad perfecta! Deseé que el fuego del infierno cayera sobre él. Deseé que Dios le hiriera con las úlceras de Egipto, con almorranas, con sarna, con tiña, de que no se curara. En esa ocasión no me comporté como un siervo de Cristo, ¿pues qué dice el noble y bendito Señor que habita en la eternidad? «Yo habito en la altura y en la santidad, pero también con el contrito y humillado.»

Cuando reflexionéis sobre mi ira, quizás os preguntéis: ¿es este el hombre que afirma haber conocido el amor divino? ¿Es este el hombre que se ha comunicado con el Señor, que ha probado su infinita misericordia? Quizás estas reflexiones os induzcan a cambiar de parecer. Y estaría más que justificado, porque yo también había empezado a dudar. Mi corazón estaba ahora frío como el pedernal; halagaba la vanidad; mis iniquidades se habían multiplicado. Mi alma estaba atribulada por asuntos terrenales, en lugar de buscar la ciudad cuyo río constituye una fuente de alegría, y cuyas puertas el Señor ama más que las doce tiendas de Jacob. Me había alejado del abrazo de Dios, o quizás ese abrazo nunca me había sido ofrecido.

Esa noche mi duro corazón, caldeado por la fiebre de la angustia, en lugar de la llama del amor, se enfrió poco a poco mientras reflexionaba acostado en mi catre. Pensé con desesperación en todos mis pecados, y en los enemigos que me habían tendido una trampa junto al camino. Supliqué en silencio: ¡Líbrame de ese hombre falso e injusto! Luego pensé en Johanna, y hallé un consuelo que la contemplación del Señor no me había proporcionado, pues al contemplar a Johanna no sentí vergüenza de mis defectos y debilidades. (¡Que Dios perdone mis pecados!) Me pregunté qué estaría haciendo Johanna, si ya habría partido hacia su residencia de invierno, y si pensaría en mí acostada en la oscuridad. Probé, a sabiendas, la fruta prohibida, que era dulce e hizo que ansiara comer más. Pensé en la promesa que había hecho a Johanna de que recibiría noticias mías; durante varias semanas me sentí tentado a escribirle una carta confesándole la impura estima que sentía por ella, y declararle mi intención de no volver a vernos. Desde luego, era una carta difícil de escribir y casi imposible de enviar sin suscitar sospechas. A fin de cuentas, ¿qué hacía un monje escribiendo a una mujer? ¿Y cómo podía expresarme con franqueza a una persona que no sabía leer?

De pronto me incorporé en la cama. ¡La carta! Los pensamientos sobre una carta me habían llevado a pensar en otra: la carta del obispo de Pamiers, la carta referente a la posesión diabólica de Babilonia. Seguía entre los papeles del padre Augustin. Si Pierre-Julien la encontraba, los resultados podían ser trágicos. ¿Quién sabe qué absurdas y erróneas conjeturas se fraguarían en aquel tarugo que portaba sobre los hombros?

Comprendí que debía rescatarla y decidí hacerlo. Luego permanecí toda la noche en vela, atormentado por el temor de no alcanzar mi objetivo antes de que lo hiciera Pierre-Julien.

A la mañana siguiente, no asistí a maitines. Me dirigí rápido a la sede del Santo Oficio, tiritando debido a los primeros fríos del invierno. Al llamar a la puerta exterior, me sorprendió no obtener una respuesta inmediata, pues durante la noche solía permanecer un centinela apostado, en el interior, junto a esa

233

puerta. Entonces se me ocurrió que el hermano Lucius, que era muy madrugador, quizá ya había llegado. Así que llamé con más energía, y por fin me respondió la voz del escriba.

—¿Quién es? —preguntó.

—El padre Bernard. Abrid.

—Ah. —Oí unos pasos y se abrió la puerta. Luego vi el rostro del hermano Lucius—. Pasad, padre.

—A a veces me pregunto por qué os molestáis en regresar a Saint Polycarpe por las noches —comenté, pasando junto a él—. Deberíais dormir aquí y ahorraros esos madrugones.

—Mientras el hermano Lucius echaba de nuevo el cerrojo a la puerta, me encaminé con celeridad hacia mi mesa, pero los papeles del padre Augustin habían desaparecido de ella. Maldiciendo en silencio, me dirigí a la estancia del inquisidor. Pero no encontré nada.

Por lo visto Pierre-Julien se había llevado los papeles a su celda.

Aturdido por este inesperado golpe, me senté en una silla y medité sobre las alternativas que se me ofrecían. Rescatar la carta de la celda de Pierre-Julien no me resultaría difícil, siempre y cuando éste estuviera ausente. Pero si Pierre-Julien se proponía llevar siempre encima esos papeles, mis posibilidades de rescatar la carta eran remotas. ¿Y en todo caso de qué me serviría, si él ya la había encontrado? Todo indicaba que Pierre-Julien había pasado un buen rato la noche anterior consultando esos documentos, de otro modo no se los habría llevado al priorato.

Decidí que lo mejor que podía hacer, suponiendo que Pierre-Julien se negara a entregarme esos papeles, era acceder a ellos en su presencia y recuperar la carta mientras trataba de distraerle. Por ejemplo, comentándole que faltaba un archivo.

Me levanté y llamé al escriba.

—¡Lucius!

—¿Qué deseáis, padre?

Al penetrar en la antesala, vi que Lucius había empezado a subir la escalera.

—¿Sabéis si Raymond tardará en llegar, hermano? Suele hacerlo antes que yo.

El hermano Lucius reflexionó unos instantes.

—A veces llega temprano y otras se retrasa —respondió con cautela—. Pero no suele llegar tan temprano.

Decidí en el acto visitar la casa del notario y preguntar a Raymond si había hallado el archivo que faltaba en la biblioteca del obispo. Si no había dado con él, expondría de inmediato este inquietante hecho a Pierre-Julien, a quien quizá le parecería tan insólito que soltaría la carta que yo anhelaba recuperar. Para no perder tiempo, pues el tiempo daría a Pierre-Julien la ocasión de leer la susodicha carta, di las gracias al hermano Lucius y me fui a la residencia de Raymond Donatus. Sabía dónde se encontraba, aunque nunca había puesto el pie en ella. La casa, antaño el *hospitum* de un comerciante de harina, había sido adquirida hacía cinco años por Raymond, quien había transformado el almacén de techo abovedado en unos establos. (Debo señalar que el notario poseía dos caballos, tan preciados para él como sus viñas; hablaba más de sus caballos que de su hijo y su hija.) Era una vivienda muy espaciosa, con dinteles de piedra esculpidos sobre las ventanas. En el interior, las vigas del techo estaban pintadas a rayas rojas y amarillas. Había incluso unas sillas dispuestas en torno a la mesa, y un crucifijo que colgaba sobre la puerta de entrada.

Pero cuando la esposa de Raymond me abrió la puerta, observé que estaba vestida con harapos, como una sirvienta, y que tenía la cara sucia.

—¡Ah, padre Bernard! —dijo.

—Ricarda.

—Estaba limpiando. Disculpadme, llevo mis ropas viejas.

—Tras invitarme a pasar, me ofreció bebida y comida, que yo rechacé dándole las gracias. Mientras echaba una ojeada a la cocina, con su imponente hogar y sus jamones que colgaban del techo, le dije que deseaba hablar con Raymond.

—¿Con Raymond?

—Vuestro esposo. —Al observar que la mujer me miraba sin comprender, añadí—: ¿No está en casa?

—No, padre. ¿No está en el Santo Oficio?

—No que yo sepa.

—Qué raro. Estuvo allí toda la noche.

—¿Toda la noche? —inquirí, tardando unos instantes en reaccionar. La pobre y atribulada mujer empezó a mostrar signos de agitación.

—Él... a menudo se queda a trabajar allí toda noche —balbució—. Al menos eso me dice.

—Ya. —Entonces comprendí, demasiado tarde, lo que había estado haciendo Raymond. Había pasado unas noches con unas rameras y había mentido a su mujer. Me enfureció pensar que había utilizado el Santo Oficio como excusa.

—Ricarda —dije, negándome a mentir para proteger a Raymond—, vuestro esposo no estaba en el Santo Oficio cuando me marché. La única persona que había allí era el hermano Lucius.

—Pero...

—Si vuestro esposo no regresó a casa anoche, debéis exigirle otra explicación.

—¡Lo han secuestrado! ¡Algo malo le ha ocurrido!

—Lo dudo.

—¡Ay, padre! ¿Qué puedo hacer? ¿Qué puedo hacer, María?

María era la nodriza; estaba sentada junto al hogar dando de mamar a una criatura, y presentaba un aspecto tan rollizo como marchito era el de Ricarda.

—Preparaos un poco de ponche caliente, *Domina* —aconsejó a su patrona—. A vuestro esposo no le ha ocurrido nada malo.

—¡Pero ha desaparecido!

—Nadie puede desaparecer en esta ciudad —replicó la nodriza. Ambos nos miramos. Aunque hablaba de forma lenta y plácida, era una mujer perspicaz.

—Ayudadme, padre —me rogó la desconsolada esposa—. Debemos dar con él.

—Estoy tratando de dar con él...

—Quizá lo hayan matado los herejes, al igual que mataron al padre Augustin. ¡Ay, padre! ¿Qué puedo hacer?

—Nada —respondí con energía—. Quedaos aquí y esperad. Y cuando vuestro esposo aparezca, quiero que le echéis una buena reprimenda por su infame conducta. Imagino que estará jugando a los dados en algún garito y ya no sabe si es de día o de noche.

—¡Jamás! ¡Nunca haría semejante cosa!

Al ver que Ricarda rompía a llorar, y sintiéndome incapaz de consolarla, le aseguré que hallaría a su esposo. Me fui lamentando haberle causado tanta pena, pero confiando al mismo tiempo en que Raymond sufriera las consecuencias de su infamia. ¡Afirmar que trabajaba toda la noche! Era increíble.

Decidí regresar al Santo Oficio, denunciar la desaparición del notario y aprovechar la oportunidad para cerciorarme del paradero de los papeles del padre Augustin, pues sabía que Pierre-Julien siempre iniciaba su jornada de trabajo después de maitines. De camino me tropecé con Roger Descalquencs en el mercado, y me detuve para saludarle. Roger estaba enzarzado en una pequeña disputa sobre impuestos (los impuestos sobre las mercaderías son objeto de tantas quejas como los diezmos), pero interrumpió su discusión con un airado vendedor de quesos cuando vio que yo esperaba para hablarle.

—Saludos, padre —dije—. ¿Me andabais buscando?

—No —contesté—. Pero ya que me he topado con vos, deseo comentaros una cosa.

Roger asintió con la cabeza, me llevó aparte y conversamos en voz baja mientras a nuestro alrededor las ovejas balaban, los compradores regateaban y los vendedores ambulantes proclamaban las virtudes de sus productos. Le expliqué que Raymond Donatus se había esfumado de la noche a la mañana, que había desaparecido. Le expuse mis sospechas de que el notario estaba durmiendo en el lecho de una prostituta para reponerse de los efectos de la juerga que se había corrido. Y pedí al senescal que los soldados de su guarnición, conocidos por ser algunos de los elementos más pecadores de Lazet, se mantuvieran alerta por si veían al notario.

—¿Decís que no ha aparecido en toda la noche? —preguntó Roger con expresión pensativa—. Sí, es muy preocupante.

—No estoy preocupado. Está claro que no es la primera vez que ocurre. Quizá se encuentre en estos momentos en el Santo Oficio.

—O quizás esté tendido sobre un montón de estiércol con el cuello rebanado.

Perplejo, medité sobre esa conjetura. ¿Qué había llevado al senescal a semejante conclusión?

—Tratar con putas equivale a tratar con ladrones —contestó—. Junto al río, entre mendigos y barqueros, hay unos individuos dispuestos a cortaros el cuello por un par de zapatos.

—Pero no me consta que Raymond se solace entre esas gentes. Que yo sepa, le gustan las sirvientas y las viudas.

—Una puta es una puta —declaró el senescal dándome una palmada en la espalda—. Descuidad, padre, daré con Raymond aunque le hayan arrojado al río. En esta ciudad no se me escapa nadie.

Tras comprometerse a hallar a Raymond, Roger reanudó su discusión con el quesero, no sin antes hacer que le prometiera que si encontraba a Raymond en el Santo Oficio, se lo notificaría cuanto antes a uno de los guardias de la guarnición. Aunque Roger estaba de un talante jovial, no debe sorprenderos que sus siniestros pronósticos me turbaran. Cuando regresé a la sede del Santo Oficio me atormentaban unos ingratos pensamientos: pensé en la posibilidad de que hubieran asesinado a Raymond para robarle y que hubieran arrojado su cadáver al río. O que, por ser un empleado del Santo Oficio, hubiera sufrido una suerte semejante a la del padre Augustin. Claro está que eran unos pensamientos irracionales, pues existía una explicación más probable, la que yo había ofrecido a Roger en primer lugar. Con todo, me sentía muy preocupado.

Cuando llegué al Santo Oficio, me abrió el propio Pierre-Julien. A juzgar por su rostro tumefacto e hinchado, había pasado la noche en vela y se mostró enojado al verme. Pero antes de que pudiera quejarse de mi presencia, le pregunté si Raymond Donatus se hallaba en el edificio.

—No —contestó—, y debo llevar a cabo un interrogatorio. Me disponía a enviar a un familiar a su casa.

—No lo encontraréis allí —le interrumpí—. Raymond no ha aparecido por su casa en toda la noche

—¿Qué?

—Su esposa no lo ha visto desde ayer por la mañana. Yo no lo he visto desde ayer por la tarde. —Y el hecho de que Raymond tuviera que estar presente, para levantar acta del interrogatorio, me inquietó profundamente. Aunque no era la primera vez que Raymond pasaba la noche fuera de su casa, era la primera vez que no asistía a un interrogatorio previsto—. Sospecho que suele pasar las noches con rameras, y me preocupa que haya caído entre ladrones. Claro que quizá se haya dedicado tan sólo a satisfacer sus apetitos...

—Debo irme —declaró Pierre-Julien. Yo seguía en el umbral, pues éste me había interceptado el paso, y al pasar junto a mí por poco me derriba—. Haced que venga Durand Fogasset —prosiguió, emitiendo su orden sin detenerse—. Decid a Pons que el interrogatorio ha sido suspendido.

—Pero...

—No os mováis de aquí hasta mi regreso.

Asombrado, lo observé mientras se alejaba. Su inesperada partida no admitía explicación alguna. Pero de pronto se me ocurrió que su habitación estaba ahora desierta y fui a registrar su mesa.

Tal como había supuesto, encontré allí los papeles del padre Augustin, y entre ellos la carta del obispo de Pamiers. ¡Alabado sea el Señor! Ésta era la prueba de la misericordia divina.

Oculté el documento entre mi ropa, pensando en destruirlo quizá más tarde. Luego, obedeciendo la orden de Pierre-Julien, me dirigí a la prisión para pedir a Pons que hiciera venir a Durand Fogasset. De paso le comuniqué la ausencia de Raymond. Convinimos que, por culpa de una pelandusca, un hombre puede acabar mal; Raymond, dijo Pons, no debió «introducir su pabilo en vela ajena».

—Yo creo —añadió—, que ese idiota se ha acostado con la esposa de otro hombre y se ha ido de la lengua. Es muy propio de él.

—¿Conoces el nombre de su conquista más reciente? —inquirí.

—Si lo supiera, os lo diría. Estoy demasiado atareado para ocuparme de las porquerías de Raymond. Pero quizá lo sepa el escriba, o ese joven, Durand.

Fue un buen consejo. Pero cuando hablé con el hermano Lucius en el *scriptorium*, respondió con vaguedades que no me sirvieron de ayuda. ¿Mujeres? Había habido muchas mujeres.

239

—Me refiero a recientemente —insistí—. Durante las últimas semanas.

—Ah... —El pobre canónigo se sonrojó—. Procuro no escuchar, padre... son unas conversaciones pecaminosas.

—Por supuesto. Lo comprendo. E imagino que aburridas. Pero ¿recordáis algunos nombres, hermano? ¿O detalles sobre esas mujeres?

—Todas parecen tener una naturaleza extremadamente lasciva —farfulló todo colorado—. Y los pechos grandes.

—¿Todas?

—Raymond los llama «ubres». Le gustan mucho las «ubres grandes».

—Ya.

—Una se llamaba Clara —prosiguió el hermano Lucius—. La recuerdo porque me dije: ¿cómo es posible que una mujer que ostenta el nombre de esa bendita santa sea una fuente de iniquidad?

—Sí. Es un pecado grave.

—Pero Raymond no suele revelarme sus nombres —dijo el escriba—. Prefiere identificarlas según su aspecto.

Imaginé lo que debía sentir el escriba. Incluso me identifiqué con él. Es más, sentí una compasión tan profunda por el hermano Lucius, que desistí de seguir interrogándolo. Ya le había mortificado bastante, pensé. Algunos monjes hablan sobre el coito y las mujeres sin pestañear, franca y alegremente, pero Lucius no era así. Era un hombre de gran modestia, criado por una madre viuda, ahora ciega, y enclaustrado desde los diez años.

—¿Visteis a Raymond ayer tarde? —pregunté—. Fue a Saint Polycarpe, pero ¿regresó después de que yo me marchara?

—Sí, padre.

—¿Ah, sí?

—Sí, padre. Cuando me fui para asistir a completas él seguía aquí.

—¿Os dijo algo? ¿Referente a la biblioteca del obispo? ¿Referente a dónde fue anoche?

—No, padre.

—¿No os dijo nada?

El hermano Lucius volvió a sonrojarse. Ordenó los objetos sobre su mesa con ademanes nerviosos y se limpió las manos en su hábito.

—Él... me habló de vos, padre.

—¿De veras? —Era lógico—. ¿Y qué dijo?

—Estaba enojado con vos. Dijo que le habíais ofendido y tratado como a un sirviente.

—¿Y qué más?

—Dijo que la soberbia es heraldo de la ruina.

—Sin duda —respondí, y di las gracias al hermano Lucius por su colaboración. Decidí esperar a Durand, así que regresé a mi mesa, me senté y analicé la información que había recabado. Me pregunté, por primera vez, si había sido Raymond quien había informado a Pierre-Julien de que me negaba a seguir sus consejos en relación con los interrogatorios. Estaba convencido de que Durand no habría repetido mi comentario sobre interrogar a Bruna d'Aguilar. Y Lucius se habría limitado a responder a una pregunta específica; jamás habría planteado él mismo el tema.

No cabía duda de que era obra de Raymond. En el fragor de su ira, de camino al palacio del obispo, seguramente había prevenido a Pierre-Julien contra mi flagrante rebeldía. La soberbia es heraldo de la ruina. El orgullo de Raymond siempre había sido muy delicado.

Seguía absorto en mis reflexiones cuando Durand Fogasset llamó a la puerta exterior. Me levanté y fui a abrirla.

—Raymond Donatus ha desaparecido —le comuniqué cuando entró.

—Eso me han dicho.

—¿Lo habéis visto desde ayer? Nadie lo ha visto. Ni siquiera su esposa.

El aspecto de Durand indicaba que le habían levantado de la cama, pues tenía los ojos legañosos, la cara un tanto hinchada y las ropas arrugadas. Me miró por debajo de un mechón de pelo negro.

—He dicho al padre Pierre-Julien que lo buscarais en ciertos lechos —respondió—. ¿Conocéis a Lothaire Carbonel? ¿El cónsul? Hace unas semanas vi a Raymond con una de sus sirvientas.

—Un momento —dije, sorprendido por esa referencia a mi superior—. ¿Cuándo habéis hablado con el padre Pierre-Julien sobre esto?

—Hace un momento. —Durand se desplomó sobre un banco, estiró sus piernas de saltamontes, se frotó los ojos y bostezó—. Como sabéis, cuando me dirijo aquí paso delante de la casa de Raymond.

—¿De modo que el padre Pierre-Julien se hallaba en casa de Raymond?

—Todo el mundo estaba en casa de Raymond. El senescal, buena parte de la guarnición...

—¿El senescal?

—Él y el padre Pierre-Julien estaban discutiendo a la puerta.

Me senté. Las rodillas apenas me sostenían, pues aquel día había recibido demasiados sobresaltos.

—Discutían sobre unos archivos —prosiguió Durand con pereza pero expresión de perplejidad—. El padre Pierre-Julien insistía en que si daban con ellos, debían entregárselos a él sin abrir, puesto que eran propiedad del Santo Oficio. El senescal ha contestado que no habían encontrado ninguno, sólo los archivos personales de Raymond.

—¿El senescal buscaba unos archivos?

—No, buscaba el cadáver de Raymond.

—¿Qué?

Durand se echó a reír. Incluso me dio una palmada en una mano.

—Perdonadme —dijo—, ¡pero habéis puesto una cara! Según tengo entendido, padre, cuando asesinan a un hombre o a una mujer, el senescal siempre sospecha ante todo del cónyuge.

—Pero no hay prueba de que...

—... ¿Raymond esté muerto? Cierto. Personalmente, supongo que habrá bebido demasiado vino y está durmiendo la mona en algún sitio. Quizá me equivoque. El senescal tiene más experiencia en estos asuntos.

Negué con la cabeza, sentía que me hundía en un profundo lodazal donde no hacía pie.

—Claro que cabe preguntarse: ¿dónde se acuesta con esas mujeres? —prosiguió el notario—. Raymond posee un par de tiendas, aquí cerca, pero las tiene arrendadas. Puede que uno de sus arrendatarios le permita utilizar el suelo por una módica renta. O quizás utiliza un montón de estiércol, como todo el mundo...

Poco a poco mis pensamientos adquirieron coherencia. Me levanté e informé a Durand de que iba a casa de Raymond. Pero antes de que alcanzara la puerta, Durand me detuvo diciendo:

—Una pregunta, padre.

—¿Sí? ¿Qué?

—Si Raymond está vivo, y no dudo que lo esté, ¿qué será de mí?

—¿A qué os referís?

—Si queda sólo un inquisidor, no habrá trabajo suficiente para dos notarios.

Le miré a los ojos y deduzco que Durand vio algo en los míos, o en el rictus de mi boca, que respondió a su pregunta. Sonrió, se encogió de hombros y extendió las manos.

—Me habéis hecho un gran favor, padre —dijo—. Este puesto se había vuelto demasiado sanguinario para mi gusto.

—Quedaos aquí —contesté—, hasta que regrese el padre Pierre-Julien. Me pidió que os hiciera venir.

Luego me marché, distraído por todas las preguntas que deseaba formular. ¿Se había llevado Raymond Donatus a su casa los archivos del Santo Oficio, sabiendo que estaba prohibido a todos salvo a los inquisidores de la depravación herética? ¿Estaba informado Pierre-Julien de esta violación de las reglas? ¿Y qué archivos se había llevado? Tratando de esclarecer mis dudas, me dirigí volando a casa de Raymond, pero a pocos metros del Santo oficio me topé con un atribulado Pierre-Julien.

—¡Por fin! —exclamó.

—¡Ah! —dije yo.

Aunque estábamos en la calle, a la vista de numerosos ciudadanos que nos observaban con curiosidad, Pierre-Julien co-

menzó a reprenderme con un tono tan agudo como el carami-
llo de un pastor. Estaba más pálido que de costumbre.

—¿Cómo os atrevéis a hablar con el senescal sin mi permiso? —me espetó—. ¿Cómo os atrevéis a consultar por vuestra
cuenta al brazo secular? ¡Sois rebelde y desobediente!

—Ya no tengo que obedeceros, hermano. He abandonado el
Santo Oficio.

—¡Cierto! ¡De modo que os agradeceré que dejéis de in-
miscuiros en los asuntos del Santo Oficio!

Pierre-Julien se dispuso a seguir su camino, pero le así de
un brazo.

—¿A qué asuntos os referís? —pregunté—. ¿A los archivos que han desaparecido?

—Soltadme.

—Durand os ha oído decir al senescal que os entregara todos los archivos que hallara entre los efectos de Raymond. Habéis dicho que son propiedad del Santo Oficio.

—No tenéis derecho a interrogarme.

—Por el contrario, tengo todo el derecho. ¿Sabíais que Raymond me ha informado de que faltan dos archivos? ¿Es posible
que los tenga él y que vos lo supierais? ¿Es posible que ignoréis
la regla impuesta por el primer inquisidor de Lazet, de que los
archivos inquisitoriales no deben salir jamás del Santo Oficio a
menos que los custodie un inquisidor?

—Di a Raymond permiso para llevarse un archivo a casa
—se apresuró a responder Pierre-Julien—. Lo necesitaba para
llevar a cabo la tarea que le había encomendado.

—¿Y dónde está ahora ese archivo? ¿En manos del senescal?

—Quizás esté en la mesa de Raymond. Es posible que no se
lo llevara...

—¿Le confiasteis un archivo inquisitorial y no sabéis dónde está?

—Apartaos.

—Hermano —dije sin tener en cuenta temerariamente a las
personas que nos escuchaban—, ¡sois indigno del cargo que os-
tentáis! Os habéis saltado las reglas, habéis puesto en peligro...

—«El que esté libre de pecado, que tire la primera piedra»
—exclamó Pierre-Julien—. ¡No sois quién para criticarme,

hermano, pues vuestra obcecación os impide identificar a los herejes que tenéis ante las narices!

—¿Ah, sí?

—¡Sí! ¿Pretendéis decirme que no visteis la carta del obispo de Pamiers, que se hallaba entre los papeles del padre Augustin?

Os juro que creí que se me paraba el corazón. Luego empezó a latir con la contundencia de un herrero en su yunque.

—En esta diócesis hay una joven poseída por un demonio —prosiguió Pierre-Julien muy alterado—, y donde hay demonios, hay nigromantes. ¡Sois como los ciegos que tienen ojos! ¡No sois digno de ser mi vicario!

Y se alejó sin darme tiempo a responder.

Las aguas de Nimrin

*I*maginad mi posición. Se me había prohibido el acceso a las dependencias del Santo Oficio. Mi amor por Johanna de Caussade, bien famélico o bien alimentado por su ausencia (tengo entendido que las autoridades discrepan sobre este punto), era no obstante lo suficiente intenso para mantenerme en vela por las noches. Conocía a Pierre-Julien, y conocía su mentalidad; cuando identificara a la joven poseída citada en la carta como Babilonia de Caussade, no cejaría hasta arrancarle una confesión de brujería, y también a las personas allegadas a ella. Por lo demás, aunque no era un hombre inteligente, acabaría sospechando de Babilonia, siquiera a través de un proceso de eliminación. No podía fundar mis esperanzas en su falta de inteligencia.

«De lo profundo te invoco, Oh Yavé.» Al igual que san Agustín, tenía el alma destrozada y sangrante; mi corazón era un yermo y lo único que contemplaba era la muerte. Cuando Pierre-Julien se alejó de mí, permanecí un rato en la calle, sin ver ni oír. Yo era, tal como había dicho Pierre-Julien, como los ciegos que tienen ojos y los sordos que tienen oídos. Comía el pan del dolor, pues conocía los métodos del Santo Oficio. Una vez que se fija en ti, no tienes escapatoria. Sus redes son inmensas y su memoria larga. ¿Quién mejor que yo iba a saberlo? Así pues me sumí en la tristeza, y vi ante mí tan sólo ortigas y saladares, la desolación de la desesperanza.

Durante un tiempo deambulé por las calles sin rumbo, y ni siquiera hoy puedo deciros si algunas personas me saludaron mientras vagaba por la ciudad. Mis ojos no reparaban en lo que me rodeaba; no veía más que la calamidad que se había abatido sobre mí. Luego, cuando empecé a sentirme cansado, tomé conciencia de mi persona y mi entorno. Empecé a prestar atención a las protestas de mi tripa, pues habían pasado las nonas y debía de estar comiendo. De modo que regresé al priorato, y al entrar en el refectorio recibí numerosas miradas de censura debido a lo tarde que era. Supuse que me impondrían un castigo durante el capítulo de faltas, pero eso no me importaba; me sentía débil y abatido bajo el peso de mi conciencia. Cualquier penitencia que me impusieran la tendría bien merecida, pues mi orgullo y mi vanidad habían hecho que me expulsaran del Santo Oficio. Me habían impedido ayudar a Johanna y me habían excluido de toda decisión en relación con su suerte. Yo mismo me había mutilado los brazos y arrancado la lengua.

Había sido un estúpido, pues sólo un estúpido suelta todo lo que piensa, mientras que un hombre sabio se lo guarda hasta el momento oportuno.

¡Dios misericordioso, sufría como un condenado! Me retiré a mi celda y recé. Luchando contra la desesperación que se abatía una y otra vez sobre mí, ofuscando mis facultades, me esforcé en tomar una decisión. Pero sólo se me ocurría una. Tenía que hallar el medio de regresar al Santo Oficio, aunque era más fácil que un camello pasara a través del ojo de una aguja. Era preciso que recuperara mi puesto allí.

Sabía que tendría que comprar mi readmisión a un elevado precio. Pierre-Julien me obligaría a untarme la cara con estiércol y lamer el polvo como una serpiente. No obstante, os aseguro que, de ser necesario, estaba dispuesto a comer cenizas como si fueran pan. Mi orgullo era insignificante comparado con mi amor por Johanna.

Quizás os parezca increíble que yo hubiera sucumbido a una pasión carnal tan atolondrada y rápidamente, después de dos breves encuentros. Quizás os extrañe el poder de las cadenas, hacía poco forjadas, que me ataban con tal fuerza al lejano objeto de mi deseo. Pero ¿no se apegó el alma de Jonatán a la de David después de su primer encuentro? ¿Acaso no ha sido demostrado, por numerosas autoridades, que el amor, al entrar por los ojos, suele tener unos efectos instantáneos? Existen innumerables ejemplos, tanto en el presente como en el pasado, y confieso que el mío es otro. Yo estaba dispuesto, pese a todo, a chupar el veneno de las llagas de un leproso con tal de impedir que le ocurriera algo malo a Johanna.

Pensé que quizás era voluntad de Dios que yo padeciera estos reveses. Quizá quería convertirme en un hombre humilde y arrepentido. Comoquiera que no había logrado transformarme con su amor divino, quizá pretendía obtener los mismos resultados castigando y zahiriéndome. «Bien me ha estado ser humillado para aprender tus mandamientos...»

Así que me lavé la cara, pensé en la estrategia que debía adoptar y regresé a la sede del Santo Oficio dispuesto a postrarme sobre el estiércol. Era casi la hora de vísperas y las sombras se habían alargado; mientras rezaba y me reprochaba mi conducta, había transcurrido buena parte del día. Pero Raymond Donatus seguía sin aparecer, según me informó el hermano Lucius cuando me abrió la puerta.

—¿Y el padre Pierre-Julien? —pregunté—. ¿Dónde está?

—Arriba, en el *scriptorium*. Está examinando los archivos.

—Decidle que he venido, con talante humilde y contrito, a pedirle perdón —dije, sin hacer caso de la expresión atónita del canónigo—. Rogadle que acceda a concederme una entrevista. Decidle que estoy sinceramente arrepentido.

Obediente, el hermano Lucius fue a transmitir mi mensaje. Tan pronto como desapareció, entré en la habitación de Pierre-Julien y restituí la carta del obispo Jacques Fournier a su lugar, pues no quería que, además de mis otros pecados, me tacharan de ladrón. Huelga decir que no me entretuve. Cuando el hermano Lucius regresó, me hallaba de nuevo junto a la puerta exterior, con aire de inocencia y humildad.

—El padre Pierre-Julien dice que no desea hablar con vos —me informó el hermano Lucius.

—Decidle que vengo tan sólo con ánimo de escuchar y aceptar. Estaba equivocado, y deseo que me aconseje.

El hermano Lucius subió de nuevo la escalera. Al cabo de unos momentos, volvió a bajar portando una respuesta fría y áspera.

—El padre Pierre-Julien dice que está muy atareado.

—En tal caso esperaré hasta que pueda recibirme. Id a decírselo, hermano, por favor. Cuando desee verme, aquí me encontrará.

Acto seguido me senté en uno de los bancos y me puse a recitar los salmos penitenciales. Tal como yo había previsto, el sonido de mi voz (perfectamente adiestrada, aunque lo diga yo) obligó a Pierre-Julien a abandonar el *scriptorium* con la rapidez con que el humo obliga a una rata a abandonar su madriguera.

—¡Silencio! —me espetó desde la cima de la escalera—. ¿Qué queréis? ¡No sois bienvenido aquí!

—He venido a suplicaros, padre. He sido necio y desobediente. He desdeñado la sabiduría y halagado la vanidad. Os pido perdón, padre.

—No puedo hablar de eso ahora —replicó Pierre-Julien. Presentaba un aspecto alterado, arrugado, sudoroso y trémulo—. Hay muchas cosas... Raymond sigue sin aparecer...

—Permitidme ser vuestro báculo, padre. Vuestro escabel. Permitidme serviros.

—Os burláis de mí.

—¡No! —Abrumado como me sentía por una profunda angustia, ansioso de proteger a Johanna y disgustado por mi lamentable orgullo, mi tono era del todo convincente—. Creedme cuando os aseguro que estoy decidido a renunciar a mi propia voluntad. Soy un ser ruin e inferior, como la leche que al verterse se cuaja y convierte en queso. Perdonadme, padre. Me pavoneo muy ufano cuando debería limitarme a meditar sobre mis pecados y el temible juicio de Dios. Soy como los enemigos de la cruz de Cristo, cuyo Dios es su vientre y sólo se ocupan de asuntos terrenales. Vuestro juicio es mi ley, padre. Ordenadme y os obedeceré, pues soy indigno de presentarme ante Dios. Soy un imbécil, y los imbéciles mueren por la boca.

¿Cómo explicar las lágrimas que en aquellos momentos nublaron mis ojos? Quizá fueran lágrimas de indignación, aunque desde esta lejana perspectiva no puedo deciros si mi indignación iba dirigida contra mis múltiples pecados, contra Pierre-Julien, contra mi terrible situación o contra las tres cosas. Sea como fuere, tuvieron el efecto deseado. Pierre-Julien

249

vaciló unos instantes, tras lo cual alzó la vista hacia el *scripto-rium*, me miró y avanzó unos pasos.

—¿Os arrepentís sinceramente? —preguntó, con evidente recelo, aunque con menos contundencia de lo que yo había previsto.

En respuesta, caí de rodillas y me cubrí la cara con las manos.

—Compadeceos de mí, Dios mío, a través de vuestra infinita bondad —supliqué—, a través de vuestra infinita misericordia, y borrad mi ofensa. Purificadme de mis iniquidades y pecados. Conozco mis transgresiones y tengo siempre presentes mis pecados.

Pierre-Julien emitió un gruñido. Bajó hasta donde me encontraba y apoyó una mano sudorosa sobre mi tonsura.

—Si os arrepentís sinceramente de vuestros errores —dijo—, os perdono por vuestra obstinada arrogancia. —(¡Sus palabras eran carbones encendidos, os lo aseguro!)—. Pero debéis suplicar la misericordia de Dios, hijo mío. Dios es quien conoce vuestro corazón y quien puede restituiros la alegría de vuestra salvación. El sacrificio grato a Dios es un corazón contrito. ¿Habéis conseguido humillar vuestro espíritu, hijo mío?

—Sí —respondí, y no mentía. Antes esa pomposa benevolencia me habría hecho rechinar los dientes, pero en esos momentos sólo pensé: no merezco otra cosa.

—Entonces acercaos. —Era evidente que mi aflicción le sabía dulce a Pierre-Julien. Le estimulaba como el vino, y daba color a sus mejillas y una sonrisa a sus labios—. Acercaos, nos daremos el beso de la paz y rogaremos a Dios que bendiga nuestra unión con la extirpación de numerosos herejes.

Pierre-Julien me abrazó para perdonarme mis pecados; yo acepté su beso como habría aceptado unos latigazos, en penitencia por mi arrogancia. Luego le seguí hasta su habitación, donde se puso a perorar sobre la virtud de la humildad, que purificaba el alma como el fuego de un refinador y el jabón de un batanero. Yo escuché en silencio. Por fin, tras convencerse de que no me proponía desafiar su autoridad, Pierre-Julien me pidió que regresara a mis quehaceres «con espíritu obediente», teniendo siempre presente que los humildes heredarán la tierra.

—Padre —dije antes de que Pierre-Julien regresara al *scriptorium*—, en cuanto a la carta que mencionasteis, la del obispo de Pamiers...

—Ah, sí —respondió Pierre-Julien asintiendo con la cabeza—. Creo que constituye una prueba importante.

—¿Contra quién, padre?

—¡Pues contra la joven poseída, claro está!

—Claro —dije. Debía andarme con cautela, pues no quería dar la impresión de ser contumaz—. ¿La habéis identificado?

—Aún no —confesó Pierre-Julien—. Pero preguntaré a Pons si hay alguna joven hermosa en prisión que parezca estar poseída por el diablo. —De improviso frunció el ceño y me miró con un aire un poco suspicaz—. Habéis examinado todos los interrogatorios realizados por el padre Augustin —dijo—. ¿No habéis hallado a nadie que encajara con esta descripción? ¿Alguien a quien el padre Augustin hubiera interrogado? La fecha de la carta puede serviros de ayuda.

Esto me planteaba un problema. No quería alertar a Pierre-Julien sobre la existencia de Babilonia. Por otra parte, no convenía que la descubriera a través de otros medios y me acusara de haberle engañado. Así pues, respondí a su pregunta con otra destinada a despistarle.

—Si el padre Augustin no mencionó nunca a esa joven, no la acusó y ni siquiera la investigó —dije—, significa que estaba convencido de su inocencia.

—En absoluto. Sólo significa que murió antes de emprender la inquisición.

—Pero, padre, si esa joven es una hechicera, ¿por qué dijo el padre Augustin que estaba poseída y trató de librarla de esa posesión?

—Quizá sea víctima de la brujería —reconoció Pierre-Julien—. No obstante, ella nos conducirá al culpable. Recordad lo que dice el Doctor Angélico sobre las invocaciones al diablo. Aunque parezca que el diablo está en poder del hechicero, no es así. Quizá la joven invocó a un demonio y fue poseída por él. Tened en cuenta que es una mujer. Una mujer es por naturaleza más débil que un hombre.

—Pero el padre Augustin dijo que esa joven poseía grandes

méritos espirituales —señalé—. No lo habría hecho de haber creído que era una hechicera.

—Hijo mío, el padre Augustin no era infalible —replicó mi superior, un tanto irritado—. ¿Nos os instruyó sobre los métodos y las características de una hechicera?

—No, padre.

—Ya. Lo cual significa que acaso el padre Augustin era tan ignorante del tema como vos, aunque sin duda más erudito en otras materias. Recordad, por otra parte, que ha muerto. Debemos proseguir solos. —Tras levantarse, Pierre-Julien indicó que nuestra conversación había concluido; me dijo que, en señal de arrepentimiento, debía entrevistar de nuevo a Bruna d'Aguilar y utilizar el interrogatorio que me había facilitado—. Si lo deseáis, podéis hacerlo antes de completas —añadió—. En estos momentos estoy muy atareado, de modo que no necesito a Durand.

—Sí, padre —respondí con humildad—. A propósito de los notarios...

—Tomaré una decisión dentro de un par de días —me interrumpió Pierre-Julien—. Por supuesto, si Raymond Donatus sigue sin aparecer, tendremos que contratar a otro notario.

Tras inclinarme, me aparté a un lado para dejar que me precediera a través de la puerta. Aunque yo mostraba una expresión grave, en mi fuero interno estaba eufórico, pues según parecía Pierre-Julien había dejado en mis manos la investigación de la carta del obispo Jacques Fournier. Lo cual significaba que lograría proteger a Babilonia del ojo acusador de Pierre-Julien. Tenía sobrados motivos para confiar en que éste ni siquiera averiguaría su existencia.

Pero por desgracia subestimé su astucia y afán de poder. Poco después de regresar al *scriptorium*, Pierre-Julien me hizo abandonar mi mesa llamándome con su voz aflautada.

—¡Bernard! —gritó—. ¡Hermano Bernard!

Como un sirviente leal, subí rápido y lo hallé sentado junto a un arcón de archivos abierto, rodeado de expedientes inquisitoriales.

—Se me acaba de ocurrir —dijo—, que el padre Augustin fue asesinado cuando se dirigía a visitar a unas mujeres cerca

de Casseras. Según dijisteis, eran «unas mujeres piadosas».
¿No es así?

—Sí, padre —respondí sintiendo que el corazón me daba
un vuelco.

—¿Visitasteis a esas mujeres cuando fuisteis a Casseras?

—Sí, padre.

—¿Alguna de ellas es joven y hermosa?

—Padre —respondí con tono jovial, aunque en mi fuero interno estaba tan desolado como las aguas de Nimrin—, para un
monje como yo, todas las mujeres son jóvenes y hermosas.

Pierre-Julien frunció el ceño.

—Ese comentario es indigno de vos, hermano —me espetó—. Os lo pregunto de nuevo: ¿alguna de ellas era joven y
hermosa?

—Soy sincero, padre. Lo que a un hombre le parece hermoso puede no serlo para otro.

—¿Alguna de ellas era joven? —insistió Pierre-Julien.
Comprendí que tenía que contestar, pues se estaba impacien-
tando.

—Yo no diría que ninguna de esas mujeres sea joven —respondí con cautela—.Todas son maduras.

—Describídmelas.

Yo obedecí, empezando por Vitalia. Aunque me abstuve
de elogiar en exceso la maravillosa tez de Johanna o el rostro angelical de Babilonia, mi discreta *effictio* de cada mujer
suscitó la curiosidad de Pierre-Julien. ¡Ojalá hubiera podido
mentir! Pero de haberlo hecho, habría corrido un grave
riesgo.

—¿Mostró alguna de esas mujeres unas características cho-
cantes? —inquirió Pierre-Julien—. ¿Un lenguaje blasfemo o
un talante irrespetuoso?

—En absoluto, padre —respondí, confiando en que ninguno de los sirvientes hubiera mencionado el extraño arrebato de
Babilonia.

—¿Asisten diligentemente a la iglesia?

—Siempre que se lo permite su salud. Viven a cierta distancia de la aldea.

—Pero ¿el cura de la localidad las visita periódicamente?

253

¿Cada dos días, más o menos? —Al observar que yo dudaba, Pierre-Julien prosiguió—: Si no es así, hermano, considero la situación de esas mujeres poco deseable. Las mujeres no deben vivir juntas sin un hombre, a menos que estén siempre atendidas por un sacerdote o un monje.

—Lo sé.

—En caso contrario, las mujeres no son de fiar. Caen con frecuencia en el error.

—Desde luego. Al padre Augustin le preocupaba precisamente ese problema. Fue allí para convencerlas de que se convirtieran en terciarias dominicas.

—No me gusta —declaró Pierre-Julien—. ¿Por qué viven en un lugar tan remoto? ¿De qué huyen?

—De nada, padre, sólo desean servir al Señor.

—En tal caso deberían ingresar en un convento. No, es muy sospechoso. Se hallaban cerca del lugar donde fue asesinado el padre Augustin, viven como beguinas (que hace poco han sido condenadas por el Santo Padre, por si no lo sabíais) y una de ellas es posible que sea hechicera. Dadas las circunstancias, creo que debemos hacer que comparezcan para interrogarlas.

¿Qué podía yo decir? Si me ponía a discutir con él, Pierre-Julien se habría hecho cargo él mismo del asunto. De modo que agaché la testuz, en señal de acatamiento, mientras pensaba: es preciso impedirlo. Debo impedirlo. De pronto se me ocurrió que si me demoraba en cumplir las órdenes de mi superior, si me entretenía en la tarea que me había encomendado, quizá Johanna y sus amigas habrían abandonado la *forcia* antes de que las citáramos para que comparecieran en Lazet.

Por supuesto, uno nunca logra escapar al Santo Oficio; lo único que uno consigue mudándose a otro lugar es aplazar lo inevitable. Pero mientras yacía despierto en mi catre, después de completas, analizando los acontecimientos de la jornada, se me ocurrió otra idea. ¿Y el archivo que faltaba? Estaba tan preocupado por el peligro que corría Johanna, que había olvidado preguntar a Pierre-Julien, mientras se hallaba en el *scriptorium* examinando nuestros archivos, qué era lo que buscaba. No obstante, sospeché que buscaba el archivo que le había llevado a casa de Raymond. Pensé que de un tiempo a esta parte habían desaparecido numerosos archivos relacionados con casos del Santo Oficio, y supuse que podía aprovecharme de ese hecho.

Quizá consiguiera, si trabajaba con ahínco, que despidieran a Pierre-Julien. Perder un archivo era un acto de manifiesta incompetencia. Y existían muchos otros medios de minar su labor.

Observaréis que no estaba preocupado por la desaparición de Raymond. Mis pensamientos se centraban única y exclusivamente en Johanna. Como dice Ovidio: «El amor nos infunde un temor angustioso». El que ha sido herido por la espada del amor se siente siempre angustiado por el pensamiento del ser amado, y su alma es esclava de ese amor. Ninguna otra cosa le interesa, cuando su amor corre peligro.

«Contra ti, sólo contra ti he pecado, he hecho lo malo a tus ojos.»

A la mañana siguiente asistí a maitines, pero Pierre-Julien no asistió. Cuando pasé por su celda, de camino al priorato, comprobé que no estaba allí. Y aunque supuse que lo hallaría en el Santo Oficio, mis esperanzas se vieron frustradas.

En lugar de encontrarme con él me topé con la esposa de Raymond, que estaba sentada a la puerta del Santo Oficio, llorando como una penitente.

—Ricarda —dije—, ¿qué hacéis aquí?

—¡Ay, padre, Raymond no ha regresado a casa! —dijo entre sollozos—. ¡Está muerto, lo presiento!

—No debéis estar aquí, Ricarda. Volved a vuestra casa.

—¡Dicen que se acostaba con mujeres! ¡Dicen que yo lo maté!

—Qué disparate. Nadie piensa semejante cosa.

—¡El senescal sí!

—Entonces el senescal es un necio. —La ayudé a incorporarse, y me pregunté si sería capaz de regresar a casa sola—. Lo estamos buscando, Ricarda —dije—. Hacemos cuanto podemos por dar con él.

Ricarda no dejaba de sollozar y comprendí que no podía

dejarla sola. Así pues, decidí acompañarla a su residencia y dirigirme luego al Castillo Condal, pues estaba impaciente por entrevistarme con Roger Descalquencs. Ese día me había propuesto tres cosas: interrogar a Roger sobre el resultado del registro en casa de Raymond, idear la forma de prevenir a Johanna contra las intenciones de mi superior y visitar el palacio del obispo. Se me había ocurrido que debía consultar la biblioteca de Anselm, no porque Raymond lo hubiera hecho antes de su desaparición, sino porque esta biblioteca no estaba guardada en unos arcones, sino en unas estanterías, con cada códice dispuesto ordenadamente junto al siguiente. Por tanto, deduje que no tendría dificultad alguna en comprobar si faltaba algún libro.

Por consiguiente, no me supuso ninguna molestia acompañar a Ricarda a su casa. La dejé en la puerta, al cuidado de la nodriza (que se hallaba allí en el momento oportuno, puesto que su desdichada patrona lloraba como una criatura). Desde allí me encaminé rápido al Castillo Condal, donde el centinela apostado a la puerta me saludó con jovialidad. Lo reconocí enseguida, pues era uno de los hombres que me habían escoltado a Casseras.

—Demasiado tarde, padre —observó—. Su amigo acaba de marcharse.

—¿Mi amigo? ¿Qué amigo?

—El otro. El inquisidor. Nunca recuerdo su nombre.

—¿El padre Pierre-Julien Fauré?

—El mismo.

—¿Ha estado aquí?

—Sí. Se encaminó hacia allí, por si queréis seguirlo.

Respondí que no era necesario y solicité una audiencia con el senescal. Pero éste también se había marchado (para interrogar a un preboste sobre ciertas multas y confiscaciones), así que di media vuelta y me dirigí al palacio del obispo. Al llegar tenía que intercambiar unas palabras de cortesía con el obispo, antes de conseguir las llaves (y la autorización) para consultar sus libros. Por fortuna, cuando me disponía a saludarle hallé al obispo enzarzado en una violenta discusión. Nada más entrar en el palacio oí unas voces airadas. Con lo cual me ahorré una larga y tediosa descripción de sus últimas adquisiciones equinas.

Ni siquiera el obispo Anselm fue capaz de anteponer sus caballos a una estancia repleta de enfurecidos combatientes, entre los cuales se hallaba su capellán, el archidiácono, el deán de Saint Polycarpe, el tesorero real y el cónsul, Lothaire Carbonel.

—Hermano Bernard —dijo el obispo durante el súbito silencio que se produjo cuando aparecí—. Me han informado de que deseáis consultar la biblioteca.

—Si vos me lo autorizáis, señor.

—Por supuesto. Louis, vos tenéis las llaves, acompañad al hermano Bernard a la biblioteca.

El capellán se levantó obediente y me condujo escaleras arriba a los aposentos privados del obispo. Apenas nos retiramos cuando se reanudó el vocerío; al parecer el obispo Anselm había ofendido gravemente al capítulo de canónigos de Saint Polycarpe. Lo cual no representaba una novedad, pues rara vez se mostraban de acuerdo con él, y no sin razón. El obispo Anselm consideraba la tesorería de la catedral como su arca personal.

Louis, un glotón hosco y avaricioso, me condujo a la biblioteca del obispo, una estancia cerrada con llave contigua a su suntuosa alcoba. Como la luz era escasa, Louis encendió una lámpara de aceite para que pudiera moverme a mis anchas. Luego me dejó mientras yo examinaba las estanterías, buscando un hueco sospechoso entre los tomos encuadernados en cuero. ¡Qué cúmulo de estanterías poseía el obispo! En lugar de estar amontonados en precarias pilas, cada códice ocupaba su espacio correspondiente, para facilitar la tarea de localizar e identificar los numerosos volúmenes que integraban la biblioteca.

Por consiguiente, no fue difícil observar que faltaban unos libros. Había un espacio claramente definido, y el polvo que cubría el hueco en la estantería me informó de que el archivo en cuestión había desaparecido hacía varias semanas, aunque no (a juzgar por el polvo que cubría los libros adyacentes) varios años. El otro espacio no fue tan sencillo de detectar, pero la curiosa holgura con que estaban dispuestos los volúmenes en una estantería me indicó que uno de ellos había sido extraído hacía poco.

Me complació comprobar que uno de los colaboradores del obispo (o quizás un antiguo empleado del Santo Oficio) se había esmerado en disponer los libros en orden, ayudándome así a deducir el contenido de uno de los volúmenes que faltaban. Puesto que los archivos situados a ambos lados del espacio que había dejado este tomo comprendían unos testimonios de los habitantes de Crieux, deduje que el archivo que faltaba comprendía también los pecados de esa aldea. No me sorprendió que las actas hubieran sido registradas a instancias del inquisidor mencionado por el padre Augustin en su nota marginal. Decididamente, el padre Augustin había estado buscando este archivo extraviado. Y decididamente, no hacía mucho que se había extraviado.

El otro archivo que faltaba era antiguo, pues databa al menos de cuarenta años atrás. Por desgracia, no conseguí adivinar siquiera su contenido, debido al ligero cambio de lugar de los archivos contiguos (¿destinado tal vez a ocultar la llamativa ausencia del tomo?). Incluso después de consultar algunos de esos archivos, no logré deducir qué aldeas faltaban. Por tanto, ya que no podía hacer nada más, fui en busca del hermano Louis, a quien hallé con el oído pegado a la puerta de la sala de audiencias del obispo. Al verme, me miró enojado.

Era evidente que yo había interrumpido una parte importante de la discusión.

—¿Habéis terminado, padre? —me preguntó el hermano Louis, prosiguiendo sin aguardar mi respuesta—: Entonces cerraré con llave. No es necesario que os acompañe a la puerta.

—Faltan dos archivos, hermano —dije, antes de que me obligara a cruzar el umbral—. ¿Los habéis tomado vos? ¿O fue el obispo?

—¡Por supuesto que no! —Aunque Louis hablaba quedo, su voz denotaba temor e ira—. ¡Jamás tocamos esos libros! Es probable que se los llevara el padre Pierre-Julien.

—¿El padre Pierre-Julien?

—Ha estado aquí esta mañana. Lo he visto salir con un archivo bajo el brazo.

—¿Ah, sí? —Un dato muy interesante—. ¿Uno o dos archivos?

—Preguntádselo al padre Pierre-Julien. Yo no soy quién para inmiscuirme en sus asuntos.

—Desde luego. Lo comprendo. —Entonces pregunté al hermano Louis, con tono conciliador, sobre Raymond Donatus, quien hacía un par de días había visitado el palacio. ¿Se había llevado algún archivo?

Louis frunció el ceño.

—Raymond Donatus no vino por aquí —respondió—. No lo he visto desde hace... varias semanas. Meses.

—¿Estáis seguro?

—Sí, padre. —De nuevo, intuí que Louis se debatía entre el temor y la furia—. No hemos visto a nadie del Santo Oficio excepto al hermano Lucius. El hermano Lucius siempre me entrega los archivos a mí.

—Pero ¿no entra en la biblioteca?

—No, padre.

—¿La última vez que estuvo aquí Raymond Donatus se llevó algunos archivos?

—Es posible. No lo recuerdo. Hace mucho tiempo.

—¿Pero habríais reparado en ello?

—¡Tengo que ocuparme de muchas de cosas, padre! ¡Siempre estoy muy atareado!

—Por supuesto.

—Ahora mismo, por ejemplo, debería estar en la sala de audiencias, con el obispo Anselm. Me ha pedido que regrese en cuanto terminarais en la biblioteca. ¿Habéis terminado, padre?

Al comprender que Louis no me serviría de más ayuda, respondí afirmativamente y me marché. A continuación me dirigí al Santo Oficio, confiando en encontrar a Pierre-Julien.

Para mi sorpresa, al salir me topé con él frente al palacio. Estaba sudoroso y acalorado y tenía las mejillas arreboladas. Portaba dos archivos inquisitoriales bajo el brazo.

—¡Vos! —exclamó, y se detuvo de repente—. ¿Qué hacéis aquí?

Yo podría haberle formulado la misma pregunta. Lo cierto

era que deseaba hacerle esa pregunta. Pero como había aprendido a ser cauteloso con Pierre-Julien, respondí con tono humilde y afable.

—He venido a consultar la biblioteca del obispo —contesté.

—¿Por qué motivo?

—Porque antes de desaparecer, Raymond me comunicó que faltaba un archivo. Y he comprobado que faltan dos. —Fijando la vista en los archivos que Pierre-Julien portaba bajo un brazo, no pude por menos de preguntarle—: ¿Son ésos los archivos que faltan?

Pierre-Julien miró los volúmenes con expresión ausente, como si no los hubiera visto jamás. Cuando volvió a alzar la vista, parecía desconcertado y tardó unos instantes en responder.

—Así es —contestó por fin—. He venido a devolverlos.

—¿Os habéis llevado uno esta mañana?

—Sí. Yo... me he llevado uno esta mañana. —De improviso Pierre-Julien empezó a hablar atropelladamente—. Como ya os he dicho, autoricé a Raymond a que se llevara un archivo a casa. Como no encontraron el archivo allí, he venido esta mañana para consultar la copia del obispo. Al hacerlo, se me ha ocurrido que quizás el senescal, al registrar la casa de Raymond, había confundido nuestros archivos inquisitoriales con los de Raymond. De modo que he ido a verle y le he pedido que me mostrara los archivos que él había hallado. ¡Imaginad la alegría que me he llevado al comprobar que había acertado!

—De manera que...

—Raymond tenía en su poder no sólo el archivo que yo le había entregado, sino las dos copias de otro volumen de testimonios que deduzco que le había pedido el padre Augustin. —Esbozando una sonrisa un tanto forzada, Pierre-Julien me mostró los tomos encuadernados en cuero que sostenía—. ¡El misterio está aclarado! —declaró.

Yo no estaba de acuerdo con él. Mientras ponía en orden mis pensamientos, se me ocurrieron varios interrogantes.

—Raymond me dijo que faltaban esos archivos —señalé—. Los que le había pedido el padre Augustin.

—Supongo que debió de encontrarlos.

—¿Entonces por qué no me los entregó a mí?

—Sin duda... sin duda le sobrevino la muerte antes de poder hacerlo.

Era una explicación razonable. Mientras yo meditaba en ella, Pierre-Julien prosiguió:

—Acabo de restituir nuestras copias al *scriptorium*. Ahora devolveré estos volúmenes al obispo y asunto resuelto.

—¿Decís que estos archivos obraban en poder del senescal? —pregunté intrigado por el nuevo interrogante que se me acababa de ocurrir—. ¿Por qué se llevó los archivos de Raymond? ¿Con qué objeto?

—¡Pues para comprobar si contenían algunas pruebas! —replicó Pierre-Julien con tono irritado—. Sois un tanto lento de reflejos, hermano.

—Pero no debió de examinarlos. De haberlo hecho, habría observado que algunos no pertenecían a Raymond.

—¡Precisamente! El senescal es un hombre muy atareado. No había examinado los documentos. De haberlo hecho, por supuesto que nos lo habría advertido.

—¿Y todavía tiene en su poder los otros archivos? ¿Los archivos notariales de Raymond?

—Supongo que sí.

—¿Y los halló juntos, en un mismo lugar?

—¿A qué viene esta pregunta, hermano? ¿Qué más da dónde los encontró? ¡El caso es que los encontró! Esto es lo que nos importa. Nada más.

El tono estridente de Pierre-Julien interrumpió mis reflexiones (pues había estado hablando para mis adentros) e hizo que me callara. Presentí que mi superior se estaba poniendo nervioso, incluso furioso, y no quería darle motivo para que volviera a destituirme de mi puesto.

De modo que me incliné y asentí con la cabeza, fingiendo sentirme satisfecho. Luego nos despedimos (con unas frases cordiales) y regresé al Santo Oficio tan rápido como me lo permitió la dignidad de mi cargo. Llamé a la puerta con energía hasta que el hermano Lucius descorrió el cerrojo y subí veloz al *scriptorium*, donde saqué con torpeza las llaves que llevaba en el cinturón.

—¡Lucius! —grité—. ¿Ha restituido hace un rato el padre Pierre-Julien unos archivos a uno de estos arcones?

—Sí, padre.

—¿A cuál de ellos? ¿A qué arcón?

El escriba subía jadeando la escalera y tuve que aguardar a que entrara en la habitación para satisfacer mi curiosidad. Cuando señaló el arcón más grande, lo abrí y extraje el volumen superior.

—No, padre —objetó Lucius—. El padre Pierre-Julien los ha depositado más abajo.

—¿Dónde? ¿En el fondo?

Al ver que el escriba se encogía los hombros, me sentí tan irritado que casi di una patada en el suelo. Al parecer tendría que examinar cada archivo, y me pregunté si tendría tiempo de hacerlo antes de que regresara Pierre-Julien. Pero tuve suerte, pues cuando extraje el quinto archivo hallé el testimonio que yo y el padre Augustin buscábamos: el testimonio de los habitantes de Crieux de hacía 20 años.

No obstante, faltaban dos de los cinco primeros folios. Una amplia porción de la lista de declarantes y buena parte del índice de materias habían desaparecido. Cuando abrí el siguiente volumen, comprobé que también había sido maltratado. Los dos archivos estaban incompletos.

¡Qué abominación!

Al hojearlos, descubrí que faltaban otros folios. Hallé numerosas irregularidades y lagunas en las actas. También hallé un nombre que me era familiar, el de un hombre, muerto hacía tiempo, cuyo hijo era nada menos que Lothaire Carbonel (el hombre mismo al que acababa de ver en el palacio del obispo). ¡Dios misericordioso, pensé, y el padre había muerto antes de que se dictara sentencia! Pero no podía entretenerme, pues Pierre-Julien estaba a punto de regresar al Santo Oficio y no quería que supiera que yo había estado examinando los archivos.

Así pues, los tiré exclamando «¡no consigo encontrarlos!» (para que me oyera el escriba), tras lo cual cerré el arcón y giré la llave en la cerradura con manos temblorosas. Os aseguro que estaba muy agitado. Todo indicaba que Pierre-Julien había manipulado los archivos, pues de lo contrario me habría advertido que estaban incompletos. «Protege Yavé a los desvalidos; yo era un mísero y Él me socorrió.» ¡Vaya si me había socorrido el Señor! Manipular un archivo inquisitorial era grave, pero el motivo de haberlo hecho era aún más grave. Estaba claro que, tras consultar por primera vez ciertos archivos que podían haber sido robados o no por Raymond Donatus, Pierre-Julien había descubierto, y ocultado, la identidad (o identidades) de unos herejes que habían sido difamados, unos herejes con los cuales debía de tener alguna relación. Unos herejes contumaces, que no se habían retractado ni cumplido penitencia. Unos herejes que podían arrebatarle el cargo que ostentaba y cubrirle de ignominia, si su relación con él llegaba a descubrirse.

¡Estaba entusiasmado con mi descubrimiento! ¡Eufórico! Di fervientes gracias a Dios y le bendije mientras bajaba para dirigirme a mi mesa. Pero también sabía que las pruebas que había hallado eran incompletas y que éstas serían irrefutables si conseguía descubrir los nombres y los delitos de esos herejes. Así que me apresuré a afilar mi pluma y me senté para escribir una carta.

La carta iba dirigida a Jean de Beaune, el inquisidor de Carcasona. Le informé de cuanto sabía sobre los documentos que faltaban y le pregunté si, durante los últimos cuarenta años, él o sus predecesores habían solicitado unas copias de ese testimonio. Era bastante posible (aunque no muy probable) que lo hubieran hecho. En tal caso, le pedí que copiara el texto y remitiera la nueva copia a Lazet, por lo que le estaría eternamente agradecido.

Tras concluir la misiva, redacté otra casi idéntica, dirigida al inquisidor de Toulouse. Luego sellé ambos documentos y se los entregué a Pons. (Pons era quien se encargaba siempre de elegir y enviar a los familiares con los recados que le confiábamos.) Si todo salía como era de esperar, yo recibiría respuesta en un plazo de tres o cuatro días.

«Justo eres, Yavé, y justos son tus juicios.» Yo pretendía salvar a Johanna sacrificando a Pierre-Julien. Y estaba decidido a conseguir que despidieran a mi superior, con o sin pruebas contundentes. Pero os revelaré los pormenores de mis planes más adelante.

Tras regresar a mi mesa, me sorprendió (aunque no me disgustó) comprobar que Pierre-Julien seguía ausente. Me sorprendió aún más su ausencia a la hora de comer en el priorato. Empecé a sentirme un tanto preocupado y decidí ir en su busca, cuando Pierre-Julien apareció de pronto a última hora de la tarde en el Santo Oficio, apestando a vino. Me saludó a voz en cuello y se lanzó a una explicación sobre su larga ausencia que de no haber sido tan confusa, habría resultado perfectamente convincente. Luego apoyó una mano en mi brazo y me obligó a acercarme.

—¿Os he dicho que Raymond arrancó unos folios de los archivos que tomó prestados? —me preguntó.

Espero que mi manifiesta sorpresa fuera atribuible a la doblez de semejante fechoría. Lo cierto es que me asombró que Pierre-Julien sacara a colación el tema. Pero enseguida deduje que trataba de ocultar su infame conducta, en caso de que yo hubiera consultado (o me propusiera consultar) los archivos. Farfullé una respuesta incomprensible.

—Probablemente lo hizo para proteger su reputación —prosiguió Pierre-Julien—, y huyó de la ciudad al comprender que su pecado no tardaría en ser descubierto. Pero daremos con él.

—¿Es posible que lo hiciera por encargo de otro? —inquirí—. ¿Por dinero?

—Quizás. Es lamentable.

—¿Es posible que lo asesinara la persona que le pagó, para impedir que Raymond revelara este hecho? —continué. Y aunque planteé esta posibilidad casi con tono jocoso, de improviso me pregunté si había dado con la verdad. ¿Habían asesinado a Raymond porque se había apoderado de los archivos incompletos después de que hubieran sido manipulados y sabía quién lo había hecho? Pero esta interpretación de los hechos excluía la culpabilidad de mi superior, de modo que me apresuré a descartarla.

—Me parece muy poco probable —exclamó Pierre-Julien con expresión de desconcierto—. En cualquier caso, hermano, podéis dejar el asunto en mis manos. Ya tenéis suficiente problemas con investigar la terrible suerte del padre Augustin. ¿Habéis citado ya a esas mujeres?

—No, padre —respondí con absoluta serenidad—. Todavía no las he citado.

Y os aseguro que no pensaba hacerlo.

Aquella tarde encontraron a Raymond Donatus.

Recordaréis la gruta de Galamus en el mercado de la ciudad. Recordaréis también que todos los días, al anochecer, un canónigo de Saint Polycarpe recoge de ese lugar sagrado las ofrendas depositadas en él. Coloca las ofrendas en un voluminoso saco y las lleva a las cocinas de la catedral, pues en su mayoría consisten en hierbas, hogazas, fruta y demás productos. A veces hay pescado salado, y otras tocino, pero sólo en una ocasión, la tarde a la que acabo de referirme, había una generosa cantidad de carne: trozos de carne envueltos en fragmentos de tela ensangrentados.

Sorprendido ante tal abundancia, el canónigo de turno metió todos esos extraños paquetes en su saco. Éste pesaba tanto que tuvo que arrastrarlo, en lugar de acarrearlo, hasta las cocinas. Los empleados de cocina se mostraron entusiasmados y dieron gracias a Dios por su generosidad hacia sus fieles servidores. Pero cuando abrieron el primer paquete, su alegría dio paso al horror.

Pues era carne humana: un brazo amputado a la altura del codo.

Como es natural, avisaron al deán, luego al obispo y luego al senescal. A la hora de maitines, habían abierto todos los paquetes y contemplado las partes constituyentes de Raymond Donatus. Al observar la identidad del cadáver, Roger Descalquencs mandó llamar de inmediato a Pierre-Julien, quien, por consiguiente, se hallaba ausente del priorato durante maitines.

Os ruego que reflexionéis sobre la conducta de mi superior. Ignoro si le explicaron el motivo de que el senescal le hubiera mandado llamar, pero aunque no se hubiera enterado hasta llegar a Saint Polycarpe, el caso es que se abstuvo de informarme del espantoso hallazgo que habían hecho allí. Después de maitines, me comunicaron que el senescal había mandado llamar a Pierre-Julien (pues enseguida observé que su asiento en el coro estaba vacío); pero me prohibieron que abandonara el priorato. Así pues, regresé a mi lecho muy alterado y apenas logré conciliar el sueño.

Cuando volví a levantarme para asistir a laudes, me encontré con Pierre-Julien e inmediatamente después hablé con él en su celda. Me dijo que habían hallado el cuerpo desmembrado de Raymond en la gruta de Galamus; que unos heraldos publicarían la noticia en toda la ciudad y que buscarían a los testigos que pudieran haber visto a alguien depositar los restos de Raymond en el lugar santo; que alguien debía informar a la viuda.

—Podéis encargaros vos, hermano —dijo Pierre-Julien. Parecía muy cansado y tenía mala cara—. Con ayuda del cura de la parroquia de la esposa, o algún amigo o pariente...

—Desde luego —respondí. Estaba demasiado conmocionado para oponerme—. ¿Dónde está Raymond?

—En Saint Polycarpe. Lo han colocado en la cripta. Quizá la viuda desee trasladarlo a otro lugar...

—Que Dios nos perdone a todos —murmuré haciendo una genuflexión—. ¿Cuánto tiempo hace que... quiero decir... los restos son recientes o ...?

Pierre-Julien tragó saliva y pestañeó.

—Hermano, no puedo responderos —contestó—. No tengo suficiente experiencia en esta materia. —Acto seguido se levantó y yo hice lo propio—. Debemos informar a Durand —prosiguió—. Lo haré yo mismo. Asimismo escribiré al inquisidor general, para informarle de que Satanás sigue entre nosotros. El Santo Oficio está sitiado, pero lucharemos y venceremos. Dios es nuestro refugio y nuestra fuerza.

—¿Sitiado? —repetí, sin entender. De pronto lo comprendí.—. Ah, ya. La misma suerte que el padre Augustin. Pero no los mismos culpables, padre.

—Exactamente los mismos —afirmó tajante Pierre-Julien.

—Padre, Jordan Sicre está en Cataluña. En todo caso, está de camino hacia aquí.

—Jordan Sicre era un mero agente del mal.

—Pero el padre Augustin y sus escoltas fueron desmembrados para ocultar la ausencia del cadáver de Jordan. La muerte de Raymond es muy distinta...

—Es la misma. Un sacrificio en una encrucijada... exactamente igual. Un acto de brujería.

De no haber temido suscitar la cólera de Pierre-Julien, le habría llevado la contraria. Pero como temía que sacara a colación el asunto de Johanna y sus amigas, me despedí de él rápido. Abandoné el priorato y, sabiendo que la parroquia de Ricarda era la iglesia de Saint Antonin, me dirigí hacia esa iglesia, sin dejar de pensar: ¿Cuál es la respuesta? ¿Quién es el culpable? ¿Por qué te mantienes alejado, Señor? Pero antes de llegar a Saint Antonin, pasé junto a un heraldo que declamaba en la calle y me detuve para escucharlo.

Aunque aún era temprano, éste había atraído a una numerosa muchedumbre. Las gentes estaban asomadas a las ventanas de sus alcobas, con los ojos legañosos, para escuchar la extraña noticia que proclamaba el heraldo. Como yo conocía a algunas de esas gentes, y no deseaba conversar con ellas (o no habría llegado a Saint Antonin), me acerqué tan sólo lo suficiente para escuchar lo que decía el heraldo. Era lo siguiente: que Raymond Donatus, notario público, había sido hallado en la gruta de Galamus, desmembrado. Que el senescal deseaba interrogar a la persona que había perpetrado este horrendo crimen, o a alguien que lo hubiera presenciado, o a alguien que hubiera limpiado una gran cantidad de sangre en los dos últimos días, o a alguien que hubiera visto a una persona depositar unos voluminosos paquetes, envueltos en trozos de tela, en la gruta de Galamus. Además, que el senescal quería hablar con cualquiera que hubiera salado carne hacía poco. También deseaba hablar con alguien que hubiera visto a Raymond Donatus durante los tres días anteriores. Por último, que cualquiera que hubiera extraviado una capa, o varias capas, debía comunicárselo enseguida al senescal.

El castigo por este mortal y sangriento delito sería terrible, y la venganza del Señor sería aún más terrible. Por orden de Roger Descalquencs, senescal real de Lazet.

Después de transmitir su mensaje, el heraldo espoleó a su caballo y siguió adelante. De inmediato resonaron en la calle las exclamaciones de asombro de la gente. De haberme quedado, sin duda habrían detectado mi presencia y me habrían asediado a preguntas, pero huí antes de que el heraldo pronunciara sus últimas palabras. Huí en cuanto le oí mencionar lo de la carne salada. Huí, no a Saint Antonin, sino a Saint Polycarpe, donde pedí que me dejaran entrar en la cripta.

Allí, rodeado de sepulcros, el sacristán me mostró el cadáver mutilado de Raymond. No deseo mancillar este pergamino con una descripción. Baste decir que el cuerpo estaba parcialmente vestido, presentaba un color cerúleo y era casi irreconocible. Cada miembro mutilado, dispuesto sobre un sarcófago destapado, ocupaba su lugar correspondiente. Y cada miembro exhalaba un intenso olor a salmuera.

—Este cadáver ha sido salado —farfullé a través de la manga del hábito.

—Sí.

—¿En qué estaba envuelto? ¿Dónde está la tela?

—Estaba envuelto en cuatro capas, hechas jirones —respondió el sacristán también con voz sofocada por la manga del hábito—. Se las ha llevado el senescal.

—No han desnudado el cuerpo —murmuré, hablando para mis adentros. Sin duda recordaréis que al padre Augustin le habían quitado la ropa—. ¿Qué comentarios hizo el senescal? ¿Sospecha de alguien?

—Lo ignoro, hermano. No estuve presente cuando examinó los restos. —Tras vacilar unos instantes, el sacristán me preguntó, con tono amable, si Ricarda Donatus les pediría que le enviaran cuanto antes el cadáver—. Hay que enterrarlo, hermano. Las moscas...

—Sí. Me encargaré cuanto antes del asunto.

Después de dar las gracias al sacristán, abandoné Saint Polycarpe, pero no me dirigí a casa de Ricarda. Creo que en esto no cumplí el deber que tenía para con ella (pero debo confesar que aquel día reinaba otra mujer en mi corazón y mi pensamiento). Cruelmente, dejé que la pobre Ricarda se enterara de la atroz suerte de su marido a través de un heraldo en la calle, en lugar de hacerlo de labios de un amigo comprensivo, pues me dirigí derecho al Santo Oficio, donde el hermano Lucius abrió la puerta para franquearme la entrada.

Pierre-Julien estaba en su habitación, conversando con Durand Fogasset; oí las voces de ambos. El hermano Lucius, que parecía más insignificante que nunca, me miró pestañeando como un búho deslumbrado por el sol. Le pregunté si recordaba su último encuentro con Raymond Donatus y asintió con la cabeza en silencio.

—Dijisteis que os marchasteis de aquí antes que él —observé—. ¿No es así?

—Sí, padre.

—De modo que no podéis decirme qué centinela estaba de turno esa noche. Me refiero al turno de noche, no al de la mañana.

—No, padre.

—Entonces id a preguntárselo a Pons —le ordené mientras me dirigía hacia la escalera—. Preguntad a Pons quién montaba guardia esa noche y decidle que me envíe a ese centinela. Deseo interrogarlo.

—Bien, padre.

—Otra cosa, Lucius. ¿Tenéis las lámparas encendidas arriba?

—Sí, padre.

—Perfecto.

Cuando el escriba fue a hacer lo que le había pedido, tomé una de las lámparas y bajé con ella hasta la puerta de los establos. Recordaréis que esa puerta estaba situada al fondo de la escalera. Examiné con minuciosidad la barra de madera que la cerraba, pero no observé en ella polvo ni indicios de que la hubieran tocado hacía poco. Asimismo, el suelo no mostraba polvo ni pisadas. Me chocó que el suelo estuviera tan limpio. ¿Quién lo había limpiado, y por qué? Que yo supiera, nadie había entrado en el establo desde que habíamos retirado los restos del padre Augustin.

Quité la barra, la dejé a un lado y abrí la puerta. De inmediato percibí un olor pútrido que sin duda era achacable a mi incompetencia. Había olvidado notificar a los habitantes de Casseras que sus barriles de salmuera se hallaban allí.

Los barriles habían permanecido durante varias semanas abiertos, conteniendo la salmuera en la que habían sido depositados los trozos de carne putrefacta. Claro está que desde la presencia (y sacrificio) de los marranos de Pons en los establos, éstos no olían precisamente a rosas. No obstante, el hedor era más abrumador que el de unos cerdos. Era tan nauseabundo e insoportable que hizo que los ojos me lagrimearan.

Contuve el aliento y miré dentro del primer barril, pero tan sólo vi la superficie oscura y grasienta de la salmuera. El suelo alrededor de los barriles estaba húmedo, pero todo estaba húmedo, permanentemente húmedo y resbaladizo como el hielo que se funde. El pesebre de los caballos estaba manchado de sangre, ignoro si de un hombre o un cerdo, aunque las manchas parecían antiguas y al mismo tiempo estaban pegajosas, quizá debido a la humedad de los establos. He omitido decir que durante la semana anterior había llovido mucho, y la lluvia siempre tenía un efecto funesto sobre esos establos. Yo jamás habría guardado un caballo mío en ellos. Quizá leche, y pescado, pero no un caballo.

Comprobé, con inmensa frustración, que no había ninguna prueba irrefutable de que Raymond Donatus hubiera sido despedazado o salado en esa hedionda caverna. Desde luego algo había sido despedazado y salado, pero quizá habían sido los puercos. Por otra parte, nada indicaba que Raymond no hubiera sido asesinado allí; de hecho, parecía más que posible. ¿Posible? Me parecía probable. Al contemplar las paredes húmedas, las densas sombras y el suelo de piedra negro y resbaladizo, pensé: es la guarida del mal. Casi me pareció oír las alas de murciélago de los demonios invocados.

Regresé aprisa arriba.

—¡Ah, hermano Bernard! —exclamó Pierre-Julien, que se hallaba en la antesala y parecía sorprendido de verme—. ¿Habéis informado a Ricarda?

—He olido el cadáver de su esposo —respondí—. Lo han salado.

—¿Salado? Ah, sí. Estaba en salmuera.

—¿Sabíais que había unos barriles de salmuera abajo?

270

—¿Unos barriles de salmuera? —Pierre-Julien me miró de nuevo sorprendido. Pero yo no estaba muy convencido de que su sorpresa fuera auténtica—. No. ¿Qué hacen ahí esos barriles?

—Los trajeron de Casseras, con los restos del padre Augustin. ¿No os lo dijo el senescal?

—No.

—Debió de olvidarse. Ah. —Al oír el crujido de unos goznes me volví y vi al hermano Lucius entrar desde la prisión, seguido de cerca por uno de los familiares. Era un hombre que hacía tiempo que trabajaba para el Santo Oficio, un antiguo mercenario llamado Jean-Pierre. Reconocí su rostro cerúleo, picado de viruela y en forma de media luna como un gajo de manzana sin el corazón, y la postura encorvada y cansina de sus hombros. Era bajo y delgado, con una espesa cabellera—. Jean-Pierre —lo saludé, y observé su expresión de recelo—, ¿estabais de servicio cuando Raymond Donatus se marchó de aquí, hace tres noches?

—Sí, padre.

—¿Lo visteis marcharse? ¿Cerrasteis la puerta tras él?

—Sí, padre.

—¿Y no regresó? ¿No regresó nadie?

—No, padre.

—Estáis mintiendo.

El familiar pestañeó. Sentí a mi alrededor cierta tensión o tirantez. Mis próximas palabras tuvieron un efecto aún más llamativo, tal como yo pretendía. Pues deduje que si habían guardado el cadáver de Raymond en los establos, una deducción lógica, puesto que cabe preguntarse en qué otro lugar podría uno salar en secreto un cadáver, era posible que Jean-Pierre (que había estado solo en el edificio, la noche en que había desaparecido el notario) lo hubiera colocado allí. ¿Qué otra persona habría tenido tiempo de llevar a cabo semejante carnicería?

—Sé que estáis mintiendo, Jean-Pierre. Sé que Raymond Donatus fue asesinado en este edificio. Y sé que lo asesinasteis vos.

—¿Qué? —exclamó Pierre-Julien. Durand contuvo el aliento y el familiar retrocedió como si le hubieran golpeado.

271

—¡No! —protestó—. ¡No, padre!

—Sí.

—¡Se marchó! ¡Yo lo vi marcharse!

—No es cierto. Raymond no salió de aquí. Lo mataron abajo y su cadáver permaneció dos días en los barriles de salmuera. Lo sabemos. Tenemos pruebas. ¿Quién pudo hacerlo sino vos?

—¡La mujer! —exclamó Jean-Pierre muy alterado—. ¡Debió de matarlo la mujer!

—¿Qué mujer?

—Padre, yo... yo... mentí, yo estaba... el notario se fue, pero regresó. Con una mujer. Más tarde.

—¿Y vos le abristeis la puerta?

El familiar presentaba un color no ya cerúleo, sino rojo; parecía a punto de romper a llorar.

—Me pagó por hacerlo, padre —balbució—. Me pagó Raymond Donatus.

—¿De modo que cuando llamó a la puerta le exigisteis dinero a cambio de franquearle la entrada?

—¡No, él me lo ofreció antes!

—¿Y esto había ocurrido en otras ocasiones?

—No, padre. Al menos... estando yo de servicio. —La voz de Jean-Pierre apenas era audible—. Dijo que Jordan Sicre solía ayudarle, antes de que Jordan... desapareciera. Raymond traía aquí a muchas mujeres, padre, y sé que estaba mal, pero yo no lo maté. En cierta ocasión me ofreció dinero por matar a Jordan, pero lo rechacé. Jamás habría sido capaz de hacer semejante cosa.

—Describid a la mujer... —dijo Pierre-Julien, pero yo le interrumpí. Como podéis suponer, anhelaba averiguar más sobre Jordan Sicre.

—¿Cómo teníais que matar a Jordan? —pregunté—. ¿Cuándo? ¿Por qué?

—Padre, Raymond me dijo que Jordan había asesinado al padre Augustin y que iban a traerlo de regreso a Lazet. Me dijo que debía envenenar a Jordan, para impedir que revelara que Raymond había traído a mujeres al Santo Oficio. Dijo: «Si averiguan mi falta, Jean-Pierre, averiguarán también la tuya». Pero me negué a hacerlo, padre. Es pecado matar.

—Describid a esa mujer —repitió Pierre-Julien—. ¿Cuántos años calculáis que tenía? ¿Tenía el pelo de color cobrizo?
—¡No existe tal mujer! —dije bruscamente—. ¡Está mintiendo!
—¡No, padre, no!
—¡Está claro que mentís! —espeté al acusado—. ¿Pretendéis decirme que una misteriosa mujer asesinó a Raymond Donatus, lo arrastró escaleras abajo hasta el establo, lo despedazó y se marchó por la puerta que vos custodiabais? ¿Me tomáis por idiota, Jean-Pierre?
—¡Escuchadme, padre! —El familiar, que había roto a llorar, estaba aterrorizado—. Raymond se la llevó arriba, padre, y luego me la envió a mí. Nosotros... entramos ahí... —dijo, indicando la habitación de Pierre-Julien—... porque la silla dispone de un cojín...
—¿Fornicasteis sobre mi silla?
—... Y luego ella salió... subió de nuevo, a por su dinero. Más tarde oí cerrarse la puerta. Yo seguía en vuestra habitación, señor... Deduzco que la mujer se marchó con él, padre.
—¿Los visteis marcharse juntos? ¿A los dos? —preguntó Durand inopinadamente, antes de recordar que debía guardar silencio. Pero era una buena pregunta.
—Los oí marcharse —respondió el familiar—. Oí pasos y que se cerraba la puerta. No tenía echado el cerrojo. Y no hubo ninguna otra novedad en toda la noche. ¡Os juro que es cierto, padre! La mujer debió de matarlo aquí... tal vez me quedé dormido, o bien lo mató después de que salieran de aquí.
—Estáis mintiendo. Lo matasteis vos. Os pagaron para que lo hicierais.
—¡No! —El familiar cayó de rodillas gimoteando—. ¡No, padre, no...!
—¿Por qué iba a mentir? —inquirió Pierre-Julien con aspereza—. ¿Por qué no puede esa mujer ser la hechicera de Casseras?
—¡Porque no hay ninguna hechicera en Casseras! —repliqué casi escupiéndole—. ¡Esto no tiene nada que ver con las mujeres de Casseras!
—¡El asesinato de Raymond fue una obra de hechicería, Bernard!

—¡No es así! ¡Lo planearon para que pareciera una obra de hechicería! ¡Pagaron a este hombre para que asesinara a Raymond Donatus y se deshiciera del cadáver como habría hecho un hechicero!

—¡Tonterías! ¿Quién iba a pagarle para hacer semejante cosa?

—¡Vos, padre! —contesté clavándole un dedo en las costillas—. ¡Vos!

Para interceder por ellos

¿*C*omprendéis mi razonamiento en esto? Quizá vuestra mente no esté habituada a desenredar los hilos de la culpa y la inocencia, puesto que sin duda está acostumbrada a tratar de desentrañar unos misterios más sublimes, como el significado de la encarnación. Quizá preferís no mancillar vuestro intelecto con unos detalles tan viles y atroces, ofensivos para todo hombre virtuoso e inaceptables para el Señor.

En tal caso, permitid que os exponga ciertas tesis. En primer lugar, me parecía más que posible que Raymond Donatus estuviera implicado en el asesinato del padre Augustin, de lo contrario, ¿por qué querría matar a Jordan Sicre? Uno no envenena a un hombre para impedir que revele la perversa afición de uno por las rameras. En cualquier caso, no me parecía una explicación convincente, mientras que la mía era razonable. Por otra parte, no podía responder a la pregunta de por qué Raymond habría querido asesinar al padre Augustin. Fui incapaz de aplicar mis dotes de deducción a este problema cuando se me planteó por primera vez, dado que estaba enzarzado en una disputa con Pierre-Julien sobre mi segunda tesis, esto es, que él era el culpable del asesinato de Raymond Donatus.

Sin duda esta tesis os parecerá absurda. Pero pensad en los archivos mutilados, los cuales habían obrado en poder de Raymond. De haber contenido los archivos unos testimonios perjudiciales para Pierre-Julien (como yo sospechaba), éste habría procurado impedir que alguien los leyera, o informara a otros de lo que había leído. Y el curioso método empleado para desembarazarse de los restos del notario indicaba un acto de hechicería. Dejarlos en una encrucijada, en lugar de arrojarlos al río, era un acto destinado a imitar las fórmulas de las invocaciones demoníacas.

Preguntaos: ¿qué otra persona, en toda la ciudad, estaba instruida en unas prácticas tan oscuras e idólatras? ¿Quién sino él habría tratado de implicar a unas personas, concretamente unos nigromantes, de quienes sospechaba tan sólo un hombre? Deduje que si Pierre-Julien hubiera querido que acusaran a un hereje del asesinato de Raymond, no se habría desembarazado del cadáver de una forma tan complicada y fiel a su concepto del rito satánico.

Ésas fueron mis deducciones, en parte fruto de la razón y en parte de la emoción. No dudéis que deseaba que mi superior fuera culpable. Deseaba quitármelo de encima. Lo cual indica que obré movido por mis prejuicios y medio cegados por ellos. No me paré a pensar si existía alguna relación entre el asesinato del padre Augustin instigado por Raymond y el posterior asesinato de éste. No me detuve a reflexionar sobre la desaparición del primer archivo, ocurrido mucho antes de la llegada de Pierre-Julien a Lazet. Estaba ansioso por demostrar la culpabilidad de mi superior.

Le acusé y fui vilipendiado por ello.

—¡Estáis endemoniado! —me espetó Pierre-Julien—. ¡Estáis poseído! ¡Estáis loco!

—¡Y vos descendéis de herejes!

—¡Esas mujeres os han hechizado! ¡Han contagiado vuestra mente! ¡Me difamáis para protegerlas!

—No, Fauré. Vos las difamáis a ellas para protegeros. ¿Negáis que extrajisteis unos folios de esos archivos?

—¡Fuera! ¡Fuera de aquí! ¡Retiraos!

—¡Me voy, sí! ¡Me voy a ver al senescal, que os arrestará!

—¡Será a vos a quien arrestará! ¡Vuestro desprecio por la sagrada institución que yo represento es pura contumacia!

—No representáis nada —repliqué de un modo despectivo, avanzando hacia la puerta—. Sois un embustero, un asesino y un necio. Sois una masa temblorosa de fétidos excrementos. Seréis arrojado al lago de fuego y yo asistiré a ello cantando, ataviado de blanco. —Me volví hacia Durand (que

contemplaba el altercado con una mezcla de asombro y albo-
rozo), le saludé y me retiré. Luego me dirigí al Castillo Condal. Sin duda fui motivo de un profundo estupor entre los
ciudadanos de Lazet, pues eché a correr alzando las faldas del
hábito hasta las rodillas, de forma que todos los que me vieron pasar me contemplaron como si fuera una visión prodigiosa. Es ciertamente raro ver a un monje andar a la carrera
(salvo si se trata de un bribón), y ver a un inquisidor de la
depravación herética correr como una liebre perseguida por
una jauría constituye un espectáculo que no suele darse ni
en mil años.

Sea como fuere, corrí. Podéis imaginar el aspecto que ofrecía cuando llegué a mi destino. Apenas pude balbucir un saludo cuando me detuve, doblando el espinazo, jadeando y con las
manos apoyadas en mis pobres rodillas monacales (poco habi-
tuadas a un ejercicio agotador tras tantos años de oración y
ayuno), con el pecho en llamas y los ensordecedores latidos del
corazón retumbándome en los oídos. ¡Tened presente que no
soy un jovencito! Al verme en ese estado, el senescal me miró
tan preocupado como si contemplara un eclipse solar, o un ter-
nero con tres cabezas, pues sin duda constituía un espectáculo
que presagiaba toda suerte de problemas.

—¡Dios santo! —blasfemó, antes de santiguarse aprisa—.
¿Qué ocurre, padre? ¿Os sentís mal?

Negué con la cabeza, mudo, tratando de recuperar el resuello. El senescal se levantó, al igual que el tesorero real, con quien
había estado conversando en privado. Pero un inquisidor de la
depravación herética siempre tiene precedencia sobre un funcionario menor, así que cuando le indiqué que se retirara (con
un ademán), el tesorero real obedeció, y me dejó a solas con el
senescal.

—Sentaos —me ordenó Roger—. Bebed un poco de vino.
Habéis estado corriendo.

Asentí con la cabeza.

—¿De quién huíais?

Negué con la cabeza.

—Respirad hondo. Otra vez. Bebed esto y hablad cuando
hayáis recuperado el resuello.

Roger me dio un poco de vino que tenía en la mesilla junto a su lecho, pues nos hallábamos en la célebre alcoba en la
que había dormido el mismo rey Felipe. Como de costumbre,
no pude por menos de admirar las cortinas de damasco del lecho, adornado como un altar en oro y plata. Roger lo había cubierto con todos los lujosos ornamentos que se negaba a su
persona.

—Y bien —dijo cuando me hube recuperado—. ¿Qué
ocurre? ¿Ha muerto alguien?

—Visteis el cadáver de Raymond —respondí con brusquedad, pues respiraba entrecortadamente—. Visteis que lo habían salado.

—Sí.

—¿Recordáis los barriles de salmuera que trajisteis de
Casseras? Están en nuestros establos, donde vos los dejasteis,
señor.

Roger achicó los ojos.

—¿Y los han utilizado hace poco?

—No lo sé. Eso parece. Señor, parece lógico. Raymond fue
el último de nosotros que abandonó el edificio esa noche. ¿Por
qué no pagar al centinela de turno para que lo matara y depositar el cadáver en los establos, donde podía permanecer un
tiempo sin que nadie se percatara?

Se produjo un largo silencio. El senescal me miró fijamente, con sus rollizos brazos cruzados. Por fin emitió un gruñido.
Yo lo interpreté como una señal de que podía proseguir.

—Señor, ¿vino ayer Pierre-Julien a pediros los archivos
inquisitoriales que os habías llevado de casa de Raymond?
—pregunté.

—Sí.

—¿Unos archivos que aún no habíais consultado?

—He estado muy atareado, padre.

—Por supuesto. Pero cuando yo vine a examinarlos, comprobé que habían sido mutilados. Habían extraído unos folios. Sin embargo, el padre Pierre-Julien no me dijo una palabra de esto cuando me comunicó que habían sido hallados.
¿No indica esto que pudo haberlos manipulado él mismo en
lugar de Raymond? Fue Pierre-Julien quien acusó a Ray-

mond, señor. Dijo que Raymond trataba de ocultar unos antecedentes heréticos.

—Disculpadme, padre... —El senescal se pasó las manos por el pelo—. He perdido el hilo. ¿Por qué creéis que Raymond era inocente? ¿Por qué os cuesta creer en su culpabilidad?

—Porque el padre Pierre-Julien ni siquiera mencionó los folios que faltan cuando me dijo que habían hallado los archivos.

—Sí, pero...

—Debió decírmelo de inmediato, señor. Manipular un archivo inquisitorial es muy grave. ¡Es un delito casi tan grave como asesinar al padre Augustin!

—Humm. —El senescal se secó la cara, cambió de postura y se comportó como si se sintiera incómodo al escuchar mi tesis—. Bien... —dijo—, ¿y qué más? ¿Pretendéis decir que el padre Pierre-Julien ha tratado de ocultar a un abuelo hereje?

—O algo parecido. Fue Raymond quien halló el archivo que implicaba al padre Pierre-Julien, de modo que...

279

—¿Pierre-Julien lo mató? ¡Vamos, padre! ¿Os parece probable?

—Raymond fue asesinado en los establos del Santo Oficio. ¡Estoy seguro de ello! Si registráis los barriles de salmuera, quizás halléis unas pruebas, unos fragmentos de su ropa... Recordad, señor, que encontraron al padre Augustin y a sus escoltas desnudos.

—Ese centinela que habéis mencionado, padre, ¿ha confesado?

—No, pero...

—¿De modo que no ha explicado por qué, en lugar de dejar el cadáver en salmuera hasta la noche siguiente, no lo transportó directamente a la gruta después de que Raymond fuera asesinado?

Me detuve. Reconozco que no se me había ocurrido esa pregunta. Cruzando de nuevo los brazos, el senescal me observó... y aguardó.

—Quizá lo hizo para ocultar la sangre —respondí por fin con tono vacilante—. Quizá... quizá no tuvo tiempo de trasladarlo antes de ser relevado por el turno de mañana. Tened presente que tuvo que limpiar toda la sangre.

—Dejad que os haga otra pregunta, padre —dijo el senescal, y se inclinó hacia delante—. ¿Habéis hablado con Pierre-Julien al respecto?

—Sí.

—¿Y qué ha dicho?

—¿Qué esperabais que dijera? —repliqué con brusquedad—. ¡Lo niega todo, por supuesto!

—¿No ha dicho que, suponiendo que vuestro centinela hubiera matado a Raymond Donatus, pudo haber recibido dinero de las mismas personas que mandaron asesinar al padre Augustin?

—¡Señor, fue Raymond quien mandó que asesinaran al padre Augustin!

Hasta ese momento el senescal había conservado la calma, aunque se mostraba un tanto perplejo y cautelosamente escéptico. Pero de pronto su rostro se contrajo en una expresión de profundo estupor.

—¿Qué? —exclamó, tras lo cual emitió una sonora carcajada.

—¡Escuchadme, señor! ¡Tiene lógica! ¡El centinela dice que Raymond le ofreció dinero para que envenenara a Jordan Sicre cuando regresara a Lazet!

—¿Y vos le creéis?

—¿A quién? —pregunté frunciendo el ceño.

—¡A ese centinela, hombre!

—Sí —respondí, y me esforcé por contener mi irritación—. Sí, le creo.

—¿Aunque se niega a confesar que mató a Raymond Donatus?

—Sí...

—¿De modo que le creéis cuando acusa a Raymond, pero no cuando se niega a confesar que él asesinó a Raymond?

Abrí la boca para responder, pero volví a cerrarla. Al observar mi desconcierto, el senescal, que había alzado la voz como para silenciarme, moderó en el acto el tono. Incluso apoyó una mano con afecto en mi muñeca, y la apretó con fuerza.

—Os aconsejo que os retiréis y penséis con calma en este asunto —dijo sonriendo—. Por más que el padre Pierre-Julien sea un tábano, no debéis permitir que sus picaduras os enfurezcan. No dormís lo suficiente. Deberíais abandonar el Santo Oficio.

—Él ya me ha echado del Santo Oficio.

—Mejor. Ese lugar es perjudicial para vuestra salud, padre, lo dice mi esposa. Os vio el otro día en la calle y me dijo que estabais muy desmejorado. Demasiado delgado, según dijo. Con el rostro ceniciento y lleno de arrugas.

—Escuchadme —dije, y le agarré del brazo del mismo modo que él había agarrado el mío—. Debemos interrogar al centinela. Debemos ir al Santo Oficio y averiguar la verdad. El padre Pierre-Julien no me permitirá entrar sin vos, y es preciso que averigüemos lo que ocurrió esa noche antes de que el padre Pierre-Julien logre arrancarle una falsa confesión a ese hombre...

—Pero ¿no decíais que deseabais obtener de él una confesión?

—¡Pero una confesión sincera! —Mi temor por Johanna había aumentado hasta el extremo de que afectaba a mi juicio. Me resultaba difícil reprimir mi vehemencia. Tras soltarle el brazo, me levanté de un salto y empecé a pasearme arriba y abajo como un poseso—. El centinela me habló de una mujer, culpó a una mujer. Pierre-Julien tratará de implicar a las mujeres de Casseras con esta dudosa tesis. Estos disparates...

—Estaos quieto, padre. Calmaos. Os acompañaré.

—¿Ahora? —Observaréis que ni siquiera le di las gracias. ¡Qué equivocados están quienes afirman que el amor profano ennoblece!—. ¿Me acompañaréis ahora?

—En cuanto haya terminado aquí.

—¡Debemos apresurarnos!

—No. —El senescal me tomó de nuevo del brazo y me condujo hacia la puerta—. Id a la capilla, rezad y calmaos. Me reuniré con vos cuando haya terminado de despachar con el tesorero.

—Pero...

—Tened paciencia.

—Señor...

—Conviene proceder con calma, padre.

Así fue como el senescal me ordenó que me retirara: con amabilidad pero con firmeza. Una vez que había tomado una decisión, era inamovible. Como yo lo sabía, me dirigí deprimido hacia la capilla, que estaba desierta (gracias a Dios) salvo por la presencia del Espíritu Santo. Es una estancia pequeña pero muy hermosa, que ostenta una vidriera sobre el altar, la cual ha sido siempre uno de mis lugares preferidos, con sus paredes y techos exquisitamente pintados, su seda, su oro y sus relucientes baldosas. En ella me siento a gusto (que Dios me perdone) porque se asemeja al joyero de una dama, o un gigantesco relicario esmaltado, y hace que me sienta precioso. ¡Bonito sentimiento para un monje dominico! Pero nunca he pretendido ser un distinguido ejemplo de virtud monástica.

Hallé escaso consuelo en la contemplación de la agonía de Cristo mientras permanecía sentado mirando el crucifijo alemán que colgaba en la pared. Estaba realizado de forma tan magistral que uno casi apreciaba cada gota de sudor en el cuerpo contraído y el angustiado semblante. «Fue traspasado por nuestras iniquidades y molido por nuestros pecados.» El hecho de contemplar la preciosa sangre, el sagrado dolor, me trastornó mucho, pues vi en ello un presagio del tormento que probablemente sufriría Johanna si caía en manos de Pierre-Julien. Pensé en el *murus strictus* e imaginé con una mentalidad de nuevo cuño las cadenas, las celdas y la porquería, con una terrible y diáfana claridad que me hirió como una espada. Esas cosas que antes había aceptado, cuando las padecían herejes reincidentes y contumaces, se me antojaban insoportables cuando corría el riesgo de padecerlas Johanna.

En cuanto al calabozo inferior... Pero fui incapaz de pensar en esa posibilidad. Mi mente retrocedió espantada; gemí en voz alta y me golpeé las rodillas con los puños repetidas veces.

—Dios de las venganzas, Yavé —rogué—, Dios de las venganzas, muéstrate. Álzate, juez de la tierra, da a los soberbios su merecido. ¿Hasta cuándo los impíos, oh Yavé, hasta cuándo los impíos triunfarán?

Así, recité varios salmos, hasta que por fin empecé a sentir la paz de aquel apacible y maravilloso lugar. Poco a poco me calmé. Pensé que, aunque Jean-Pierre podía ser interrogado por hereje (habiendo asesinado supuestamente a un empleado del Santo Oficio), la tortura requería el consentimiento y la presencia del obispo del acusado, o el representante del obispo. Requería la asistencia de unos familiares especiales. No podía haber tortura sin muchos preparativos. Y no habría confesión sin tortura.

¡Qué necio fui! Como de costumbre, subestimé a Pierre-Julien. Me consolé engañándome a mí mismo, pues cuando el senescal concluyó por fin sus quehaceres y me acompañó a la sede del Santo Oficio, al llegar vimos a Durand junto a la puerta de la prisión, vomitando en el suelo.

No tuve que preguntarle el motivo.

—¡No! ¡Dios, no! —blasfemé.

—Padre, no lo soporto —dijo Durand sollozando. Tenía el rostro humedecido por las lágrimas y parecía muy joven—. ¡No lo soporto, no lo soporto!

—¡Pierre-Julien no puede hacer eso! ¡Está prohibido! —Llevado por mi rabia y mi angustia, agarré con crueldad al pobre muchacho del brazo y le zarandeé (en lugar de tranquilizarlo)—. ¿Dónde está el obispo? ¡Deberíais conocer las reglas! ¡Debisteis avisarme!

—Padre, padre —protestó el senescal, y me obligó a soltar al notario—. ¡Conteneos!

—¡No es el momento de contenerse! —Estaba dispuesto a abrirme paso a la fuerza entre los guardias de no haber aparecido en aquel momento Pierre-Julien, inopinadamente, sosteniendo unos pergaminos. Era evidente que iba en busca de Durand y su búsqueda le había conducido hasta la calle. El altercado que se produjo a continuación tuvo lugar ante la mirada de los dos guardias de la prisión, además de un herrador que pasaba en esos momentos por allí y de la mujer que vivía en la casa situada frente a la prisión.

—¡Habéis violado la ley! —grité con tal vehemencia que Pierre-Julien, sorprendido de encontrarme en el umbral de la prisión, dejó caer la mitad del documento que sostenía—. ¡Jean-Pierre no ha sido difamado! ¡No podéis interrogar a un

283

hombre que no ha sido oficialmente difamado como si fuera un acusado!

—Sí puedo si ya ha confesado a un juez delegado —replicó Pierre-Julien, agachándose para recoger los folios diseminados por el suelo—. Si consultáis *Postquam*, el estatuto del papa Bonifacio, comprobaréis que yo puedo ejercer como tal.

—¿Y dónde está el obispo? ¿Dónde está su representante? ¡No podéis emplear la fuerza sin la presencia de uno de ellos!

—He recibido un encargo del obispo Anselm, por escrito, en el que me pide que proceda en su nombre dondequiera y en cualquier momento que su presencia sea requerida —respondió Pierre-Julien. Para mi sorpresa, mantenía un talante digno pese a mis violentos ataques—. Todo está en orden, es decir, lo estaría si Durand no se sintiera indispuesto.

—¿Debo entender que estáis interrogando a ese centinela, a ese Jean-Pierre? —le preguntó el senescal.

—Así es.

—¿Bajo tortura?

—No.

—Ya no —terció Durand débilmente—. Le han quemado los pies, pero le han arrojado agua cuando ha prometido confesar.

—El prisionero ha confesado sus pecados —le interrumpió Pierre-Julien, silenciando al notario al mirarle con el ceño fruncido—. Su testimonio ha sido consignado en acta y firmada por testigos. Lo único que falta es la confirmación, que obtendremos tan pronto como Durand se recupere lo suficiente para leer el acta.

—¡Pero debéis aguardar un día! —protesté—. ¡Es lo reglamentario! ¡Un día completo antes de confirmar una confesión!

Mi superior despachó mi protesta con un ademán.

—Un mero formalismo —dijo.

—¿Un mero formalismo? ¿Un mero formalismo?

—Controlaos, padre —me ordenó el senescal con tono severo y áspero, antes de dirigirse a Pierre-Julien—. ¿Qué es lo que ha confesado exactamente ese centinela? —preguntó—. ¿Haber matado a Raymond Donatus?

—Por motivos diabólicos. —Pierre-Julien consultó el documento que sostenía—. Para invocar a cierto demonio de los estratos inferiores del infierno, sacrificando a un siervo del Santo Oficio.

—¿Eso dijo?

—Sí, señor, aunque no con esas palabras. Por supuesto, fue asistido e instruido por otros idólatras, más expertos y abominables. Me refiero a las mujeres de Casseras...

—¡No!

—... una de las cuales condujo a Raymond al sacrificio, esa noche...

—¡Mentira! —No soy capaz de describiros mis sentimientos de indignación e incredulidad—. ¡Esas mujeres no son unas hechiceras! ¡No son unas brujas! ¡Vos habéis puesto sus nombres en boca de ese desgraciado!

—Esas mujeres son unas hechiceras —replicó Pierre-Julien—, porque tengo aquí un testimonio que lo confirma. Es difícil averiguar si fueron ellas quienes mataron al padre Augustin, pero me consta que mancillaron sus restos.

—¡Qué disparate! —En aquel momento estuve a punto de revelar la ascendencia de Babilonia, pero había prometido no decírselo a nadie, y no podía romper mi promesa salvo con permiso de Johanna—. ¡Sentían una profunda estima por el padre Augustin!

—Por si fuera poco —prosiguió Pierre-Julien implacable—, una de ellas sedujo a Jean-Pierre y, prometiéndole grandes recompensas, le indujo a franquearle la entrada al Santo Oficio, con el fin de que éste asesinara a Raymond Donatus mientras la mujer y el notario fornicaban.

—¡Falso! —protesté, arrebatando el documento de manos de Pierre-Julien. Éste trató de recuperarlo y durante unos instantes forcejeamos, hasta que Roger Descalquencs nos separó. Aunque más bajo que yo, el senescal era de complexión musculosa y utilizaba su fuerza con la economía que sólo se aprende a través de años de experiencia en combate.

—¡Basta! —exclamó, entre enojado y divertido—. No permito peleas en la calle.

—¡Esto es falso! ¡Es un testimonio obtenido bajo coacción! —protesté.

—Lo dice porque él mismo está endemoniado, señor, esas mujeres le han infectado con su veneno...

—¡He dicho que basta! —Tras zarandearnos, el senescal nos soltó, ambos tropezamos y Pierre-Julien cayó al suelo—. No podemos dirimir esta cuestión en la calle. Esperaremos un día para comprobar si Jean-Pierre se retracta de su confesión. Entretanto, debemos ir a arrestar a esas mujeres.

—¡No, señor!

—Iréis vos, hermano Bernard, junto con unos sargentos de mi guarnición. Las traeréis aquí y ambos las interrogaréis, y si descubrimos alguna prueba de hechicería, asesinato u otro crimen, ambos aceptaréis la conclusión.

—Señor, cuando llegue Jordan Sicre, demostrará la falsedad de este hombre vil y sanguinario.

—Es posible. Pero hasta que llegue Jordan Sicre, padre Bernard, os aconsejo que obréis con prudencia y sentido común y dejéis de perder los estribos. ¿Os parece aceptable?

¿Qué podía yo hacer sino aceptar? No podía esperar otra decisión más favorable para Johanna, quien se hallaba bajo sospecha. Si estaba bajo mi custodia, cuando menos conseguiría que la trataran bien.

De modo que asentí con la cabeza.

—Bien. —El senescal se volvió hacia Pierre-Julien, que se había incorporado y sacudía el polvo de su capa—. ¿Os parece también aceptable, padre?

—Sí.

—Entonces iré a disponer vuestra escolta, padre Bernard. Id a comunicar a vuestro prior que esta noche os ausentaréis. ¿Cuántas mujeres hay en Casseras?

—Cuatro —respondí—. Pero una es muy vieja y está muy enferma.

—En ese caso puede cabalgar con vos. Os prestaré de nuevo a *Estrella*. O quizá... Bien, ya lo decidiré más tarde. Venid conmigo, padre.

El senescal se había dirigido a mí. Sospechando que no deseaba dejarme con Pierre-Julien (no fuera que acabáramos despedazándonos), asentí de nuevo y avancé un paso hacia él. Pero Durand me detuvo agarrándome de la falda del hábito.

—Padre... —murmuró con tono quedo y desesperado. Al mirarle a los ojos, ojerosos y enrojecidos, observé en ellos un horror tan intenso, que me sorprendió. Durand nunca me había parecido un alma delicada.

—Valor —respondí en voz baja—. No tardaremos en resolver este asunto.

—Padre, no puedo...

La emoción que denotaba su voz me conmovió, aunque en esos momentos estaba obsesionado con Johanna. Tras darle una palmadita en la mejilla con gesto paternal, fingí besarle en la otra mejilla, pero en lugar de ello acerqué los labios a la oreja.

—Continuad vomitando —musité—. No os reprimáis. Si es necesario, vomitad sobre sus zapatos. Al final os ordenará que os retiréis.

Durand sonrió. Más tarde, cuando me preparaba para partir, en un estado de indecible agitación, el recuerdo de esa sonrisa me consoló. Fue una sonrisa de esperanza, complicidad y rebeldía. Me dio fuerzas, pues sabía que en Durand tenía a un amigo. No un amigo influyente, pero que me ayudaría al margen de la decisión que yo tomara.

«Más valen dos que uno solo, porque logran mejor fruto de su trabajo. Si uno cae, el otro le levanta; pero ¡ay del solo, que si cae no tiene quien le levante!»

Yo confiaba en que Johanna y sus amigas hubieran abandonado Casseras. Confiaba en que las brumosas mañanas y los días lluviosos que presagiaban el invierno, les hubieran obligado a partir en busca de un lugar más cálido, seco y seguro. Pero no había tenido en cuenta la quebrantada salud de Vitalia. Al parecer, las mujeres esperaban que ésta mejorara (como uno espera que se dispersen las nubes) para aprovechar dicha circunstancia y trasladarla a otro lugar, sin causarle grandes trastornos.

—¿Está muy enferma? —pregunté al padre Paul, sin desmontar. El cura había salido de su vivienda para saludarme, al igual que prácticamente todos los habitantes de Casseras; muchos de ellos me habían llamado por mi nombre con tono complacido, y los niños me habían ofrecido unas sonrisas cálidas y afectuosas.

Por desgracia, mi preocupación por Johanna se había intensificado hasta el punto de que los miré con expresión ausente y apenas les devolví el saludo.

—Es muy vieja —dijo el padre Paul—. En mi opinión, padre, ha llegado su hora. Pero puede que me equivoque. —El cura miró indeciso mi caballo, sobre el que yo permanecía montado, y a los diez sargentos que me escoltaban—. ¿Partiréis de inmediato hacia la *forcia*? ¿O pasaréis la noche aquí y partiréis mañana?

—No pasaremos la noche en la aldea —respondí.

Después de darle muchas vueltas al asunto de camino a Casseras, había llegado a la siguiente conclusión: si traía a mis prisioneras de regreso a la aldea para pasar la noche, demostraría de un modo inequívoco que eran unas prisioneras, pues como es natural los centinelas las custodiarían a la vista de todos. Pero si permanecíamos en la *forcia* ello las protegería de semejante humillación y podrían pasar a caballo por Casseras sin agachar la cabeza, escoltadas como princesas en lugar de vigiladas como criminales.

—¿Pernoctaréis en la *forcia*? —exclamó el padre Paul, claramente escandalizado—. ¿Por qué?

—¡Porque no tenemos tiempo de regresar a Lazet antes de que anochezca! —contesté con brusquedad. Tras lo cual espoleé a mi montura, pues no quería dar más explicaciones y estaba impaciente por fijar mi hambrienta mirada en el rostro de Johanna. ¡Ardía en deseos de verla! Pero al mismo tiempo temía ese encuentro. Me angustiaba el temor que mi llegada engendraría, y la confusión que provocaría. Al evocar nuestro último encuentro, en la colina al amanecer, sentí un intenso deseo de verla. ¡Aquella mañana incomparable, radiante! Había sido un don de Dios. «Cantad a Yavé y alabadle, entonad salmos a nuestro Dios con la cítara. Él es el que cubre el cielo de nubes, el que prepara la lluvia para la tierra, el que hace que brote hierba en los montes.»

Las montañas presentaban ahora un color grisáceo y estaban cubiertas de nubes. El cielo no ofrecía un aspecto radiante. Mientras subíamos por el abrupto sendero hacia la *forcia*, empezó a caer una lluvia tan suave como el plumón de pato. Al llegar al lugar donde había sido asesinado el padre Augustin, vi en el suelo un ramillete de flores de color púrpura empapadas de barro.

De no haber estado acompañado por los soldados, lo habría recogido. Lo habría conservado, como debí conservar aquellas primeras flores doradas. Pero como temía que mis escoltas me tacharan de sentimental y se burlaran de mí, pasé de largo.

Aunque he llevado una vida muy enclaustrada, he asistido a numerosos coloquios sobre la naturaleza del amor profano, debatido a veces con un espíritu correcto (en tanto que relacionado con el amor divino) y otras menos correcto. A partir de esos coloquios, y los libros que he leído, he llegado a la conclusión de que el amor es un sufrimiento innato y que existen unos síntomas que padece de forma inevitable la persona enamorada. Estos síntomas son, en primer lugar, una tendencia a palidecer y adelgazar; segundo, una tendencia a perder el apetito; tercero, una tendencia a suspirar y llorar; cuarto, una tendencia a ser presa de súbitos temblores en presencia de la persona amada. Ya en tiempos remotos Ovidio enumeró algunos de esos síntomas; desde entonces, han sido analizados y descritos reiteradamente, hasta el extremo de que yo había llegado a considerarlos tan irrefutables como inevitables.

Así pues, había permanecido atento para observar cualquier cambio que se operara en mis hábitos de sueño y mi apetito, considerándolos, cuando se producían, como otra prueba de que estaba esclavizado por las cadenas del amor. (Al echar la vista atrás, me pregunto si esos síntomas habrían sido tan severos de no haber corrido peligro mi amada.) En esos momentos, al aproximarme a la *forcia*, temí ser presa de las lágrimas y los temblores, que deseaba ocultar a la mirada de mis escoltas.

Pero en cuanto vi a Johanna experimenté tan sólo una inmensa alegría, la cual inundó mi corazón como una fuente, e inmediatamente después de ese sentimiento, una intensa preocupación. Los soldados se habían negado a permanecer rezagados, a permitirme entrar solo en la *forcia*, a que los precediera, temerosos de que me capturaran, mataran o utilizaran para huir. Aunque yo había protestado con vehemencia que me ofendían al suponer que me dejaría avasallar por dos ancianas, una joven y una matrona de reflejos lentos, mis escoltas, que formaban un nutrido grupo, habían conseguido salirse con la suya. Por consiguiente, entramos en la *forcia* como un ejército conquistador, haciendo que Babilonia se pusiera a gritar y corriera a esconderse detrás de una tapia.

—Disculpadme —dije, apresurándome a desmontar mientras Johanna nos observaba consternada—. Esto no es cosa mía. Me han ordenado que venga. Ha ocurrido... ¡Una locura! —Me dirigía hacia ella y tomé sus manos en las mías; tenía los dedos largos, tibios y ásperos. Su rostro me embelesó. Al principio de conocerla no me había parecido hermosa. ¿Cómo era posible que estuviera tan ciego? Tenía la piel pálida y lustrosa, como una perla. Sus ojos eran profundos y límpidos. Su cuello asemejaba una torre de marfil—. No temáis, Johanna, yo os protegeré. Pero debo explicaros...

—¡Padre Bernard! —exclamó Alcaya saliendo de la casa y sosteniendo en una mano la *Leyenda* de san Francisco. Me sonrió como si no imaginara mayor alegría que contemplar mi rostro. Luego hizo una reverencia y me besó la mano en un gesto de profunda obediencia. Ni siquiera reparó en mis escoltas—. ¡Me alegro de volver a veros, padre! —afirmó con fervor—. Aguardábamos vuestro regreso con impaciencia.

—Por desgracia, Alcaya, mi visita no es motivo de alegría.

—¡Desde luego que sí! —insistió Alcaya, sosteniendo mi mano en la suya y el libro con la otra—. ¡Por fin puedo daros las gracias! ¡Por fin puedo deciros que habéis transformado nuestras vidas con este maravilloso regalo! ¡El Espíritu Santo nos ha bendecido, padre! —Mientras hablaba, sus ojos se llenaron de lágrimas y de una luz que brillaba a través de sus lágrimas como un torrente de lluvia—. Ciertamente, san Francisco estaba unido a Dios. Debemos afanarnos en seguir su ejemplo, para que el fuego celestial nos envuelva y comamos el alimento espiritual.

—Sí. Indiscutiblemente. —Que Dios me perdone, pero en esos momentos no podía entretenerme con san Francisco—.

Alcaya, los soldados han asustado a Babilonia. Id a hablar con ella y tranquilizadla. Decidle que no os haré ningún daño. Decidle que soy vuestro escudo y vuestra fortaleza. Id a decírselo, os lo ruego.

—Lo haré encantada —respondió Alcaya sonriendo con gran felicidad—.Y luego hablaremos, padre. Hablaremos sobre la sublime penitencia, el Espíritu Santo y la contemplación de la sabiduría divina.

—Sí, por supuesto. —Me volví hacía Johanna, que observaba a los soldados de la guarnición mientras desmontaban. Algunos comenzaron a descargar sus alforjas—. Esta noche dormiremos aquí —me apresuré a explicarle—, y mañana os escoltaremos hasta Lazet. Ha llegado el nuevo inquisidor, Johanna, es un necio, un hombre peligroso. Está convencido de que vos y vuestras amigas sois unas herejes y unas brujas...

—¿Unas brujas?

—... y de que matasteis al padre Augustin. No atiende a razones. Pero trataré de que le destituyan de su cargo. Creo que está implicado en otro asesinato. Si consigo demostrarlo, si logro hablar con el testigo que participó en el asesinato del padre Augustin, y que aún vive... —Al ver que Johanna palidecía, vacilé. Intuí que era incapaz de asimilar de golpe aquellas novedades tan abrumadoras. Le estrujé las manos tan apasionadamente que esbozó una mueca de dolor—. No temáis, Johanna. Estaréis a salvo —dije—. Os doy mi palabra. Os lo prometo.

—¿Quiénes... quiénes debemos partir mañana? —preguntó Johanna con un hilo de voz—. Supongo que no es necesario que vaya Vitalia.

—Debéis ir todas.

—¡Pero Vitalia está enferma!

—Perdonadme.

—¡No puede cabalgar!

—Sola, no. Pero yo cabalgaré con ella. La sostendré.

—Esto es absurdo —protestó Johanna enojada—. ¡Es una anciana y está enferma! ¿Cómo podría una vieja enferma matar a nadie?

—Como os he dicho, mi superior no atiende a razones.

—¿Y vos? —me espetó, retirando de un modo brusco sus

291

manos—. ¿Y vos? ¡Afirmáis ser amigo nuestro, pero os presentáis aquí para llevarnos prisioneras!

—Os aseguro que soy amigo vuestro. —¿Amigo? Era su esclavo—. No me censuréis. He venido para protegeros. Para tranquilizaros.

Johanna me miró con aquellos ojos límpidos, francos e implacables, que me traspasaron como una lanza; estaban casi a la misma altura que los míos. Había olvidado lo alta que era.

—Calmaos —dije con suavidad—. Ánimo. Si seguís mi consejo y no desfallecéis, venceremos. Dios está de nuestra parte. Lo sé.

Al oír esas palabras Johanna esbozó una sonrisa cansina y escéptica.

—Celebro que estéis tan convencido de lo que decís —dijo desviando la vista.

Luego se acercó a su hija.

Quise seguirla, para persuadirla, para volver a tocarla (que Dios perdone mi pecado), pero no podía. En lugar de ello me acerqué al comandante de mi reducido séquito para hablar con él sobre la disposición de las hogueras, los talegos para dormir y los caballos. En la explanada no había suficiente espacio para diez hombres; los sargentos expresaron su deseo de regresar a pernoctar en Casseras, donde podrían dormir en graneros y gozar de la generosa hospitalidad de las gentes. Les dije que podían regresar a la aldea, pero que yo me quedaría en la *forcia*. Como mi propuesta era inaceptable, seis guardias se ofrecieron a permanecer conmigo en la *forcia*, mientras el resto regresaba a Casseras cabalgando bajo la lluvia y las densas sombras crepusculares.

A continuación los seis guardias voluntarios organizaron los turnos de vigilancia, los cuales permitían a tres de ellos dormir mientras dos montaban guardia junto a la puerta de la granja y uno custodiaba a los caballos. Lo que se dispuso para dormir fue lo siguiente: el catre de Vitalia fue colocado en la alcoba, para que durmiera junto a sus amigas. En la cocina (o habitación utilizada ahora como cocina) dispusieron un montón de paja, que constituía mi lecho. Uno de los sargentos dormiría sobre la mesa de la cocina, otro junto al hogar y un tercero a mis pies. Los caballos fueron atados bajo los fragmentos de madera y paja del techado que aún quedaba en pie en la explanada.

Por más que insistí en que los guardias no tocaran las gallinas de las mujeres, no me obedecieron.

—¿Quién les dará de comer cuando estemos ausentes? —preguntó Johanna.

Así pues, mis famélicos escoltas sacrificaron, desangraron, desplumaron y devoraron tres pollos; yo sólo comí pan y puerros (puesto que era Cuaresma), y Alcaya y Babilonia se negaron a probar los restos chamuscados de los pollos (Babilonia porque le repugnó la forma como habían sido sacrificados, Alcaya porque afirmó que no comía carne excepto en días festivos).

Las mujeres hirvieron unos trozos de pollo para preparar un caldo para Vitalia, que comió con pan remojado para ablandarlo. Observé enseguida que la anciana no estaba en condiciones de viajar. Apenas podía caminar y cuando tomé su mano, comprobé que tenía el tacto de una hoja seca o de un insecto muerto vacío. Pero cuando le hablé sobre el inminente viaje, la anciana sonrió y asintió con la cabeza, lo cual me hizo dudar de que me hubiera comprendido.

—Por supuesto que os ha comprendido —comentó Johanna secamente cuando le expresé mis dudas. Estábamos sentados alrededor del brasero, cohibidos por la presencia de varios guardias, pues yo tenía la sensación de que no podía hablar con franqueza mientras ellos escucharan—. A su mente no le pasa nada.

—Vitalia soportará su cruz con valor —declaró Alcaya—. Cristo la apoya.

—Eso espero —terció uno de los sargentos—. De lo contrario, quizá no resista el viaje.

—Será lo que Dios quiera —dijo Alcaya con gran serenidad. Me apresuré a asegurarle que cabalgaría con lentitud, para no perjudicar a la anciana, y que por ese motivo debíamos partir al amanecer, o lo antes posible a la mañana siguiente. Johanna preguntó si sus acompañantes y ella podían llevarse sus pertenencias. Por ejemplo, la ropa, los libros y los utensilios de cocina.

293

Su tono seco y formal me disgustó.

—Podéis llevaros vuestras ropas y... las pertenencias que no impidan que avancemos a buen paso —respondí.

—De modo que tendré que dejar el arcón —dijo Johanna.

—Me temo que sí.

—Como podéis suponer, me lo robarán.

—Pediré al padre Paul que os lo guarde.

—¿Hasta que regresemos? —Aunque era indudable que Johanna había dicho eso para tranquilizar a su hija, su tono era irónico y desesperanzado. Por lo visto no creía en mis promesas ni en las garantías que le había ofrecido.

Confieso que esto me enojó.

—Tened por seguro que regresaréis —dije con aspereza—. De eso no cabe la menor duda. Me he comprometido a obtener vuestra libertad.

—¿Con oraciones? —preguntó Johanna de un modo despectivo, aunque midiendo bien sus palabras.

—¡Con oraciones, sí! ¡Y por otros medios!

—Todos debemos rezar —dijo Alcaya—. Recemos ahora. —La anciana, que sostenía la mano de Babilonia, le susurró unas palabras al oído. Su solícita atención había conseguido que la joven se mantuviera relativamente tranquila—. Rece por nosotras, padre.

Hice lo que me pedía y recité unos salmos hasta que los sargentos, levantándose, nos indicaron que debíamos acostarnos si queríamos partir al día siguiente de buena mañana. (Yo confiaba en obligarles, con mis recitaciones, a abandonar la habitación, pero mis esperanzas se vieron frustradas, quizá porque seguía lloviendo.) Las mujeres obedecieron y fueron a acostarse. Después de consultarlo entre ellos, los sargentos se dividieron en dos grupos, uno de los cuales se retiró y el otro se quedó para montar guardia. Cuando los tres que se quedaron se envolvieron en sus capas, musité para mis adentros las oraciones de completas, distraído por las agujetas que sentía en todo el cuerpo y por mis obsesiones terrenales. La conducta de Johanna me había atormentado; al parecer, ya no me consideraba su amigo. ¡Con qué frialdad me había mirado a la cara! ¡Qué herido me había sentido por su falta de confianza en mí y sus sarcásticos comentarios! Con todo, seguía existiendo entre ambos cierta compenetración y yo había intuido sus sentimientos, por más que me hubieran disgustado.

Acostado en mi montón de paja (que era casi tan incómodo como las camas del priorato), no hallé paz alguna en la contemplación de Johanna. Deseaba ir a verla para exigirle una explicación. Me sentí por momentos furioso, temeroso y trastornado. Me dije que ella también estaba asustada, más que yo, pero mi corazón se rebelaba. Aunque agotado por los esfuerzos de la jornada, no conseguí pegar ojo sobre el húmedo suelo. «Ahora mi alma se siente turbada. ¿Y qué diré? ¿Padre, líbrame de esta hora?» A medida que transcurría la larga noche, me resigné a permanecer desvelado, escuchando los ronquidos de los sargentos, los gemidos de Babilonia (sin duda víctima de aterradoras pesadillas) y el batir de la lluvia en el tejado. Recé, maldije y me desesperé. Esa noche caminé sin duda entre tinieblas, privado de luz.

Pero Dios quiso que no conciliara el sueño. Estaba despierto cuando Babilonia salió con sigilo de la alcoba y pasó frente a mí de puntillas, hacia la puerta. Oí a los guardias apostados ahí preguntarle adónde iba y oí a Babilonia explicarles, con voz trémula, que tenía ganas de orinar. Entonces oí a los guardias responder que podía hacerlo detrás de la casa, pero que si no regresaba de inmediato, sufriría un terrible castigo.

Escuché con gran atención, pero no pude oír nada más, y durante unos momentos no volví a pensar en el incidente. Sabía que los guardias no dejarían que Babilonia se alejara. Pero en vista de que su ausencia se prolongaba, empecé a inquietarme. ¿Por qué no la llamaban los guardias? ¿Por qué guardaban silencio? De no ser porque no quería despertar a Vitalia y a sus compañeras, habría ido a pedirles explicaciones. Al cabo de un rato retiré la capa que me cubría, me levanté y me acerqué a la puerta, asombrado al comprobar (cuando la alcancé) que los guardias habían abandonado su puesto. Su lámpara también había desaparecido. Pero como había dejado de llover, percibí un leve sonido, semejante a un gruñido, seguido por un crujido, acompañado por unos ruidos procedentes de la otra punta de la casa.

Ahora comprendo que actué de un modo imprudente. Nada indicaba que los sonidos que había oído no fueran los sonidos de una emboscada y un silencioso asesinato. Incluso las sofocadas risas podía haberlas emitido un criminal. Pero mi intuición demostró ser cierta, pues al doblar la esquina de la casa, con un grito de indignación, me topé con los dos guardias que habían desaparecido arrodillados en el suelo.

Pretendían violar a Babilonia.

Creedme cuando os digo que no soy un hombre violento. Benditos sean los pacíficos, ¿no es cierto? Por más que yo sea un pecador, no soy un hombre sanguinario. Las palabras de san Pablo siempre me han servido de guía y de norma: «Vuestra modestia sea notoria a todos los hombres». Golpear no es síntoma de modestia. La violencia engendra violencia, mientras que la paz es la recompensa de quienes acatan la ley de Dios. Y el que es capaz de controlar su ira es más noble que el poderoso.

Pero el espectáculo que contemplé me nubló la razón. Sólo habría tenido que pedir a los dos hombres que enfundaran sus armas y soltaran a su prisionera, pues mi súbita aparición les sobresaltó y habrían obedecido sin rechistar. Pero en lugar de ello, propiné a uno de ellos una patada en la cabeza (la cual estaba a la altura de mi rodilla) y al otro un puñetazo en la cara. Recogí los cuchillos que habían dejado caer y les amenacé con utilizarlos. Grité, golpeé sin piedad el cuerpo cubierto por una cota de malla que yacía a mis pies y me comporté como un demente.

Es indudable que obré como un estúpido. Reconozco que tuve suerte, porque aunque era más alto, y me aproveché de la ventaja de haberles sorprendido, no era tan diestro en las artes de la guerra como mis adversarios protegidos por sus corazas, que me habrían derrotado con toda facilidad de haber tenido oportunidad de hacerlo. Pero no fue así. Los gritos de Babilonia y mis exclamaciones de indignación despertaron a los de la casa, quienes acudieron rápido, algunos espada en mano, tras lo cual se produjeron unos momentos de gran confusión.

Babilonia chilló y lloró en los brazos de Alcaya. Yo insulté a los presuntos violadores a voz en cuello. El sargento al mando de mis escoltas, que había estado durmiendo, trató en vano de calmar los ánimos. Exigió una explicación. Yo se la di. Los acusados lo negaron todo.

—¡La chica trató de huir! —insistieron—. ¡Y fuimos tras ella!

—¿Con vuestras medias alrededor de las rodillas? —inquirí.

—¡Yo estaba orinando! —replicó el mayor de los dos guardias, avanzando un paso—. De haber estado en mi puesto, ¡la joven habría conseguido zafarse de todos nosotros!

—¡Embustero! ¡Os vi con mis propios ojos! ¡Le habíais levantado las faldas!

—Eso no es cierto, padre.

—¡No lo neguéis! ¡Preguntádselo a la joven! ¡Cuéntanos lo que ocurrió, Babilonia!

Pero Babilonia no podía articular palabra; se había recluido en un mundo de demonios. Mientras Alcaya la sujetaba, Babilonia no dejaba de moverse con brusquedad y revolverse, agitando los brazos, golpeándose la cabeza contra el suelo y aullando como una perra. Al presenciar esa escena, algunos de los sargentos se persignaron.

—Mi hija jamás trataría de huir —dijo Johanna con voz ronca. Estaba arrodillada; sus ojos relampagueaban bajo la luz mortecina—. Mi hija ha sido atacada.

Pero los camaradas de los guardias acusados tenían sus dudas. Al mirar a Babilonia no veían a una mujer hermosa, sino a una criatura loca o poseída. Por otra parte, estaban dispuestos a mostrarse tolerantes con sus compañeros mercenarios. Pensé que, de no haber estado yo presente, habrían dado media vuelta, permitiendo que sus amigotes consumaran su agresión.

¡Infames canallas! Les dije que informaría al senescal. Insistí en que retiraran sus talegos para dormir de la cocina, pues no podían seguir durmiendo cómodamente allí. Debían permanecer fuera de la casa, tanto si montaban guardia como si no. De paso les advertí que yo también permanecería alerta, custodiando la puerta de la alcoba como un perro guardián.

—¡Guardaos de mis colmillos! —exclamé—. ¡Guardaos de la ira del Santo Oficio! ¡Esas mujeres están a mi cargo! ¡Si les tocáis un pelo, seréis castigados por vuestra contumacia!

Con estas y otras amenazas, conseguí que mis furibundos

escoltas se contuvieran. Mi situación no dejaba de ser arriesgada, pues estaba solo, desarmado salvo por mi rango y reputación; si los seis guardias hubieran decidido atacar a las indefensas mujeres, dando rienda suelta a sus libidinosos instintos, yo no habría podido protegerlas. Ni habría podido acusar a los guardias después, si éstos hubieran decidido matarme. Sin duda habrían urdido una historia convincente: habrían culpado de lo ocurrido a una banda de herejes armados que merodeaba por los alrededores de la granja, y habrían atribuido mi muerte a las mismas fuerzas responsables de la muerte del padre Augustin.

Pensé en todo esto mientras permanecía plantado ante los guardias. Pero sabía que mi cargo de inquisidor de la depravación herética me confería una terrible y temible distinción. La ubicuidad del Santo Oficio es tal que sólo los más simples se atreverían a desafiarlo. Todo el mundo sabe que ofender a un inquisidor es invitar a la calamidad.

Así pues, aunque los sargentos me miraron indignados, torciendo el gesto y mascullando entre dientes, no se resistieron. Obedecieron mis órdenes, desalojaron la casa como les había exigido y me dejaron a solas en la cocina, dueño y señor de ésta y de su contenido. Mientras las otras mujeres despojaban a Babilonia de sus ropas mojadas y sucias, la secaban, la calmaban, la vestían, la abrazaban y le daban una infusión de hierbas, yo me quedé en la alcoba con Vitalia, a quien referí una versión suavizada del incidente que había ocurrido fuera de la casa. Pero después de haber acostado a Babilonia, me restituyeron la cocina. Me quité mis prendas exteriores y las puse a secar mientras escuchaba los lamentos y murmullos provinentes de la alcoba, junto con las voces ásperas, aunque también quedas, de los guardias apostados a la puerta, quienes sin duda criticaban mi carácter, mis sentimientos y mi conducta sin paliativos.

Al cabo de unos minutos los guardias enmudecieron. Babilonia siguió gimiendo y gritando de vez en cuando; oí a Johanna cantarle con suavidad, como si arrullara a un bebé. Por lo demás todo estaba en silencio, salvo por el crepitar del fuego, al que eché un puñado de ramas secas. Al cabo de un rato no pude siquiera seguir alimentándolo. Dejé que las llamas se consumieran poco a poco, incapaz de levantarme de la mesa, pues estaba extenuado. Me sentí como un elefante: si me tumbaba no volvería a incorporarme. De modo que permanecí sentado, contemplando la mano, que me dolía debido a su violenta colisión con el pómulo del repugnante libertino. No pensé en nada concreto. Estaba demasiado fatigado para pensar. Seguramente me habría quedado dormido sentado a la mesa, de no haberme despertado la inopinada aparición de Johanna.

Cuando reparé en ella estaba de pie frente mí. Al alzar la cabeza vi que iba vestida con un camisón o una prenda semejante, de un tenido delgado, gris y holgado. Llevaba el pelo suelto. Durante un rato nos miramos en silencio; yo tenía la mente en blanco.

Por fin Johanna dijo casi en un susurro:

—Creía que nos habíais traicionado. Pero estaba equivocada.

—Sí.

—Estaba aterrorizada.

—Lo sé.

—Aún lo estoy. —Aunque la voz de Johanna se quebró al decir esto, hizo acopio de fuerzas para proseguir—. Aún estoy aterrorizada, pero he recapacitado. Perdonadme. Sé que sois un amigo leal.

Nos miramos de nuevo. ¿Cómo puedo justificar mi silencio en esos momentos? Aturdido debido al cansancio, atontado debido a la sorpresa, ofuscado al ver y oír a Johanna, me quedé mudo. No pude articular palabra. No pude siquiera moverme.

—Gracias —dijo Johanna. En vista de que yo no respondía, se cubrió la cara con las manos y rompió a llorar.

Esas lágrimas me despertaron de mi trance como un clarín. Me levanté de un salto. La abracé y Johanna se aferró a mí con fuerza. En éstas oímos a su hija gemir en la habitación contigua.

—No soy valiente —dijo Johanna sollozando con el rostro apoyado en mi hombro—. Los vi morir abrasados... los vi morir, cuando era joven...

—Calmaos.

—Alcaya sí es valiente. Y Vitalia también.

—Vos también sois valiente.

299

—¡Tengo miedo! Babilonia lo sabe.

—Tranquilizaos.

—¡Ella lo sabe! —susurró Johanna—. Soy incapaz de consolarla. Estamos perdidas.

—No.

—¡Estamos muertas!

—No.

Que Dios me perdone, pues soy un pecador. Me cuento entre los condenados al infierno; soy un hombre débil. Pero tú, Señor, eres un Dios rebosante de compasión, amable, paciente y generoso en tu misericordia y justicia. ¿Acaso no dicen las Sagradas Escrituras que el amor redime todos los pecados? Dios amantísimo, yo la amaba. Cada una de sus lágrimas me conmovió, me hirió gravemente. Sentí como si me arrancaran el hígado. Habría hecho cualquier cosa con tal de consolarla, con tal de eliminar su sufrimiento. Pero ¿qué podía hacer? Por más que me remordía la conciencia, la estreché contra mí, la besé en la coronilla, la oreja, el cuello, el hombro. Johanna alzó el rostro y cubrí de besos sus párpados cerrados, sus sedosas mejillas y sus sienes. Sentí el sabor salado de sus lágrimas. Aspiré el aroma de su pelo. «Son tus ungüentos suaves al sentido. Es tu nombre ungüento derramado.» Cuando perdí el equilibrio, abrumado por la emoción, Johanna tomó mi cabeza entre sus manos y me besó en los labios.

No me censures, Señor, por suscitar tu ira, ni me castigues por causarte un profundo desagrado. El beso de Johanna me supo a miel y a leche... Fue un bombardeo. Una flecha en llamas. No me invitó a permanecer en un huerto de granados, lleno de deliciosa fruta, sino que me apresó, como un guerrero. Su calor me abrasó; las piernas no me sostenían. Apenas podía respirar.

Aparté la cabeza con brusquedad.

—¿Qué ocurre? —preguntó Johanna, y miró alrededor. Durante unos instantes pensó que había entrado alguien en la habitación. Pero no había entrado nadie.

Yo retrocedí un paso, y mi gesto se lo explicó todo. Al mirarme a los ojos mudó de expresión y retiró las manos de mi nuca.

—Perdonadme —musitó.

Yo negué con la cabeza, respirando con dificultad.

—Perdonadme. —El pelo le caía sobre el rostro y se lo enjugó; de pronto, al separarme de ella, sentí de nuevo frío—. Perdonadme, padre —repitió Johanna, fatigada y contrita, con tono cansino y expresión triste. Luego volvió a mirarme y observé en sus ojos una expresión levemente risueña—. No pretendía atemorizaros —añadió.

Fue entonces cuando pequé gravemente. Pues me sentí herido en mi amor propio, en mi indestructible orgullo, que era sensible como la carne abrasada y vasto como una montaña. Me pregunté: ¿Soy un hombre? ¿Soy un león entre los animales del bosque, o un desdichado que tiembla de terror? Y con la más profunda vanidad de espíritu, la atraje hacia mí con una sacudida cuando hizo ademán de apartarse; la abracé y la besé en la boca para dejar impresa en sus labios la prueba de mi adoración.

Tened en cuenta que yo llevaba poca ropa, al igual que Johanna, una circunstancia que con toda seguridad no nos favoreció. Pero dudo que una barrera menos permeable que una cota de malla nos hubiera impedido consumar nuestros deseos. Permanecimos sordos a los gemidos de Babilonia y a los murmullos de Alcaya (aunque en todo momento conscientes de que debíamos guardar silencio). Hicimos caso omiso de la proximidad de los guardias, como si la delgada cortina de lana que protegía la puerta fuera de piedra sólida. Sin hablar, sin dejar de abrazarnos, nos apartamos de la mesa y caímos sobre mi humilde lecho.

Lo que ocurrió a continuación no merece ser relatado de forma pormenorizada. Como dijo san Pablo, el cuerpo no es para la fornicación, sino para el Señor. Pero también dijo: «Siento otra ley en mis miembros que repugna a la ley de mi mente y me encadena a la ley del pecado, que está en mis miembros. ¡Desdichado de mí! ¿Quién me librará de este cuerpo de muerte?».

Esto escribió san Pablo, y si su cuerpo estaba sometido a la ley del pecado, ¿quién era yo para resistirme a la seducción de la concupiscencia, a las cadenas de la corrupción? Soy un ser carnal, susceptible de pecar. He rendido pleitesía a la ignominia, la indignación, la ira. Convertí el cuerpo de Johanna en mi templo y la adoré. Creedme cuando os digo que era culpable, pues pequé libremente, con todo mi corazón.

Pero pequé por amor, y las Sagradas Escrituras nos dicen que el amor es tan poderoso como la muerte; un torrente no puede sofocarlo, ni ahogarlo un diluvio. ¡Es en sí mismo un diluvio! Me arrastró como si yo fuera una rama y sentí que me ahogaba, por más que trataba de alcanzar la superficie, boqueando, mientras Johanna, abrazándome, me atraía hacia el fondo, sumido en un inefable estado de licuescencia y éxtasis.

Ella me condujo y yo la seguí. Me avergüenza reconocerlo, pero, en última instancia, fue Eva quien condujo a Adán en pos de la iniquidad. ¿O me condujo Johanna como si yo fuera un corderito? Ciertamente, Johanna era tan temible como un ejército con estandartes, su abrazo poderoso y seguro, su pasión feroz.

—Qué hermoso sois —fue cuanto dijo Johanna (o susurró, pues nuestra unión carnal se produjo por fuerza en silencio). Casi me eché a reír al oírle decir eso, pues Johanna era bella como la luna y espléndida como el sol, mientras que yo... ¿Qué soy sino un viejo, ajado, calvo y disminuido ratón de biblioteca?

Aún me asombra que Johanna se sintiera atraída por el viejo cuerpo de este monje.

Me gustaría decir que me di un festín de lirios, que recogí mirra y especias, que bajé a la nozaleda para contemplar los frutos del valle. Pero no hubo tiempo para un goce lánguido. El acto mediante el cual pecamos fue breve, brusco y torpe, y no mancillaré vuestros ojos con otra palabra al respecto. Baste decir que al cabo de unos minutos nos levantamos y vestimos apresuradamente; de improviso, los sonidos procedentes de la alcoba nos parecieron amenazadores, y muy cercanos.

Apenas hablamos. No fue necesario. Mi alma estaba unida a la suya; nos comunicamos por medio de besos y miradas. Pero le dije en voz baja que durmiera tranquila, que yo vigilaría su sueño.

—No —protestó Johanna—. Vos también debéis dormir.

—Y cuando negué con la cabeza, sonriendo con tristeza, Johanna me acarició la mejilla y me miró con sus ojos límpidos e inteligentes.

—Éste no es vuestro pecado —dijo—. En todo caso, es mío. No dejéis que os atormente. No os volváis como Augustin.

—Por desgracia, no hay peligro de eso. No me parezco en absoluto al padre Augustin.

—Es cierto —dijo Johanna, con tono quedo pero categórico—. No os parecéis a él. Estáis aquí en cuerpo y alma. Estáis completo. Os amo.

«Oh Dios, conoces mi estulticia, no se te ocultan mis pecados.» Las palabras de Johanna me produjeron un placer que me hirió. Agaché la cabeza, reprimiendo las lágrimas, y sentí sus labios en una sien.

Luego Johanna se acostó de nuevo. En cuanto a mí, obedecí sus instrucciones; conseguí dormir, aunque mi corazón estaba henchido de emoción. Dormí y soñé con jardines perfumados.

303

Conoceréis la verdad

*A*l día siguiente no pudimos entretenernos, pues había mucho que hacer. Había que alimentar a los caballos, darles de beber y ponerles los arneses; había que preparar y tomar un ligero refrigerio; había que vestir a Vitalia y transportarla de la casa a la explanada. Luego, después de que las demás mujeres hubieran metido en unas alforjas de cuero y fustán las pertenencias que podían transportar con comodidad, averiguamos que Alcaya no había montado jamás a caballo. En vista de lo accidentado y arriesgado que era el trayecto hasta Casseras, decidimos que acompañara a uno de los sargentos y el caballo reservado para ella lo utilizamos para transportar bultos.

Seguía lloviendo intermitentemente; el sendero de la *forcia* era un río de barro. Apenas despegamos los labios mientras descendimos por las resbaladizas pendientes, cada paso era tan peligroso como el anterior. Yo avanzaba con dificultad, pues Vitalia iba sentada frente a mí (de haber ido sentada detrás, se habría caído de la grupa del caballo), y me impedía ver con claridad y dominar las riendas. No creo que *Estrella* sintiera su peso, pues Vitalia era un haz de yesca: el más leve soplo de aire se la habría llevado volando. No obstante, el terreno, el tiempo y el espacio que la anciana ocupaba en mi silla nos obligó a avanzar con lentitud. Cuando llegamos por fin a Casseras era ya de día.

Al llegar nos reunimos con los otros sargentos, que se mostraban tan joviales como hoscos y malhumorados sus camaradas. Los cuatro risueños hombres habían pasado la noche en el granero de Bruno Pelfort; su alegre talante indicaba a las claras que ningún gazmoño dominico se había inmiscuido en sus libidinosas actividades. La aldea los había tratado bien, pero cuando el padre Paul les propuso quedarse unos días, al menos hasta que dejara de llover, se negaron en redondo. Tenían orden de regresar de inmediato. Según dijeron, unas gotas de lluvia nunca habían hecho daño a nadie.

Yo no estaba de acuerdo con esa afirmación, pues era evidente que la lluvia no tenía un efecto precisamente saludable en Vitalia. Respiraba con dificultad; tenía los labios azulados y las manos heladas. Yo había tenido que sostenerla durante buena parte del trayecto, rodeándole la cintura con un brazo para que se mantuviera derecha, mientras con la otra mano conducía mi montura. A medida que avanzábamos, mi temor de que la anciana falleciera durante el viaje había aumentado. Y aunque no había revelado a nadie mi temor (para no alarmar a Babilonia), había expresado mi convencimiento de que debíamos realizar el viaje por etapas, aunque tardáramos varios días en llegar.

Pero mis escoltas rechazaron mi propuesta.

—Cuanto más tardemos en llegar, más peligro corremos —insistieron—. Las mujeres podrían huir. Por otra parte, no estamos avituallados para un viaje largo. Y la lluvia no tardará en remitir. Debemos seguir adelante.

Y así lo hicimos. Yo cabalgaba delante de Johanna, por lo que apenas llegué a verla; aunque me volví en un par de ocasiones, tan sólo vi la parte superior de su cabeza, pues tenía los ojos fijos en el camino para evitar los baches y demás obstáculos. Por fortuna, al llegar a Casseras dejamos atrás la peor parte de nuestro recorrido, y a partir de Rasiers viajamos con relativa comodidad. En cuanto a la lluvia, cesó antes de mediodía. La única que no mejoró fue Vitalia; tenía mal color, respiraba con más dificultad y cuando llegamos a las puertas de Lazet, poco después de vísperas, perdió el conocimiento y se desplomó sobre el cuello de *Estrella* mientras yo me esforzaba en impedir que cayera al suelo.

No fue una grata bienvenida. Babilonia, convencida de que su amiga había muerto, se puso a berrear y saltó del caballo tan atolondradamente que se lastimó una rodilla. Alcaya también trató de desmontar, pero se lo impidió el sargento que cabalgaba con ella. Otro sargento me ayudó a depositar a Vitalia en el suelo, mientras que un par de franciscanos que pasaban en esos momentos por allí, unos visitantes de Narbona, según nos dijeron, se detuvieron para ayudarnos. Luego, mientras Alcaya no paraba de discutir y Babilonia de sollozar, y los dos frailes me aseguraban que uno de ellos era sacerdote y estaba facultado para administrar la extremaunción en caso necesario, sacamos una manta de una de las bolsas de cuero de Johanna. Sostenida por cuatro sargentos, la utilizamos para transportar a Vitalia durante el último tramo de su viaje a prisión.

Poco a poco, llegamos a las torres de la puerta de Narbona. Poco a poco, pasamos a través de sus cavernosos arcos. Puesto que Babilonia no podía seguir cabalgando sola, fue montada en mi caballo, con la cara sepultada en mi hombro, llorando a lágrima viva hasta el extremo de que mi manto, túnica y escapulario, apenas secos tras el aguacero matutino, volvieron a quedar empapados. Cuando entramos en la ciudad, nuestro cortejo atrajo las miradas de numerosos curiosos, sobre todo de los sargentos de la guarnición y los ciudadanos que montaban guardia a lo largo de las murallas. Algunos preguntaron a mis escoltas cuántos caballos sin jinete iban en nuestra cabalgata, y obtuvieron respuestas escuetas y blasfemas. Algunos se ofrecieron para conducir los caballos, mientras otros hicieron comentarios groseros sobre nuestras prisioneras. Dado que las mujeres ignoraron esos comentarios, contuve mi ira para no alterar a Babilonia. Pero tomé nota de los hombres que habían contaminado el aire con su repugnante lenguaje. Más tarde me ocuparía de que fueran castigados.

Aunque nos tropezamos con muchas personas que conocía de camino al Santo Oficio, mi cara de pocos amigos y manchada les impidió acercarse para hacerme alguna pregunta o comentario. Pese al largo y arduo viaje, Johanna cabalgaba con la cabeza inclinada, majestuosamente erguida en la silla. Al llegar a la fuente situada en el sur, una muchedumbre formada por matronas, mendigos, niños y ancianos interrumpieron su charla para contemplarnos; al identificarme, una de las matronas preguntó a su vecina si la mujer que cabalgaba conmigo era una hereje. Un niño de corta edad escupió a Vitalia. Un carpintero llamado Astro hizo una genuflexión.

Llegamos a nuestro destino en el preciso instante en que se abrieron las cataratas del cielo. Tras desmontar bajo la lluvia, llamé a Pons y le pedí que me ayudara. A continuación entregué a Babilonia al cuidado de su madre, antes de dar órdenes al carcelero, que había estado examinando el cadáver de un prisionero, sobre los pormenores y la calidad del confinamiento de mis prisioneras.

—Deseo que estas mujeres permanezcan juntas —le dije, conduciéndole al interior del edificio—. Instálalas en el cuarto de guardia situado en el piso superior.

—¿El cuarto de guardia? —protestó Pons—. Pero ¿dónde descansarán los familiares?

—Si los familiares desean comer o dormir, pueden hacerlo contigo. —Subí la escalera hasta alcanzar la vivienda de Pons, que consistía en una amplia cocina y dos alcobas, suntuosamente amuebladas. Al echar un vistazo a mi alrededor, observé que podía albergar a más personas—. Entrega a las mujeres tantas mantas y sábanas como te pidan. Quiero que coman a tu mesa...

—¿Qué? —exclamó la esposa del carcelero.

—... y, si es posible —continué sin hacerle caso—, mandaré comida del priorato. Esas mujeres no son tus prisioneras, Pons, sino tus huéspedes. Si reciben malos tratos, tú también los recibirás.

—¿De quién? —inquirió el carcelero con insolencia, enojado por mis exigencias—. He oído decir que ya no estáis en el Santo Oficio.

—¿Me habría encomendado el Santo Oficio una misión si ya no perteneciera al mismo? Una de las mujeres está muy enferma, de modo que quiero que le des caldos y comida ligera. Y si su estado te hiciera temer lo peor, quiero que me informes de inmediato, ¿entendido? A cualquier hora del día o de la noche. Ah, y si alguna de las mujeres expresa el deseo de hablar conmigo, también debes informarme.

Pons gruñó. Su esposa me miró indignada. Quizá debí mostrarme menos brusco, evitando ofender su dignidad. Quizá debí prever las preguntas que se formularían sobre mi preocupación por el bienestar de Johanna. Pero deseaba que las mujeres volvieran a sentirse cómodas cuanto antes. Estaba decidido a impedir que Vitalia muriera a las puertas de la prisión. Temía que apareciera Pierre-Julien y contradijera mis órdenes.

—En el cuarto de guardia hay unas armas —señaló Pons—. Picas. Combustible. Grilletes.

—Retíralas.

—¿Y dónde las meto?

—En el calabozo inferior.

—Hay un prisionero en él.

—¿Un prisionero?

—Un prisionero nuevo. ¡Ya os dije que estábamos llenos a rebosar!

Todo eran obstáculos en mi camino. No obstante, conseguí mi propósito; Pons retiró del cuarto de guardia todos los objetos salvo la mesa, los bancos, las camas y el cubo de desechos. Mandó instalar dos camastros y puso sábanas limpias. Las únicas órdenes que se negó a cumplir se referían al brasero, que habíamos traído desde Casseras y yo deseaba que colocara junto a la cama de Vitalia. Pero Pons me advirtió de que las mujeres lo utilizarían para prender fuego a la prisión.

—Eso no ocurrirá —dije.

—¡Contraviene las normas de la prisión, padre!

—Es preciso evitar que Vitalia pase frío de noche.

—Sus amigas pueden dormir con ella.

Pons se negó a encender el brasero. Según dijo, el padre Pierre-Julien jamás permitiría que incumpliera esa norma. Y como yo sabía que era cierto, capitulé. Estaba decidido a impedir a toda costa que Pierre-Julien averiguara mis instrucciones con respecto a Johanna de Caussade.

—No podemos encender el brasero —comuniqué a Johanna cuando la condujeron al cuarto de guardia—. Pero si necesitáis más mantas, os las facilitará el carcelero.

—Gracias —murmuró Johanna, contemplando los ganchos en la pared. Abrazaba a Babilonia, que se aferraba a ella como una criatura.

—Las noches no son muy frías —dije, más para tranquilizarme a mí que a ella—. Cuando os hayáis secado, os sentiréis mejor.

—Sí.

En éstas entró Alcaya.

—¡Pero si esto es un palacio! —exclamó. No había perdido su buen humor en todo el viaje, salvo cuando los guardias hacían algo que le disgustaba—. ¡Es seco y lo suficientemente grande para albergar a diez personas! ¡Seguro que vuestro monasterio no ofrece tantas comodidades!

Babilonia, que se había tranquilizado, alzó la vista. Hasta la expresión de Johanna había cambiado. Sólo Vitalia, que estaba dormida, y los familiares que la transportaban, permanecían inmunes al buen humor de Alcaya. Esa mujer poseía un carácter asombrosamente alegre. Sonriendo de gozo, hizo que reparáramos en el canto de los numerosos pájaros que poblaban las murallas, anidando y comiendo entre sus torres.

—Nuestros pequeños hermanos cantarán para nosotras —dijo alborozada—. ¡Qué agradable es volver a oír el tañido de campanas! Esta habitación tiene una excelente iluminación. Podré leer sentada junto a la ventana.

—Las lámparas están prohibidas aquí —le dije—. Lo lamento. Pero los pasillos siempre están iluminados, de modo que incluso de noche hay luz. ¿Tenéis hambre? ¿Os apetece comer algo?

—Necesitamos agua —respondió Johanna.

—Desde luego.

—Y nuestro equipaje.

—Ordenaré que os lo envíen enseguida.

—¿Adónde iréis vos? —preguntó Johanna mirándome con una mezcla de pesar y deseo. Yo ardía en deseos de besarla, pero tuve que contentarme con apoyar una mano en su brazo.

—Si me necesitáis, acudiré enseguida. Pons me avisará. Y vendré a veros con frecuencia.

—Quizá podáis prestarme más libros —dijo Alcaya con tono jovial. Era una petición insolente, pero nos hizo sonreír a todos. Era evidente que la había formulado con ese fin.

—Es posible —repliqué—. Quizá pida al obispo que os venga a visitar.

—Sí, sí. Eso sería muy agradable. Los obispos siempre son muy amenos.

—El obispo Anselm, no. Pero haré lo que pueda. Y ahora me ocuparé de que os traigan vuestro equipaje y agua. ¿Deseáis algo más? ¿No? Procurad descansar. Volveré a veros antes de completas.

—Padre... —dijo Johanna. Me tocó una mano y dejó que sus dedos reposaran sobre los míos. El contacto de su mano hizo que todo mi cuerpo se estremeciera de placer—. ¿Qué ocurrirá ahora, padre?

—Procurad dormir —dije, sabiendo que lo que pretendía Johanna era detenerme. ¡Ojalá hubiera podido quedarme!—. Comed primero y luego dormid. Mañana volveré.

—¿Y Vitalia...?

—Si me necesitáis, el carcelero me mandará llamar. Si necesitáis a un sacerdote, os traeré uno.

Después de tranquilizarla asegurándole que todo iría bien, me fui. Hallé las bolsas de las mujeres en la vivienda de Pons y ordené que las enviaran al cuarto de guardia, junto con una jofaina de agua y un cuenco de sopa. Hablé con todos los familiares que estaban de guardia, explicándoles que si las mujeres eran maltratadas, ofendidas o importunadas durante la noche, la ira de Dios caería sobre el culpable de esas vejaciones. Luego me dirigí al Santo Oficio, donde hallé a Durand y al hermano Lucius en el *scriptorium*.

—¡Padre! —exclamó Durand al verme. Estaba sentado a la mesa de Raymond, con la cabeza apoyada en una mano mientras volvía lánguidamente las páginas del archivo frente a él.

Lucius estaba afilando una pluma.

—¿Dónde está el padre Pierre-Julien? —pregunté, pasando por alto sus saludos—. ¿Se ha marchado para asistir a completas?

—No lo hemos visto en todo el día, padre —respondió Durand—. Me ordenó que me quedara por si me necesitaba, pero él ha desaparecido.

—¿Dónde está?

Durand se encogió de hombros.

—¿Está enfermo? ¿Sabéis algo de él?

—Sí, padre. —El notario parecía observar mi rostro, quizá porque el polvo y la suciedad del viaje le llamaban la atención—. Cuando ha llegado Jordan, he enviado recado al priorato y ha respondido el mismo padre Pierre-Julien. Nos ha dicho que tengamos paciencia.

—¿Cuando ha llegado Jordan? —repetí sin apenas dar crédito a mis oídos—. ¿Os referís a Jordan Sicre?

—Así es —contestó Durand.

—¿Está aquí?

—Sí, padre. Ha llegado esta mañana. Pero nadie ha hablado con él.

—En tal caso seré el primero en hacerlo. Hermano, haced el favor de ir en busca de los hermanos Simon y Berengar. Durand, preparad vuestros instrumentos. Necesito que transcribáis el interrogatorio. —Al mirar hacia la ventana comprobé que había oscurecido y me pregunté qué excusa alegaría por no haber asistido a completas—. Interrogaré a Jordan en la habitación del padre Pierre-Julien —proseguí—, ya que en estos momentos no está ocupada. Hablaré con Pons. La llegada de Jordan es más que oportuna.

—Padre...

—¿Qué?

Durand me miró con el ceño fruncido. Por fin dijo:

—¿Seguís?...Quiero decir... pensaba que...

—¿Qué?

—¿No habéis renunciado a vuestro cargo?

Me apresuré a asegurarle que, en caso de que me destituyeran del Santo Oficio, él sería el primero en saberlo. Y después de tranquilizarlo, fui a preguntar a Pons el paradero de Jordan Sicre.

El carcelero me informó, con tono hosco e irrespetuoso, que el prisionero se hallaba en el calabozo inferior. Había llegado junto con una carta, dirigida a mí. La carta obraba en poder del hermano Lucius. Los escoltas de Jordan, cuatro mercenarios catalanes, ya habían partido de Lazet. Pons no había recibido órdenes del padre Pierre-Julien referentes al nuevo prisionero.

Si yo quería verlo, no había inconveniente. Allí tenía las llaves.

—Necesitaré unos guardias.

—Con Jordan no hace falta. Está encadenado de pies y manos.

—¿Es necesario?

—Conoce esta prisión, padre. Algunos de los guardias son camaradas suyos. Pero haré lo que me ordenéis, por supuesto.

¡Qué furioso estaba Pons! Su talante me pareció absurdo y me marché sin darle las gracias. Pero al recordar otro detalle importante, retrocedí rápidamente.

—¿Ha hablado alguien con Jordan? —pregunté.

—Yo le he dicho que era un canalla.

—¿No ha conversado nadie con él? ¿Nadie le ha contado los últimos chismorreos?

—No que yo sepa.

—Bien.

Sabía que mi interrogatorio sería más eficaz si Jordan ignoraba las últimas novedades relativas al Santo Oficio. También sabía que corría menos riesgos si llevaba a cabo el interrogatorio en el calabozo inferior. Así pues, regresé al *scriptorium*, dije a Durand que había cambiado de opinión y busqué en la mesa del hermano Lucius la carta que me habían enviado de Cataluña.

Estaba redactada por el obispo de Lérida, quien, junto con el alguacil local, había arrestado a Jordan Sicre y confiscado sus bienes. El obispo me informó de que el prisionero había utilizado un nombre falso; de que había acusado a algunos vecinos de ser unos herejes; y de que se había referido a un perfecto, huido de mi prisión, que tiempo atrás había residido en la diócesis leridana pero que ya, por desgracia, había desaparecido.

Me pregunté brevemente dónde se hallaba «S». Estuviera donde estuviera, confiaba en que estuviera bien.

—¿Padre?

Levanté la vista. Durand seguía sentado a su mesa, con las plumas y el pergamino dispuestos ante él. Se rascó su hirsuta barba mientras yo aguardaba.

—Debo deciros, padre —comentó—, que el trabajo del hermano Lucius deja mucho que desear.

—¿Su trabajo?

—Mirad —dijo, mostrándome los folios amontonados en

el suelo, en espera de ser encuadernados. Durand me indicó el tamaño y la irregularidad del texto, junto con algunos errores que éste contenía—. Fijaos, ha escrito *hoc* en lugar de *haec*, como si no supiera distinguir entre las dos palabras.

—Sí, ya veo. —En efecto, lo vi y me quedé asombrado—. ¡Pero si trabajaba con gran esmero!

—Eso era antes.

—Sí, está claro. —Avergonzado, devolví el defectuoso documento a Durand—. Esto es muy humillante, debí percatarme antes.

—Estabais muy ocupado con otros asuntos —respondió Durand (con un tono un tanto condescendiente)—. Sólo al trabajar con él se da uno cuenta de ello.

—No obstante... —Me detuve a reflexionar unos momentos—. ¿Sospecháis a qué puede deberse ese cambio?

—No.

—¿Acaso su madre... sabéis si su madre ha estado enferma o...?

—Es posible.

—¿Habéis informado al padre Pierre-Julien de este problema?

Durand dudó unos instantes.

—No, padre —respondió por fin—. El hermano Lucius es un buen chico. Y el padre Pierre-Julien es tan... tan...

—Falto de tacto —dije—, insensible...

—Temía que le dijera que le había delatado yo.

—Comprendo. —Lo comprendía perfectamente—. Descuidad, amigo mío, me ocuparé del asunto evitando que vuestro nombre salga a relucir.

—Gracias, padre —dijo Durand con voz queda. En éstas apareció el hermano Lucius acompañado por Simon y Berengar, interrumpiendo nuestro diálogo.

Había llegado el momento de interrogar a Jordan Sicre.

Debéis saber que al interrogar a un testigo o a un sospechoso, es preciso seguir unos trámites, tanto si éste ha sido citado como si comparece de forma voluntaria. En primer lugar, después de citarlo de forma discreta, sin ostentación, y de que sea avisado por el inquisidor o el ayudante del inquisidor, se le pide que jure sobre los sagrados Evangelios decir la verdad y toda la verdad en materia de herejía o cualquier otro asunto relacionado con ella o con la labor de la Inquisición. Debe hacerlo en relación con sí mismo como actor principal, y como testigo en el caso de otras personas, vivas o muertas.

Después de que el sujeto preste juramento y éste sea consignado en acta, se le exhorta a que cuente la verdad. En caso de que el sujeto solicite tiempo o la oportunidad de deliberar con el fin de ofrecer una respuesta más ponderada, el inquisidor puede concedérselo si cree que el sujeto obra de buena fe y no trata de engañarle. De otro modo, le exige que testifique de inmediato.

Ahora bien, Jordan Sicre no solicitó tiempo para reflexionar, quizá porque ignoraba que tenía derecho a hacerlo. Tampoco pidió pruebas de su infamia ni de los cargos contra él (como hacen muchos acusados analfabetos, permitiéndome una gran libertad de maniobra en mis procedimientos). No obstante, me pareció un individuo inteligente, pues fue lo bastante astuto para guardar silencio y no decir palabra hasta ser interrogado. Desde el rincón que ocupaba en el calabozo inferior, encadenado a la pared no lejos del instrumento de tormento llamado potro, observó en silencio cuando Durand, Simon y Berengar se sentaron en los lugares reservados para ellos.

Era un hombre bajo, ancho de espaldas, con la piel grisácea, los pómulos marcados y unos ojillos diminutos. En una sien se le veía un enorme moratón. Lo reconocí al instante.

—¡Ya os recuerdo! —dije—. Vos me salvasteis de Jacob Galaubi.

Jordan no respondió.

—Os estoy muy agradecido por haber defendido mi virtud. Profundamente agradecido. Pero me temo que esto no tiene nada que ver en nuestras presentes circunstancias. Qué lástima que sucumbierais a la tentación. Tengo entendido que la recompensa era cuantiosa. Una espléndida granja, tres docenas de ovejas, una mula. ¿Me equivoco?

—Dos docenas —aclaró Jordan con voz ronca—. Pero...

—Ah. Incluso dos docenas... dan mucho trabajo.

—Contraté a un peón. Y a una sirvienta.

—¡Una sirvienta! ¡Una verdadera fortuna! ¿Disponéis de dependencias anejas a la casa?

—Sí.

—Describídmelas.

Jordan obedeció. A medida que le interrogué sobre la disposición de las habitaciones en su casa, los instrumentos y los utensilios de cocina que guardaba en ella, los pastos de la finca y el contenido de su huerto, Jordan se volvió más locuaz y su talante envarado y receloso dio paso a un tono más amable al evocar su granja. Era evidente que ésta había constituido la cima de sus ambiciones, sus aspiraciones... su única debilidad. La grieta en su coriáceo caparazón.

Dejé que siguiera hablando hasta que la grieta se ensanchó un poco. Entonces inserté en ella la punta de mi cuchillo.

—De modo que, según tengo entendido, pagasteis unas cincuenta *livres tournois* para adquirir esta magnífica propiedad —dije.

—Cuarenta y ocho.

—Una suma considerable.

—Heredé el dinero. De un tío.

—¿De veras? Pero Raymond Donatus sostiene que os lo dio él.

Esta mentira estaba destinada a demoler las defensas de Jordan, y ciertamente le alteró. Pues aunque siguió mostrando una expresión impávida, un movimiento involuntario de sus ojos me indicó que yo había tocado un punto sensible.

—Raymond Donatus jamás me ha dado ningún dinero —replicó. Me alegró observar que utilizaba el pretérito perfecto. Estaba claro que no sabía que Raymond había sido asesinado hacía poco.

—¿Así que no recibisteis ningún dinero por dejar entrar a sus mujeres en la sede del Santo Oficio? —pregunté.

Jordan movió de nuevo los ojos. Pestañeó varias veces. ¿Debido a la angustia o a la sensación de alivio?

—Es mentira —dijo—. Jamás dejé que entraran mujeres.

—¿Entonces os han acusado falsamente?

—Sí.

—Uno de vuestros camaradas confirma el testimonio de Raymond. Él mismo recibió dinero por dejar entrar a las mujeres de Raymond, y dice que vos también.

—Mentira.

—¿Por qué iba a mentir?

—Porque yo no podía defenderme.

—¿Queréis decir que era fácil acusaros porque estabais ausente?

—Sí.

Seguí interrogándolo sobre el asunto de la entrada prohibida, como si tuviera gran importancia. Abundé en él, toqué otros temas relacionados con él, y me mostré indignado de que hubieran fornicado en las dependencias del Santo Oficio. Me referí a ciertas pruebas: a unas «manchas repugnantes e impuras», a unas prendas íntimas de mujer, a ciertas hierbas que impiden que una mujer se quede preñada. A través de unos comentarios equívocos, llegué incluso a insinuar que el dinero empleado para adquirir la granja de Jordan le fue pagado por ayudar a Raymond a seducir a varias sirvientas.

Gracias a estos ardides, logré sumir a Jordan en un estado de profunda confusión: en primer lugar, porque hablar sobre el coito pone nervioso a cualquier hombre en la plenitud de sus facultades; segundo, porque Jordan había supuesto que yo le acusaría de asesinato y en lugar de ello le pedí que se defendiera de unos cargos menores. Habiendo negado su complicidad desde el principio, tuvo que mantenerse en sus trece, repitiéndose hasta la extenuación en lugar de hacer acopio de sus fuerzas. Tened por seguro que mentir es una tarea fatigosa. Para mentir de forma convincente una y otra vez, es preciso no bajar en ningún momento la guardia y derrochar energía. A medida que el interrogatorio se prolonga, resulta más difícil concentrarse y, por ende, más difícil ofrecer una colección impecable de mentiras.

Jordan cometió su primer error bajo la presión de mis lascivas preguntas. Algunos sacerdotes afirman deplorar las numerosas, diabólicas y degeneradas variedades del coito, pero su evidente deleite al sonsacar descripciones de esos actos, enumerarlos y condenarlos públicamente, demuestra que obtienen un placer pecaminoso en la contemplación de esta lasciva inmoralidad. Imitando a esos sacerdotes, insistí en los favores que Jordan debió de recibir de las mujeres a quienes perseguía Raymond Donatus. Le infligí un interrogatorio obsceno a más no poder, repleto de actos increíblemente degenerados, actos que en cierta ocasión presencié en una penitenciaría irlandesa.

Por ejemplo, pregunté a Jordan si había empleado ciertos objetos al fornicar con las mujeres de Raymond. Le pregunté si había expulsado su semen en otro lugar que no fuera una vagina. Le pregunté si había pedido a las mujeres que le hicieran gozar con caricias perversas, que comieran, chuparan o excretaran alguna cosa, que recitaran unas palabras sagradas o hicieran unas viles alusiones mientras realizaban esos actos depravados...

Pero es mejor que no abunde en ellos. Baste decir que Jordan se defendió con energía y creciente irritación, mientras yo envenenaba el aire con mis obscenos comentarios. (Los pobres Simon y Berengar estaban rojos como el zumo de las uvas, e incluso Durand parecía sentirse incómodo.) Por fin, tras afirmar falsamente que había hablado con una de las susodichas mujeres, quien había acusado a Jordan de sodomía, el sujeto de esta acusación infundada perdió los estribos.

—¡No es cierto! —gritó—.¡Jamás he hecho tal cosa! ¡Jamás he hecho ninguna de esas cosas!

—¿Os limitasteis a fornicar según dictan las leyes de la naturaleza?

—¡Sí!

—¿Sin mancillar la silla del inquisidor ni utilizar con fines obscenos las plumas o pergaminos del Santo Oficio?

—¡Sí!

—¿Simplemente fornicasteis en el suelo de la habitación del padre Augustin?

—Sí —contestó Jordan con brusquedad, tras lo cual se detuvo al percatarse de lo que había dicho—. Quiero decir...

—No tratéis de negar lo que acabáis de afirmar —le interrumpí—. Vuestra turbación es comprensible, pero mentir bajo juramento es un pecado más grave que fornicar. Si estáis sinceramente arrepentido, Dios os perdonará. Y el Santo Oficio también. Veamos, ¿dejasteis o no que entraran unas rameras en el Santo Oficio?

Jordan suspiró. Ya no tenía fuerzas para resistir en un asunto de trivial importancia. Además, yo le había ofrecido un pequeño rayo de esperanza.

—Sí —confesó.

—¿Y utilizasteis ese dinero para adquirir una granja en Cataluña?

—Sí.

—¿Eso ocurrió antes o después de que desaparecierais?

Jordan reflexionó unos momentos. Deduje que se le había ocurrido que podíamos comprobar las fechas de su adquisición.

—Después —respondió por fin.

—¿De modo que portabais cuarenta y ocho *livres tournois* cuando fuisteis a Casseras con el padre Augustin?

—Sí.

—¿Por qué?

—Porque las llevaba siempre encima. Para que no me las robaran.

—Ya. —Aunque esa explicación me pareció disparatada, ni mi voz ni mi rostro mostraron el menor indicio de incredulidad—. Contadme lo que ocurrió ese día —proseguí—. El día que fue asesinado el padre Augustin.

¿Cuánto tiempo llevaba esperando Jordan que yo le hiciera esa pregunta? Inició su relato casi con un suspiro de alivio, hablando con rapidez y tono inexpresivo.

—Me sentía indispuesto —dijo—. Debido quizás a algo que había comido en la *forcia*, tenía ganas de vomitar. De modo que me quedé rezagado y dije a los demás que me esperaran en Casseras...

—¡Un momento! —dije alzando una mano—. Empezad por el principio. ¿Os ordenaron que formarais parte de la escolta del padre Augustin?

De nuevo, mi propósito era cansarlo y a la vez tranquilizarlo. Escuché con amabilidad su relato, absteniéndome de emitir objeción alguna y dando en cambio frases de aliento.

318

De vez en cuando le pedía que me diera más detalles, o que se repitiera con respecto a la cronología de los hechos, cosa que Jordan hizo sin mayores problemas, con descuido, hasta que llegamos al momento en que se había «quedado rezagado». A partir de entonces su narración se tornó algo más laboriosa, aunque de una forma que pocas personas habrían advertido. Cuando una historia no es cierta, sino inventada, al narrador le cuesta más aislar espontáneamente un pormenor de la misma. Como no ha experimentado lo que afirma haber experimentado, no puede recurrir a su memoria. Por tanto, si se le interrumpe en su testimonio, lo repite desde el principio, para mantener en orden la secuencia lógica de los hechos. Una persona que dice la verdad no tiene que preocuparse por la coherencia lógica. Simplemente recita lo que recuerda, sin preocuparse por las discrepancias.

Según el prisionero, poco después de abandonar la *forcia* para emprender el viaje de regreso Casseras se había sentido indispuesto y había tenido que desmontar. Luego, tras descansar un rato, había seguido adelante. (En ese momento pregunté a Jordan dónde había vomitado lo que había comido, y me respondió que lo había hecho debajo de un arbusto, para que nadie lo viera. Este Jordan era un hombre inteligente.)

De improviso había oído un grito sofocado y unos ruidos alarmantes que le indicaron que el padre Augustin y sus acompañantes habían sido víctimas de una emboscada en la carretera, a poca distancia de donde se hallaba él. Pero al avanzar, los sonidos habían disminuido, indicando que la pelea había concluido. Pero ¿quién había ganado? Inquieto, Jordan había ocultado su caballo y él mismo se había escondido detrás de una peña, sin saber qué hacer.

—No queríais caer en la emboscada —dije con tono comprensivo.

—No.

—Sabiendo que, si los otros habían sido asesinados, vos no tendríais probabilidad de escapar con vida.

—Exactamente.

—¿Qué ocurrió a continuación?

A continuación la yegua del padre Augustin había huido a galope sin su jinete. Un hombre montado en el caballo de Maurand había perseguido a la yegua y la había atrapado, conduciéndola cuesta abajo.

Al presenciar esto, Jordan había comprendido que sus camaradas habían sido derrotados y probablemente asesinados. De modo que había esperado un rato antes de acercarse a la escena del crimen, a escondidas, a pie. Puesto que había tomado la precaución de avanzar pegado al sendero, había presenciado la fuga de dos hombres que habían subido la pendiente montados en unos caballos robados.

Naturalmente, le pedí que me describiera con detalle a esos hombres. Jordan respondió que uno iba vestido de verde y el otro lucía un gorro rojo, pero que habían pasado junto a él a toda velocidad y no había podido reparar en nada más.

—¿No observasteis nada extraño en ellos? —pregunté—. ¿Ningún detalle insólito?

—No.

—¿Nada que os llamara la atención? ¿Incluso en aquel instante fugaz?

—No.

—¿De modo que ni siquiera os chocó el hecho de que estuvieran cubiertos de sangre?

¡Qué estúpido fue! Al observar que Jordan vacilaba, me dije: «Este hombre está mintiendo». Pues de haber visto a los asesinos, lo primero que le habría llamado la atención habría sido la sangre. ¡Conque uno iba vestido de verde!

No obstante, me abstuve de hacer comentario alguno y conservé mi talante amable.

—Pensaba que os referíais a la estatura de esos hombres o... al color de su pelo —tartamudeó Jordan tras una breve pausa—. Por supuesto, iban cubiertos de sangre.

—Por supuesto. ¿Qué hicisteis luego?

—Continué adelante hasta que llegué al claro. Donde se hallaban los cuerpos. Era un espectáculo atroz. —Pero al describirlo Jordan lo hizo con voz serena—. Todos habían sido asesinados a hachazos. Miré a mi alrededor, pero comprobé que no había quedado nadie vivo, así que me marché.

—¿Vomitasteis?

—No.

—¿Así que vuestra tripa se había recuperado? Confieso que un espectáculo de esas características me habría provocado náuseas.

Se produjo un largo silencio. Después de reflexionar, Jordan comentó:

—No sois un soldado. Los soldados debemos ser fuertes.

—Comprendo. Bien, proseguid. ¿Qué ocurrió a continuación?

A continuación Jordan se había detenido unos minutos. Después de meditar, había llegado a la conclusión de que puesto que era el único superviviente, sin duda sospecharían de su complicidad en este siniestro crimen. El Santo Oficio querría culpar a alguien. Por tanto lo mejor que podía hacer era esfumarse, huir a las montañas y comprar una granja. A fin de cuentas, llevaba el dinero encima.

—Y eso fue lo que hice.

—En efecto. Pero fue una imprudencia, amigo mío. Si sois inocente, no debéis temer al Santo Oficio.

Jordan se limitó a responder con un bufido.

—Os doy mi palabra de honor de que no os condenaremos sin motivo —insistí—. Durand, haced el favor de leer la transcripción del testimonio de este hombre. Debemos asegurarnos de que es correcta.

Si mis palabras asombraron a Durand (lo habitual es aguardar un día y leer al prisionero la transcripción definitiva, antes de que la confirme), su semblante no lo dejó entrever. Leyó el acta con voz casi inexpresiva, lo cual resultó muy tedioso. En todo caso se lo pareció a Jordan, que bostezó tres veces y se enjugó su fatigado rostro con una mano. Cuando le pregunté, al término de la lectura, si deseaba hacer alguna rectificación, negó con la cabeza.

—¿Ninguna?

—No.

—¿No deseáis añadir nada?

—No, padre.

—¿Por ejemplo el hecho de que Raymond Donatus os pagó para que asesinarais al padre Augustin y sus escoltas y desmembrarais los cuerpos para que vuestra ausencia pasara inadvertida?

Jordan tragó saliva.

—Yo no hice eso —dijo suspirando.

—Amigo mío, no me parece que lo hicisteis. Sé que lo hicisteis. Tengo la confesión de Raymond aquí mismo. —Yo mentía, por supuesto; el documento que tenía ante mí eran unas notas que había tomado durante mis entrevistas con los habitantes de Casseras. Pero con frecuencia la palabra escrita, a diferencia de la palabra hablada, causa pavor a las personas analfabetas—. ¿Queréis leerla? —añadí, perfectamente consciente de que Jordan no sabía leer. El prisionero miró el documento como si fuera una serpiente que se dispusiera a morderle—. ¿Sabéis que Raymond se proponía hacer que os envenenaran en cuanto regresarais? Fue ese plan lo que me hizo suponer que era culpable. Me sorprende que no os mandara asesinar en Cataluña.

—Raymond está... —Jordan se detuvo y carraspeó para aclararse la garganta. Tenía la frente perlada de sudor—. Raymond está mintiendo —dijo.

—Prestad atención, Jordan —dije con tono persuasivo—. Poseo pruebas suficientes para hacer que os entierren vivo, tanto si confesáis como si no. Os lo aseguro. Si os negáis a confesar, eso es lo mejor que os podría ocurrir. Lo peor sería que cayerais en manos de mi superior, el padre Pierre-Julien. Cuando asesinasteis al padre Augustin, nos causasteis un grave perjuicio, pues fue sustituido por el padre Pierre-Julien. Y el padre Pierre-Julien es un hombre violento. No imagináis lo que le hizo a Jean-Pierre para inducirle a confesar que ocupó vuestro lugar al servicio de Raymond. Si lo deseáis, ordenaré que traigan a Jean-Pierre. Tienen que transportarlo porque no puede caminar. Le han quemado los pies.

Jordan esbozó una mueca.

—Ahora bien, quizá no sepáis —proseguí—, que siempre hay misericordia para quienes se arrepienten sinceramente. ¿Habéis oído hablar de san Pedro Mártir? Era un inquisidor dominico como yo, que fue asesinado por una banda de asesinos, como el padre Augustin. Uno de los asesinos era un tal Pierre Balsamo, al que atraparon casi con las manos en la masa y luego se fugó de la cárcel. Pero cuando lo capturaron de nuevo, se arrepintió, fue perdonado e ingresó en la orden de los dominicos. ¿No lo sabíais?

Jordan negó con la cabeza, frunciendo el ceño.

—¿Es eso cierto? —inquirió.

—¡Por supuesto! Puedo mostraros numerosos libros que refieren esa historia. Preguntádselo al hermano Simon. Preguntádselo al hermano Berengar. Os dirán lo mismo que yo.

Mis imparciales se apresuraron a indicar que estaban dispuestos a confirmar la veracidad de mis afirmaciones.

—Claro está —continué—, no hay motivo para suponer que os aceptarían en la orden de los dominicos. Pero a menos que confeséis vuestros pecados, y abjuréis de ellos, las consecuencias son inevitables. ¿Lo habéis entendido?

Para mi desilusión, Jordan se abstuvo de responder. Fijó la vista en sus rodillas, como si sólo éstas pudieran procurarle la respuesta a sus problemas.

—Jordan —dije empleando otra táctica—, ¿habéis sido recibido alguna vez en una secta herética?

—¿Yo? —contestó alzando bruscamente la cabeza—.¡No!

—¿Nunca habéis aceptado como verdadera otra fe que la de la Iglesia católica?

—¡No soy un hereje!

—¿Entonces por qué matasteis al padre Augustin?

—¡Yo no maté al padre Augustin!

—Es posible —respondí—. Es posible que no lo matarais con vuestras propias manos. Pero en todo caso presenciasteis cómo lo mataban y despedazaban como un puerco. ¿Por qué? ¿Por dinero? ¿O porque sois un creyente y un fautor de la herejía? —Consulté mi transcripción del informe que me había presentado «S» y leí en voz alta la lista de nombres que figuraban en él—. Todas esas personas son herejes que han sido difamadas —dije—. Os vieron frecuentar su compañía en Cataluña. Pero no los denunciasteis al Santo Oficio.

Jordan achicó los ojos y empezó a respirar de forma entrecortada. Es posible que confiara en facilitarnos esos nombres a

323

cambio del perdón y de pronto averiguara que ya poseíamos esos nombres.

—¡El perfecto! —exclamó de sopetón (refiriéndose evidentemente a «S»)—. ¡Lo habéis capturado!

—¿Por qué no informasteis al Santo Oficio? —repetí haciendo caso omiso de su exclamación.

—¡Porque me había ocultado! —rezongó—. ¿Cómo iba a decir una palabra? Si ese perfecto dice que soy un hereje, miente para salvar el pellejo. ¿Os dijo dónde daríais conmigo? Debí haber...

Jordan se calló de repente.

—¿Qué? —pregunté—. ¿Qué debisteis haber hecho? ¿Asesinarlo a él también?

Jordan me miró sin articular palabra.

—Amigo mío, si fuerais un buen católico, confesaríais vuestros pecados y os arrepentiríais —dije—. Creo que sois impío. Y puesto que sois un asesino impío, padeceréis un castigo infinitamente mayor que cualquier castigo decretado por el Santo Oficio. Si no os arrepentís, seréis arrojado a un lago de fuego, para toda la eternidad. Recapacitad. Es posible que Raymond os dijera una mentira. Es posible que os dijera que el padre Augustin visitaba a unas mujeres herejes con fines heréticos y por tanto merecía perecer. Si Raymond os dijo esas cosas, vuestro crimen es comprensible y perdonable.

Por fin mis palabras tuvieron un efecto apreciable. Intuí que Jordan reflexionaba sobre ellas, analizándolas.

—¿Os dijo Raymond que el padre Augustin era un enemigo de Dios? —pregunté con suavidad—. ¿Os dijo eso, Jordan?

Jordan alzó la vista, respiró hondo y contestó sin mirarme a los ojos:

—Me dijo que vos deseabais ver muerto al padre Augustin.

—¿Yo? —Estupefacto, hice lo que ningún inquisidor debe hacer jamás: dejé que el prisionero viera mi consternación.

—Me dijo que odiabais al padre Augustin. Me dijo que lo arreglaríais para que no me culparan. —Luego, volviéndose hacia Durand, el vil carnicero exclamó—: ¡El asesino es el padre Bernard, no yo!

En esos momentos recuperé mi compostura y emití una sonora carcajada.

—¡Sois un imbécil, Jordan! —dije—. Si yo hubiera tramado este asesinato, ¿creéis que habría dejado que regresarais? ¿Creéis que estaríais sentado aquí ante mí, vivo y coleando, denunciándome ante unos testigos? Vamos, decidme qué ocurrió. Acabáis de confesar vuestra complicidad.

He dicho que Jordan era inteligente. Sólo un hombre con cierto grado de inteligencia habría tratado de atacarme, confiando tal vez en ganar terreno. Pero no había planeado bien su ofensiva y había caído en su propia trampa.

Jordan permaneció callado, preguntándose sin duda cómo había ocurrido eso. Pero yo no estaba dispuesto a darle tiempo para reflexionar.

—No tenéis elección. Disponemos de vuestra confesión. ¿Quién más estaba implicado en el crimen? Decídmelo, arrepentíos y quizá logréis escapar a la muerte. Pero si guardáis silencio, seréis juzgado por vuestro empecinamiento. ¿Qué tenéis que perder, Jordan? Quizás un poco de vino os ayude a hacer memoria.

He comprobado a menudo que el vino, ingerido con el estómago vacío, suelta la lengua. Pero cuando indiqué al hermano Berengar que me trajera el vino escanciado con ese propósito, Jordan empezó a hablar.

Confesó que Raymond Donatus había fornicado en numerosas ocasiones con mujeres en el Santo Oficio, ante sus propios ojos. Me dijo que un día, el notario le hizo una propuesta: le pagaría cincuenta *livres tournois* si asesinaba al padre Augustin. No debía hacerlo en las dependencias del Santo Oficio, puesto que las autoridades sospecharían de todas las personas que frecuentaban el edificio, sino en las montañas, que todo el mundo sabía que estaban infestadas de herejes. Según Raymond, era importante que culparan a los herejes.

Era un excelente plan, pero requería la participación de otras cuatro personas adiestradas en el combate. Cada una percibiría treinta *livres tournois* si conseguían asesinar al padre Augustin.

—He trabajado en muchas plazas fuertes —me explicó Jordan—. He conocido a mercenarios que habían asesinado a cambio de dinero. De modo que cuando me enviaron a esas plazas fuertes, portando unos mensajes del Santo Oficio, hablé con cuatro hombres que se mostraron dispuestos a ganarse treinta *livres tournois*.

—Haced el favor de facilitarme sus nombres —dije. Jordan obedeció. Me relató los movimientos de los cuatro hombres: que habían venido a Lazet, que habían percibido la mitad de la suma acordada además de un dinero para gastos diarios y que habían esperado a que el padre Augustin partiera hacia Casseras.

—A mí me informaron la víspera —dijo Jordan—. De modo que se lo dije a los otros, los cuales partieron antes de que se cerraran las puertas de la ciudad y pasaron esa noche en Crieux.

—¿No disponían de caballos?

—No. Tuvieron que ir a pie a Casseras. Pero llegaron temprano. Y conocían el camino hacia la *forcia*. Yo les indiqué el lugar donde debían aguardar.

Cuando Jordan describió, con tono brusco y sin contemplaciones, la estratagema mediante la cual obligó a sus acompañantes a detenerse en el claro previsto, fui presa de la indignación. Dijo que se sentía mareado y tenía ganas de vomitar, fingiendo estar a punto de caerse de su montura. Cuando hubo desmontado, acudió uno de sus camaradas para auxiliarlo. Mientras ese hombre le atendía, fue apuñalado en el vientre, un acto destinado a desencadenar una lluvia de flechas disparadas desde los matorrales.

Era imprescindible que los dos familiares a caballo recibieran el impacto más fuerte del ataque. Cuando el padre Augustin se recuperó del sobresalto, era demasiado tarde para huir; sus guardias habían sido asesinados y se habían apoderado de su caballo.

El padre Augustin había presenciado la muerte de sus acompañantes, antes de que él muriera también asesinado. No pude por menos de desviar la vista cuando Jordan dijo que mi superior había sido asesinado de un golpe certero, como si eso fuera un acto de misericordia. Tuve que hacer acopio de todas mis fuerzas para conservar la calma, por más que deseaba asir una banqueta y partírsela a Jordan en la cabeza. Ese hombre merecía ser desollado vivo. No era siquiera un ser humano, pues su alma había muerto. Y su corazón estaba ennegrecido por el humo del pecado.

—Antes de despedazar los cadáveres los desnudamos —me explicó—. Nos habían ordenado que lo hiciéramos. Y que nos lleváramos las cabezas. Las cabezas y algunos miembros, para ocultar el hecho de que yo faltaba. Luego nos dispersamos. Sólo habíamos cobrado la mitad del dinero. Yo tenía que ir a Berga y esperar a que Raymond recibiera la noticia de que el padre Augustin había muerto. Entonces enviaría el resto de mi dinero a un notario de Berga, que me lo entregaría.

—¿El nombre del notario? —pregunté.

—Bertrand de Gaillac. Pero él no sabía nada. Era amigo de Raymond.

—¿Y la sangre? ¿La sangre que cubría vuestras ropas?

—Todos habíamos llevado ropa para cambiarnos. En cuanto dejáramos Casseras atrás, tan pronto como llegáramos a una fuente o a un lugar para ocultarnos, teníamos que lavarnos y cambiarnos. Luego teníamos que desembarazarnos de los caballos. —Después de una breve pausa, el prisionero añadió—: Yo maté a mi caballo. Era lo más prudente. En las montañas, los cuervos y los lobos no tardarían en dar con él.

Ésa fue, en resumidas cuentas, la confesión de Jordan Sicre. Un relato de una atrocidad sin paliativos. Cuando Jordan concluyó, pedí a Durand que leyera de nuevo en voz alta su confesión y mis imparciales dieron fe de que era correcta y completa. También ofrecí a Jordan ese privilegio. Después de haberle sonsacado cuanto necesitaba, no malgasté más frases amables para consolarlo o tranquilizarlo. No lo merecía.

—¿Qué ocurrirá ahora? —me preguntó Jordan cuando me disponía a irme.

—Aguardaréis a ser sentenciado —respondí—. A menos que tengáis algo que añadir.

—Sólo que lo lamento mucho. —Jordan parecía más angustiado que arrepentido—. ¿Habéis tomado nota de eso?

—Tomo nota de vuestra penitencia —respondí.

Estaba muy cansado. Quizá debí congratularme por haber cumplido magníficamente mi deber (pues aunque lo diga yo, fue una labor espléndida), pero no estaba de humor para cele-braciones. Apenas logré subir la escalera hasta alcanzar la trampa; Durand tuvo que ayudarme a trasponerla. La prisión estaba oscura, iluminada por unas lámparas. No tenía ni la más remota idea de qué hora era.

—¿Deseáis que un familiar os escolte a casa? —pregunté a los imparciales, que me aseguraron que tan sólo necesitaban una lámpara o una antorcha. Tras conseguir una para ellos, me despedí de los imparciales y me volví hacia Durand. En esos momentos nos encontrábamos cerca de mi mesa, compartien-do una lámpara; las sombras que nos rodeaban eran densas, frías y ligeramente amenazadoras. Todo estaba en silencio.

—Deseo que conservéis ese protocolo —le ordené—. No lo perdáis de vista hasta que dispongamos de una copia del mismo.

—¿Queréis que haga yo una copia?

—Sí, será lo mejor.

—¿Alguna modificación?

—Podéis saltaros lo de la granja. Y omitir buena parte del viaje a Casseras.

—¿La apología?

Nos miramos y vi en sus ojos (que tenían un color muy hermoso, dorado y verde, como un prado bañado por el sol) la misma ira feroz que anidaba en mi corazón. Lo cual me produ-jo una sensación reconfortante, de alivio.

—Lo dejo a vuestro criterio, Durand. Siempre decís que des-carto demasiado material exculpatorio.

A continuación ambos nos detuvimos, quizá para meditar sobre los horripilantes actos que nos habían sido relatados. El silencio se prolongó. Rendido de cansancio, no tenía nada más que decir.

—Sois un gran hombre —comentó Durand de improviso. No me miraba, sino que contemplaba el suelo con el ceño frun-cido—. Un hombre realmente grande, a vuestra manera. —Lue-go, tras otro silencio, más breve, agregó—: Pero no diría que es la manera divina.

—No —logré responder con un esfuerzo sobrehumano—. Yo tampoco.

Esto puso fin a nuestro diálogo. Durand abandonó el edifi-

328

cio con la cabeza gacha y estrechando el testimonio de Jordan contra su pecho; yo regresé a la prisión, para dar las buenas noches a Johanna. Aunque era muy tarde, no podía regresar al priorato sin darle las buenas noches, entre otras cosas porque se lo había prometido. Romper esa promesa habría sido impensable, por más que se tratara de un vulgar saludo. Para un enamorado, hasta la infracción más nimia reviste una inmensa y terrible importancia.

Como sabéis, el término amar viene de la palabra que significa gancho, y significa «capturar» o «ser capturado». Yo estaba capturado por las cadenas del deseo y era incapaz de alejarme de mi amada. Durante todo el día, mientras sostenía a Vitalia sobre la silla de mi montura, tranquilizaba a Babilonia y luego interrogaba a Jordan, había permanecido cautivo de los pensamientos sobre mi impureza nocturna. Unas visiones lúbricas penetraban de improviso en mi mente, y provocaban unas intensas oleadas de calor que me recorrían el cuerpo y teñían mis mejillas de rojo. Pero por más que trataba de alejar esos recuerdos, me resultaban irresistibles y regresaba a ellos repetidamente, aunque me avergonzaban, al igual que un perro regresa a sus vómitos. Cuánta verdad encierran las palabras de Ovidio: «¡Aspiramos a lo prohibido y deseamos siempre lo que nos está vedado!».

Yo había roto mi voto de castidad. Al sucumbir a los goces de la carne, en lugar de ser merecedor del patrimonio eterno que el Rey celestial había restituido, por medio de su propia sangre, a todos los hombres, me había entregado a las llamas de Gehena. ¿No dijo el mismo Pierre Lombard que «otros pecados mancillan sólo el alma, pero las manchas de la fornicación mancillan el alma y el cuerpo»? «Mira que en maldad fui formado, y en pecado me concibió mi madre.» Por lo demás, estaba enamorado de una mujer, y es sabido que las mujeres son fuentes de duplicidad, vanagloria, avaricia y lujuria. Sansón fue traicionado por una mujer. Salomón fue incapaz de hallar una sola mujer honesta. Esto lo sabía mi razón, pero mi corazón no estaba convencido.

Así pues, me dirigí al cuarto de guardia, solo y sin que nadie me lo impidiera. Puesto que no era una celda, no se accedía a ella a través de una trampa; por tanto tuve que contentarme con llamar suavemente a la puerta y murmurar unas palabras a modo de saludo, en lugar de contemplar el rostro de mi amada.

Fue ella quien me devolvió el saludo; el sonido de su voz estaba amortiguado por la puerta de madera que nos separaba.

—Las otras duermen —dijo Johanna con suavidad.

—Y tú también deberías estar durmiendo.

—Te estaba esperando.

—Perdóname. Debía venir antes, pero he tenido que atender unos asuntos.

—No me quejo, querido.

Ese cariñoso apelativo hizo que se aceleraran los latidos de mi corazón y apoyé la frente contra la puerta, como si tratara de penetrarla. Al mismo tiempo estaba desesperado, pues la barrera corpórea que se erigía entre nosotros representaba todos los otros impedimentos, menos insuperables, de nuestro amor. Hasta Eloísa y Abelardo habían sido más afortunados en su amor, aunque el Señor les había castigado con severidad. A mi modo de ver, el futuro no ofrecía esperanza. A lo único que podíamos aspirar era a que el tribunal impusiera a Johanna una leve penitencia, la dejara en libertad junto con su hija y huyera de la esfera de influencia de Pierre-Julien. Pero esa huida, lógicamente, requería que me abandonara.

Me dije que era mejor así. El amor era una locura, una enfermedad que pasaría. «Tiempo de amar y tiempo de aborrecer.» ¿Qué sacaría yo renunciando a la labor de toda una vida por una mujer que apenas conocía? ¿Por un amor compuesto a partes iguales de angustia y alegría?

—No podemos volver a caer —murmuré—. No podemos dejar que vuelva a ocurrir, Johanna.

—Querido, no tendremos ocasión de que vuelva a ocurrir —respondió Johanna con tristeza—. No volveré a degustar el amor.

—No. Permanecerás aquí por poco tiempo, te lo prometo.

—No te arriesgues, Bernard.

—¿Yo? No corro ningún riesgo.

—No es verdad. Lo ha dicho la mujer del carcelero.

—¿La mujer del carcelero? —repetí casi con una carcajada—. No es precisamente una autoridad respetada por todos.

—Ten cuidado, Bernard —insistió Johanna con tono apremiante—. Nos favoreces demasiado. La gente empezará a sospechar. No lo digo por mí, querido, sino por ti.

Su voz se quebró y yo sentí a un tiempo deseos de romper a llorar y de reír, de emitir unas carcajadas de asombro y perplejidad.

—¿Cómo es posible que haya ocurrido esto? —exclamé—. ¡No me lo explico! Apenas te conozco. Tú apenas me conoces a mí.

—Te conozco tan bien como a mi alma.

—¡Dios! —Sentí deseos de traspasar la puerta con la cabeza. Deseaba expirar en los brazos de Johanna. Señor, pensé, mis deseos no se te ocultan, ni mis lamentos. Mi corazón late furioso, me siento desfallecer...

Acude rápido en mi auxilio, Señor, sálvame.

—¿Bernard? —dijo Johanna—. Escúchame, Bernard. Yo tengo la culpa. Cuando Augustin me habló de ti, de las cosas que decías y de la forma que te reías, me dije: deseo conocer a ese hombre. Luego, cuando apareciste, y me miraste sonriendo, comprobé que eras muy alto y muy hermoso, y que tus ojos parecían dos estrellas. ¿Cómo podía resistirme? Pero debí hacerlo. Debí resistir la tentación, por tu bien. Reconozco que obré mal.

—No.

—¡Sí! ¡Fue una crueldad! Tú nos habrías ayudado aunque esto no hubiera ocurrido. Habrías seguido siendo un hombre fuerte, espléndido, feliz, pero te he destruido. Lo hice porque deseaba poseerte, antes de que fuera demasiado tarde. Soy una infame. Soy indigna de ti. Te he convertido en un ser desgraciado, impuro.

—Eso es absurdo. No te hagas ilusiones. ¿Crees que no tengo voluntad? ¿Crees de verdad que soy perfecto? —Para tranquilizarla, y a la vez para castigarla (pues Johanna parecía creer que había hecho de mí lo que había querido, como si yo fuera un manso corderito), le revelé mi relación con la otra viuda, durante los años en que fui predicador ordinario—. No es la primera vez que me desvío del buen camino. He cometido pecados de desobediencia y lujuria. Es mi naturaleza. —Luego, en vista de que Johanna callaba, empecé a temer haberla ofendido profundamente—. Pero esa viuda no significó nada para mí —añadí presuroso—. Fue la vanidad y el tedio lo que me condujo a su lecho. Esto es distinto.

—Para mí también.

—En cierto modo —dije desesperado—, estoy convencido de que ha sido Dios quien nos ha unido. Por algún motivo...

—Para que suframos al separarnos —dijo Johanna suspirando—. Debes irte, amor mío, antes de que te vea alguien. No debemos volver a hablar... salvo para despedirnos.

—Dios no lo quiera.

—Vete. Es muy tarde. Hay muchas personas por aquí cerca.

—¿Crees que me importa?

—Te comportas como un niño. Anda, ve a acostarte. Reza por mí. Estás siempre en mis pensamientos.

¿Era Johanna más fuerte que yo, o su amor más débil? Yo seguiría aún allí de no haberme obligado ella a marcharme. Cuando bajé la escalera con paso torpe y cansino, sintiéndome desfallecer, tuve la sensación de haber dejado una parte de mí junto al cuarto de guardia.

No obstante, tuve la presencia de ánimo de echar una ojeada a mi mesa, confiando en que hubiera llegado una carta de Toulouse o Carcasona, referente a los archivos que faltaban (que ahora ya no faltaban, claro está, sino que eran incompletos). Comprobé apesadumbrado que no había nada interesante; asimismo, la mesa de Pierre-Julien tampoco ofrecía ninguna grata sorpresa. Con todo, en esos momentos Dios me concedió una breve y nítida claridad de visión. De pronto pensé: «¿Por qué esperar una ayuda que quizá no llegue nunca? ¿Por qué no utilizar la que tengo a mano?». Tras lo cual me puse a rebuscar entre los folios de mi correspondencia más reciente.

Al cabo de una rápida búsqueda, hallé lo que buscaba. Era una carta vulgar y corriente de Jean de Beune, en la que el inquisidor se refería, sin excesivos detalles, a mi ruego de que me enviara unas copias de un acta que implicaba a los habitantes

de Saint-Fiacre (del testigo de Tarascon, ¿os acordáis?). «En referencia a vuestra petición —había escrito el hermano Jean—,
ordenaré que hagan unas copias y os las remitiré a la mayor
brevedad posible.»

Era muy sencillo alterar la fecha indicada al pie de la carta;
bastaba un pequeño borrón.

«Dad gracias a Yavé, que es bueno y es eterna su misericordia», recé. «Digan así los rescatados de Yavé, los que él redimió
de la mano del enemigo.»

Luego guardé la carta en mi cinturón y me dirigí al priorato en un estado de ánimo profundamente optimista.

Fabricantes de mentiras

Como podéis imaginar, aquella noche participé torpe y distraídamente en el oficio de maitines. Habiéndome despertado tras un sueño breve y agitado, estaba demasiado aturdido debido al cansancio para prestar atención. Permanecí de pie cuando debía sentarme, sentado cuando debía levantarme. No reparé en las indicaciones y me quedé dormido mientras recitaba el *pater* y el *credo*. No obstante, en circunstancias normales soy tan propenso a fallar en mis deberes como el propio santo Domingo, por lo que me sorprendió la indignación que suscitaron mis torpezas. Incluso en mi estado semidespierto, observé las miradas y muecas de disgusto.

Pero durante laudes manifesté, como de costumbre, una meticulosa atención. Observé muchas miradas indignadas contra mí, y otras que parecían compadecerse aunque irónicas y cargadas de significado. El único hermano que se negó a saludarme fue Pierre-Julien. Aunque estaba sentado casi frente a mí en el coro, se las ingenió para no mirarme.

Pero cuando me acerqué a él después de prima, no tuvo más remedio que reconocer mi presencia. Me saludó con una inclinación de cabeza y yo hice otro tanto. Luego, después de cambiar unas señales con la mano, nos retiramos a su celda, donde podíamos conversar si lo hacíamos discretamente y sin excesivo ruido. Yo empecé a hablar antes de que Pierre-Julien pudiera establecer el tema de nuestro diálogo.

—Ayer llegó Jordan Sicre —comenté con brusquedad.

—Sí, pero...

—Le interrogué, observando todas las formalidades.

—¿Vos?

—Y me dijo que Raymond Donatus le pagó para que asesinara al padre Augustin. No pudo explicarme el motivo. Lo ignoraba.

—¡Pero ya no sois un inquisidor de la depravación herética! —exclamó Pierre-Julien, tras lo cual se apresuró a bajar la voz, al recordar dónde se hallaba—. ¡No tenéis ningún derecho a interrogar a sospechosos! —murmuró—. ¡No estáis autorizado a entrar en el Santo Oficio!

—Las mujeres de Casseras, por consiguiente, no están implicadas en el asesinato del padre Augustin.

—¡Esto es intolerable! Hablaré con el abad...

—Escuchadme, Pierre-Julien. Sé más de lo que suponéis. —Le agarré del brazo y le obligué a sentarse de nuevo en la cama—. Escuchadme antes de cometer un estúpido error. Sé que todo este misterio gira en torno a los archivos inquisitoriales. El padre Augustin pidió a Raymond que buscara un archivo que faltaba, tras lo cual fue asesinado. Cuando asesinaron también a Raymond, os pusisteis a buscar unos archivos que obraban en su poder. Al examinarlos yo, comprobé que estaban mutilados. Faltaban unos folios.

—No alcanzo a comprender...

—Esperad. Prestad atención. Al principio, cuando yo aún no sabía que habían desaparecido unos archivos, antes de que vos los hubierais recuperado, escribí a Carcasona y a Toulouse. Pregunté si habían hecho unas copias de esos archivos para que las utilizaran otros inquisidores fuera de Lazet. Ayer recibí carta del hermano Jean de Beune, en la que me informa de que en efecto habían hecho unas copias. Me prometió ordenar que hicieran copias de las copias que constan en sus archivos y remitírmelas. Tengo aquí la carta. ¿Queréis leerla?

Pierre-Julien no respondió. Se limitó a mirarme sin comprender; tenía el rostro casi tan blanco como las doce puertas de la celestial Jerusalén.

Al observar su desconcierto, aproveché la ventaja que me ofrecía.

—Sé que estáis implicado en esto, Pierre-Julien. Sé que vos sustrajisteis esos folios. Cuando reciba las copias de Carcasona, sabré el motivo. —Luego me incliné hacia él y proseguí en voz queda pero con gran contundencia y claridad—: Quizá penséis: «Escribiré al hermano Jean y le diré que no se moleste en enviarlas». Por desgracia para vos, el hermano Jean y yo somos buenos amigos y en nuestra reciente correspondencia nos hemos referido a menudo a vos. El hermano Jean no os tiene en gran estima. Si revocáis mi petición, se preguntará por vuestros motivos.

Pierre-Julien permaneció en silencio, imagino que debido a la conmoción que le habían causado mis palabras. Así pues, adopté un tono más conciliador, menos agresivo.

—Hermano, no deseo contemplar cómo el Santo Oficio sucumbe al escándalo y a la recriminación —dije—. Aún estamos a tiempo de evitarlo. Si nos movemos con presteza, si escribo al hermano Jean y le digo que no es necesario que me envíe las copias.

—¡Sí! ¡Escribidle ahora mismo! —exclamó Pierre-Julien con voz aflautada y tono perentorio—. ¡Escribidle de inmediato!

—Hermano...

—¡No debe leerlas! ¡Nadie debe leerlas!

—¿Por qué?

Respirando entrecortadamente, mirándome con los ojos desorbitados, Pierre-Julien parecía incapaz de articular una respuesta. Se llevó una mano al corazón, como si temiera que le fallara.

Comprendí que tan sólo necesitaba un último empujón.

—Si me explicáis el motivo, escribiré esa carta —le prometí—. Si ordenáis que dejen en libertad a las mujeres de Casseras, y me aseguráis que no serán culpadas por un crimen que no han cometido, escribiré esa carta. Más aún, desistiré de seguir investigando. Abandonaré mi cargo en el Santo Oficio. Me iré de Lazet. Sólo quiero una confesión, hermano. Una confesión y una promesa. Quiero saber a qué obedece todo esto.

—¿Dónde está la carta? —inquirió de pronto Pierre-Julien.

Rezando para mis adentros, saqué de mi talego el documento que había manipulado, y por tanto falsificado, la noche anterior. Pierre-Julien lo tomó, sosteniéndolo con manos trémulas, mientras yo le indicaba el párrafo que debía leer. Pero

Pierre-Julien lo miró sin mover los ojos. No lo leyó. Al parecer, era incapaz de hacerlo. Su temor y estupor eran tan profundos, que le impedían ejercer todas sus facultades.

—Se trata de un antepasado, ¿no es así? —pregunté, observando las gotas de sudor que se deslizaban por su calva. Hablé con suavidad, sin el menor tono de acusación—. Tenéis unos antepasados herejes. Pero ya sabéis, hermano, que nunca he aprobado la costumbre, tan frecuente en el Santo Oficio, de hacer pagar a un hombre por los pecados de su padre. «Por mi vida, dice Yavé, que nunca más diréis ese refrán en Israel.» Esta feroz e implacable persecución se me antoja excesiva. Equivocada. San Pablo dijo: «Vuestra modestia sea notoria a todos los hombres». No os condeno por estar mancillado por la herejía de vuestro abuelo. Creo que sólo sois responsable de vuestros pecados.

Estaréis de acuerdo en que mis palabras no eran precisamente tranquilizadoras. En realidad, constituían un velado insulto. Pero lograron conmover a Pierre-Julien, pues, para mi eterna sorpresa, rompió a llorar.

—¡Válgame Dios, hermano, pues he pecado! —sollozó, cubriéndose la cara con las manos—. ¡Válgame Dios, hermano, pues he pecado! Hace una semana que me confesé...

Ahora bien, aunque yo le había exigido una confesión, os aseguro que no me refería a esa clase de confesión. Comportaba unas trabas que entorpecerían mis pesquisas. Pero por más que me resistí, Pierre-Julien insistió y temí que decidiera no relatarme su historia. En cualquier caso, aunque una confesión sea voluntaria, es prácticamente nula si no se realiza en presencia de uno o varios testigos. De modo que accedí a su ruego y esperé su confesión.

Pero ésta no se produjo.

—Dominaos, hermano —dije irritado mientras Pierre-Julien gimoteaba entre los pliegues de su túnica—. Esto no beneficia a nadie.

—¡Me odiáis! ¡Siempre me habéis odiado!

—Mis sentimientos no hacen al caso.

—¡Dios me maldijo cuando me envió aquí!

—¿Por qué? Decídmelo. —En vista de que Pierre-Julien se

negaba a responder, le pregunté a bocajarro—: ¿Matasteis vos a Raymond Donatus?

—¡No! —protestó, alzando la vista y retrocediendo cuando le señalé con un dedo acusador.

—¡Bajad la voz si no queréis que nos oigan todos! —murmuré.

—¡Yo no maté a Raymond Donatus! ¡Insistís en acusarme, pero yo no maté a Raymond Donatus!

—Muy bien. Contadme entonces lo que hicisteis.

Pierre-Julien suspiró y volvió a cubrirse el rostro con las manos.

—Sustraje esos folios —confesó con voz sofocada—. Los quemé.

—¿Por qué?

—Porque mi tío abuelo era un hereje. Murió antes de ser sentenciado. Yo no lo sabía. Las personas de mi familia apenas hablaban de él. «Tu tío Isarn era un mal hombre», decían. «Murió en prisión. Era una deshonra para la familia.» Supuse que había sido un ladrón o un asesino. Mi tío abuelo no había tenido hijos. Había vivido fuera de Lazet. Era difícil rastrear la pista que le relacionaba conmigo.

—Pero al final disteis con ella.

—No fui yo, sino Raymond Donatus.

—¿Raymond?

—Vino a verme... hace poco. —Mi testigo se enjugó la frente con gesto vacilante—. Era increíble... portaba un archivo. Me mostró un acta que difamaba a mi tío abuelo.

—¿Cuándo ocurrió? —pregunté—. ¿Cuándo vino a veros exactamente?

—Después de que le pidierais que buscara un archivo que faltaba. —Pierre-Julien volvió la cabeza y me miró con expresión abatida y desesperanzada—. Este archivo. En él constaba el nombre de mi tío abuelo.

—Un momento —dije, alzando una mano—. El archivo que yo buscaba era el mismo que buscaba el padre Augustin. Yo lo buscaba porque lo buscaba él. ¿Por qué lo buscaba Raymond?

—Creo... creo que porque contenía un nombre. No el de mi tío abuelo. Otro nombre. —Antes de que yo pudiera pedirle que se explicara, Pierre-Julien prosiguió—: Raymond me dijo: «El padre Bernard anda buscando este archivo. Si lo encuentra, todo el mundo sabrá que tenéis un antepasado hereje. Seréis vilipendiado. Vuestra familia será denigrada. Vuestro hermano quizá pierda sus propiedades y vos perderéis vuestro cargo». —Pierre-Julien se detuvo, abrumado por la emoción, pero trató valientemente de recobrar la compostura y al fin lo logró—. Raymond me pidió que os apartara de la investigación de la muerte del padre Augustin, y yo obedecí. Es posible que me hubiera venido con más exigencias de no haber sido asesinado. Quizá me habría pedido dinero...

—¡Y conservaba el archivo en su casa! —exclamé, incapaz de contenerme—.¡El archivo y la copia del obispo! Y cuando averiguasteis que Raymond había desaparecido...

—Fui a su casa en busca del archivo y la copia. Pero ya había llegado el senescal, que también andaba tras esos documentos.

—¿El senescal?

—No me refiero a los mismos archivos que buscaba yo. El senescal buscaba las actas en las que constaba el nombre de su tía. Su tía había sido condenada a morir en la hoguera por hereje reincidente.

Imaginad mi incredulidad. Imaginad mi asombro. Os juro que no me habría causado un mayor estupor contemplar cómo la gran montaña de fuego caía al mar.

—El senescal halló dos archivos inquisitoriales en casa de Raymond, pero no eran los que buscaba —prosiguió Pierre-Julien al parecer sin percatarse de que yo le miraba boquiabierto y estupefacto—. No contenían el nombre de su tía. Los examinó a fondo, y cuando vio el nombre «Fauré», vino a verme de inmediato. Me dijo que hacía unos años Raymond le había pedido dinero. Entonces ambos hombres se hallaban en casa de Raymond, y el notario había extraído de un escondrijo un archivo que contenía el acta y la sentencia de la tía hereje de Roger. Raymond le había dicho que era un mero mensajero del padre Jacques. Pero cuando el padre Jacques murió, Raymond siguió exigiéndole dinero. El senescal dedujo que yo me encontraba en la misma situación que él.

Según Pierre-Julien, el senescal le había acusado también

de matar a Raymond Donatus. Al decirle Pierre-Julien que estaba equivocado, lord Roger se había encogido de hombros y había manifestado la opinión de que Raymond había estado sin duda recibiendo dinero de varias personas que tenían la desgracia de tener unos antepasados condenados por herejes cuyos nombres constaban en diversos archivos inquisitoriales. El senescal estaba convencido de que el notario había presionado excesivamente a una de sus víctimas.

«No me extrañaría que Raymond estuviera muerto —había dicho el senescal—. Es más, me alegraría de que fuera así».

Al no haber encontrado en casa de Raymond los archivos que contenían el nombre de su tía, Roger había ordenado a Pierre-Julien que los buscara en la biblioteca del obispo y el *scriptorium* del Santo Oficio. Cuando hallara esos códices, debía llevarlos al Castillo Condal. El senescal le mostraría entonces los archivos que había descubierto en casa de Raymond y se produciría un intercambio formal de documentos. A continuación, Pierre-Julien tendría que destruir ciertos folios.

340

—Tardé mucho tiempo en hallar el nombre de su tía —dijo mi atribulado testigo—. ¿Recordáis la noche que no asistí a completas? Estaba buscando los susodichos archivos en los arcones del *scriptorium*. Pero al fin di con ellos. Y se los llevé al senescal. E hicimos lo que teníamos que hacer. Cuando averiguaron que Raymond había muerto, supuse que estaba a salvo.

Reflexioné sobre la versión que me había ofrecido mi superior con respecto a sus movimientos. Si lo que decía era verdad (y yo no tenía por qué dudarlo), deduje que yo había registrado la biblioteca del obispo poco después de que Pierre-Julien hubiera sacado de ella, a instancias del senescal, la copia del archivo que contenía el nombre de su tía. Mientras yo examinaba los espacios que habían dejado los dos libros que faltaban, esos volúmenes estaban siendo manipulados en el Castillo Condal. Y cuando me disponía a abandonar el palacio del obispo, Pierre-Julien estaba restituyendo los dos originales a los arcones donde se guardaban los archivos, en el *scriptorium*.

No dejaba de ser curiosa la forma como yo había seguido sus pasos esa mañana.

—¿De modo que no matasteis a Raymond? —pregunté.

—No —contestó Pierre-Julien con tono inexpresivo—. No hubiera sido capaz de hacerlo.

—¿Entonces quién lo hizo?

—Una hechicera. Jean-Pierre confesó...

—¡Pamplinas! —Me enojó que Pierre-Julien sacara de nuevo a colación esa acusación infundada—. ¡Es absurdo y vos lo sabéis!

—Esas mujeres...

—No me hagáis perder tiempo, hermano. El senescal tenía mayores motivos que ninguna de esas mujeres para matar a Raymond, y más oportunidad de hacerlo. Olvidaos de las mujeres. No tienen nada que ver en esto.

—Según vos —observó Pierre-Julien maliciosamente y con evidente rencor. No le hice caso.

—El misterio está casi resuelto —dije—. Raymond Donatus utilizaba los archivos del Santo Oficio para sonsacar dinero a personas con pasados, o antepasados, heréticos. Cuando el padre Augustin empezó a examinar algunos archivos antiguos, Raymond se puso nervioso. Sabía que el padre Augustin era partidario de perseguir a herejes fallecidos y otros que no habían llegado a cumplir sentencia, precisamente la gente cuyos descendientes, que tampoco habían sido castigados, constituían el blanco de sus chantajes. Raymond temía que si el padre Augustin continuaba con sus indagaciones, citara a declarar a algunas de las personas que le habían pagado. Le preocupaba que le denunciaran ante el Santo Oficio. Por fin, el padre Augustin le pidió un archivo que contenía uno de los nombres que Raymond deseaba ocultar. De modo que mandó que asesinaran al padre Augustin, confiando en que culparan del crimen a los herejes.

»A todo esto, Raymond había ocultado en su casa el archivo que buscaba el padre Augustin. Es posible que, al hojearlo, viera el nombre de «Fauré». De modo que, cuando aparecisteis, disponía de un arma contra vos. Y cuando os pusisteis a buscar ese archivo, Raymond utilizó esa arma. —De pronto se me ocurrió una idea tremebunda. ¿Me habría asesinado Raymond de haber persistido yo en mis pesquisas? Quizá—. Por fortuna para nosotros, una de sus otras víctimas decidió tomar cartas en el asunto —concluí.

—¿Os parece probable?

—Más que probable. Quizá despedazaron el cuerpo confiando en que culparan del segundo asesinato a la persona responsable de la muerte del padre Augustin. —Me gustaba esa deducción. Era oportuna y elegante. Cumplía la mayoría de mis requisitos—. Tal vez me equivoqué al suponer que Raymond había sido asesinado en las dependencias del Santo Oficio. Quizá Jean-Pierre dijo la verdad y no tuvo nada que ver en el asunto. Claro está, si interrogáramos al resto del personal quizás averiguaríamos más cosas. Pero ¿nos conviene hacerlo? Raymond era un asesino. Tuvo el castigo que merecía. Quizá debamos dejar el castigo de su asesino en manos de Dios.

En aquel momento me acordé de Lothaire de Carbonel, cuyo padre había sido difamado en uno de los archivos mutilados. ¿Era posible que él fuera el asesino? Ciertamente, era uno de los primeros candidatos a padecer la singular iniquidad de Raymond.

Me prometí hablar confidencialmente con Lothaire a la primera oportunidad. Luego absolví a Pierre-Julien y le impuse una onerosa penitencia, que él aceptó sin rechistar. La penitencia, la justicia y la culpabilidad le tenían sin cuidado. Sólo deseaba una cosa, y la deseaba con vehemencia y profunda inquietud.

—¿Escribiréis ahora la carta? —me preguntó—. Escribidla ahora. Aquí.

—Muy bien. Pero no la enviaré hasta que hayáis puesto a las mujeres en libertad.

—¡Sí, sí! ¡Pero escribid esa carta!

Que Dios me perdone, pero confieso que gocé con la desesperación de Pierre-Julien. Saboreé sus ruegos como si fueran miel y le atormenté con mi pausado proceder, con la minuciosidad con que afilé mi pluma, con el meticuloso rigor que empleé a la hora de trazar las líneas y formar las letras.

Soy salvaje con el prójimo. Soy un cascarón vacío y un borrón en el libro de los vivos. Debido a la maldad de mi corazón y la pobreza de mi alma, merezco todo cuanto me ocurrió.

«Estad ciertos de que vuestro pecado os alcanzará.»

—¿Queréis que las deje en libertad? —preguntó Pons incrédulo.

—Deja que se vayan —insistió Pierre-Julien.

—Pero...

—¡Deja que se vayan! —Desesperado por la preocupación de que yo enviara mi carta, Pierre-Julien no estaba dispuesto a que nadie se opusiera a sus deseos. Habló con aspereza—. ¡Ya me has oído! ¡Obedece en el acto! ¡Entrega las llaves al padre Bernard!

—Necesitarán disponer de unos caballos —comenté mientras Pons, negando con la cabeza en señal de desaprobación, rebuscaba entre las llaves que colgaban de su cinturón—. Cuatro caballos.

—Iré a hablar con el obispo —se apresuró a responder Pierre-Julien—. Iré inmediatamente. Llevadlas al establo del obispo.

—Quizá tardemos un poco.

Pero Pierre-Julien ya se había ido. Oí sus pasos en la escalera. Pons, mirándome con cara de pocos amigos, dijo que abriría él mismo la puerta del cuarto de guardia.

—Jamás entrego mis llaves a nadie —dijo hoscamente.

—Un sabio precepto.

—¿Cómo se os ha ocurrido hacer esto?

—¿Qué?

—Habéis ido demasiado lejos. Sufriréis represalias. No sois invencible, padre.

Asombrado, abrí la boca para exigirle una explicación. Pero Pons dio media vuelta y se dirigió hacia el cuarto de guardia, haciendo sonar sus llaves tan estrepitosamente que era inútil confiar en que nadie le oyera.

—Aquí está vuestro amigo —bramó al abrir la puerta del cuarto de guardia—. Aquí está vuestro amigo que ha venido a salvaros. ¡Fuera todo el mundo! ¡No os quiero aquí!

Al intuir la sorpresa que se habían llevado las mujeres en los susurros y murmullos que acogieron esa declaración, me enfurecí y ordené al carcelero que se retirara. Pons obedeció, mascullando que «no quería tener nada que ver con el asunto». Cuando se marchó pensé que necesitaríamos una espalda resistente para portar el equipaje.

Me enojé conmigo mismo por mi falta de previsión.

—Johanna —dije al entrar en el cuarto de guardia—. Alcaya. Sois libres. Podéis marcharos.

—¿Podemos marcharnos? —preguntó Johanna. Estaba sentada junto a la cama de Vitalia, sosteniendo un cuenco de barro—. ¿De esta habitación?

—De esta prisión. Vamos —dije acercándome a ella con una mano extendida—. Hay unos caballos esperando. Recoged vuestras pertenencias.

—Pero ¿adónde iremos? —preguntó Babilonia. Su rostro, en comparación con las mugrientas paredes de piedra y las polvorientas sombras, parecía relucir como un ascua—. ¿Nos vamos a casa?

—No puedes regresar a la *forcia*, pequeña —respondí—. Pero puedes ir a cualquier otro lugar. A donde quieras.

—Ahora mismo no, padre —replicó Alcaya, contradiciéndome—. Vitalia está muy enferma.

Al mirar a Vitalia vi a una mujer cuyas fuerzas se habían consumido como una planta y se hallaba en el umbral de la muerte. Marchita y ajada, respirando con dificultad y con la piel cenicienta, parecía frágil como el cristal fino. Comprendí que Alcaya se negara a que la trasladáramos.

—¿Está muy grave? —murmuré.

—Sí —respondió Johanna.

—No obstante, no puede quedarse aquí. Es demasiado arriesgado.

—Si la movemos quizá muera, padre —señaló Alcaya con suavidad.

—Y si se queda aquí, morirá con toda seguridad —contesté—. Disculpadme, pero no tenemos más remedio. Debemos trasladarla a un hospital. El más cercano es el de Saint-Remezy. Pertenece a los hospitalarios.

—Pero ¿nos aceptarán a todas? —inquirió Johanna. Yo reprimí un gesto de irritación. Aunque no pretendía atemorizarla a ella ni a su hija, tenía la sensación de que ninguna de esas mujeres se percataba de los peligros a los que se enfrentaban.

—Escuchad —dije, articulando las palabras lenta y pausadamente—. Lo que he conseguido es poco menos que un milagro. No tengo la certeza de que nuestra fortuna no nos abandone. Si no abandonáis Lazet cuanto antes, no puedo garantizaros que conservéis vuestra libertad.

—Pero...

—Comprendo que Vitalia no está en condiciones de viajar. Sé que está muy enferma. De manera que la trasladaremos al hospital de Saint-Remezy, mientras el resto de vosotras fundaréis otro hogar en que vivir juntas. Quizás un día Vitalia pueda reunirse con vosotras.

—Pero, padre —protestó Alcaya, expresándose como quien desea explicar algo a un niño al que quiere mucho, en lugar de hacerlo con tono vehemente e indignado—. No puedo abandonar a mi amiga. Es mi hermana en Cristo.

—No tenéis más remedio.

—Perdonadme, padre, pero os equivocáis. Puedo decidir exponerme a cualquier riesgo por una hermana.

Rechiné los dientes.

—Algún día, tu hermana quizá no esté en condiciones de apreciar lo que has hecho por ella —respondí midiendo mis palabras, consciente de la mirada perpleja de Babilonia—. La recompensa no merecerá el sacrificio.

—Yo creo que la recompensa será la paz que reine en mi corazón.

—¡Alcaya! —exclamé sin poder seguir conteniéndome—. ¡Compórtate con sensatez!

—Padre...

—¡No tienes derecho a poner en peligro a tus otras hermanas!

Mi tono enfurecido asustó a Babilonia, que se volvió hacia su madre gritando.

—¡Mamá! ¡Mamá!

Johanna acudió presurosa junto a ella y la abrazó.

—Alcaya habla sólo en su nombre. Cada una de nosotras podemos decidir lo que más nos convenga.

—¡Desde luego! Sólo es preciso que se quede una de nosotras —dijo Alcaya, sonriendo con afecto a Johanna y Babilonia—. Soy vieja; mis hermanas son jóvenes. Tienen fuerzas para fundar otro hogar, en nombre del Señor.

Johanna tenía los ojos anegados en lágrimas.

—Pero sin ti, no, Alcaya —respondió con voz entrecortada.

—Conmigo o sin mí. Querida, has buscado el amor de Dios con gran pureza de corazón. Él no te abandonará. Y yo rezaré siempre por vosotras.

—Babilonia te necesita.

—Vitalia también me necesita; no tiene una madre que cuide de ella. Perdóname, querida hija. Me duele tomar esta decisión, pero no puedo abandonar a nuestra hermana.

De pronto tuve la sensación de que sobraba en aquella habitación. Observaba como una lechuza en el desierto; me sentía como un gorrión en un tejado. Excluido. Ignorado.

—Recoged vuestras cosas —farfullé, a sabiendas de que apenas me prestaban atención—. Estad preparadas para partir cuando regrese. Iré a Saint-Remezy para reservar una cama para Vitalia.

Y eso hice. Después de informar a Pons de mis intenciones, me dirigí (andando con más rapidez que la lanzadera de un tejedor) al hospital de Saint-Remezy, donde hablé con el hermano Michael. Éste, un hombre cansado y taciturno, con el que estaba lejanamente emparentado, suspiró ante la perspectiva de acoger a otra vagabunda vieja e indigente, como si el hospital hubiera sido construido con un propósito más noble y alegre. O quizá se lamentaba de no poder percibir una suculenta dote.

—Pero siempre disponemos de una cama para una moribunda —me dijo, observando un dormitorio lleno de enfermos e inválidos—. A fin de cuentas, no permanecerá aquí mucho tiempo.

—Traerá algunas pertenencias que, como es lógico, pasarán a ser propiedad del hospital cuando ella muera.

—¿Estáis seguro? Con frecuencia aparecen parientes del difunto en el último momento.

—La anciana no tiene parientes.

Así, después de reservar una cama para Vitalia regresé a la prisión, donde Pons me comunicó furibundo que «esa joven chiflada» había sufrido un ataque, y me pidió que me llevara a las cuatro mujeres de su cuarto de guardia antes de que él mismo las echara a la calle. Tal como yo había temido, el dolor que suponía para ella despedirse de Alcaya había trastornado mucho a Babilonia. La hallé tendida en el suelo con los ojos enrojecidos y la cara ensangrentada; según me contó Johanna, se había golpeado la cabeza contra la pared.

—No quiere separarse de Alcaya —dijo mi amada con voz ronca debido a la emoción, alzándola para hacerse oír entre los gemidos rítmicos de su hija—. ¿Qué podemos hacer? Se niega a separarse de Alcaya y no puedo obligarla.

—En tal caso Alcaya tendrá que abandonar a Vitalia.

—No puedo, padre.

—Escúchame —dije, asiendo por el brazo a la necia y obstinada anciana (que Dios me perdone, pero eso me pareció en aquellos momentos) y obligándola a salir al pasillo. Luego, mirándola con una expresión a la vez autoritaria pero implorante, le expuse mis razones con tono enérgico aunque sólo audible para nosotros.

—¿Confías en mí, Alcaya? —pregunté.

—Sí, padre, os confiaría mi vida.

—¿No he cuidado de vosotras? ¿No he demostrado estimaros como si fuerais hermanas mías?

—Desde luego.

—Entonces confía en que cuidaré de Vitalia. Confía en que la atenderé y consolaré. Te lo ruego.

Los ojos azules e inocentes de la anciana parecían asimilar mis palabras, sopesando cada una de ellas según sus méritos. Intuí que aún no estaba convencida. Intuí que buscaba otra forma de describir y explicarme la profundidad de su compromiso para con Vitalia.

De modo que se lo supliqué por última vez.

—Alcaya —dije con suavidad—, debes cuidar de Johanna.

Prométeme que lo harás. ¿Cómo puedo dejarla marchar si no estás junto a ella para amarla y protegerla? Te lo ruego. Te lo suplico. No la abandones ahora, cuando yo tengo que separarme de ella. No puedo... no soy... ¡No lo soporto! Concédeme lo que te pido, Alcaya. Te lo imploro.

—¡Querido hijo! —murmuró la anciana—. Os embarga la emoción. Depositad vuestra carga sobre mis hombros. Yo me llevaré vuestro amor y lo utilizaré con prudencia. Vuestro amor es mi amor, padre. No temáis, Johanna no estará sola.

De pronto experimenté una profunda paz. Una paz como la paz con que el Señor me bendijo, aquella mañana, en la colina junto a Casseras. Esta vez no me llenó como si yo fuera una copa, ni me deslumbró como el sol. Me rozó suavemente, como un céfiro que pasa y se aleja de nuevo. Reconfortó mi maltrecho corazón con un beso ligero como una pluma.

No obstante el alivio que esto me produjo, me sentí aturdido, estupefacto. Pensé: ¿estás aquí, Jesucristo? Incluso hoy, no puedo deciros si el Espíritu Santo descendió en esos momentos sobre mí. Quizás el amor de Dios estaba unido al de Alcaya, pues el amor de la anciana era puro y auténtico, ardiente y generoso, trascendía su sexo, sus pecados y sus opiniones erradas. Yo estaba convencido de que ésta se hallaba, en su amor, muy cerca de Dios. Aunque estaba equivocada en muchos conceptos, su amor era muy grande. Ahora lo sé. Entonces lo presentí. Comprendí por qué Babilonia se sentía consolada y transformada por el amor de Alcaya, pues le permitía saborear ese amor, infinitamente mayor, más profundo y más dulce, que es amor única y exclusivamente de Dios.

Soy un hombre ignorante y pecador. Sólo sé que no sé nada. No existe una persona en el mundo digna del amor de Dios, y si su paz trasciende toda comprensión, ¿cómo podía confiar en reconocerlo con mis indignos sentidos, mi torpe intelecto, mi corazón pecador? Quizá fui honrado más allá de las alabanzas de los hombres y los ángeles. Quizá sucumbí a mi debilidad y mis deseos impuros. Lo ignoro. No puedo decíroslo.

Pero me sentí reconfortado por un dolor exultante, una delicada fuerza (no encuentro palabras para describir mis sensaciones), y hallé consuelo cuando apoyé la frente, brevemente, en el hombro de Alcaya. Tuve que agacharme para hacerlo, y al agacharme la anciana me abrazó. No exhalaba un olor precisamente dulce, pero tampoco hediondo o carnal. Sentí sus huesos menudos y frágiles como los de una gallina.

—Llevaos *Las florecillas* —dijo—. Leédselo a Vitalia. Me lo sé de memoria. Ella lo necesita más que yo.

Asentí con la cabeza. Acto seguido Alcaya regresó al cuarto de guardia sin decir otra palabra. Y ella fue quien se encargó del desalojo, indicándonos a cada uno los bultos que debíamos acarrear. Tras pedírmelo amablemente, fui en busca de unos hombres para que transportaran a Vitalia.

Me sentía un tanto desorientado y turbado por unas cuestiones más importantes que la disposición del equipaje. Estaba aún ebrio de amor.

Al entrar en la cocina del carcelero, donde los familiares estaban ahora obligados a congregarse fuera de servicio, encontré a dos hombres dispuestos a apremiar a las mujeres en el camino, aunque sólo fuera para poder recuperar el cuarto de guardia. No necesitábamos más que dos hombres, puesto que Vitalia era ligera e insustancial como la hierba seca; la envolvimos en una manta y la depositamos en otra, que empleamos a modo de litera. Los hombres la transportaron escaleras abajo no sin grandes dificultades, mientras yo les precedía acarreando el brasero y sus amigas nos seguían portando sus ropas, cacharros, libros, mantas y demás. El cortejo fue acogido con numerosos comentarios de asombro por parte del personal y los prisioneros. No es frecuente ver a un inquisidor de la depravación herética acarreando el equipaje de otros: os aseguro que constituye un espectáculo digno de comentario.

En primer lugar nos dirigimos a Saint-Remezy. En el hospital habían preparado un camastro para recibir a la enferma, entre unas escenas tan desgarradoras de dolor, sangre, pus y porquería, gemidos y hedores, que todos, hombres y mujeres, palidecimos. Durante mi anterior visita, no había contemplado la parte del hospital reservada a los moribundos. No había caído en la cuenta de que era un lugar que no ofrecía esperanza.

He visto leproserías más alegres; catacumbas menos atestadas. El aire cargado de humo hedía a carne putrefacta.

—No podemos dejarla aquí —murmuró Johanna, demasiado conmocionada para mostrarse discreta—. No podemos abandonarla aquí, Bernard.

—Es preciso —contesté desesperado—. Mira, su cama está en un hueco, aislada de las otras. Y yo vendré a verla a menudo.

—Querida, Vitalia no sufrirá. —Ante mi sorpresa, fue Alcaya quien pronunció esas palabras. Depositó una de las bolsas en el suelo para rodear con un brazo los hombros de Babilonia—. El mundo no significa ya nada para ella. Sus ojos están fijos en la luz eterna. Está sorda a los sonidos de esta torre de Babel. Lo único que necesita es una mano amiga que sostenga la suya y le administre caldos.

Al mirar a Vitalia comprobé que estaba semiinconsciente, que era en efecto incapaz de preocuparse por su suerte. No obstante, me pareció espantoso que se encontrara con su Creador en un lugar que apestaba a enfermedad y muerte. Por otra parte, ¿cómo podía asegurarle que estaría presente para despedirme de ella cuando emprendiera su último viaje?

Atormentado por esas preguntas, estuve a punto de cambiar de parecer, pero en esos momentos se acercó un hermano que dijo llamarse Leo. Risueño y afable, acarició el rostro de Vitalia y la llamó «hija mía». Le habló como si ella pudiera oírle. Le habló como si la anciana fuera más importante que todos nosotros.

—Bienvenida seas, hija mía —dijo el hermano—. El Señor está contigo. Sus ángeles caminan entre nosotros aquí; yo mismo los he visto por las noches. No temas, pobre alma cansada. Rezaré contigo y hallarás la paz.

Entonces comprendí que Vitalia había arribado a puerto seguro.

Permitidme decir que el hospital de Saint-Remezy poseía en el hermano Leo una joya de incalculable valor. Hablé con él mientras las mujeres se despedían de su amiga (omitiré esta despedida, porque fue indeciblemente dolorosa); el hermano Leo me explicó que le encantaba atender a los moribundos, pues estaban muy cerca de Dios.

—Es un honor —insistió—. Un honor. Cada día me siento bendecido.

Sentirse bendecido entre tanto dolor, tanta desesperación, requería una fe capaz de mover montañas; me avergonzó contemplar su satisfacción y serena alegría, aunque a la vez pienso que era un hombre, ¿cómo expresarlo?, de escasas luces. Un hombre simple, pero piadoso. Que tenía asegurada la salvación. De eso no cabe duda. A veces, me confesó, sentía deseos de salir para ponerse a gritar y despotricar, pero hasta Jesucristo había rogado a Dios que apartara de él el cáliz.

Antes de marcharnos, pedí al hermano Leo su bendición (lo cual le sorprendió sensiblemente), y la recibí con gran humildad de espíritu. Incluso ahora lo recuerdo con frecuencia. Confío en que el Señor sea generoso con él, pues es una perla de gran valor.

Pero debo proseguir con mi relato. Las tres mujeres, con los ojos enrojecidos y sollozando, me acompañaron al palacio del obispo, donde supuse que encontraríamos los cuatro caballos ensillados y esperándonos. Pero me había dejado llevar por mi optimismo. En lugar de conducirnos a los establos, nos condujeron a la sala de audiencias del obispo Anselm, donde nos encontramos no sólo al obispo, sino al senescal, al prior Hugues y a Pierre-Julien. Comprendí en el acto que esa reunión no presagiaba nada bueno. Tenía todo el aire de un tribunal. Incluso había unos soldados apostados a la puerta. Y el notario del obispo estaba presente, sentado y pluma en ristre. El hecho de verlo allí fue lo que me infundió mayor temor.

Tratad de imaginar esa asamblea, pues iba a tener unas consecuencias imprevisibles. El obispo, cubierto de resplandecientes joyas, ocupaba la silla más espaciosa y bonita. Parecía preocupado por cuestiones corporales, eructaba de vez en cuando, se acariciaba el vientre o se cogía el caballete de la nariz con el pulgar y el índice mientras hacía una mueca de dolor. Si no estoy equivocado, sufría los efectos de haber ingerido demasiado vino. En cualquier caso, exhibía un insólito malhumor que apoyaba esta conjetura.

El prior Hugues se sentía claramente incómodo. Aunque mostraba una expresión impávida a la vez que un tanto meliflua, no dejaba de mover las manos, desplazándolas de las rodillas al cinturón y de éste a los brazos de la silla. Pierre-Julien estaba sentado con la cabeza inclinada hacia atrás y el mentón alzado, en una actitud sin duda destinada a darme la impresión de indómita. Sólo Roger Descalquencs estaba de pie, y era el único que se mostraba tranquilo, aunque curiosamente atento.

Frente a semejante colección de joyas, armas, ceños fruncidos y miradas severas, las mujeres encararon la situación con extraordinario coraje. Babilonia, aunque sepultó la cara en el pecho de su madre, no gritó ni sufrió un arrebato. Alcaya contempló a los hombres que estaban frente a ella con sus ojos azules e inocentes, los cuales no mostraban un ápice de temor, sino una intensa y respetuosa curiosidad. Johanna estaba asustada. Lo deduje por la palidez de su rostro y el rictus de sus dulces labios. No obstante, su dignidad la mantenía erguida y firme. Su considerable estatura le permitía mirar con aire de superioridad al obispo Anselm y a Pierre-Julien.

Incluso pudo mirar frente a frente al senescal, fijando los ojos en los suyos.

—Ah, hermano Bernard. —El obispo pronunció mi nombre con tono cansino cuando entré en la sala; hablaba como si le costara un gran esfuerzo recordar quién era yo y el motivo de mi presencia allí. A las mujeres las despachó con una breve mirada, como si no fueran lo bastante importantes para saludarlas—. Por fin podemos proceder. ¿Hermano Pierre-Julien?

Pierre-Julien carraspeó para aclararse la garganta.

—Bernard Peyre de Prouille —dijo con voz aflautada—, se os acusa de ser un creyente de la herejía y un encubridor y ocultador de herejes, sobre la base de infamia pública.

—¿Qué?

—¿Juráis sobre los Evangelios decir la verdad, toda la verdad y nada más que la verdad con respecto al delito de herejía?

Mudo de asombro, miré los Evangelios que me ofreció Roger Descalquencs, dejando que colocara mi mano fláccida sobre el tomo. El estupor había anulado mis facultades (estúpidamente, quizá, no había previsto este acontecimiento) y pronuncié mi juramento sin una colaboración consciente por mi parte, como si estuviera privado de voluntad. Pero cuando miré a mi alrededor y me detuve en el prior, observé en sus ojos una turbación que me hizo reaccionar.

—¡Padre! —exclamé—. ¿A qué viene este despropósito?

—¿Os declaráis culpable o inocente? —Esta vez, la voz de Pierre-Julien era más enérgica y áspera. No estaba dispuesto a dejarse intimidar—. ¿Os declaráis culpable o inocente, hermano Bernard?

Estuve a punto de gritar «¡inocente!» tras haber recuperado la compostura, pero de pronto comprendí que habría caído en una trampa. Pues en el *ordo juris* de una inquisición, el reo sólo puede ser acusado formalmente si ha confesado o ha sido difamado. Si ha sido difamado, y por unos ciudadanos dignos de confianza, el juez debe ofrecer prueba de la infamia antes de pedirle que se declare culpable o inocente. Y si el reo se declara inocente, es preciso presentar pruebas de su culpabilidad.

No obstante, desde el *Liber sextus* de Bonifacio VIII, los jueces pueden proceder sin establecer la infamia siempre que el reo no se oponga. Un detalle que yo había estado a punto de olvidar.

Pero recordé mis derechos justo antes de pronunciar el fatídico alegato y, volviéndome hacia Pierre-Julien, inquirí:

—¿Dónde está la infamia pública? ¿Dónde están los cargos?

—¿Me preguntáis dónde están los cargos? ¿Cuando comparecéis ante nosotros con esas herejes, cuya huida habíais tramado?

—¿Huida? —exclamé—. ¡Vos me disteis vuestra autorización!

—Que obtuvisteis a través de mentiras y engaños —terció el senescal. Al alzar la vista vi a un viejo amigo que se había convertido en un extraño: un hombre cuyos ojillos negros me observaban fríamente, implacables como piedras—. Os referisteis a una carta de Jean de Beune. Ayer no llegó ninguna carta de Carcasona. Hace una semana que no ha llegado ninguna carta, tal como ha confirmado Pons. Vuestros planes han fracasado.

En aquel momento se me ocurrió que mi verdadero enemigo era el senescal. Si se descubría lo de Pierre-Julien, él también corría peligro. Y era un hombre fuerte, taimado, un luchador acostumbrado a pelear tanto en el campo de batalla como fuera. Sin duda Pierre-Julien había corrido a pedirle ayuda a la primera oportunidad, sin duda había sido Roger Descalquencs el primero en poner en duda la autenticidad de mi carta falsificada. Y mientras yo perdía el tiempo en el hospital, Roger se había apresurado a comprobar que mi carta no era lo que yo había afirmado que era.

Le miré y, por primera vez, sentí cierto temor.

—Señor —dije, volviéndome hacia el obispo—, esos cargos son el resultado de una conspiración entre el inquisidor y el senescal. Son infundados. El hermano Pierre-Julien me ha confesado, esta misma mañana, que él y el senescal habían destruido unos folios de unos archivos inquisitoriales que implicaban a unos parientes suyos herejes...

Pero el obispo alzó la mano.

—El hermano Pierre-Julien afirma todo lo contrario —dijo—. Él afirma que habéis ido a verlo amenazando con revelar que su ascendencia estaba mancillada a menos que accediera a dejar en libertad a las mujeres aquí presentes. Afirma que le habéis mostrado una carta falsa que contenía unas acusaciones no menos falsas con respecto a su familia. En su desesperación inicial, ha accedido a vuestros deseos. Pero enseguida ha comprendido que al hacerlo comprometía su alma.

—Señor, si consultáis los archivos, comprobaréis que están manipulados... —dije, pero Pierre-Julien me interrumpió, balbuciendo que esos registros ya estaban mutilados cuando fueron rescatados de casa de Raymond.

—¡El hermano Bernard me ataca con el fin de defenderse! —terminó diciendo el infame—. Pero puedo demostrar que es un creyente, un encubridor y un ocultador...

—¡Demostradlo entonces! —le espeté—. ¿Dónde están vuestras pruebas? ¿Cuáles son los cargos? ¿Y qué hacéis vos aquí —pregunté señalando al senescal—, y vos, padre Hugues, si ésta es un vista formal del tribunal?

—Están aquí en calidad de observadores imparciales —respondió Pierre-Julien—. En cuanto a las pruebas, están aquí ante nosotros, en forma de mujer. ¡Éstas son las herejes a quienes pretendíais encubrir y defender!

Cuando Pierre-Julien señaló a las tres mujeres, Johanna emitió un gemido ronco y me volví para tranquilizarla con una mirada, distrayéndome durante unos instantes. Por lo que no pude detener a Alcaya cuando avanzó y dijo con su característico aire jovial y espontáneo:

—No, padre. No somos herejes.

Todos los presentes la miraron atónitos.

Ninguno se esperaba tal atrevimiento por parte de una mujer. No daban crédito a su osadía. Fue el obispo quien, al recobrar la compostura, le ordenó irritado que guardara silencio, y Alcaya, como una buena hija de la Iglesia, obedeció.

Por consiguiente, yo mismo tuve que defenderla.

—Estas mujeres no son herejes —insistí—. No se les ha imputado cargo alguno ni han sido difamadas. Por tanto no pueden acusarme de encubrirlas.

—Sí han sido difamadas —replicó Pierre-Julien—. Jean-Pierre las ha acusado de hechiceras y de conspirar contra el Santo Oficio.

—Su testimonio no ha sido confirmado.

—Lo confirmó ayer.

—Le arrancasteis ese testimonio bajo tortura.

—No hay nada de malo en eso, hermano Bernard —observó el senescal.

—¡Los observadores imparciales no tienen ningún derecho a hacer comentarios sobre un interrogatorio! —protesté encarándome con él—. ¡Si volvéis a abrir la boca, seréis expulsado de esta asamblea! ¡Escuchadme, señor! —De nuevo, me dirigí al obispo—. Anoche, Jordan Sicre, uno de los familiares que presuntamente fue asesinado junto con el padre Augustin, confesó que había dispuesto el asesinato a instancias de Raymond Donatus. No dijo una palabra sobre las mujeres aquí presentes. Ellas no tuvieron nada que ver con la muerte del padre Augustin.

—El testimonio de Jean-Pierre se refería a la muerte de Raymond Donatus, no a la del padre Augustin —terció Pierre-Julien.

—¡Pero ambas están relacionadas! Señor, Raymond hizo que asesinaran al padre Augustin porque éste había empezado

355

a examinar archivos antiguos. Y Raymond utilizaba esos archivos para sacar dinero a personas con antecedentes heréticos. Es posible que la persona que mató a Raymond estuviera cansada de pagar, temiera que se descubriera que...

—¿Era hereje? —preguntó el obispo.

—O descendiente de herejes.

—En tal caso esas mujeres siguen estando implicadas —dijo el obispo—. Su motivo no importa.

—Señor...

—¡Como veis, el hermano Bernard persiste en defenderlas! —exclamó de improviso Pierre-Julien—. ¡Aunque él ha sido acusado de hereje, antepone la seguridad de esas mujeres a la suya!

—Mi seguridad está garantizada —repliqué—. Si se demuestra la inocencia de esas mujeres, la mía también quedará demostrada, ¿pues quién puede creer que yo sea un hereje? ¿Quién? ¿Quién puede difamarme? Padre, sabéis que soy un buen católico. —Apelé al prior, que era un viejo amigo y por tanto conocía los entresijos de mi corazón—. Sabéis muy bien que esto es absurdo.

Pero el prior se rebulló turbado en su silla.

—Yo no sé nada. Hay otras pruebas...

—¿Cómo? ¿Qué otras pruebas?

—¡El tratado sobre la pobreza de Pierre Olieu! —exclamó Pierre-Julien—. ¿Negáis que ese libro impío se encuentra en vuestra celda?

En aquellos momentos comprendí que me habían investigado. Habían registrado mi celda; quizás habían hecho preguntas. Y comprendí que debieron de indagar en la cuestión de mi ortodoxia mientras me hallaba en Casseras.

Ya no me sorprendió que Pierre-Julien hubiera estado «demasiado ocupado» para entrevistar a Jordan Sicre. Sin duda había estado ocupado con asuntos de mayor envergadura: manchar mi reputación.

—En vuestra celda hay unos libros que versan sobre la invocación de demonios, hermano Pierre-Julien —dije aparentemente sereno, aunque por dentro temblaba—. Sin embargo, nadie supone que os dediquéis a esas prácticas.

—Las obras de Pierre Olieu han sido condenadas por heréticas.

—Han sido condenadas algunas de sus ideas, no toda su obra. En cualquier caso, ese libro podéis encontrarlo en la biblioteca de los franciscanos.

—Y en manos de muchos beguinos.

—Cierto. Por eso me proponía quemarlo. No estoy de acuerdo con sus tesis.

—¿No? —inquirió Pierre-Julien con aire escéptico—. ¿Entonces qué hacía ese libro en vuestra celda, hermano? ¿Os lo regaló alguien?

—Lo confisqué.

—¿A quién?

Sabiendo que la verdad condenaría aún más a Alcaya, mentí.

—A un alma extraviada —contesté.

—¿Un hereje? ¿Un hereje al que dejasteis que se escapara, no hace mucho, cuando permitisteis que abandonara el priorato sin ser acusado?

Intrigado, me volví hacia el prior Hugues, el cual se miraba fijamente las manos.

—¿Un hereje? —pregunté—. ¿A qué hereje os referís?

—El hermano Thomas asegura que os habló sobre un hereje que mendigaba a las puertas del priorato. —Pierre-Julien se inclinó hacia delante—. Pero según Pons, no hicisteis que le arrestaran, acusaran y encarcelaran. Dejasteis que escapara.

—Porque no era un hereje. —Sin duda habréis identificado al «hereje» de esta descripción; yo estaba empeñado en proteger su anonimato al tiempo que trataba de protegerme a mí mismo—. Era un familiar, disfrazado de hereje.

—¿Un familiar? —preguntó Pierre-Julien despectivamente—. ¿Y quién es ese familiar? ¿Dónde podemos hallarlo?

—No podéis hallarlo. Ni yo mismo puedo hallarlo. Es un espía y su vida correría grave peligro si se supiera que había tenido tratos frecuentes con un inquisidor de la depravación herética. —Consciente de lo endeble que parecía esa explicación, traté de hacerla más convincente—. Él fue quien me informó del paradero de Jordan Sicre. Había estado espiando para mí en Cataluña y conocía a Sicre por haber estado juntos en la cárcel.

Se arriesgó mucho viniendo aquí. Luego se marchó y... sinceramente, sólo sé que dentro de dieciocho meses estará en Aletles-Bains.

Se produjo un breve silencio mientras los presentes asimilaban esa información. El prior Hugues parecía perplejo; el obispo, confundido; el senescal, manifiestamente indiferente.

—Dieciocho meses —murmuró sin dirigirse a nadie en particular—. Qué oportuno...

—Muy oportuno —convino Pierre-Julien—. ¿Podéis darnos el nombre de ese misterioso cómplice?

—No os servirá de nada. Adopta muchos nombres.

—En ese caso, dádnoslos todos.

Dudé unos instantes. Desde luego, no deseaba implicar a mi valioso familiar. Pero como sabía que si me negaba lo considerarían prueba de mi contumacia, no tuve más remedio que facilitarles los nombres. A fin de cuentas, lo hice para defender a un hombre; era preferible que fuera públicamente identificado como un siervo del Santo Oficio que condenado como hereje.

Asimismo proporcioné a Pierre-Julien una *effictio* del familiar, pidiéndole que obrara con prudencia si se proponía interrogar al huidizo «S» en calidad de testigo.

—Si os habéis propuesto detener a ese hombre, no reveléis a nadie el motivo —dije—. Arrestadlo por ser un perfecto, no un espía.

—¿Es un perfecto?

—Finge ser un perfecto.

—¿Y él os dio el tratado sobre la pobreza?

—Por supuesto que no. ¿Por qué iba un perfecto cátaro a tener en su poder un libro de Pierre Jean Olieu?

—¡Ajá! ¡Así que reconocéis que es un perfecto!

—¡Uf! —exclamé irritado—. Padre Hugues, este despropósito ha durado demasiado. Sabéis que los cargos son infundados. ¿Aceptáis comparecer como mi compurgador? No seréis el único.

El prior me miró con expresión sombría y guardó silencio durante unos momentos. Luego arrugó el ceño, suspiró y respondió indirectamente:

—Bernard, sé de dónde procede ese tratado. Vos mismo me lo dijisteis, ¿no os acordáis? Y sé adónde os han conducido vuestras pasiones. —Cuando le miré horrorizado, el prior añadió—: Quizás os han llevado más lejos de lo que supuse. Os lo advertí, Bernard. Lo hemos comentado en muchas ocasiones.

—¿Habéis...?

—No. No he roto el sello de la confesión. Tan sólo he expresado mis dudas.

—¿Vuestras dudas? —repliqué furioso. No, ese término no describe con acierto mi cólera. Estaba fuera de mí. Indignado. Le habría asesinado con mis propias manos—. ¡Cómo os atrevéis! ¿Cómo os atrevéis a juzgarme vos, un insensato, bulboso y pusilánime analfabeto?

—Hermano...

—¡Y yo voté a favor de que os aceptaran en el priorato! ¡Para que me traicionarais con esa cabeza de mosquito que tenéis! ¡Responderéis por esto, Hugues, ante Dios y el superior general!

—¡Siempre habéis sido rebelde! —gritó el prior—. En el asunto de Durand de Saint Pourcain y su obra...

—¿Estáis loco? ¡Durand de Saint Pourcain! ¡Una discrepancia sobre definiciones!

—¡Podéis ser heterodoxo! ¡No lo neguéis!

—¡Lo niego rotundamente!

—¿Eso es lo que alegáis? —intervino de pronto Pierre-Julien—. ¿Hacemos constar que os declaráis inocente, padre Bernard?

Durante unos momentos le miré confundido. Entonces vi al notario aguardando y espeté:

—¡Inocente! ¡Sí, soy inocente! ¡Otros comparecerán como mis compurgadores! ¡Inquisidores! ¡Priores! ¡Canónigos! ¡No ando escaso de amigos y en caso necesario apelaré al papa! ¡Todo el mundo se enterará de esta abyecta conjura!

Pero por más que proferí esas amenazas, sabía que eran vanas. Me llevaría tiempo reunir a un nutrido número de personas dispuestas a apoyarme, y apenas disponía de tiempo. Mientras escribía y mandaba las cartas, mi amada correría un grave peligro; Pierre-Julien emplearía el potro sin contemplaciones, de eso estaba seguro. Por tanto, mientras profetizaba la condenación eterna para mis enemigos, simultáneamente apliqué mi facultad de razonar a las posibilidades de huir.

Analicé las armas que me quedaban, y me pregunté cómo podía emplearlas.

—¿Cómo os llamáis, mujer? —preguntó Pierre-Julien. Oí a Alcaya responder que se llamaba Alcaya de Rasiers.

—Alcaya de Rasiers, se os acusa del delito de herejía contumaz. ¿Juráis sobre los sagrados Evangelios decir la verdad, toda la verdad y nada más que la verdad en relación con el delito de herejía?

—Alcaya —interrumpí—, debes solicitar tiempo para reflexionar. Debes solicitar pruebas de infamia.

—¡Silencio! —El senescal me propinó un empujón con un movimiento brusco y agresivo—. El padre Pierre-Julien ha terminado con vos.

—¿Pruebas de infamia? —preguntó Alcaya, claramente perpleja. Pero no pude aclararle ese concepto, porque Pierre-Julien le colocó los Evangelios debajo de las narices y le ordenó que jurara.

—¡Jurad! —dijo—. ¿O es que sois hereje y teméis jurar?

—No, estoy dispuesta a jurar, aunque jamás mentiría.

—Entonces jurad.

Alcaya obedeció, mirando sonriente el texto sagrado, y tuve miedo. Pues sabía que, de todas las mujeres, Alcaya era la que se había desviado más del camino de la ortodoxia durante su vida. Y sabía que no trataría de ocultar este hecho a sus torturadores.

—Alcaya de Rasiers —prosiguió Pierre-Julien—, ¿habéis oído alguna vez a alguien difundir la creencia y afirmar que Cristo y sus apóstoles no poseían nada, ni personalmente ni en común?

—Alcaya —dije presuroso, antes de que la anciana pudiera responder y se condenara con su propia lengua—, debes pedir tiempo para reflexionar. Debes exigir pruebas de infamia.

—¡Silencio! —Esta vez el senescal me golpeó en la cabeza con una mano y yo me volví hacia él y le golpeé en el brazo.

—Si volvéis a ponerme una mano encima —le advertí—, pagaréis por ello.

Roger me miró con ojos centelleantes.

—¿De veras? —preguntó esbozando una sonrisa siniestra.

Pierre-Julien solicitó entonces que me desalojaran de la sala, y Roger se mostró encantado de hacerlo personalmente. Como es natural, quería averiguar mi destino; como es natural, apelé al prior para que me ayudara. Pero el senescal me lo impidió por la fuerza, asiéndome de los brazos con el fin de expulsarme de la estancia.

¿Qué habríais hecho vos? ¿Condenarme por pisar el pie del senescal o, cuando relajó la fuerza con que me asía, asestarle un codazo en las costillas? Tened presente que yo había sido traicionado de un modo cruel por ese hombre, al que durante mucho tiempo había considerado mi amigo. Tened presente que ambos estábamos enzarzados en un combate a muerte, que como es natural se manifestaba en actos de violencia física.

El caso es que le ataqué, y él me atacó a mí. Por supuesto, yo no confiaba en salir vencedor. Aunque era más alto que el senescal, era más débil y no había sido instruido en las artes de la lucha. Por lo demás, no tenía a unos sargentos que me respaldaran. Cuando Roger se alejó trastabillando y acariciándose el pecho, dos soldados apostados en la puerta avanzaron al unísono y me cubrieron de golpes. Protegiéndome la cabeza con los brazos, caí de rodillas, vagamente consciente de las protestas horrorizadas de Johanna, antes de desplomarme de bruces debido a una patada que me asestaron entre los hombros.

Recuerdo que permanecí tendido boca abajo, temiendo el siguiente golpe, pero al cabo de unos instantes comprendí que no iba a producirse. Poco a poco, el zumbido en mis oídos cesó y empecé a oír otros sonidos: gritos, alaridos, súplicas de auxilio. A través de mis lágrimas de dolor presencié un altercado. Vi al senescal tratando de librarse de Babilonia, que le arañaba y mordía como un animal salvaje, mientras los sargentos corrían en su ayuda. Uno de ellos golpeó con el palo de su pica a Babilonia en la espalda y la joven cayó al suelo. Acto seguido Alcaya se interpuso entre la joven y el arma, Johanna se arrojó sobre el soldado y Pierre-Julien se ocultó debajo de una silla.

No recuerdo con claridad lo que ocurrió a continuación, pues creo que el golpe que recibí en esos momentos en la sien me hizo perder la memoria. Lo único que sé es que, aunque me dolía todo el cuerpo, traté de apartar a Johanna de la refriega.

Luego vi las estrellas y durante unos momentos nada más.

Según me dijeron, me derribó el mismo palo empleado contra Babilonia. También me dijeron que Johanna, creyendo durante unos instantes que yo estaba muerto, prorrumpió en unos lamentos tan desgarradores que todos los presentes se detuvieron de golpe, sin saber qué hacer. Los sargentos depusieron sus armas. El senescal me buscó nervioso el pulso, y Alcaya se puso a rezar. Al poco rato recobré el conocimiento, aunque me sentía aturdido, y la asamblea decidió, de mutuo acuerdo y en silencio, dispersarse hasta nueva orden.

Así fue como me encontré en el cuarto de guardia de la prisión, sin tener la más remota idea de lo que había ocurrido.

A los cautivos la libertad

Dormí y me desperté, dormí y me desperté. La primera vez que me desperté, con una intensa jaqueca, me acerqué trastabillando a la puerta y exigí una explicación: ¿por qué estaba encerrado en un lugar tan inhóspito? Durante unos minutos nadie respondió. Luego oí la voz de Pons en el pasillo; me dijo que yo era un hereje empecinado y un peligro para los demás. Quizás añadió algo más, pero no lo recuerdo. Mareado, volví a acostarme.

Cuando me desperté de nuevo, estaba más despejado. Sabía dónde me hallaba y por qué; por el tañido de las campanas, deduje que era sexta y me pregunté qué había ocurrido durante el tiempo transcurrido desde que había recibido el golpe en la cabeza. Estaba muy preocupado por Johanna. Asimismo, estaba sediento y tenía todo el cuerpo entumecido y dolorido. Cuando respiraba me dolía la espalda.

Tras incorporarme no sin dificultad, aporreé la puerta hasta que apareció Pons.

—¿Qué queréis? —preguntó con aspereza.

—Quiero vino. Me duele todo. Ve al priorato en busca del hermano Amiel. Tras una pausa, Pons respondió:

—Debo consultarlo con el padre Pierre-Julien.

—¡Obedéceme!

—Ya no tengo que obedeceros, padre. Debo consultarlo con el padre Pierre-Julien.

Acto seguido Pons se marchó y comprendí que mis perspectivas eran poco halagüeñas. ¿Cómo iba a apelar al papa cuando mi petición de que me atendiera un enfermero era recibida de tan mala gana? Sin duda mi suerte sería el desprecio, el aislamiento y el abandono. En cuanto a mis escasos amigos, su amistad hacia mí tendría que ser inquebrantable para resistir la desaprobación del Santo Oficio.

Sentado en la cama que antes había ocupado Vitalia, medité sobre las alternativas que tenía. Éstas eran pocas e ingratas, pues comprendí con toda claridad que si no quería permanecer encerrado en la cárcel, perseguido por Pierre-Julien y atormentado por mis temores acerca de Johanna, tenía que fugarme. La mera idea me consternó: ¿cómo iba a fugarme? Los muros eran gruesos; el portal estaba custodiado por guardias; la puerta del cuarto de guardia estaba cerrada con llave y el único que poseía una llave era Pons. Entonces pensé que tendría que rescatar también a las mujeres y se me encogió el corazón. Sin duda, parecía una empresa imposible. Si estaban encerradas abajo, no sería difícil rescatarlas, ya que las puertas del *murus largus* estaban cerradas por fuera. Pero la puerta del cuarto de guardia, donde me hallaba yo, estaba cerrada con llave, y más allá de los muros de la prisión, la ciudad no ofrecía un refugio a un hereje que se había fugado.

No obstante, debía intentarlo. Cuando menos, debía tratar de averiguar el paradero de Johanna.

—¡Pons! —grité—. ¡Pons!

Nadie respondió. Pero insistí hasta que la esposa del carcelero, resoplando y rezongando, me informó de que su marido había ido a ver a Pierre-Julien.

—¿Qué queréis ahora? —me preguntó.

—Las mujeres... Si no están aquí conmigo, ¿dónde están?

—Abajo, naturalmente.

—¿En el *murus largus*?

—Comparten una celda.

—¿Y esa celda tiene una ventana?

—¡Pues no! —contestó la mujer del carcelero, refocilándose—. Está situada en el ala sur, cerca de la escalera. No tiene ventanas. Es muy húmeda. Y vuestras amigas comen lo mismo que el resto de los prisioneros.

Estaba claro que mi petición de que las mujeres comieran a su mesa la había ofendido mucho. Quizás había sido una imprudencia por mi parte pedírselo. Si esa mujer se había convertido en mi enemiga, el único culpable era yo.

Mientras oía sus pasos alejándose por el pasillo, construí mentalmente un plano de la prisión, y comprendí que Johanna se encontraba prácticamente debajo de donde estaba yo. Pero el suelo era grueso y estaba bien precintado; no ofrecía ninguna rendija o grieta a través de la cual yo pudiera pasarle una nota o susurrarle un mensaje. Por lo demás, no disponía de los medios para escribir una nota. No tenía pluma ni pergamino. Si quería pedir ayuda a mis influyentes amigos, necesitaba los instrumentos con que hacerlo. ¿Y quién se atrevería a facilitármelos?

Durand, pensé. Durand me los facilitará.

Mientras reflexionaba sobre esto apareció el hermano Amiel, por cortesía de Pierre-Julien.

—Aquí está vuestro matasanos —declaró Pons, agitando sus llaves. Luego abrió la puerta, introdujo al hermano Amiel en el cuarto de un empujón y volvió a cerrar la puerta con llave—. Si me necesitáis, llamadme —dijo—. Estaré en la cocina, al fondo del pasillo.

El hermano Amiel torció el gesto cuando el sonido de las llaves indicó que Pons se había retirado. Echó un vistazo por toda la habitación, con evidente disgusto, antes de mirarme. Al observar mi estado, sus pobladas cejas se elevaron casi hasta el nacimiento del pelo.

—Veo que alguien os ha dejado muy maltrecho, hermano Bernard.

—En efecto.

—¿Dónde os duele?

Cuando se lo indiqué, el hermano Amiel me examinó para comprobar si tenía algún hueso roto. Al comprobar que no era así, pareció perder interés; dijo que los hematomas desaparecerían y la hinchazón remitiría. Me entregó un emplasto consistente en un paño de lino y una pasta, que extrajo de una bolsa de cuero.

—Hisopo, consuelda y ajenjo —dijo—. Un poco de mejorana. Y una poción para el dolor, pero es preciso calentarla. ¿Accederá a calentarla el carcelero?

—Lo dudo.

—En tal caso guardadla un rato debajo de la ropa. Puede que baste el calor de vuestro cuerpo. —Tras depositar en mi mano un frasco de loza de barro tapado con un corcho, dijo que esperaría hasta que me hubiera bebido la poción—. Dicen que sois un hereje —añadió—. ¿Es cierto?

—No.

—Yo no lo creí. Y así se lo dije al hermano Pierre-Julien.

—¿Cuándo?

—Ayer por la mañana. Habló con todos los hermanos, uno tras otro. Nos preguntó por vos. —Amiel se expresó con tono indiferente; siempre me había parecido un hombre más interesado en los muertos que en los vivos—. Me preguntó por mi liebre.

—¿Vuestra liebre?

—Mi liebre embalsamada.

—Ah. —Debí suponerlo—. Os aconsejo que os andéis con cuidado —le recomendé—. El padre Pierre-Julien tiene unas ideas muy raras sobre los animales muertos.

—¿Cómo?

—Ve hechicería por todas partes. Andaos con cuidado. No es una persona racional.

Pero el hermano Amiel era demasiado prudente, o quizás indiferente, para seguir hablando del tema. No se lo reprochaba; no conviene denigrar a un inquisidor en las dependencias del Santo Oficio. Inquirió sobre el color de mi orina y observó que el cuarto de guardia era frío. Le pregunté si la poción me daría sueño y respondió afirmativamente.

—Entonces prefiero no beberla —contesté—. Debo estar bien despejado, hermano. Tengo que escribir unas cartas.

—Como queráis. —Con un ademán que indicada que no se responsabilizaba de mi bienestar, Amiel volvió a guardar la poción en su bolsa—. Procurad descansar. Si se produce una hemorragia o tenéis fiebre, mandadme llamar. Pero de momento no puedo hacer nada más por vos...

—Esperad. Hay algo que podéis hacer por mí. Id a ver a Durand Fogasset y decidle que tengo que escribir unas cartas.

—¿Durand Fogasset?

—Es un notario. Trabaja aquí al lado, donde trabajaba yo. Es un hombre joven, de aspecto desaliñado, con una espesa mata de pelo negro que le cae sobre los ojos. Suele andar cubierto de manchas de tinta. Supongo que estará en el *scriptorium*... o quizá con el padre Pierre-Julien. En tal caso, dejadle el recado a uno de los familiares.

—Muy bien. ¿Decís que queréis que escriba unas cartas para vos?

—Quiero que entregue unas cartas que yo escribiré. Quiero que me traiga pluma y pergamino. Y tinta.

Por lo visto, al hermano Amiel le pareció una petición lógica. Me aseguró que hablaría con Durand Fogasset. Luego, después de despedirse de mí, llamó a Pons, que le abrió la puerta; sin cambiar una palabra, los dos hombres se retiraron y me dejaron de nuevo solo.

Pero esta vez cuando menos disponía del emplasto, que apliqué sobre mis doloridas sienes. Su agradable tacto, frío y húmedo, me reconfortó. El aroma de las hierbas contribuyó a despejar mi ofuscada mente.

De pronto me acordé de Lothaire Carbonel, cuyo padre había sido un hereje impenitente.

Lothaire era un hombre rico, con un secreto que sólo compartía yo, desde que Raymond Donatus había muerto. Me pregunté qué estaría dispuesto a sacrificar un hombre rico para evitar que se descubriera un secreto vergonzoso. Recordé que Lothaire era el orgulloso propietario de una cuadra de caballos. Sin duda sus cocinas estaban bien surtidas. Y seguramente no echaría en falta un par de prendas de vestir: una capa... unas botas... una túnica corta...

Si disponía de un buen caballo, y la ventaja de la sorpresa, quizá consiguiera zafarme de mis perseguidores. Pero quedaba por resolver el problema de las llaves, y los guardias. Gracias a las estrecheces del presupuesto inquisitorial, el turno de mañana era poco nutrido; aparte de los dos guardias apostados dentro de la entrada de la prisión, había otros dos que patrullaban en pareja por el interior del edificio, y uno cuya misión consistía en prohibir el acceso al Santo Oficio a través de la puerta exterior. Hasta la fecha los familiares encargados de este cometido habían demostrado cierta lasitud, al menos con respecto a la exclusión de visitantes femeninas... y en cualquier caso, me dije alborozado, el guardia no estaría allí. El hermano Lucius siempre llega al alba, y estará en el *scriptorium*. No nos verá, porque la puerta interior de la prisión se encuentra en la planta baja.

Reflexioné sobre la puerta. Por las noches estaba siempre cerrada, pero por las mañanas la abría el hermano Lucius cuando llegaba. Si partíamos al amanecer, eliminaríamos buena parte de los problemas. No obstante, se me encogió el corazón al darme cuenta de que persistía el problema del cuarto de guardia. Las llaves de éste las tenía Pons. Jamás se las entregaba a nadie. Si pretendía fugarme, tenía que conseguir esas llaves, pero ¿qué probabilidades tenía de conseguirlo? Sólo lograría arrebatárselas a Pons si le atacaba. Cuando le hubiera reducido, quizá pudiera maniatarlo, amordazarlo e incluso encerrarlo. Su mujer y sus hijos estarían acostados, y yo podía evitar pasar frente a su vivienda dado que la escalera prácticamente lindaba con la puerta del cuarto de guardia. Sólo tenía que bajar un tramo de escalera, hasta la celda de Johanna, y desde allí bajar otro tramo hasta alcanzar la entrada a las dependencias del Santo Oficio. Si lograba evitar a la patrulla, conducir a mis acompañantes hacia la salida a través de los establos y escapar montados en los caballos donados por Lothaire Carbonel... ¿Era un plan imposible?

Quizá no fuera imposible, pero en todo caso impracticable. Pons, aunque un tanto corpulento, poseía una gran agilidad y no era un enclenque. Por lo demás, solía llevar siempre un cuchillo. Si yo le levantaba de la cama, quizá no acudiera armado, pero no conseguiría reducirlo con facilidad; probablemente me derrotaría él a mí. En cualquier caso, la trifulca despertaría a su familia. Es imposible derribar a un hombre sin hacer ruido.

Reflexioné preocupado sobre este problema, y los movimientos de la patrulla, hasta que llegó Durand. Le oí conversar con Pons durante unos minutos hasta que apareció; el carcelero le formuló bruscamente unas preguntas, pero no parecía convencido por las respuestas susurradas de Durand. (Conseguí distinguir el tono de esos comentarios, aunque no su contenido, porque ambos hombres conversaban en la cocina.) Sea como fuere, Pons sacó las llaves y abrió la puerta del cuarto de guardia. Cuando entró Durand, me sorprendió la reconfortante sensación de alivio y alegría que éste me produjo.

Portaba varios libros y unas hojas de pergamino. Estaba pálido.

—Os he traído unos archivos —dijo, mirando de soslayo mientras Pons, que no cesaba de manifestar su descontento con sonoras exclamaciones, salía de la habitación y cerraba la puerta con llave—. Deseo aclarar un par de cosas.

—¿Ah, sí?

No comprendí a qué se refería y me desconcertó su enigmática forma de expresarse. Pero cuando Durand depositó en mis manos un archivo, y dejó que se abriera, vi un cuchillo largo y muy afilado oculto entre las páginas. Observé que era el cuchillo que yo solía utilizar para afilar las plumas.

—¿Lo habéis visto? —preguntó Durand sin apartar la vista de la puerta—. Supuse que os sería útil.

Mi estupor me impidió responder. Pero al fin recobré el habla.

—Durand... esto no os concierne —dije, midiendo bien las palabras—. Dejadlo estar. No es necesario que os molestéis.

—Por supuesto que me concierne. Es preciso resolverlo.

—Pero no vos, amigo mío. Dejadlo estar.

—Muy bien. Lo dejaré estar. —Tras retirar el cuchillo de su escondrijo, Durand avanzó hacia la cama de la que me había levantado para saludarle y colocó el cuchillo debajo de la manta.

Le aferré del brazo y le atraje hacia mí.

—Lleváoslo —le susurré al oído—. Os implicarán en esto.

Durand negó con la cabeza.

—Si me lo preguntan —respondió bajando la voz—, responderé sí, le di el cuchillo para que afilara las plumas. ¿Por qué no iba a hacerlo? —Luego, como consciente de un público invisible, Durand alzó de nuevo la voz—. El padre Amiel ha tenido suerte en dar conmigo —dijo, mirándome fijamente a la cara—. Me he pasado toda la mañana trabajando con el padre Pierre-Julien, que ha estado interrogando a una de vuestras amigas. La mayor de las tres, Alcaya. —Yo contuve el aliento y Durand se apresuró a asegurarme que el interroga-

369

torio no había tenido lugar en el calabozo inferior—. No ha sido necesario. La mujer se ha mostrado muy sincera. Ha hablado de Montpellier, del libro del padre Olieu y... otras cosas. Se ha mostrado... el padre Pierre-Julien se ha mostrado muy satisfecho.

Comprendí que esto era una advertencia. Si Pierre-Julien se sentía satisfecho, significaba que Alcaya se había condenado a sus ojos como hereje. Y si Alcaya era condenada como hereje, a mí me condenaría como encubridor y ocultador de herejes.

—Debo escribir unas cartas —dije, consciente de que el tiempo apremiaba—. ¿Podéis aguardar y entregarlas luego a sus destinatarios? No os haré esperar mucho rato.

Durand asintió con la cabeza y me mostró los materiales que me había traído para escribir. Me pareció prudente ocultar mi carta a Lothaire entre las demás, para que la culpa de mi fuga, si se producía, no recayera en una sola persona, sino en muchas. Así pues, dirigí mis peticiones de ayuda al deán de Saint Polycarpe, al administrador real de confiscaciones y a los inquisidores de Carcasona y Toulouse. Les pedí que aceptaran ser mis compurgadores, sabiendo como sabían que yo era un hombre de intachable piedad y creencias ortodoxas. Recalqué la necesidad de que colaboraran conmigo, a fin de impedir que Pierre-Julien siguiera atacando a siervos fieles y leales de Cristo. Mencioné, y cité, varios pasajes de las Sagradas Escrituras.

Por fortuna, no tuve que escribir todas mis peticiones de ayuda yo mismo. Durand, que había traído varias plumas y suficiente tinta para ahogar a una guarnición, copió mi primera carta, modificando sólo los hombres y los lugares (pues cada carta estaba redactada en términos idénticos). Nos sentamos juntos a la mesa de los guardias, escribiendo rápidamente, sin atrevernos a afilar nuestras plumas. Pons nos interrumpió en dos ocasiones, pues el prolongado silencio en mi habitación debió parecerle muy sospechoso. No obstante, nuestra monacal diligencia pareció tranquilizarle, pues en ambas ocasiones se retiró sin hacer comentario alguno.

Aparte de enarcar las cejas, Durand tampoco hizo ningún comentario. Me miró, sonriendo, y siguió copiando las cartas.

Deseo puntualizar que Durand, aunque más lento que Raymond, escribía con una letra exquisita cuando las circunstancias le permitían emplearla. No dejaba de ser curioso que un joven tan torpe y desaliñado poseyera una caligrafía tan limpia, elegante y armoniosa. Pero quizá su letra fuera un reflejo de su alma. Pues tenía fundados motivos para creer que, debajo de sus costumbres un tanto disolutas y su desastrado aspecto, se ocultaban unas virtudes incorruptibles.

Durand era, esencialmente, un hombre caritativo.

Como es lógico, estos comentarios son fruto de muchos días de reflexión, pues en aquel momento tenía otras cosas en que pensar. En aquel momento estaba preocupado por mi carta a Lothaire Carbonel. Éste sabía leer, pero sólo la lengua vulgar, pues no era un hombre instruido. Por consiguiente, tuve que redactar mi misiva en occitano, utilizando palabras sencillas, como si me dirigiera a un niño. Informé sucintamente a Lothaire de que había hallado el nombre de su padre en los archivos del Santo Oficio; que si deseaba conservar su posición, sus bienes y el buen nombre de sus hijos, debía facilitarme cuatro caballos ensillados, una túnica, una capa, botas, pan, vino y queso, los cuales me serían entregados en la entrada de los establos del Santo Oficio al amanecer del día siguiente. Añadí que, en señal de mi buena fe (pues era imprescindible que me obedeciera sin rechistar) yo le entregaría los archivos que implicaban a su padre, para que hiciera con ellos lo que creyera oportuno.

Supuse que el hermano Lucius no presentaría ningún problema. Debido a un error, o porque nadie había imaginado que tendría la oportunidad de utilizarlas, yo seguía conservando las llaves de los arcones que contenían los archivos. Si me desviaba un poco de mi itinerario y visitaba el *scriptorium* al abandonar el Santo Oficio, el hermano Lucius no podría impedirme que me llevara un archivo. Era un hombre menudo, dócil y obediente, y si le decía que me habían puesto en libertad, jamás sospecharía que estaba mintiendo. ¿Por qué iba a sospecharlo, si tenía en mi poder las llaves de marras? Quizá le sometieran a un riguroso interrogatorio (lo cual hizo que me remordiera la conciencia) si se percataban de la ausencia del archivo. Pero dudaba que nadie sospechara ni de lejos que el hermano Lucius encubría a un hereje. Y si éste mantenía la boca cerrada (a fin de cuentas, estaba habituado a guardar silencio), no era probable que descubrieran su fallo.

Así pues, hice la promesa a la que me he referido en relación con el archivo, subrayándola para darle mayor énfasis. A continuación doblé la carta varias veces, hasta que era lo suficiente pequeña para sostenerla en la palma de mi mano. Por último, escribí en ella el nombre de Lothaire.

—Entregad esta carta antes que las otras —dije, señalando el nombre y esperando a que Durand asintiera con la cabeza. Tras recibir esta confirmación, introduje el documento en el escote de su túnica, de forma que cayó entre su pecho y la lana de color verde deslustrado que le cubría—. ¿Conocéis las señas?

—Sí, padre.

—Llevadle la carta enseguida y esperad una respuesta. Preguntadle: ¿sí o no? Luego buscad el medio de hacérmelo saber.

—Sí, padre.

—Quizás halléis un sello en mi mesa. Preferiría que sellarais estas cartas.

Durand asintió de nuevo con la cabeza. No había nada más que añadir, en todo caso mientras pudiera oírnos el carcelero. Nos levantamos simultáneamente, como en respuesta a una silenciosa campana, y el notario ocultó la mayor parte de mi correspondencia (salvo la importante carta a Lothaire Carbonel) entre las páginas de un archivo. Durante unos instantes me observó entre el rebelde mechón que le caía sobre los ojos. Luego dijo «id en paz» en latín.

Respondí en la misma lengua, como si recitara una oración: «Que Dios os bendiga, estimado amigo, y sed prudente». Nos abrazamos rápido pero con fervor. Advertí que exhalaba cierto olor a vino.

Cuando nos separamos, Durand recogió sus libros, plumas y pergamino, y llamó a Pons. No dijimos nada mientras escuchamos el sonido metálico de las llaves en el pasillo; quizá nos embargaba la emoción. Pero antes de que Durand abandonara la habitación, le pregunté:

—¿Todavía os duele la tripa, hijo mío? Confío en que no os impida seguir trabajando aquí.

Durand se volvió brevemente y me sonrió.

No volví a verle.

San Agustín hablaba de la amistad como alguien que la ha conocido en su forma más pura. «Nos enseñábamos unos a otros y aprendíamos unos de otros», escribió de sus amigos. «Cuando alguno de nosotros se ausentaba, le añorábamos profundamente, y cuando regresaba le recibíamos con alegría. Con estos y otros signos, el cariño entre amigos se transmite de un corazón a otro, a través de la expresión facial, de palabras, de miradas y mil gestos amables. Eran como chispas que prendían fuego a nuestras almas, y éstas se fundían en una sola.»

¿Qué gesto puede ser más amable que salvar la vida de un amigo? Ahora sé, demasiado tarde, que Durand fue mi amigo leal. Creo que podríamos haber sido amigos, tal como definió y celebró el término Tulio Cicerón. Pero el afecto leal del notario era tan contenido y discreto, una flor tan modesta y delicada, que casi lo pisoteé. Deslumbrado por la pasión que compartía con Johanna de Caussade, no fui capaz de percatarme, en aquel entonces, del afecto más reservado, frío y sereno de Durand.

Un regalo así constituye uno de los mayores dones de Dios: mayor, según Cicerón, que el fuego y el agua. Atesoro mi recuerdo de la amistad de Durand. Es uno de los más preciados para mí.

Que la gracia de Jesucristo, el amor de Dios y la comunión del Espíritu Santo le acompañen.

El resto de la jornada transcurrió despacio. Lo pasé durmiendo e inquieto, presa de una agitación del espíritu casi insoportable. Como es lógico recé, pero no logré serenarme. A la hora de vísperas, aproximadamente, alguien deslizó una nota debajo de mi puerta; en ella aparecía escrita la palabra «sí», de puño y letra de Durand. Pero ni siquiera esto consiguió calmar mis temores. Sólo me obligó a emprender un camino que por fuerza me parecía aterrador, desesperado y, probablemente, condenado al fracaso.

No vi a Pierre-Julien. Su ausencia indicaba que seguía ocupado con Alcaya y sus amigas; cuando hubiera obtenido prue-

bas suficientes para condenarlas, las utilizaría para implicarme
a mí. Como podéis imaginar, sentía una angustiosa preocupación por Johanna. ¿Y si al abrir la puerta de su celda compro-
baba, ¡Dios misericordioso!, que no podía andar? Recuerdo
que, cuando pensé por primera vez en esa posibilidad, salté de
la cama estrujándome las manos y empecé a pasearme por la
habitación como un lobo enjaulado. Recuerdo que me golpeé
las sienes con las palmas de las manos en un frenético intento
de borrar esa imagen de mi mente.

No podía pensar esas cosas. Me trastornaban, nublaban mi
razón. La desesperación sólo me conduciría al fracaso; si quería
triunfar en mi empresa, necesitaba una buena dosis de esperanza. «Es bueno esperar, callando, el socorro de Javé.» Asimismo, necesitaría algo con que atar al carcelero, lo cual hallé entre mis ropas. Le sujetaría las manos con el cinturón y los pies
con las medias. Utilizaría el emplasto para amordazarle. Pero
¿cómo podría realizar esos complicados trámites al tiempo que
sostenía un cuchillo contra su cuello?

Claro está que si lo mataba, los problemas desaparecerían.
Durante unos instantes pensé en esta alternativa, antes de descartarla por ser una monstruosidad. Por otra parte, se me
ocurrió que no era necesario que le atara: podía llevármelo conmigo. Podía encerrarlo en el arcón de los archivos de Pierre-
Julien, o pedir a Johanna que lo maniatara.

Pons podía hacer de escudo si nos topábamos con la patrulla.

Esos pensamientos ocuparon mi mente durante la larga y
solitaria tarde. Cuando las campanas llamaron a completas, recité el oficio lo mejor que pude. Luego me acosté, sabiendo que
la señal de maitines, aunque débil, me despertaría, como había
hecho durante tantos años. Entre maitines y laudes, me prepa-
raría, pues las puertas de Lazet se abrían al alba, y el oficio de
laudes concluía aproximadamente a esa hora. Así pues, tan
pronto como sonara la campana de laudes, pondría mi plan en
marcha.

Tales eran mis intenciones. Pero no pude conciliar el sueño
entre completas y maitines; permanecí acostado en mi camastro, sudando como si hubiera corrido desde Lazet hasta Carca-

sona (en este caso, se cumplía el proverbio de «con temor y temblor trabajad por vuestra salud»). Enseguida comprendí que no lograría descansar mientras Johanna estuviera en prisión, de modo que me sumergí en la oración hasta que las palabras de los Evangelios empezaron a calmar mi atormentado espíritu. «Yavé es mi luz y mi salud, ¿a quién temer? Yavé es el baluarte de mi vida, ¿ante quién temblar?» Muchos rostros pasaron ante mí esa noche; muchos recuerdos penosos y nostálgicos ocuparon mis pensamientos. Comprendí que mi vida, en cierto sentido, había terminado. Confié en que me aguardaba una vida nueva.

Pedí perdón a santo Domingo. Pedí perdón a Dios Nuestro Señor. Había roto mis votos. Iba a la deriva. Pero pensé que no podía haber obrado de otro modo; el amor me propulsaba como los vientos del cielo. ¿Cómo había terminado así?, me pregunté. Siempre me había considerado un hombre civilizado, moderado, sensato, un hombre propenso a arrebatos de orgullo e ira, sí, pero no dominado por pasiones extremas. ¿Cómo era posible que hubiera abandonado la senda de la razón, mi propia naturaleza?

Al parecer, a través del amor. El amor es tan potente como la muerte, y si un hombre lo sacrifica todo por amor, se condena sin remisión.

Esas reflexiones no iluminaron las tinieblas que me rodeaban. Pero a medida que transcurría la noche, fui perdiendo el temor, me resigné e incluso empecé a impacientarme. Deseaba poner manos a la obra. Deseaba arrojar mis dados y ver cómo caían. Al oír la campana de maitines, recité de nuevo el oficio (en voz baja), omitiendo las acciones que acompañaban a las palabras. Luego, con manos trémulas, comí el pan que me habían traído antes.

¿Qué puedo deciros sobre estos últimos y angustiosos momentos de espera? Oí ratas y los lloros lejanos de un niño. Palpé el cuchillo debajo de la manta. Vi un débil haz de luz que se filtraba debajo de la puerta y a través de la cerradura, arrojado por una lámpara en el pasillo.

Me sentí completamente abandonado.

En ocasiones temí que la noche no terminara nunca. Me

375

pregunté: ¿está cambiando la luz? ¿Está amaneciendo? Deduzco que en cierto momento me quedé dormido, pues tuve la sensación de que Johanna entraba en la habitación, se acostaba a mi lado y me acariciaba la tonsura. Como es natural, pensé «eso es imposible», y me desperté sobresaltado, temiendo no haber oído la campana de laudes. Pero Dios, en su infinita misericordia, me salvó de esa espantosa suerte. Al incorporarme en la cama, con el corazón latiéndome violentamente, oí el amortiguado tañido de una campana y comprendí su significado.

Había llegado el momento. Dios mío, recé, en ti confío: líbrame de los que me persiguen y en tu justicia sálvame.

Me metí un dedo en la boca y vomité en el suelo. Luego volví a acostarme, aferrando el cuchillo contra el pecho, y me tapé con la manta hasta el mentón. Al principio, cuando llamé a Pons, mi voz era un mero gemido; chillé como las ratas que corrían de una esquina a otra de mi habitación. Pero después de carraspear para aclararme la garganta, conseguí expeler más aire de mis pulmones y emití un grito más potente. Más apremiante. Más imperioso.

—¡Pons! —grité—. ¡Ayúdame, Pons!

No obtuve respuesta, aunque mi grito retumbó como un trueno en el silencio.

—¡Pons! ¡Me encuentro mal ¡Por favor, ven!

¿Y si me oía la patrulla antes de que lo hiciera Pons? Esta posibilidad no se me había ocurrido hasta ese momento.

—¡Pons! ¡Pons!

¿Y si se negaba a acudir? ¿Y si yo estaba condenado a permanecer tendido en ese camastro, oliendo el hedor de mis vómitos, hasta que amaneciera o Dios sabe cuándo?

—¡Ayúdame, Pons! ¡Estoy enfermo!

Por fin oí unas protestas y unos pasos que anunciaban que se acercaba el carcelero. Pero por desgracia los sonidos iban acompañados por una quejumbrosa voz femenina.

Su esposa venía con él.

—¿Qué ocurre? —rezongó Pons mientras giraba la llave en la cerradura—. ¿Os sentís mal?

No respondí. Al abrirse la puerta vi la silueta de dos figuras recortarse en el pasillo iluminado por la lámpara. Una de ellas, el carcelero, agitó una mano delante de la cara.

—¡Uf! —exclamó—. ¡Qué peste!

—¿Ha vomitado?

—¿Qué ha ocurrido, padre?

Tenso, masculló unas palabras inaudibles y gemí. El carcelero se acercó.

—¡Que limpie él mismo esta porquería! —soltó la mujer, tras lo cual su marido le ordenó que cerrara la boca. Pons avanzó con cautela, procurando sortear los vómitos, que no eran discernibles en la penumbra de la habitación. Cuando llegó junto a mi cama, se inclinó y miró mi rostro.

—¿Estáis indispuesto?

Extendí una mano débil y temblorosa. Emití un ruego con voz susurrante y le toqué en un hombro. Frunciendo el ceño, Pons se agachó y acercó el oído a mis labios.

De pronto sintió la hoja del cuchillo sobre el cuello.

—Dile que acerque una lámpara —le ordené.

Vi los dientes de Pons relucir en la oscuridad. Vi el centelleo de sus ojos.

377

—¡Trae una lámpara! —dijo con voz ronca.

—¿Qué?

—¡Trae una lámpara, mujer! ¡Ahora!

Mascullando unas imprecaciones, la mujer obedeció y fue en busca de una lámpara. Cuando salió, dije a su esposo, lenta y pausadamente, que cuando regresara le ordenara que cerrara la puerta. Curiosamente, no sentí vergüenza ni repugnancia mientras me hallaba tendido en el camastro, aunque sentí en mi mano el acelerado pulso del carcelero y su aliento cálido en mi mejilla. Sólo era consciente de una gélida ira, de una intensa excitación que me temo que no era la suerte de coraje que nos concede Dios, sino un algo más abyecto y menos virtuoso.

—Si dices una inconveniencia —murmuré—, morirás. Morirás, Pons. ¿Está claro?

El carcelero asintió con la cabeza, casi de forma imperceptible. En cuanto reapareció su esposa le dijo que cerrara la puerta y durante el breve instante en que ésta se volvió de espaldas, me levanté de la cama.

Al ver lo que yo me proponía, la mujer del carcelero contuvo el aliento.

—Si gritas, tu marido morirá —le advertí—. Deja la lámpara en la mesa.

La mujer respondió con un gemido.

—¡Deja la lámpara en la mesa! —repetí.

—¡Por todos los santos, suelta la lámpara de una vez! —exclamó mi prisionero—. ¡Apresúrate!

La mujer obedeció.

—Bien. ¿Ves ese cinturón? ¿Y esa media? Están a los pies de la cama —dije, sin quitar ojo a Pons—. Coge la media y átale los pies. Átaselos con fuerza o le cortaré la oreja.

Por supuesto, jamás hubiera hecho semejante cosa. Pero debí emplear un tono convincente, porque la mujer rompió a llorar. La oí buscar en la penumbra los objetos que le había indicado; oí el sonido de la hebilla del cinturón al chocar con algo. Acto seguido la mujer se acercó a mí, sosteniendo mi cinturón de cuero.

378 Ordené al carcelero que se sentara en el suelo con las manos apoyadas en las rodillas, para que yo pudiera verlas. Observé mientras su esposa le ataba los pies, ordenándole cómo debía hacerlo. Cuando hubo terminado le ordené que le atara las manos a la cama, situada detrás del carcelero, y comprobé la resistencia de ambas ligaduras sin apartar el cuchillo del cuello del carcelero. Por último, le metí el emplasto en la boca.

—Ahora quítale el cinturón —ordené a la mujer. Aunque Pons llevaba poca ropa, se había tomado la molestia de colocarse el cinturón, probablemente porque las llaves estaban sujetas al mismo—. Dame las llaves. No, el cinturón no. Ahora átate los pies con el cinturón. Yo te ataré las manos.

—No hagas daño a mis hijos —sollozó la mujer mientras se ataba los pies con el cinturón de cuero de su esposo. Le aseguré que no tenía intención alguna de lastimar a sus hijos, a menos que ella se pusiera a gritar. Después de haberle atado las manos a la cama con la otra media, la amordacé con uno de sus calcetines.

—Disculpadme —dije, levantándome por fin para contemplar mi obra a la luz de la lámpara, la cual constituía una inesperada ventaja. Disculpad el hedor. Era inevitable.

Si Pons hubiera podido matarme en aquellos momentos, no habría dudado en hacerlo. Pero tuvo que contentarse con dirigirme una mirada fulminante, imbuida del odio natural de un hombre que ha sido humillado ante su esposa. Yo me acerqué a la puerta, la abrí con sigilo y asomé la cabeza. No vi a nadie. No oí nada. Tras pronunciar una oración en silencio, salí al pasillo y cerré la puerta del cuarto de guardia con llave. «Confiadamente esperé a Yavé, y se inclinó y escuchó mi clamor.» ¡Qué milagrosa había sido mi fuga! ¡Con qué facilidad había cumplido el primer paso!

Pero era consciente de que no tenía motivos para celebrarlo, puesto que ignoraba cuándo cambiaba la guardia en la prisión. Quizás estuviera a punto de producirse el relevo del turno de mañana; quizás hubiera unos guardias en la cocina del carcelero, o se encaminaran en aquel momento hacia allí. Quizás el hermano Lucius no había llegado todavía. Cualquiera de esas circunstancias podía frustrar mi huida.

Por otra parte, Pons y su mujer habían empezado a hacer ruido. Antes o después conseguirían quitarse las mordazas o soltar las ligaduras que les sujetaban; antes o después alguien los oiría. Yo sabía que el tiempo apremiaba. No obstante, debía proceder con la máxima cautela, bajar despacio la escalera, conteniendo el aliento y aguzando el oído para oír los pasos de los familiares. Por desgracia, uno de los presos en el *murus largus* debía de estar enfermo; la resonancia de sus lamentos y los insultos que le dedicaban los prisioneros cuyo sueño había perturbado me impedían distinguir los amortiguados pasos de unos guardias. Pero cuando bajé al pasillo del ala sur comprobé que estaba desierto, aunque resonaban unos gemidos, ronquidos e imprecaciones tan siniestros y sobrenaturales, que parecían proceder de unos espíritus (debido al hecho de que las personas encargadas de vigilarlos estaban encerradas arriba). Supuse que ese clamor ocultaba mis cautelosos pasos.

Así pues, tras identificar la celda que deduje que ocupaba Johanna y sus compañeras, me acerqué y pronuncié su nombre sin temor a que una distante patrulla me oyera.

—¿Johanna? —pregunté, mirando nervioso a un lado y otro del pasillo—. ¡Johanna!

—¡Ber... Bernard! —respondió Johanna con voz débil e incrédula. Cuando me disponía a pronunciar de nuevo su nombre, oí unas risas sofocadas y me contuve. Al aguzar el oído, reconocí el sonido metálico de unas cotas de malla y las pisadas de unas recias botas. Pero ¿de dónde provenían?

Deduje que de la escalera. Una patrulla del piso situado debajo de donde me encontraba yo.

Por fortuna la prisión ocupa una de las torres de defensa de Lazet, pues todas las torres de la ciudad están dotadas de escaleras circulares. Así pues, pude retroceder sobre mis pasos sin que me vieran los guardias situados en el piso inferior, ni me oyeran, gracias a los gemidos del prisionero que estaba enfermo. Al llegar a la cima de la escalera me detuve, consciente de que el cuarto de guardia y sus ocupantes se hallaban a cuatro pasos de donde estaba yo, de modo que seguí mentalmente el itinerario de los dos familiares armados y rogué a Dios que no se apartaran de él.

Por lo general, patrullaban el piso superior. Por lo general, éste no albergaba a prisioneros. Pero si Pons había cambiado la guardia, yo corría un grave peligro.

—Señor, atiéndeme, escucha mi súplica —imploré—. Haz que los malvados caigan en sus propias trampas para que yo pueda escapar.

Podéis imaginar mi alegría y gratitud cuando las retumbantes pisadas, el sonido metálico de las armaduras y los estentóreos comentarios de los guardias empezaron a disiparse. De pronto se oyeron unos golpes violentos y una orden emitida con tono aún más violento: «¡Deja de quejarte o te cortaré la lengua!». Tras lo cual se produjo un silencio sepulcral que indicaba que la airada orden iba dirigida al prisionero indispuesto.

Esperé a que los guardias se alejaran, sabiendo que tenían que patrullar todo el *murus largus* antes de regresar al *murus strictus* situado en el piso inferior. Si me daba prisa, podría conducir a mi banda de fugitivas escaleras abajo antes de que apareciera la patrulla. Pero debía apresurarme.

Y proceder con gran sigilo.

Al llegar de nuevo a la celda de Johanna, no anuncié mi

presencia. Simplemente descorrí el cerrojo, torciendo el gesto con cada crujido y ruido sospechoso que se producía, la abrí y me reuní con mi amada. Vi a Johanna de pie ante mí, ¡a Dios gracias sana y salva! La habría abrazado si no hubieran sido nuestras circunstancias tan arriesgadas. Observé en la penumbra que estaba demacrada; tenía el pelo alborotado y su belleza había mermado. Pero pese a las manchas rojas de su piel y a su ceño arrugado, la amaba con profunda ternura.

—Apresuraos —murmuré, escudriñando la oscuridad de la celda. Aunque había sido construida para albergar tan sólo a una persona, estaba tan atestada como el resto del edificio—. Venid, Babilonia, Alcaya. —Entonces distinguí a una cuarta figura—. ¿Vitalia?

—La trajeron del hospital —dijo Johanna con voz entrecortada—. A Alcaya le quemaron los pies.

Johanna se detuvo y su hija prorrumpió en sonoros sollozos.

—¡No hagáis ruido!

Durante unos momentos no supe qué hacer. Un cúmulo de pensamientos se agolpaban en mi mente y chocaban unos con otros. Sólo disponíamos de cuatro caballos, pero Vitalia estaba en su lecho de muerte. Alcaya no podía andar, pero si no había perdido el uso de sus manos podía cabalgar. ¿Y si la transportaba yo en brazos? ¿Y si entregaba mi lámpara y mi cuchillo a Johanna? Pero ¿y los guardias? Los presos más cercanos habían empezado a hacer preguntas y no tardarían en suplicarme que les dejara en libertad. 381

Después de mirar a las demás, contemplé a Alcaya. Tenía mal aspecto; su rostro húmedo relucía a la luz de la lámpara. Pero su mirada era lúcida y su sufrimiento sereno.

—Alcaya —dije, extendiendo una mano. Pero ella negó con la cabeza.

—Marchaos —respondió con suavidad—. No puedo abandonar a mi hermana.

—No hay tiempo para discutir...

—Lo sé. Acércate, hija mía. Tesoro mío.

Entonces presencié el milagro más grande. Pues cuando Alcaya abrazó a Babilonia y le susurró unas palabras al oído, la joven dejó de llorar. Escuchó con atención mientras Alcaya pronunciaba una suerte de frases proféticas, inaudibles para el resto de nosotros, que infundieron a Babilonia una extraordinaria calma. Estoy convencido de que fue Dios, que en aquellos momentos obraba por mediación de Alcaya, quien aplacó a los demonios que habitaban en el alma de Babilonia. Su cuerpo tenso se relajó y dejó que Alcaya la besara sin resistirse, tras lo cual se incorporó, no sin esfuerzo pero dócilmente, y se situó junto a su madre.

De improviso se me ocurrió que no había tenido en cuenta a Babilonia. ¿Y si su demonio le provocaba un incomprensible arrebato de furia mientras nos fugábamos?

Otro motivo para apresurarnos.

—¡Vamos! —exhorté a Johanna—. ¡Debemos partir de inmediato! ¡Antes de que regresen los guardias!

—Que Dios os bendiga —dijo Alcaya con cariño. Ésa fue su despedida, pues yo no estaba dispuesto a admitir más demoras. Conduje a Johanna y a su hija fuera de la pequeña, ruidosa y tenebrosa habitación y les ordené que bajaran rápidamente la escalera. Mientras se apresuraban a obedecerme, cerré la puerta de la celda con el cerrojo, confiando en que los guardias tardaran en descubrir nuestra fuga. Al cabo de unos instantes bajé la escalera, pisando el borde de la falda de Babilonia, hacia el *murus strictus*.

Al llegar abajo, me coloqué delante de mis compañeras y, sin mediar palabra, las conduje hacia la puerta que era el motivo de todas mis angustias y temores. ¿Estaría abierta? ¿Habría llegado el hermano Lucius? ¿Nos toparíamos con el guardia del Santo Oficio cuando se dirigiera hacia la cocina situada en el piso superior?

En tal caso, pensé, tendré que matarle. Y empuñé el cuchillo, dispuesto a atacarlo.

Pero tuvimos suerte. La puerta estaba abierta; no había ningún guardia esperando en la antesala en la que yo había pasado tantas largas jornadas, persiguiendo la morbilidad herética. Pero percibí un olor extraño. Un olor a humo.

—Esperad —dije, alarmado ante esta inesperada novedad. Al avanzar hacia la escalera me alarmé aún más al comprobar que el olor era más intenso.

Me volví hacia mi amada y susurré:

—Esperad aquí. Si ocurre un imprevisto, huid por esa puerta. Da a la calle. Quizás halléis un lugar donde refugiaros.

—¿Ocurre...? ¿Y tú?

—Quiero asegurarme de que tenemos el camino libre —respondí—. En tal caso, regresaré de inmediato. Observa y reza.

No tuve más remedio que llevarme la lámpara. Sin ella no habría podido abrirme camino hasta la puerta de los establos ni retirado la barra de la puerta apresuradamente. Os aseguro que entré al establo con el cuchillo en ristre, pero al llegar al fondo de la escalera y percatarme de que el olor a humo era menos pronunciado, deduje que no me toparía con obstáculo alguno.

Y no me equivoqué. Nadie me atacó cuando irrumpí en el apestoso sótano; a la tenue luz de mi lámpara, no vi ninguna sombra huidiza ni observé el resplandor de armas, antorchas ni brasas. Satisfecho, di media vuelta. Subí la escalera convencido de que el hermano Lucius habría encendido el brasero en el *scriptorium*, pues el olor a humo se intensificaba con cada paso que daba.

Lo cual me extrañó, porque normalmente el brasero sólo se utilizaba después de Navidad.

—Tenemos el camino libre —informé a Johanna—. Toma esta lámpara y baja. Hallarás una puerta grande de doble hoja que da a la calle; nuestros caballos aguardan frente a esa puerta.

—¿Y tú? —preguntó—. ¿Qué vas a hacer?

—Debo ir en busca de un archivo. En pago por los caballos.

—Podemos esperarte...

—No. Apresuraos.

Johanna tomó la lámpara. Su ausencia suponía una desventaja para mí, pues el camino que conducía al *scriptorium* no estaba iluminado; mientras mis compañeras bajaban rápido, tuve que subir a tientas hasta que un leve resplandor me indicó que casi había alcanzado la cima de la escalera. Es posible que la preocupación que me infundía la peligrosa escalada (pues la escalera era muy empinada y angosta) me distrajera y no percibiera los sonidos naturales que emanaban del *scriptorium*. Sea como fuere, cuando llegué a mi destino y alcé la vista de mis botas, durante unos instantes me quedé paralizado debido al estupor.

383

Pues vi ante mí al hermano Lucius prendiendo fuego a su mesa de trabajo.

A partir de entonces los acontecimientos se precipitaron. Pero antes de relatarlos, deseo describiros la escena que contemplé cuando me detuve en el umbral, estupefacto. Los dos arcones de los archivos estaban abiertos y su contenido diseminado por el suelo. Al igual que un gran número de hojas de pergamino. Las llamas brotaban de los arcones, que parecían dos piras, y algunos de los documentos diseminados por el suelo también ardían: concretamente, los que se hallaban más alejados de donde estaba yo.

El hermano Lucius, de espaldas a mí, vertía el aceite de las lámparas sobre el suelo sembrado de papeles. En una mano sostenía una antorcha. Era evidente que se proponía inundar el *scriptorium* de aceite inflamable antes de batirse en retirada escaleras abajo. Pero no tuvo oportunidad de llevar a cabo su plan.

Pues cuando salí de mi estupor y grité, el hermano Lucius se volvió sorprendido. De pronto se convirtió en una tea encendida, pues su hábito había prendido fuego y ardía con furia.

He tenido muchas semanas para reconstruir mentalmente la causa de esta tragedia. Los detalles están grabados, a fuego, en mi memoria. Recuerdo que, al volverse el hermano Lucius, el aceite de lámpara se derramó sobre su persona, al caer del recipiente que sostenía en la mano derecha. Al mismo tiempo, el hermano Lucius dejó caer la antorcha, la cual debió de rozar el tejido manchado de aceite de su hábito.

Sus gritos todavía resuenan en mi corazón.

Que dios me perdone, pero no supe qué hacer; retrocedí al tiempo que el hermano Lucius avanzaba hacia mí, pues temí tocarlo. Retrocedí escaleras abajo, solté el cuchillo que sostenía y traté con torpeza de quitarme la capa. Cuando el hermano Lucius se precipitó hacia mí, con el cabello en llamas, me aparté a un lado sin siquiera darme cuenta.

El hermano Lucius cayó rodando y quedó tendido a mitad de la escalera. Arrojé mi capa sobre él en el preciso momento en que apareció Johanna, jadeando y con los ojos desorbitados.

—¡Detente! —grité, aunque Johanna no corría peligro de abrasarse. Mi capa era muy pesada y tan eficaz como un apagavelas. Empecé a golpear con ambas manos el cuerpo que yacía debajo de mi capa.

—¿Qué ha ocurrido? ¿Qué ha ocurrido? —preguntó Johanna.

—Ten —respondí entregándole las llaves del carcelero. Permitid que haga un inciso para explicaros la disposición de las llaves: colgaban de un aro de cuero, que Pons había lucido suspendido de su cinturón. Desde que yo se las había arrebatado, había llevado el aro de cuero suspendido del dedo del corazón de una mano. Entonces di gracias a Dios por haber cargado con aquel objeto tan pesado, ruidoso y engorroso—. ¡Cierra con llave la puerta que comunica con la prisión! —dije, tosiendo y asfixiándome debido al hediondo olor a humo.

—¿Con qué llave?

—No lo sé. Pruébalas todas. ¡Apresúrate! —Sospechaba que los gritos del hermano Lucius habían resonado en todo el edificio y deseaba cerrar el Santo Oficio a cal y canto contra cualquier intruso. Pero ¿qué podía hacer con el maltrecho hermano Lucius? Con los huesos rotos debido a la caída y abrasado por el fuego, necesitaba que le atendieran de inmediato. Cuando Johanna corrió a cerrar la puerta, me volví hacia él, vacilando.

No me atrevía a retirar mi capa de su humeante cabeza.

—Dios misericordioso. —No tengo palabras para describir su aspecto cuando por fin lo hice. Pero no intentaré describirlo; sin duda habéis visto a numerosos herejes abrasarse en la hoguera.

Los ojos se me inundaron de lágrimas.

—¡Dios misericordioso! —blasfemé—. Lucius, pero ¿qué pretendíais...? ¿Qué puedo hacer? Es imposible... no puedo...

—Padre. —Os juro que cuando el hermano Lucius habló, no di crédito a mis oídos. Creí que había hablado otra persona. Dios sabe de dónde sacó fuerzas para articular unas palabras—. Padre... Padre Bernard...

El humo era casi sofocante. Lloré de desesperación, ¿pues cómo iba a abandonarlo? Por otra parte, ¿cómo iba a quedarme allí?

—Deseo confesarme —dijo el hermano Lucius con un hilo de voz—. Me muero, padre, escuchad mi confesión.

385

—Ahora no. —Traté de levantarlo, pero gritó de dolor y volví a depositarlo en el suelo—. Debemos marcharnos... el fuego...

—Yo maté a Raymond Donatus —musitó el hermano Lucius con voz ronca y desgarradora—. Absolvedme, padre, pues me arrepiento de mis pecados.

—¿Qué? —De nuevo, estaba convencido de no haber oído bien—. ¿Qué habéis dicho?

—Yo maté a Raymond Donatus. He prendido fuego a los archivos del Santo Oficio. Muero en pecado...

—Bernard —dijo Johanna—. Ya he cerrado la puerta con llave. No ha aparecido nadie, pero...

—¡Calla! —Aunque en aquel momento me hubiera amenazado una legión de familiares, no me habría movido de allí. Nada importaba salvo la confesión del hermano Lucius (tal es la inquisitiva naturaleza de quienes estamos habituados a indagar los secretos del alma)—. ¿Es eso cierto, hermano? ¡Contestad, Lucius!

—Mis ojos... —se quejó.

—¿Cómo lo matasteis? ¿Por qué motivo?

—Bernard...

—¡Calla! ¡Espera! ¡Debo oír su confesión!

Y el hermano Lucius confesó. Pero puesto que lo hizo torpemente, con numerosas interjecciones, repeticiones y súplicas de perdón (luego llené las lagunas en su relato con mis suposiciones y conjeturas), no la referiré palabra por palabra. En lugar de ello, la resumiré lo mejor que pueda, sacrificando la dramática excitación de la reconstrucción en aras de la precisión y la claridad.

He aquí su triste relato.

El hermano Lucius era hijo ilegítimo de una mujer que se había quedado ciega. Pobre y sin amigos, habría subsistido de la fría caridad de un lugar donde reparten limosnas o un hospital, de no ser por los estipendios que percibía su hijo del Santo Oficio. El hermano Lucius entregaba sus estipendios, con la aprobación de sus superiores, a una mujer que alojaba y atendía a su madre como si fuera parienta suya. Ambas mujeres habían vivido juntas y felices durante muchos años.

Pero el hermano Lucius había empezado a tener problemas con la vista. Reconoció los síntomas y comprendió adónde conducirían. Y aunque un canónigo ciego puede vivir el resto de su vida al cuidado de sus hermanos, ¿qué puede hacer una mujer cuya única amiga no puede darle de comer sin una ayuda pecuniaria?

Lucius no soportaba la perspectiva de condenar a su madre a la sucia y miserable existencia que tantos indigentes incapacitados están obligados a vivir, suponiendo que logren sobrevivir. Era una mujer de carácter orgulloso y despectivo, por lo que resultaba difícil de complacer; por lo demás, conocía cada escalón, cada rincón, cada agujero de la casa en la que vivía dichosa. Era su hogar, por el que se movía sin mayores dificultades. A su avanzada edad, jamás se aclimataría a otro hogar como se había aclimatado a éste.

Por consiguiente, el hermano Lucius fue a hablar con el limosnero de Saint Polycarpe para pedirle ayuda. Pero no consiguió nada. La suma de las limosnas ofrecidas por los fieles, una suma habitual que rara vez aumentaba, no era suficiente.

—El capítulo tiene muchas personas que dependen de él— informó el limosnero al hermano Lucius—. Tienen que aceptar lo que se les da.

Confundido por los obstáculos terrenales, el escriba recurrió a la oración. Se dedicó a la contemplación del sufrimiento inefable de Cristo. Se lanzó a la búsqueda del amor de Dios. Ayunó, renunció a dormir y castigó su cuerpo. Pero fue en vano; su vista seguía deteriorándose.

Entonces, con la llegada de Pierre-Julien, se le ofreció una alternativa, desesperada, pero el hermano Lucius era un hombre desesperado.

Mientras copiaba las deposiciones, averiguó a través del curioso pero preciso sistema que utilizaba Pierre-Julien en sus interrogatorios, que uno podía invocar a demonios y obligarles a hacer lo que les ordenara si realizaba ciertos ritos. Averiguó que al desmembrar a un ser humano, y dejar el cadáver en una encrucijada, uno tenía la relativa esperanza de obtener lo que deseaba. Averiguó, en suma, que el mal podía redundar en un bien.

A mi modo de ver, el hermano Lucius no estaba en su sano

CATHERINE JINKS

juicio cuando recurrió a una solución tan extrema. Hablaba continuamente de «entumecimiento», «voces» y «un profundo cansancio». Cuando uno se siente muy debilitado la seducción del diablo le parece irresistible, y el hermano Lucius estaba muy débil debido a las penitencias y los castigos que se había infligido. No obstante, había tenido la energía suficiente para decapitar a Raymond con un hacha.

Lo había hecho en los establos, utilizando un hacha que empleaban para partir leña para el Santo Oficio. Se había derramado mucha sangre, pero buena parte de ella había caído en el abrevadero de los caballos, pues Lucius había tenido la precaución de apoyar el cuello de Raymond en el borde de dicho abrevadero. A continuación había transferido la sangre de Raymond a los barriles de salmuera, con un cucharón que había sustraído de la cocina del carcelero.

—Yo sabía que... nadie lo vería —dijo el canónigo con voz entrecortada—. Estaba muy oscuro. Húmedo. Y los puercos... todo estaba lleno de sangre...

—Pero ¿estaba Raymond vivo cuando le cortasteis la cabeza?

—Tenía que estar.

—De modo que lo llevasteis a los establos y le convencisteis para que apoyara el cuello en el abrevadero de los caballos...

—No.

Al parecer, la elección de la víctima del hermano Lucius había estado dictada única y exclusivamente por una circunstancia: el hecho de que cuando llegaba al Santo Oficio, con frecuencia se encontraba a Raymond durmiendo la borrachera. Por lo visto el notario tenía la costumbre de pasar toda la noche acostado sobre un montón de capas viejas en el *scriptorium*, después de despedirse de su última conquista. A menudo el hermano Lucius tenía que zarandearlo, propinarle un bofetón o arrojarle un cubo de agua para despertarlo.

Según averigüé, Raymond había muerto sin recobrar el conocimiento, una mañana, cuando el hermano Lucius, al hallarlo en su acostumbrado estado de embriaguez, le había arrastrado hasta los establos y le había cortado la cabeza con el hacha. El canónigo había realizado este trámite desnudo, por temor a mancharse el hábito. Después de desmembrar el cadáver, y depositarlo en los barriles de salmuera, Lucius se había lavado concienzudamente, y también había lavado sus herramientas, antes de regresar al trabajo. Se había propuesto transportar los restos de Raymond a la gruta de Galamus, situada en medio de una encrucijada.

—Tres viajes —balbució—. Envueltos en sus capas... Utilicé las bolsas de los archivos.

.¡Las bolsas de los archivos!

Por supuesto, yo sabía a qué se refería. Cada vez que Lucius copiaba una deposición destinada a la biblioteca del obispo, o llevaba a encuadernar unos folios, o iba a recoger unos expedientes encuadernados, transportaba esos objetos en una o dos bolsas de cuero destinadas a tal fin. Con frecuencia salía del Santo Oficio portando una bolsa bajo el brazo. A nadie le habría chocado verle ausentarse brevemente, cargado con dos voluminosas bolsas de cuero, del Santo Oficio, ni siquiera el día en que había desaparecido Raymond.

Pero deshacerse del cadáver de Raymond requería tres visitas a la gruta, y tres viajes el mismo día habrían llamado la atención. Por tanto, Lucius había tenido que esperar un día entero para realizar uno de sus viajes antes del amanecer, con el fin de que nadie lo viera. (El otro viaje clandestino lo había hecho por la tarde, antes de que vaciaran la gruta.) Quizá, dijo Lucius, ese lapso de un día había dado al traste con los ritos. O quizá debió matar a Raymond en una encrucijada. Sea cual fuere la causa, ningún demonio se había manifestado ante el hermano Lucius.

Lucius no sabía qué hacer. Las personas con las que trataba no tenían costumbre de emborracharse hasta perder el sentido y exponerse a ser atacadas en lugares recónditos. Pero Lucius disponía de una última baza. Conocía a un oficial, cuyo nombre omitiré, que en cierta ocasión había ofrecido a Raymond una gran cantidad de dinero a cambio de que quemara los archivos del Santo Oficio. Raymond se ufanaba de haberse negado a satisfacer los deseos de ese hombre y, sin nombrar al culpable, había revelado al hermano Lucius que iba a denunciar el asunto al padre Jacques.

Pero no había llegado a denunciarlo, o, si lo había hecho,

nadie había investigado el caso. Cuando el notario se quejaba de sus gastos, solía bromear sobre la posibilidad de «prender fuego a los archivos». La broma era conocida por todos en el Santo Oficio, pero un día a Raymond se le escapó el nombre del oficial en cuestión.

Armado con ese nombre, el hermano Lucius fue a ofrecerle sus servicios.

—En caso de perder la vista —musitó Lucius—, al menos mi madre... habría tenido un dinero...

—Lo comprendo.

—¡Escucha, Bernard! —Johanna me tiró de una manga sin dejar de toser—. ¡Oigo pasos junto a la puerta! ¡Han llamado a la puerta! ¡Debemos irnos, Bernard!

Yo sabía que tenía razón. También sabía que, si no nos llevábamos al hermano Lucius, perecería a causa del humo y las llamas antes de que alguien consiguiera derribar la puerta y auxiliarle.

Pero será una muerta rápida, pensé. Más rápida que la que le aguarda si se salva de las llamas. Pues nadie que hubiera padecido las atroces heridas que había padecido él podía sobrevivir mucho tiempo.

De modo que le abandoné allí. ¡Dios me perdone! Le abandoné porque el tiempo apremiaba, porque me asfixiaba y porque, en mi fuero interno, creía que el hermano Lucius merecía ese castigo. Le abandoné porque estaba asustado y furioso, y porque no tuve tiempo de reflexionar.

Debía tomar una decisión. Y la tomé. Pero he sufrido las consecuencias. Cada día padezco tales remordimientos de conciencia, que tengo el rostro hinchado de llorar y sobre mis párpados gravita la sombra de la muerte. Estoy lleno de amargura, no porque abandoné al hermano Lucius, sino porque le abandoné sin administrarle la absolución. Él me pidió la absolución, a cambio de su arrepentimiento, pero yo no se la di. Dejé que muriera solo. Dejé que se enfrentara solo a Dios. «Líbrame de la sangre, ¡oh Dios!, Dios de mi salvación, y cantará mi lengua tu justicia.» Suplico a Dios que aparte de mí este amargo cáliz, lleno de hiel. Confieso mis faltas, y tengo siempre presente mi pecado.

Ya entonces lo tenía presente, cuando bajé rápido la escalera que conducía a los establos. Recuerdo que pensé «que Dios perdone mi pecado», mientras retiré la barra de la inmensa puerta que había permanecido cerrada durante mucho tiempo. Luego, al encontrarme con Lothaire Carbonel, me olvidé de Lucius. Carbonel me exigió que le entregara el archivo, pero yo no lo tenía.

—¡El archivo! —exclamó. Apenas distinguí su rostro en la penumbra; su aliento formaba unas nubes blancas de valor—. ¿Dónde está el archivo?

—Se ha quemado.

—¿Qué?

—Se ha quemado. Se han quemado todos los archivos. Fijaos. Alzad la vista.

Al mirar hacia arriba vimos brotar de la ventana superior del Santo Oficio densas nubes de humo y unas lluvias de chispas. Dentro de unos momentos toda la planta ardería y se desplomaría sobre las estancias inferiores.

—Sólo necesitamos tres caballos —dije boqueando y montándome en el primer caballo con dificultad, pues seguía tosiendo como un poseso—. El cuarto puede quedarse.

Pero Lothaire no respondió. Contemplaba como paralizado aquella conflagración que él, y sin duda muchos otros, había deseado tantas veces presenciar. De modo que le dejé, del mismo modo que había dejado al hermano Lucius. Partí a paso rápido pero no a galope hacia las puertas de la ciudad. Huí en el preciso momento en que los primeros y sofocados gritos de alarma sonaron en mis oídos.

Era la mañana de la festividad del día de difuntos. Esa mañana, me llevé a Johanna de Caussade y a su hija, y huí de Lazet antes de que repararan en mi ausencia.

No puedo deciros más. Mi historia concluye aquí. Si continuara, pondría en peligro las vidas de muchas personas.

Conclusio

*E*scribo este relato desde un lugar secreto. Escribo aterido de frío; tengo los dedos helados y entumecidos y mi aliento es denso como el humo. Estoy sentado aquí como un leopardo junto al camino, observando sin ser visto, un testigo y un fugitivo. Me he refugiado en un lugar muy alejado de Lazet. Pero no ignoro los acontecimientos que se han producido desde mi partida. Tengo un oído excelente y la vista de un águila; tengo amigos que tienen amigos que tienen amigos. Así es como mi carta ha llegado a vuestras manos, reverendo padre. Al igual que todos los inquisidores de la depravación herética, mi brazo es tan largo como la memoria del Santo Oficio.

Por consiguiente, sé ciertas cosas. Sé que el fuego provocado por el hermano Lucius devoró todas las dependencias del Santo Oficio, aunque por fortuna no alcanzó la prisión. Sé que me han excomulgado y citado para comparecer ante Pierre-Julien Fauré como hereje contumaz. Sé que Lothaire Carbonel fue arrestado como fautor de herejes, por haber cometido la imprudencia de cederme tres caballos. No es fácil disimular la ausencia de tres caballos. Debió robarlos. O comprarlos a unos parientes dignos de confianza. Que Dios me perdone por ser el causante de su desgracia; a veces pienso que la destrucción me acompaña constantemente y que las flores se marchitan a mi paso.

Vitalia ha muerto. Alcaya ha muerto. A Dios gracias murieron de enfermedades corporales provocadas por su encarcelación, en lugar de morir en la hoguera, según me han contado, pero mis manos están manchadas con su sangre. Durand Fogasset también ha muerto, debido a una enfermedad; de haber vivido, me habría abstenido de mencionar su participación en mi huida. No cabe duda de que era un pecador, y confío en que su muerte haya servido de castigo por sus pecados. Pero creo con sinceridad que ha hallado la paz en la gloria eterna. Pues ni la muerte, ni la vida, ni los ángeles, ni los principados, ni los poderes, ni las cosas presentes, ni las cosas venideras, ni las alturas, ni las simas, ni ninguna otra criatura conseguirá separarnos del amor de Dios que anida en Jesucristo Nuestro Señor.

Os he contado todo cuanto puedo contaros, reverendo. Os he relatado una historia atroz de muerte y corrupción, pero yo no cometí esos pecados. Aunque he pecado contra mis votos de castidad y obediencia, no he pecado contra la Iglesia santa y apostólica. No obstante, mis enemigos me lo reprochan constantemente; son corruptos y no dicen sino maldades; la violencia los cubre como un manto. Persiguen mi alma, pues habitan en la maldad.

En cuanto a mí, he comido cenizas como si fueran pan. Los remordimientos han amargado mi corazón y rebosa de pesar; me paso el día lamentándome. Ayudadme, padre. Haced que los que persiguen mi alma con el fin de destruirla se sientan avergonzados y confundidos; haced que los que desean mi desgracia sean obligados a retroceder y humillados. Mis enemigos conspiran, reverendo. Mienten y se burlan de la justicia. Su veneno es como el veneno de una serpiente.

Vuestro corazón se inclina por los testimonios de Dios. Vuestras manos están limpias, vuestro corazón es puro y juzgáis con rectitud. Os he expuesto mi iniquidad, reverendo, y ahora os pregunto: ¿quién pecó más gravemente? Examinadme y ponedme a prueba: probad mis riendas y mi corazón. Odio a quienes siembran el mal y no quiero saber nada de los malvados. Por tanto escuchadme y compadeceos de mí, pues mis ojos están siempre puestos en el Señor.

Os suplico, reverendo, que apoyéis mi causa. Exponed mi causa al papa Juan. Exponed mi causa al inquisidor de Francia. Es la causa de un hombre condenado injustamente, perseguido entre los justos. Mi defensa se contiene aquí, en esta epístola: meditad en ella. Soy vuestro hijo devoto, padre. No me recha-

céis, como han hecho tantos. Contempladme con caridad y recordad las palabras de san Pablo: «Ahora permanecen estas tres
cosas: la fe, la esperanza y la caridad. Pero la más excelente de
ellas es la caridad».

La gracia y el amor de Jesucristo Nuestro Señor y Salvador
sean con vos. Alabadas sean su gloria y majestad, su dominio y
poder, ahora y siempre.

Amén.

Escrito en un santuario,
31 de diciembre de 1318

397

Este libro utiliza el tipo Aldus, que toma su nombre
del vanguardista impresor del Renacimiento
italiano, Aldus Manutius. Hermann Zapf
diseñó el tipo Aldus para la imprenta
Stempel en 1954, como una réplica
más ligera y elegante del
popular tipo
Palatino

* * *

* *

*

El inquisidor se acabó de imprimir en un
día de invierno de 2005, en los talleres
de Industria Gráfica Domingo,
calle Industria, 1,
Sant Joan Despí
(Barcelona)

* * *

* *

*